WINDSTÄRKE 10

Arnd Rüskamp ist am südlichen Rand des Ruhrgebietes am Baldeneysee geboren. Er hat Publizistik studiert, war Reporter und Moderator, Autor und Verleger. Heute verdient er sein Geld noch immer in den Medien, hat aber erkannt, dass sein berufliches Glück zwischen zwei Buchdeckeln liegt. Dort macht er für sich und seine LeserInnen Grenzerfahrungen zwischen Fiktion und Realität. Er lebt im Ruhrgebiet und in seiner Wahlheimat zwischen Schlei und Ostsee.

Dieses Buch ist ein Roman. Handlungen und Personen sind frei erfunden. Ähnlichkeiten mit lebenden oder toten Personen sind nicht gewollt und rein zufällig.

ARND RÜSKAMP

WINDSTÄRKE 10

Küsten Krimi

emons:

Lust auf mehr? Laden Sie sich die »LChoice«-App runter, scannen Sie den QR-Code und bestellen Sie weitere Bücher direkt in Ihrer Buchhandlung.

Bibliografische Information der Deutschen Nationalbibliothek
Die Deutsche Nationalbibliothek verzeichnet diese Publikation in der Deutschen Nationalbibliografie; detaillierte bibliografische Daten sind im Internet über http://dnb.d-nb.de abrufbar.

© Emons Verlag GmbH
Alle Rechte vorbehalten
Umschlagmotiv: Nordreisender/photocase.de
Umschlaggestaltung: Nina Schäfer, nach einem Konzept von Leonardo Magrelli und Nina Schäfer
Umsetzung: Tobias Doetsch
Gestaltung Innenteil: César Satz & Grafik GmbH, Köln
Lektorat: Hilla Czinczoll
Druck und Bindung: CPI – Clausen & Bosse, Leck
Printed in Germany 2019
ISBN 978-3-7408-0540-1
Küsten Krimi
Originalausgabe

Unser Newsletter informiert Sie
regelmäßig über Neues von emons:
Kostenlos bestellen unter
www.emons-verlag.de

Für meine Eltern

In der Reihe hinter Lukas saßen die Zwillinge. Sie waren nach ihm in den Schulbus gestiegen. Lukas hatte gesehen, wie sie grinsten, als sie ihn entdeckten. Der Bus beschleunigte. An Lukas' rechtem Arm pikste etwas. Er schaute in den Spalt zwischen den rot und grün karierten Sitzen und sah, wie ein spitzer Zweig verschwand. Die Zwillinge kicherten. Lukas drehte sich um, kniete sich auf die Sitzfläche, umfasste die Rückenlehne und reckte seinen Kopf, so schnell er konnte, über die Kopfstütze. Die Zwillinge rissen die Augen auf und schrien, wie Lukas sie noch nie hatte schreien hören. Sie waren zu Tode erschrocken. In der Reihe vor Lukas schrie Amelie, sie schrie höher und lauter als die Zwillinge. Der Bus bremste. Jetzt schrien auch die anderen. Es war so laut, dass Lukas sich die Ohren zuhielt und sich auf den Sitz zurückplumpsen ließ. Er schaute aus dem Fenster, und dann schrie auch er.

Noch kein Abschied

Ein Taxi hatte Dr. Holm gebracht. Es war eine spontane Verabredung gewesen. Er wolle wissen, wie es ihr gehe, hatte er am Telefon gesagt. Beinahe ein halbes Jahr war seit ihrem letzten Treffen vergangen. Der legendäre LKA-Mann und Marie, seine beste Mitarbeiterin.

»Zum Frühstück?« Holm deutete auf Maries Glas. »Sie wissen, wie viel Zucker da drin ist.«

»Sie sind nicht mehr mein Chef.« Marie griff nach dem Glas, trank und grinste.

»Nein, nicht mehr Ihr Chef.« Er schaute aus dem Fenster. Eine kleine Gruppe junger Männer in orangefarbenen Hosen näherte sich laut feixend, zwei Männer betraten den Imbiss. Die anderen setzten sich an die Tische zwischen dem flachen Gebäude und der schmalen Rasenfläche. Eine Schachtel Zigaretten machte die Runde. Von der Sonne gebräunte, sehnige Unterarme stützten sich auf dem Tisch ab. Unbeschwertes Lachen drang durch die Tür und das gekippte Fenster.

»Und, bleibt was?«, fragte Holm ins Klappern aus der Imbissküche. Fügte nach einer kurzen Pause hinzu: »Bleibt – *uns* was?« Er betrachtete seine Hände.

Marie schluckte, öffnete und schloss den Mund, setzte die Cola langsam ab. Ein Tropfen lief außen am Glas herunter. Der Untersetzer sog ihn auf, die Flüssigkeit breitete sich aus. Marie starrte. »Ja«, sagte sie dann. »Vertrauen. Uns bleibt Vertrauen.«

Holm beobachtete weiter die lebhafte Szene draußen. »Die haben Pommes bestellt.«

»Zum Frühstück«, ergänzte Marie. »Wollen wir auch?«

»Noch mal über die Stränge schlagen, meinen Sie?«

»Erfährt ja niemand.«

Holm schürzte die Lippen. Marie stand auf und bestellte. Im Eckernförder Cleanpark gleich nebenan wusch eine blonde Frau einen weißen Transporter. Die Männer in Orange hatten gelacht, gegessen, gekleckert. Jetzt waren sie gegangen. Eine Möwe besorgte den Rest. Marie und Holm aßen schweigend.

»Warum haben Sie es nicht gemacht?«
»Ihren Job übernommen?«
»Ja. Sie hätten das gut gemacht.«
»Abteilungsleiterin. Das hätte mich aufgefressen.«
»Und jetzt Fallanalyse?«
»Ja.«
»Warum?«
»Weil ich das kann.«
»Das wusste ich schon. Also, warum?«
»Schauen Sie sich an.«
»Touché.«
»Metastasen?«

Holm bedeckte seine linke mit der rechten Hand. Die kleinen Einblutungen hatte Marie schon gesehen, als sie sich begrüßt hatten. Und die fahle Haut hatte sie gesehen, die eingefallenen Wangen. Der Maßanzug ihres ehemaligen Chefs hing ihm schlaff vom Körper.

»Im Skelett. Ich schaue nach einem Hospiz.«

Marie legte die rechte Hand über Holms Hände. Er zog sie nicht zurück.

»Soll ich meinen Mann mal fragen? Er hat sich intensiv mit Palliativmedizin beschäftigt. Aber groß ist das Angebot nicht.«

Wieder nickte Holm. Marie wusste nichts über seine Familie. Nie hatte er Privates mit ins LKA gebracht. Keine Fotos auf seinem Schreibtisch. Vielleicht war er nicht nur beruflich ein einsamer Wolf gewesen.

»Wie geht's Ihrem Ermittlungsmobil?«
»EMO? Blendend. Nachdem mein Schwiegervater im letzten Jahr eine gelbe Warnleuchte einfach abgeklebt hat, läuft er und läuft und läuft. Beinahe wie ein Käfer. Das kleine runde Auto aus Ihrer Zeit. Wir könnten eine Spritztour machen. Dann wa-

sche ich ihn eben morgen. Ich habe frei, und Sie können mir das Wochenende nicht mehr versauen, wie früher.«

Marie zog den Schlüssel aus der Hosentasche und wedelte mit ihm vor Holms Augen, die nichts an Glanz verloren hatten.

»Sie könnten mich nach Hause fahren.«

»Gern. Ich wollte schon lange sehen, wie Sie leben. Eine Höhle, nein, warten Sie, eine Hütte tief im Wald?«

»Als ob ich Sie hineinbitten würde.« Holm stand auf. Schmerz in seinem Gesicht. Marie ging zur Theke und zahlte.

Als sie das EMO, ihren zum Ermittlungsmobil umgebauten VW-Bus, erreichte, stand Holm an der Beifahrertür, die Hand bereits am Türgriff. Reglos. Er wirkte, als habe man ihn dort abgestellt. Marie stieg ein, Holm stieg ein. Sie startete den Motor, er schnallte sich an, nannte die Adresse.

»Wissen Sie, wo das ist?«

Marie wusste und bog links ab, fuhr zwischen den parkenden Autos auf der linken und der Eckernförder Famila-Filiale auf der rechten Seite hindurch, hupte, als sie Michael in Richtung Getränkemarkt verschwinden sah. Der Warenhausleiter erkannte sie, drohte mit der Faust. Sein Fußballverein war nicht Maries Fußballverein. Freunde waren sie trotzdem.

An der Eisenbahnschranke mussten sie warten. Zwei Männer in Orange befreiten die Fläche jenseits der Gleise mit Motorsensen von dem, was die Natur aus jeder Ritze drückte. Ein Sicherheitsmitarbeiter beobachtete sie mit einer Zigarette im Mundwinkel und einer Signaltröte über der Schulter.

»Dänische Zigaretten«, bemerkte Holm. »Ein sparsamer Mann aus dem Grenzgebiet.«

»Waren die eben am Nebentisch?«, kombinierte Marie. »Habe ich nicht wiedererkannt.« Dann grinste sie. »Die Jungs rauchen Look.«

Holm schnaubte. »Hatte schon kurz an Ihnen gezweifelt. Überhaupt: Ihr T-Shirt. Kryptisch.«

Marie zupfte an ihrem hellblauen T-Shirt, auf dem in dunkelblauer Schrift »Dünn war ich schon« zu lesen war. »Eine

Unachtsamkeit während der Bestellung. Der Spruch war für meinen Vater gedacht. Dummerweise habe ich es in meiner Größe bestellt.«

»Ihr Vater hat es nicht leicht mit Ihnen.« Die Schranke öffnete sich.

»Musik?«, fragte Marie, und ohne eine Antwort abzuwarten, schob sie die erstbeste CD in den Schacht. »Ich höre bei der Arbeit Streichquartette.«

»Ich weiß. Aber Sie haben doch frei.«

»Ein bisschen Kultur schadet nie.«

Es erklang ein Stück des Danish String Quartet. Holm drehte den Kopf nach rechts. In der Feuchtwiese standen Galloway-Rinder, deren zotteliges Fell warm im Sonnenlicht leuchtete. Die Musik passte zu den Tieren, das Wasser der Ostsee zur Musik. Leicht stieg die Straße an, die Bäume rückten näher. Schatten. Zwischen sich und dem Wasser wusste Marie den Begräbniswald. Sie dachte an ihre Mutter auf dem Friedhof. Fünf Autostunden von hier. Am Abzweig zur Nebenstrecke nach Kiel verklang das erste Stück. Holm wischte sich mit der Hand über die Augen.

»Was ist das? Es ist wunderschön.«

»Männer mit langen Bärten und Turnschuhen. Nichts für Sie.«

»Es ist wunderschön«, wiederholte Holm.

»Vier Dänen mit traditionellen, aber auch eigenen Kompositionen.«

»Nordische Folklore.«

»So ist es.«

Hinter dem Flughafen bog Marie nach Kiel-Holtenau ab, fuhr hinunter Richtung Schleuseninsel.

»Hausnummer?«

»Gleich hier bei der Schlachterei.«

Marie parkte halb auf dem Bürgersteig.

»Machen Sie das immer so?«

»Nur wenn ich Männer nach Hause begleite.«

Ein Containerschiff verließ die Schleuse. Stolz die in den Himmel ragenden weißen Aufbauten, mächtig der blaue Rumpf Richtung Brunsbüttel. Es roch nach Diesel. Marie war stehen geblieben.
»*Panta rhei*«, sagte Holm. Er trat neben Marie. Gemeinsam betrachteten sie das Schiff, den rostigen Anker, das Schraubenwasser, als es sich entfernte, die gleichmäßige Bewegung.
»Gemacht, geholt, gebracht, gebraucht. Alles im Fluss. Das ist schon wahr. Nix is fix.« Marie hakte Holm unter. Und wieder ließ er es geschehen. Holm, der Unnahbare. Das war gestern. »Na, dann zeigen Sie mir mal Ihre Junggesellenbude.«
Vor Holms Haustür angelangt, klingelte Maries Handy. Sie fischte es mit der linken Hand aus der Hosentasche. »Meine neue Chefin«, erklärte sie.
Holm ließ ihren Arm los. »Danke fürs Bringen. Die Briefmarken dann beim nächsten Mal.«

»Wer?« Marie sprach ins Handy.
»Ich gebe nur weiter, was die Polizei vor Ort gesehen und mitgeteilt hat, Frau Geisler.«
»Und der Auffindeort ist bestätigt?«
»Ja.«
»Warum muss ich das machen?«
»Weil ich es sage.«
»Ich melde mich.« Marie drückte den Anruf weg.
Ihre neue Chefin war Holm gar nicht unähnlich. Sie kommunizierte kurz und knapp. Damit konnte Marie gut umgehen. Eigentlich passte das nicht zu der Frau, die im LKA den Ruf genoss, hart durchgreifen zu können. Astrid Moeller kam aus Süderlügum, sprach als Spross einer deutsch-dänischen Familie fließend Dänisch, und ihr Büro war mit »hyggelig« noch zurückhaltend beschrieben. Spötter behaupteten, mit den Kerzen aus ihrem Büro könne man eine Lichterkette um das gesamte LKA bilden. Marie gab EMO die Sporen.
Über die Autobahn war es ein Katzensprung bis an den Kanal

nach Sehestedt. Sie hatte Glück und konnte als letztes Auto an Bord der Kanalfähre »Pillau« rollen. Über die Backbordreling hinweg sah Marie, dass in Holgers Kanalimbiss schon reges Treiben herrschte. Wohnmobile in Reih und Glied, ein paar Motorradfahrer, und gern hätte sie einen Kaffee mit Aussicht getrunken, aber Tote ließ man nicht warten. Sie als Polizistin ließ Tote nicht warten, weil Spuren allzu schnell kalt wurden. Sie als Mensch ließ Tote nicht warten, weil es pietätlos wäre.

Ganz zu Anfang ihrer Laufbahn hatte ein Kollege eine Zigarettenkippe über einen Leichnam hinweggeschnippt. Der anwesende Rechtsmediziner hatte sich den jungen Polizisten so zur Brust genommen, dass nach dessen Ansprache niemand mehr ein Wort sagte. Marie würde nicht vergessen, womit er geschlossen hatte: »Stellen Sie sich vor, es wäre Ihre Mutter, die da liegt.«

Aus dem Augenwinkel warf Marie einen Blick auf die Sehestedter Kirche, deren hölzernen Glockenturm sie schon immer sympathisch gefunden hatte. Wie viele Seeleute und Passagiere großer Kreuzfahrtschiffe die Kirche und den zwischen dem Gotteshaus und dem Kanal gelegenen Friedhof wohl schon gesehen, was sie dabei gedacht, gefürchtet oder gehofft hatten? Friedhöfe waren für Marie erst zu besonderen Orten geworden, nachdem ihre Mutter gestorben war.

Es gab einen sanften Ruck. Ankunft auf der nördlichen Seite des Kanals.

Als Letzte der kleinen Fahrzeugkolonne fuhr Marie von Bord, hob kurz die Hand zum Dank. Der Decksmann nickte. Oben an der T-Kreuzung angekommen, bog Marie rechts ab, passierte die Scheune des Künstlers Leander Bruhn, den Sportplatz, und dann sah sie die Menschentraube an der Einmündung zur Landstraße. Dorfbewohner wohl, auch Urlauber und sehr wahrscheinlich Pressevertreter. Handys, Fotoapparate mit Teleobjektiven. Marie hielt an, stieg aus, griff nach dem Megafon, das sie eigentlich nur auf dem Fußballplatz verwendete, und stellte sich vor den Bus.

»Meine Damen, meine Herren, bitte mal kurz hergehört! Mein Name ist Marie Geisler. Ich bin Hauptkommissarin beim Landeskriminalamt. Ich erteile Ihnen hiermit einen Platzverweis. Stellen Sie sofort das Fotografieren ein und verlassen Sie umgehend die Kreuzung. Danke.«

Marie stieg wieder ein und fuhr an. Die Menschenmenge teilte sich. Einige gingen kommentarlos, andere machten wegwerfende Handbewegungen und traten murrend von einem Bein auf das andere. Marie bog rechts ab, fuhr vor zu dem freien Platz, von dem aus ein Wirtschaftsweg zu vier Windrädern führte. Dort sprach sie einen Polizisten an und beauftragte ihn, sicherzustellen, dass die Schaulustigen sich tummelten. Dann warf sie einen ersten Blick auf den Toten. Astrid Moeller hatte recht gehabt. Der Auffindeort war – ungewöhnlich.

Hoch hinaus

Gesche Triebel hielt die Gardine mit der linken Hand. Nach dem Streifenwagen war ein Notarztwagen an ihrem Fenster vorbeigefahren. Mit Blaulicht, ohne Martinshorn. Durch das Fernglas konnte sie sehen, dass sich an Windrad vier eine kleine Gruppe von Menschen versammelt hatte. Eine Frau in beigen Shorts und hellblauem T-Shirt sprach mit einem uniformierten Polizisten.

Sie hörte, dass das Telefon klingelte. Es klingelte nur leise. Lutz wurde immer gleich so nervös, wenn es laute Geräusche gab. »Gesche«, rief er von oben. »Was war das? Ich will keinen Besuch, hörst du?«

Gesche stellte das Fernglas auf den Tisch, ging in den Flur. »Es ist alles in Ordnung, Lutz. Schlaf einfach weiter.« Sie nahm den Hörer ab. Wind rauschte, Stimmengewirr. »Hallo, wer ist da?«

»Ich bin's«, flüsterte Ben. »Hast du gesehen, was hier los ist?«

»Ja.«

Ben hielt das Mikrofon zu. Es raschelte. Er sprach: »Bist du noch dran?«

»Ja, nun sag schon.«

»Kronenburg ist tot.« Ihr Sohn legte auf.

**

Marie legte den Kopf in den Nacken. Ungefähr hundert Meter lagen zwischen ihr und dem Körper eines Mannes dort oben. Auf die Entfernung fielen Marie zwei Merkmale ins Auge. Er schien einen Hipsterbart zu tragen, und er hatte offenbar aus einer Kopfwunde viel Blut verloren. Der Mann hing, wohl durch einen Gurt gehalten, kopfüber an der Außenseite der

Windradgondel. Sein Blut war über die weiße Hülle der Gondel nach unten gelaufen. Marie zog ihr Schleibook hervor, in das sie Notizen und Skizzen zu jedem neuen Fall machte.

Als sie wieder nach oben schaute, sah sie einen anderen Mann, bekleidet mit der typischen Jacke der Notärzte. Er steckte in einem Klettergurt. Zwei Männer sicherten ihn von oben. Der Notarzt schob sich seitlich an den Mann im dunklen Anzug heran. Kurz hingen seine Beine frei über dem Abgrund. Dann bekam er wieder Kontakt zur Gondel, geriet mit dem linken Bein in die Rinnsale aus Blut, verschmierte sie, griff endlich an den Hals des Mannes, verdeckte nun den Kopf und Oberkörper. Es dauerte keine Minute, dann machte er ein Zeichen nach oben und wurde hochgezogen.

Zurück blieb der leblose Körper, und zurück blieben Streifen, Tropfen und verwischte Spuren aus Blut, die Marie an Werke des amerikanischen Malers Jackson Pollock erinnerten. Action Painting, dachte sie und war unangenehm berührt, dass sie im Angesicht des Todes immer wieder solche befremdlichen Assoziationen hatte. Tatortarbeit, dachte sie, wie sollen wir da oben fotografieren, Spuren sichern? Wo war Elmar überhaupt? Der Kollege von der KTU würde Rat wissen.

Marie schaute sich um. Der Transporter der Kriminaltechnik stand bereits am Fuße des Windrades. Die Jungs waren mit Schwung herangefahren. Das linke Vorderrad hatte den Schotter des losen Untergrundes ein ganzes Stück vor sich hergeschoben und war nun beinahe bis zur Felge verschwunden.

Von der Straße her hörte Marie, dass dort ein Auto bremste und auf den Schotterweg abbog. Sie schaute über die Schulter und erkannte Eles rotes Cabriolet. Die Haare der Rechtsmedizinerin bewegten sich im Fahrtwind. Eine Staubwolke bildete sich hinter dem Auto. Auch sie fuhr zügig, bremste, und die Reifen gruben sich geräuschvoll in den Schotter. Ele stieg aus. Sie trug ein dunkelblaues Kostüm, fischte ihre Tasche vom Rücksitz und kam auf Marie zu. Die Frauen küssten einander auf die Wangen. Ele duftete nach Sommer und Pfefferminztee.

»Das haben wir lange nicht gemacht«, sagte Marie und löste sich nur langsam, schaute Ele fragend an.

Ele schwieg, dann deutete sie auf die Tür. »Wir müssen da rauf?«

Marie nickte und blickte ihrer Freundin hinterher, die sich, mühsam über den unebenen Boden stöckelnd, von ihr entfernte. Sie schaute über den kurzen Rock hinunter zu den Pumps, die farblich perfekt zum Kostüm passten. »Was hast du dich denn so aufgerüstet?«

Ele blieb stehen, wandte sich Marie zu. »Ich war auf dem Weg zu einem Vortrag in Hamburg, als mich der Anruf deiner neuen Chefin ereilte. Habe keinen Dienst, aber Kai ist mitten in einer Obduktion. Du kennst das ja. Und du? Sehr lässiges Outfit.«

»Habe auch frei. Der Anruf meiner neuen Chefin ereilte mich, als ich auf dem Weg in Holms Wohnung war.«

Ele schaute ungläubig. »Der lässt dich in seine Wohnung?«

»Ich glaube, es geht ihm richtig schlecht, und ich fürchte, er hat niemanden.«

»Wenn er meine Meinung möchte oder eine Verbindung zu einem Spezialisten – jederzeit.«

Die Freundinnen kehrten den Autos den Rücken und gingen auf die Treppe zu, die hinauf zum Eingang des Windrades führte. Neben der Tür stand ein älterer Polizeibeamter, dem Marie ihren Ausweis zeigte.

»Alles okay bei Ihnen?«, fragte sie. Der Mann war blass um die Nase.

»Danke, Frau Hauptkommissarin. Geht schon. Ich bin nicht so richtig höhenfest.«

»Sie waren oben?«

»Ja, mein Kollege Triebel und ich waren als Erste hier. Aber da war nichts mehr zu machen. Den Notarzt haben wir trotzdem gerufen.«

»Wer hat den Mann gefunden – also, entdeckt?«

»Die Kinder, die der Schulbus morgens nach Eckernförde

bringt. Sie fahren ja direkt hier vorbei.« Der Hauptwachtmeister zeigte zur Straße.
»Und wo sind die Kinder jetzt?«
»Die meisten konnten wir von ihren Eltern oder Großeltern abholen lassen, zwei sind in der Schule. Alleinerziehende, berufstätige Mütter. Wie das so ist heutzutage.«
»Wie das so ist heutzutage? Wie ist es denn heutzutage?«
Ele griff Marie an den Arm.
»Frau Hauptkommissarin, wir haben den Toten sofort erkannt. Er war ja gestern erst hier.«
Marie war von ihrer Chefin informiert worden, forderte den Hauptwachtmeister aber mit einer Handbewegung auf, weiterzuberichten.
»Pressetermin. Gestern gab es einen Pressetermin, und da war er hier. Quicklebendig.«
Marie nickte.
»Da oben. Das ist der Minister. Das ist Lothar Kronenburg.«
»Unser Bundeswirtschaftsminister, da sind Sie sich ganz sicher?«
»Ja, der schöne Lothar. Jetzt ist er hin.«

**

Gesche Triebel hatte Bruno angerufen. Bruno Klein war der Nächste in der Telefonkette, die sie schon in der ersten Woche aufgestellt hatten. Damals, in der Gründungsphase der Genossenschaft. Jetzt schlüpfte sie in ihre Crocs, reckte den Kopf ein wenig, stützte sich am Handlauf des Treppengeländers ab.
»Lutz, Luuutz, ich fahre rasch zum Schlachter. Bin gleich wieder zurück. Hörst du?«
Keine Antwort. Er schlief vermutlich. Glück gehabt. Gesche Triebel griff nach dem Schlüsselbund, dem Handy und ihren Zigaretten. Das Feuerzeug steckte in der Packung. Sie öffnete die Haustür, machte zwei Schritte nach vorn und zog die Tür vorsichtig hinter sich zu. Sie stieg in den alten Golf Plus, der auf

der Einfahrt stand, startete den Motor, setzte zurück und fuhr rechts die Hauptstraße hinunter. Sie hätte auch laufen können, das kurze Stück, aber heute war die Arthrose im rechten Fuß wieder richtig schlimm.

An der Alten Schmiede bog sie links ab, sah schon den Nord-Ostsee-Kanal, überholte die Schlange wartender Autos, fuhr parallel zum Wasser auf den Parkplatz unterhalb von Holgers Imbiss bis ganz nach vorn zum Spender für die Hundekotbeutel. Das war immer ihr Treffpunkt gewesen, wenn sie etwas zu besprechen hatten. Etwas, das andere nicht hören sollten.

Sie war die Erste, ging zum Wirtschaftsweg, zog die Zigaretten aus der Tasche ihrer fliederfarbenen Fleecejacke. Das Rauchen war ihr geblieben. Sonst nichts. Der letzte Zipfel der Jugend, der Freiheit. Seit Lutz den Schlaganfall erlitten hatte, war sie Sklavin seiner Krankheit, kam kaum noch aus Sehestedt raus. In den letzten Monaten hatte sie sich manchmal gefragt, wie es wohl ohne Lutz wäre. Sie hatte sich geschämt, aber die Gedanken kamen immer öfter.

Bruno Klein rollte auf seinem E-Bike heran. Er trug die Jogginghose von Hummel. Er trug immer die Jogginghose von Hummel. Schwarz mit weißen Winkeln an den Seiten. Er war mal Kreisläufer in der zweiten Mannschaft des THW Kiel gewesen. Früher.

»Gesche, was ist los? Was machst du für einen Alarm? Wir wollten gerade zum Einkaufen nach Rendsburg.«

Gesche Triebel machte eine abwiegelnde Bewegung. »Warte, bis alle da sind. Zigarette?«

Sie schnippte eine Kippe aus der Packung. Bruno griff zu. So standen sie an der Wasserkante, stießen abwechselnd Rauchwolken in die noch kühle Luft des Vormittags. Über Nacht hatte sich der Wind gelegt. Sie schauten immer wieder zur Straße und warteten.

»Komm, das ist doch albern, ich steh hier blöd rum, und du spannst mich auf die Folter.«

»Hast du denn nichts mitgekriegt?«

»Was mitgekriegt? Ich war hinterm Haus im Garten.«

»Das ist wieder mal typisch. Ihr von drüben kriegt ja nie was mit.« Gesche zeigte über den Kanal hinweg nach Sehestedt-Süd. »Nie kriegt ihr was mit.«

Der Mercedes von Hans Truelsen näherte sich. Er hatte Gabriele und Bernd eingesammelt. Beide saßen auf der Rückbank.

»Fehlen nur noch die Blaublüter«, stellte Gesche fest und zündete sich eine Zigarette an der Glut der letzten an. »Und Lucky«, ergänzte sie.

»Gesche, ob du wohl so freundlich bist, mir mitzuteilen, was hier läuft?«

Gesche nahm einen tiefen Zug, und mit dem Rauch, den sie ausatmete, sagte sie: »Ben hat mir Bescheid gegeben. Er hat Dienst, wurde zu den Windrädern gerufen. Von diesem neuen Busfahrer.« Gesche atmete ein, hustete und nahm einen weiteren Zug. »Ben kommt an, und was sieht er an Windrad vier?«

»Ja, was sieht er denn da?«

»Er sieht jemanden, der ihm bekannt vorkommt. Fernglas raus. Hat er immer dabei. Ein privates. Lutz war ja mal Jäger.«

»Ich weiß, dass Lutz Jäger war. Ich war hier der Bezirksförster, Gesche. Das solltest du als Ex-Bürgermeisterin wissen.«

»Ach, Bruno. Wenn du wüsstest, was ich alles weiß. Das zum Beispiel: Ben setzt das Fernglas an – und was sieht er? Er sieht den schönen Lothar, wie er oben am Windrad hängt. Ist sofort rauf, mein Ben, mit seinem Kollegen, und – das hat er natürlich schon vorher kombiniert, er will ja zur Kripo – tot, der schöne Lothar. Jetzt kommst du.«

»Kronenburg ist tot? Auf dem Windrad? Das ist ja lächerlich. Wie soll er denn da raufkommen? Ist doch abgeschlossen.«

»Du in deiner kleinen Beamtenwelt, Bruno. Nur weil da abgeschlossen ist, heißt das ja nicht, dass da keiner reinkommt.«

Der Mercedes fuhr vor. Hans Truelsen stieg aus.

»Bürgermeister, wo bleibst du denn?« Gesche schüttelte missbilligend den Kopf.

Hans Truelsen kam um die Front seiner Karosse herum. Sein

Lächeln eine Spur zu süffisant für Gesches Geschmack. »Moin. Gesche, Bruno. Kein Grund zur Panik. Ich weiß Bescheid. Der Minister. Dein Parteifreund, Gesche. Dein Ex-Parteifreund.«

»Wer war das?« Gesche trat ihre Kippe aus, zog die Packung Zigaretten aus der Tasche, steckte sie dann aber doch wieder weg. Hans Truelsen zuckte mit den Schultern. »Das Schicksal? Das Schicksal meint es vielleicht gut mit uns.«

»Wo ist eigentlich Lucky?« Gesche schaute hinüber zur Fähre.

»Unseren Mafioso habe ich seit Mittwoch nicht mehr gesehen. Seit unserem letzten Training.« Bruno schob die Hände in seine Trainingshose. Er war der Coach der Boule Amis Sehestedt. Wie es ausgerechnet zu diesem Namen gekommen war, ließ sich weder nachvollziehen noch ändern. Sie spielten jeden Mittwoch. Früher bei Bruno im Garten, und seitdem es die Boulebahn gab, oben auf dem Spielplatz. »Sollen wir mal rauf? Vielleicht hockt er ja auf der Bank und wartet da auf uns.«

Alle nickten. Und so trotteten die Boule Amis den Hügel empor. Nur um festzustellen, dass Klaus Kramer, genannt Lucky, nicht erschienen war.

»Ob Lucky dahintersteckt?« Gesche war ein bisschen außer Puste.

»Unsinn.« Bruno lehnte am abschließbaren Schrank, in dem sie Boulekugeln, Schweinchen, ein paar Flaschen Wein, Gläser, Starterlisten und im Minitresor die prall gefüllte Kasse aufbewahrten.

»Ein Denkmal wäre ihm immerhin sicher«, unterstützte der Bürgermeister die Vermutung der Ex-Bürgermeisterin.

»Außerdem ist Lucky der Einzige ohne Rente. Er hat doch alles auf ein Pferd gesetzt. Lucky hat jeden Cent in unseren Bürgerwindpark gesteckt, und wenn einer darunter leidet, dass Kronenburg die Einspeisevergütung kappen wollte, dann ja wohl Lucky mit seiner Gebrauchtwagenklitsche. Nur mal so. Von wegen Motiv. Ben hat das auf der Polizeischule gelernt.«

»Kaum ist einer nicht da, haut ihr ihn die Pfanne?« Bruno

klang empört. »Wir wissen wenig. Kronenburg ist tot. Sagt dein nichtsnutziger Sohn. Mehr wissen –«
»Nichtsnutziger Sohn? Geht's noch, Bruno?«
»Du weißt genau, was ich meine, Gesche. Ich sage nur: Ladendiebstahl. Hätten wir damals nicht die Hand über deinen Sohn gehalten, wäre der heute nicht bei der Polizei.«
»Schluss jetzt.« Hans Truelsen beendete die Diskussion mit einer kurzen Handbewegung. »Wir müssen zusammenhalten. Wir haben immer zusammengehalten. Auch, als du noch Bürgermeisterin warst, Gesche. Bruno hat recht. Wir wissen nicht viel. Nichts ist bestätigt. Mein Informant ist zuverlässig, aber offiziell ist das nicht.«
»Dein Informant. Wer ist denn dein Informant?« Gesche spielte mit der Zigarettenpackung.
»Tut nichts zur Sache. Nehmen wir an, dass Kronenburg tatsächlich tot ist. Was heißt das denn für uns? Zunächst mal heißt das gar nichts. Die Vergütung wird gekappt, und wir gucken in die Röhre.« Hans Truelsen zog die Augenbrauen hoch. »Es sei denn …«
»Es sei denn, es sei denn. Dieses Rhetorikgetue vom Kreisparteitag kannst du dir hier sparen, Hans.« Bruno schloss den Schrank auf und nahm eine Flasche Rotwein raus, drehte sie ins Licht, versuchte das Etikett zu lesen. »Kann ich mal deine Brille haben, Hans?«
Der Bürgermeister reichte Bruno die Brille und fuhr fort: »Es sei denn, künftige Entscheider sind uns wohlgesinnt.« Er lächelte, trat neben Bruno und holte Gläser aus dem Schrank.
»Ein erster Schritt ist jedenfalls gemacht«, sagte Gesche und nahm Bruno eines der Gläser aus der Hand.
»Bist du nicht mit dem Auto da?«, stichelte Bruno.
»Ich habe einen guten Draht zur Polizei. Komm, mach auf, die Flasche. Vielleicht haben wir ja was zu feiern. Und was Lucky angeht: Ist doch klar, dass ich hinter ihm stehe. Ich bin sauer, weil er bei der letzten Inspektion so teures Öl abgerechnet hat, der alte Verbrecher.«

Gabriele und Bernd standen dicht beieinander. Als Bruno ihnen die Gläser hinhielt, lächelte Gabriele, schüttelte den Kopf und ging einen Tippelschritt zurück. Vom Parkplatz neben dem Kanalimbiss hörte man das Blubbern eines Achtzylinders.

»Die Blaublüter«, stellte Gesche fest und nahm einen Schluck vom Roten. Den spendeten die Blaublüter, die einen Weinberg an der Ahr besaßen, mit der immer gleich großen Geste. Schlurfende Schritte, und nun tauchten Sandra und Robert von Turnau am Bouleplatz auf. Die Dame ging an Gehstützen. Ein kleiner Reitunfall, wie man hörte.

»*Bonjour, mes amis*«, posaunte Robert von Turnau. »Habt ihr schon gehört? Der schöne Lothar hängt an Windrad vier. Wir haben ihn mit eigenen Augen gesehen. *Quel dommage*, nicht wahr?« Er lachte dröhnend, schlug Hans Truelsen auf den Rücken und nahm Bruno die Weinflasche ab.

Der Vorstand des Bürgerwindparks Sehestedt war komplett.

※※※

Als Marie das überraschend kühle Innere des Windrades betrat, änderte sich die Akustik. Geräusche klangen, als befänden sie sich in einer Halle. Marie richtete den Blick nach oben, und sofort spielte ihr der Gleichgewichtssinn einen Streich. Sie kippte in Richtung Tür und musste sich festhalten.

»Das ist nur die Zwischenebene auf siebzig Metern«, sagte ein gut aussehender Mittdreißiger in Shorts, die denen von Marie ähnelten. Er reichte ihr die Hand. »Kai Koost, ich bin hier der technische Betriebsführer.«

»Und Sie sind warum eher hier als wir?« Marie sah aus dem Augenwinkel, wie Ele den Mann taxierte.

»Vielleicht weil unser Firmensitz keine zwei Kilometer Luftlinie von hier entfernt liegt?«

»Ele Korthaus, ich bin die Rechtsmedizinerin.«

Der Mann ließ Maries Hand los. »Ein bisschen schwach ist mir schon, Frau Doktor. Angenehm.« Er lächelte.

»Wo geht es denn hier nach oben, Herr Betriebsführer?« Marie schob sich zwischen Ele und den Mann.

»Das hängt davon ab, ob Sie die Leiter nehmen möchten oder doch eher die Befahranlage.«

»Die Befahranlage?«

»Wir sind in Deutschland, dem Land, in dem man präzise mit Sprache umzugehen pflegt. Würden Sie – ich darf mal vorgehen – diesen Käfig hier Fahrstuhl oder Lift nennen?«

»Befahranlage passt wunderbar«, mischte sich Ele ein.

»Nun, bevor wir Ihren Kamin hier befahren –«

»Besteigen wäre aber auch möglich?« Eles Pumps klackerten auf dem Betonboden.

Der Mann spitzte kurz die Lippen. »Wenn Sie das wirklich wollen. Mit Schuhen und Tasche.«

»Sicher werden Sie beide das später klären können. Aber ich bin ja nicht zum Spaß hier. Bevor wir also abheben – wie ist der Mann, der dort oben hängt, hier reingekommen?«

»Ich bin als Einbrecher unerfahren, aber aufgebrochen war die Tür nicht. Ich tippe, dass er einen Schlüssel hatte, oder jemand hat ihn reingelassen.«

»Wie könnte er in Besitz eines Schlüssels gekommen sein, und wer könnte ihn reingelassen haben?«

»Das ist kein Hochsicherheitsbereich im eigentlichen Sinne. Wir haben Schlüssel, der Betreiber hat Schlüssel, und die Servicetechniker haben Schlüssel.«

»Sie machen mir bitte eine Liste mit den Namen und Kontaktdaten aller, die Schlüssel für diese Tür besitzen.« Marie wandte sich zur Tür, durch die in diesem Moment ein Mann trat, sich kurz umschaute, in sein Sakko griff, einen Ausweis zückte und »Meier, BKA« sagte. »Wer ist der Kollege vom LKA?«

»Nur eine Kollegin heute«, antwortete Marie. »KHK Geisler, moin.«

Meier verzog keine Miene. »Ich habe mit Ihrer Chefin gesprochen. Sie berichten direkt an mich. Was wissen wir?«

»Sie wissen bestimmt eine ganze Menge. Ich auch. Sobald

ich den Eindruck habe, dass ich in diesem Fall mehr weiß als Sie, erfahren Sie es als Erster. Karte?«

Meier griff erneut ins Sakko und reichte Marie, wonach sie verlangt hatte. Auf der Karte las sie, dass Meier sich »Mayr« schrieb.

»Sagen Sie, Herr Mayr, sofern es sich um den handelt, um den es sich handeln soll: Wo waren respektive sind eigentlich die Personenschützer?«

Mayr zog einen Block aus seinem Sakko, blätterte, schwieg. »Ich nenne Ihnen die in Frage kommenden Ansprechpartner.« Er drehte sich um und ging zur Tür.

»So, Herr Betriebsleiter. Dann bringen Sie uns mal nach oben.«

»Nicht ohne PSA.«

»PSA?«, fragten Ele und Marie wie aus einem Mund. Sie dachten an das prostataspezifische Antigen, das einen Hinweis auf eine Erkrankung geben kann. Marie dachte auch an Holm.

»Persönliche Schutzausrüstung«, erklärte der Betriebsführer und hielt den Frauen Sicherungsgurte und Helme entgegen.

»Na, da kann ja nichts mehr schiefgehen«, sagte Ele, zog ihren Rock ein Stück hoch und stieg in die Beinschlaufen. Der Blick des Betriebsleiters war mindestens interessiert. Mayr vom BKA schaute weg.

Nachdem auch Marie die Ausrüstung angelegt hatte, bestiegen sie den Fahrkorb. Der Einstieg war lediglich durch einen gewöhnlichen Rollladen verschlossen. Vertrauenerweckend wirkte das auf Marie keineswegs. Sie spürte, dass ihre Hände feucht wurden. Lochbleche an den Seiten, viel Plexiglas, insgesamt eine Konstruktion, die luftig, beinahe filigran wirkte und Marie an die Baukästen ihrer Kindheit erinnerte. Schulfreunde hatten damals mit Fischer-Technik die tollsten Sachen zusammengeschraubt.

Zur Wandseite hin gab es einen Ausstieg. Marie las den Text, der mit »ACHTUNG« überschrieben war: »Vor Benutzung der Befahranlage sind die beiden Stahlseile so weit wie möglich auf einwandfreien Verlauf optisch zu kontrollieren. Sollte hier ein Mangel festgestellt werden, so ist dieser vor Fahrtantritt zu beheben. Aufgrund der extremen Seillänge in Verbindung mit den normalen Turmschwankungen kommt es manchmal zu dem Problem, dass sich die Seile mit Turmbauteilen verheddern.«

Der Betriebsführer hatte Maries Blick annähernd richtig gedeutet. »Sollte die Technik mal streiken, können Sie immer noch klettern.« Kein ironischer Unterton. Er glaubte offenbar tatsächlich, diese Information habe etwas Beruhigendes.

Der Betriebsführer schloss die Tür. »Gute Fahrt. Ihre Kollegen oben habe ich eingewiesen. Nur, falls Fragen sind.«

Er drückte einen Knopf, es gab einen kleinen Ruck, ein surrendes Geräusch, und dann setzte sich der Fahrkorb in Bewegung. Ein bisschen ruckelnd. Nicht so sanft und gleichförmig, wie Aufzüge das taten.

Marie griff nach Eles Hand. »Ich habe Angst.«

»Musst du nicht, mein Täubchen. Du bist hier diejenige mit der Pistole.«

Langsam wurden die Schaltschränke aus lichtgrauem Blech kleiner, die gelben Aufkleber mit Warnhinweisen, die roten Not-Aus-Knöpfe verschwanden aus Maries Blickfeld. An den Wänden aus nacktem Beton liefen schwarze Kabel entlang. Marie zitterte.

»Denk an was Schönes«, empfahl Ele.

»Der Betriebsführer ist scharf auf dich.«

»So was meinte ich, was Schönes.« Ele strahlte und bewegte keck den Kopf hin und her.

»Ganz schön langsam, das Ding. He, Betriebsführer! Wie lang dauert der Spaß denn eigentlich?« Maries Stimme hallte durch den Turm.

»Ich tippe, beim Fliegengewicht der beiden Damen, unter sieben Minuten«, rief der Betriebsführer.

»Ich muss mal«, flüsterte Marie.

Ele drückte ihre Hand. »Keine Sorge, du schwitzt das bis oben alles aus.«

Endlich, nach einer Reise, die Marie wie ihre letzte erschienen war, erreichten sie die Gondel. Maries rechte Hand verkrampfte sich um Eles, Maries linke Hand erfasste die von Elmar, dem der gelbe Helm viel zu klein war.

»Marie, du musst mich schon loslassen, sonst wird das nichts«, riet Ele. Elmar zog sanft, aber bestimmt, und dann stand Marie in der Gondel, über hundert Meter über dem unschuldigen Feld zwischen Nord-Ostsee-Kanal und dem Wittensee.

Elmar schwitzte unter dem Helm. Der Gurt ließ ihn aussehen wie eine zu eng verschnürte Roulade. Seine Laune indes war bestens. »Frau Hauptkommissarin, melde: Kriminaltechnik des LKA mit zwei Mann angetreten, wie befohlen.«

»Das scheint ja ganz nach deinem Geschmack.«

»Der beste Leichenfundort *ever*. Wird in die Annalen eingehen. Vielleicht gebe ich ein Interview für die Gewerkschaftszeitung. Spektakulär. Darf ich vorstellen?« Er zog einen schmächtigen jungen Mann hinter einem ummantelten Bauteil des Windrades hervor. »Andrzej Błaszczykowski, mein neuer Mitarbeiter. Sag Moin, Andrzej.«

»Moin.«

»*Dzień dobry*«, antwortete Marie. »Ich bin Marie Geisler, Fallanalyse. Das ist Dr. Ele Korthaus, Rechtsmedizin. Willkommen im Team.

Andrzej lächelte. »Sie sprechen Polnisch?«

»*Trochę.*«

»Ein bisschen also. Das ist toll. Deutsche sprechen nie Polnisch.«

»Dort, wo ich herkomme, ist das gar nicht so unüblich.«

»Woher, wenn ich fragen darf?«

»Aus dem Ruhrgebiet. Im 19. Jahrhundert sind viele Menschen aus Preußisch-Polen ins Ruhrgebiet gezogen. Meine Familie hat Verwandtschaft in Posen. Und Sie heißen wie Kuba. Der Fußballer. Früher beim BVB. Wird bei uns noch immer sehr geschätzt.«

Andrzej hob eine behandschuhte Hand. »Von Fußball habe ich keine Ahnung.«

»Bevor hier gleich noch Polka getanzt wird – wie komme ich zur Leiche?« Ele schob sich zwischen Marie und dem neuen Kriminaltechniker hindurch. So weit der Weg in die Gondel des Windrades gewesen war, so beengt ging es hier zu.

Elmar streckte seine Hand aus. »Soll ich Ihre Tasche nehmen, Frau Doktor?«

»Gern.« Der hochgezogene Rock, der Sicherungsgurt. Ele stieg ein wenig ungelenk über die mächtige Welle hinweg, hinüber auf die linke Seite der Gondel.

»Hier die Leiter rauf.« Elmar zeigte auf eine gewöhnliche Treppenleiter, wie Marie sie auch im Garten benutzte, wenn sie die Rhododendren beschnitt. Sie war enttäuscht, hatte mehr Hightech erwartet. Sie folgte Ele, die beherzt die ersten Stufen der Leiter nahm, deren oberes Ende in eine Plexiglasluke hineinragte, die ihrerseits aussah, als habe man sie im Baumarkt nebenan erworben. Ein bisschen wie das Oberlicht in Uwes nagelneuem VW California mit Hochdach. Dass ihr Schwiegervater diesen Luxusbus gekauft hatte, fand Marie praktisch. Vielleicht konnten sie ihn ja mal ausleihen.

Nun trat Ele hinaus ins Licht. »Heiliges Kanonenrohr«, hörte Marie sie sagen. »Das ist ja der absolute Knaller. Ist das geil. Alter!«

Eles Absätze klapperten auf der Hülle. Jetzt war Marie, Angst hin oder her, doch neugierig geworden und griff nach dem Holm der Leiter.

»Einhaken, Frau Doktor, sofort einhaken, und ziehen Sie doch bitte diese Schühchen aus.« Elmar klang streng.

Es waren exakt elf Sprossen, die Marie nach oben stieg. Sie spürte jede einzelne und glaubte, nun auch das Schwanken des Windrades zu fühlen, von dem sie unten im Warnhinweis gelesen hatte. Ein letztes Mal drückte sie sich mit dem linken Bein nach oben, dann verschlug es ihr den Atem.

Es war still. Windstill. Totenstill. So still, dass Marie das

Knirschen der Muskeln hörte, als sie den Kopf drehte. Der Oberkörper nun oberhalb der Luke. Der Blick entglitt ihr in die Weite der Landschaft. Ein Blick, als schaue sie aus einem Flugzeug hinunter auf Wiesen und Felder, auf Wälder, Seen, Wasserläufe, die in der Sonne glitzerten. Eine große Ausdehnung von Weite und Stille. Dann griff Elmar nach dem großen Karabinerhaken und ließ ihn klackend in der gelben Öse gleich neben der Luke einrasten.

»Sicher«, sagte er. »Jetzt bist du sicher.«

Marie schaute nach rechts und sah die Waden eines Mannes. Die dunkle Hose war hochgerutscht. Die Waden waren weiß, als hätten sie noch nie die Sonne gesehen. Blutleere Waden. Es waren die Waden eines toten Mannes. Vorsichtig versuchte sie, aus der Hocke aufzustehen. Ein Unterfangen, das jetzt und wohl auch zukünftig zum Scheitern verurteilt war. Vielleicht sollte sie mal bei einem Besuch im Eckernförder Hochseilgarten an ihrer Höhenangst arbeiten. Sie kauerte auf der Gondel und kämpfte um die Kontrolle über ihr Gleichgewichtsorgan.

Das Dach der Gondel, eine gewölbte, zu den Seiten hin abfallende Fläche. Kein Geländer weit und breit, von einer Plattform ganz zu schweigen. Immerhin war die Oberfläche angeraut. Rechts von Marie reckte sich ein Flügel des Windrades in den Himmel. Vor ihr lag Ele auf dem Bauch, vom Gurt gehalten und von Elmar, der seinerseits auf dem Bauch lag und Eles rechtes Fußgelenk festhielt. Kurz drehte er sich nach hinten zu Marie um. »Na, ist das nicht unglaublich? Dass ich das erleben darf.«

Marie krabbelte auf allen vieren so weit an Elmar heran, dass sie den Körper des Mannes sehen konnte. Auch Teile des Kopfes. Die rechte Gesichtshälfte wies zum Himmel. Eine blutende Wunde auf der Wange – so wie es aussah, war auch die Augenhöhle betroffen.

Sie wandte sich an Ele. »Erschlagen?« Keine Antwort. Marie schaute hoch. Ele schaute in die Ferne. »Ele, he, träumst du?«

Die Rechtsmedizinerin räusperte sich. »Sieht so aus.«

»Mehr hast du nicht zu sagen?«

»Das ist jetzt noch Mutmaßung, Marie. Warum kannst du nicht mal warten? Ich komme doch kaum an ihn ran. Haben Sie die nötigen Fotos gemacht, Herr Brockmann?«
Elmar schaute Ele an. »Ja sicher, Frau Doktor. Soweit das möglich war von hier aus. Käpt'n Dirk startet gleich eine kleine Drohne, dann haben wir andere Möglichkeiten.«
»Käpt'n Kirk?«
»Nicht Kirk. Dirk, unser lizenzierter Drohnenflieger.«
»Wir können ihn also hier noch nicht wegschaffen?«
»Nein.«
Marie mischte sich ein. »Elmar, hast du seine Taschen kontrolliert?«
»Nein, wie denn? Sobald Käpt'n Dirk fertig ist, seilen wir ihn ab, okay? Zwanzig Minuten vielleicht.«
»Ele, und du? Erschlagen? Das sieht von hier aus ziemlich eindeutig aus.«
Ele schob sich ein Stück rückwärts in Maries Richtung, drehte sich, setzte sich. Es gab unschöne Geräusche. »Den Rock kann ich vergessen«, sagte sie ärgerlich. Dann saß sie Marie gegenüber, die immer noch auf allen vieren hockte.
»Also, ja, er ist wahrscheinlich erschlagen worden. Aber ohne Gewähr. Jemand schlägt ihn von links unten. Mit einem schweren, stumpfen Gegenstand. Kleine Aufprallfläche, große Wirkung. Knöcherne Strukturen werden zerstört, das Kahnbein splittert, die weiter hinten liegende Halsschlagader platzt. Der Mann stürzt, kommt mit dem Kopf nach unten zu liegen. Volumenmangelschock. Symptome sind Herzrhythmusstörungen, der Blutdruck fällt, der Puls wird flach, es treten erste Bewusstseinsstörungen auf, Exitus letalis.«
»Er ist verblutet?«
»Ja, würde der Laie meinen. Aber es sind eher biologisch-chemische Prozesse, die den Kollaps machen. Erhöhte Permeabilität der Kapillaren im ganzen Körper, der dünnen Gefäße zwischen Arterien und Venen. Die Blut-Gewebe-Schranke verschiebt sich. Es findet ein drastisch gesteigerter Flüssigkeitsaustausch statt.«

Marie hob die rechte Hand. »Schon gut. Der Schlag war also nicht unmittelbar tödlich?«
»Eher nicht.«
»Wie lange hat es gedauert, bis er tot war?«
»Weiß ich nicht.«
Marie rollte mit den Augen und schaute sich um. »Elmar«, rief sie. »Habt ihr was? Ein Tatwerkzeug vielleicht?«
»Nichts.«
»Ihr müsst auch unten suchen.«
»Ach.«
»Ele, von links unten, hast du gesagt?«
Ele nickte. Marie stellte sich hin und ging gleich wieder in die Hocke. Die Höhe hatte gewonnen. Sie nahm ihr Handy in die linke Hand und führte eine Bewegung von links unten nach rechts oben aus. Da brachte nicht mal ein Linkshänder besonders viel Kraft in den Schlag.

Ele stand auf, ging um sie herum, kniete sich hinter sie, griff nach dem Handy, legte es Marie in die rechte Hand, führte Maries Hand nach links unten. »Du hast doch bestimmt mal Tennis gespielt, du Sportskanone.«

»Rückhand«, sagte Marie. »Na klar. Von links unten nach rechts oben. Mit einem Hammer. Da ist dann richtig Wucht dahinter.«

»Kein Hammer. Jedenfalls nicht die kurze Seite eines Hammers. Die Wunde deutet eher auf einen flachen Gegenstand hin.«

An der Sichtkante der Gondel tauchte plötzlich eine summende Drohne auf, an der eine Kamera befestigt war.

»Elmar, wehe, der macht jetzt irgendwelche Fotos oder Videos von uns, wie wir hier hocken. Hast du ein Funkgerät? Sag ihm, er soll warten, bis wir hier weg sind. Los.«

Elmar zog ein Funkgerät aus der Tasche, drückte auf die Sprechtaste. »Dirk, die Damen sind nicht zurechtgemacht. Fotos bitte erst, wenn sie von der Bildfläche verschwunden sind.«

»Verstanden und aus«, tönte es krächzend aus dem Gerät, das wie ein Relikt aus dem letzten Jahrhundert wirkte.

»Frauen und Frauen zuerst«, sagte Marie und fädelte rückwärts in die Luke ein.

»Du willst den Fundort nicht zeichnen?« Elmar war überrascht.

»Ausnahmsweise verlasse ich mich auf eure Fotos und Videos. Sicher macht Käpt'n Dirk das sehr gut.«

Als Marie das Innere der Gondel erreicht hatte, kam es ihr vor, als habe sie nach einer Atlantiküberquerung erstmals wieder festen Boden unter den Füßen. Und gleich stellte sich auch wieder ein klarer Gedanke ein. »Was hatte der hier bloß verloren?«, murmelte sie.

»Verloren ist das richtige Stichwort.« Mit hochrotem Kopf kam Andrzej hinter der Turbine hervor und hielt einen USB-Stick in die Höhe. Marie zuckte mit den Schultern.

»USB-Stick«, erklärte Andrzej.

»Und?«

»Mit Bundesadler und Initialen. L.K.« Er reichte Marie den Stick.

»L.K., soso. Wäre schon sehr ungewöhnlich, wenn es sich beim Toten da oben nicht um Lothar Kronenburg handeln würde.«

Ele stieg die Leiter hinunter. Gerötete Wangen. »Hätte ich gewusst, dass das so toll ist, hätte ich schon längst mal versucht, auf so 'n Ding zu kommen.«

Zehn Minuten später öffnete der Betriebsführer die Tür des Fahrkorbes. »Wie zwei Engel«, sagte er und schaute Ele an.

»Sie wollen mich einladen?«

Der Betriebsführer nickte.

»Gut, Samstagabend in der Skyline Bar.«

»In Hamburg?«

Ele nickte.

»Zwanzig Uhr?«

Ele nickte.

Die Frauen entledigten sich ihrer Schutzausrüstungen und traten vor die Anlage.

»Schleppst du die Kerle immer so schnell ab?«

»Nö, aber der ist schon süß, oder?«

Marie schmollte.

»Nicht so süß wie du, aber du bist ja verheiratet.«

Vor den Stufen des Eingangs landete die Drohne.

Aus der silbernen Limousine mit Berliner Kennzeichen stieg Mayr aus und kam auf Marie und Ele zu. »Erkenntnisse?«, fragte er.

Marie berichtete vom USB-Stick und schloss: »Das muss allerdings nicht bedeuten, dass er den Stick zu einem früheren Zeitpunkt verloren hat und wiederkam, um ihn zu suchen. Es könnte aber so gewesen sein. Wir sollten ihn jetzt von da oben runterholen und endlich seine Identität klären.«

Marie griff zum Funkgerät. »Elmar, ist der Betriebsführer bei dir?«

»Ist auf dem Weg.«

»Gut, ihr könnt den Mann dann abseilen.«

Sprengstoff

Klaus »Lucky« Kramer war ein bescheidener Mensch. Er brauchte nicht viel, hatte ja auch keine Familie. Gut, da waren die fetten Karren, die klotzigen Armbanduhren. Aber das gehörte zu seinem Job, war in der Gebrauchtwagenbranche üblich. Man musste mit breiter Brust auftreten, damit einen die Konkurrenz ernst nahm, damit die Kunden Vertrauen hatten. Nur Verlierer fuhren Golf und trugen Uhren von Swatch.

Er hatte lange bei seiner Mutter gewohnt, bis zu seinem vierunddreißigsten Lebensjahr war sein Kinderzimmer sein Zuhause gewesen. Seine Mutter hatte für ihn gekocht, seine Wäsche gewaschen, sich um die Buchhaltung gekümmert. Dann war sie gestorben. Ganz unerwartet. Lucky hatte die Wohnung behalten, schlief weiter in seinem Kinderzimmer, hatte den großen Flachbildfernseher aber ins Wohnzimmer geschafft, damit er nicht mehr so dicht davorsitzen musste. Auf der Arbeitsplatte in der Küche standen Konserven aus dem Supermarkt. Da konnte er nicht viel falsch machen. Und es schmeckte ihm auch. Im Kühlschrank Bier, Energydrinks und Mixed Pickles. Die vermisste er jetzt.

Er starrte auf den weißen Strand, das Blau des Schwarzen Meeres und war verzweifelt. Wenn die Kohle aus dem Bürgerwindpark demnächst nicht mehr fließen würde, war er geliefert. Der Rentenbescheid war ernüchternd gewesen, und die Geschäfte gingen schlecht in letzter Zeit. Niemand wollte die sparsamen Diesel haben, die auf seinem Hof standen, und dieser Igor hatte sich auch nicht gemeldet. Aber von Hybridautos und Elektroantrieben verstand er nichts. Und an allem waren diese Politiker schuld.

Der amerikanische Präsident hatte schon recht. Die vornehmen Herrschaften in Brüssel und Berlin kümmerten sich nicht um Leute wie ihn. Von den Schrottkarren, die er ab und zu an Kunden von auswärts verkaufte, mal abgesehen, hatte er sich nie etwas zuschulden kommen lassen. Und jetzt sollte er im Alter von Stütze leben, sollte zum Amt gehen? Das konnte man wirklich nicht von ihm erwarten.

Versonnen spielte er mit dem Armband seiner Rolex Oyster. Der schöne Lothar hatte auch so eine gehabt. Da waren sie auf Augenhöhe gewesen, der Minister und er. Lucky spuckte aus. Dass Lothar einen Teil des Geldes für den Mustang hatte zurückhaben wollen, empörte ihn immer noch. Geschäft ist Geschäft. Nur weil dieser Idiot Spielschulden hatte, sollte er sein Sky-Abo kündigen. So weit kam's noch.

***

»Gundlach«, sagte eine Frauenstimme, nachdem Marie den Anruf auf ihrem Handy angenommen hatte, und gleich fielen ihr, wenn auch nicht alle, so doch einige ihrer Sünden ein. Sie schaute auf die Armbanduhr.

»Frau Geisler, ich warte seit einer Viertelstunde auf Sie.«

Marie wand sich. Innerlich und äußerlich. Ele schaute irritiert, Marie ging ein paar Schritte zum EMO, um dessen Heck herum, lehnte sich ans warme Blech und sagte: »Frau Gundlach, ich bin dienstlich gebunden. Können wir den Termin um anderthalb Stunden nach hinten –«

»Wie stellen Sie sich das vor, Frau Geisler? Der Grund für Termine im Rahmen des Elternsprechtages ist ja ein geregelter Ablauf.«

Marie nahm das Handy vom Ohr, atmete, war gewillt, freundlich zu bleiben. »Sie haben selbstverständlich recht. Allerdings verschieben sich manchmal die Prioritäten.«

Erneut unterbrach Frau Gundlach. »Welche Priorität genießt denn Ihr Sohn Karl, Frau Geisler?«

Ele bog ums Eck. »Marie, er kommt.« Sie schaute nach oben. Der Körper des Mannes näherte sich rasch dem Boden. Elmar und der Betriebsführer hatten ihn so gesichert, dass er mit den

Füßen voran nach unten schwebte. Sein Kopf lag auf der Brust, das dunkle Sakko war geöffnet, Blut auf dem Hemd.
»Ich rufe dann mal in der Praxis Ihres Gatten an.«
»Nein, ich komme Montag vor Unterrichtsbeginn. Schönes Wochenende.« Marie drückte das Gespräch weg und zog neue Handschuhe über.

Der KTU-Kollege, der die Drohne gesteuert hatte, zupfte an der Plane herum, auf der der Körper zu liegen kommen würde. Nur noch etwa zwei Meter. Eine Flüssigkeit tropfte aus dem Leichnam und erreichte die Plane hör- und sichtbar. Marie, Ele und der KTU-Kollege griffen nach dem Körper, fassten ihn an den Schultern und am Kopf, sorgten dafür, dass er nicht ohne jede Würde auf der Plane landete. Mayr vom BKA stand in der geöffneten Tür seiner Limousine und telefonierte.

Marie löste den Karabinerhaken, machte ein Zeichen nach oben. Der Haken und das dünne Drahtseil verschwanden. Nun lag der Mann auf dem Rücken, die verletzte Kopfseite nach oben. Es handelte sich ziemlich offensichtlich um den Mann, den sie aus den Zeitungen und aus dem Fernsehen kannten. Marie zückte das Schleibook, machte eine kurze Skizze. Kronenburg wirkte auch im Tod wie einem Lifestyleblog entsprungen, wie die Ikone der Hipsterszene. Sein Äußeres war ihm offensichtlich extrem wichtig gewesen.

Ele und Marie knieten sich neben ihn. Marie griff in die zugeknöpften Innentaschen des Sakkos. Mayr trat an die Plane heran. Marie zog eine Brieftasche aus der linken Innentasche und ein Handy aus der rechten. Sie öffnete die Brieftasche und entnahm ihr den Personalausweis. Lothar Kronenburg, geboren am 7. November 1970. Er war keine fünfzig Jahre alt geworden.

Schlagartig wurde Marie bewusst, dass dies ein Fall mit bundespolitischer Bedeutung war. Alle würden auf den gewaltsamen Tod des Ministers schauen, auf ihre Arbeit. Vorgesetzte, Medienvertreter, die Bürgerinnen und Bürger des ganzen Landes. Sie drehte den Kopf, nickte Mayr zu, der das Handy wieder ans Ohr nahm und wegging.

In der Brieftasche keine Fotos, keine Briefchen, nichts Persönliches. Aus den Medien wusste Marie, dass Kronenburgs Eltern vor einigen Jahren bei einem Autounfall ums Leben gekommen waren. Hatte er in einer Talkshow erzählt, und Marie war das sehr inszeniert vorgekommen. Traurig war es dennoch. Er war nicht verheiratet, hatte keine Kinder. Ein Leben, wie es sich Marie nicht vorstellen konnte.

Sie war froh, keine Todesnachricht überbringen zu müssen.

Brieftasche und Handy steckte sie in separate Beutel, tastete die anderen Taschen ab. Sie fand einen Autoschlüssel, der vermutlich zu dem unscheinbaren weißen Polo passte, der am Rand des Platzes parkte, einen Schlüsselbund, Lutschbonbons, ein Stofftaschentuch. Marie verstaute die Asservate im EMO, in das ein kleiner Tresor und eine wirksame Alarmanlage eingebaut worden waren.

Mit dem Autoschlüssel ging sie hinüber zu dem etwas abseits geparkten Auto. Sie schloss es auf und staunte nicht schlecht. Auf der Rückbank lagen ein nagelneuer Kuhfuß, ein stabiler Schraubendreher und ein Picking-Besteck zum Öffnen von Schlössern, wie auch sie eines besaß. Da war jemand in der Absicht unterwegs gewesen, eine Tür zu knacken.

Marie setzte sich ins Auto, öffnete das Handschuhfach. Bordbuch und die Lutschbonbons der Marke und Sorte, die sie in Kronenburgs Tasche gefunden hatte. Sie klappte die Beifahrersonnenblende herunter. Ein selbst ausgedruckter Stromlaufplan für die Feuerwehr und ein Fahrzeugschein. Der Polo war auf Sina Carstens zugelassen. Eine Adresse in Kiel.

Marie wusste, wer Sina Carstens war. Sie kannte die Fernsehredakteurin vom Bildschirm. Warum war Kronenburg mit deren Auto gefahren? Hatte er ihr Auto gefahren? Die KTU musste das prüfen. Marie stieg aus, schaute in den Kofferraum. Nichts außer einem Warndreieck und einer leeren Ikea-Tasche. Sie verschloss den Polo, ging hinüber zu Elmar und Ele. Von der Straße her näherte sich ein Leichenwagen.

»Du bist schon fertig?«, fragte sie Ele.

»Hier kann ich nichts mehr tun. Ich brauche ihn auf dem Tisch.« Ele rückte ihr Kostüm zurecht, umarmte Marie kurz und wandte sich zum Gehen. »Ich ruf dich an, sobald ich Ergebnisse habe.«

»Pass gut auf dich auf, morgen in der Skyline Bar!«

Ele winkte ab und wackelte mit dem Hintern.

»Elmar?«

Der KTU-Mann setzte sich auf ein kleines Höckerchen und schob die Kapuze seines Schutzanzugs nach hinten. Die wenigen Haare klebten am Kopf. »Ja, Marie?«

»Der Polo da drüben. Kronenburg hatte einen Schlüssel dafür. Vermutlich ist er mit dem Auto hierhergefahren. Ihr überprüft das?«

»Mok wi.«

»Auf der Rückbank sind Einbruchwerkzeuge. Nagelneu.«

»Das ist ja nicht mein Bier. Quittung suchen, Baumarkt suchen ...«

»Schon klar. Ich möchte nur, dass ihr nachschaut, ob es am Werkzeug und an der Tür der Anlage Spuren gibt, die Rückschlüsse auf einen Einbruchversuch zulassen. Ich glaube ja, er hatte einen Schlüssel, oder jemand hat ihn reingelassen. Schade, dass der Eingang nicht kameraüberwacht ist.«

»Schade, dass die Welt nicht besser ist.«

»Den USB-Stick nehme ich mit. Schaue ich mir gleich im Büro an und lege ihn dann auf deinen Schreibtisch.«

Der Motor von Mayrs Limousine sprang an. Das Auto fuhr an. Es staubte. Mayr bremste neben Marie und Elmar, ließ die Scheibe hinuntersurren. Er reichte Marie einen Zettel raus. »Die Personenschützer. Bei der Befragung bin ich dabei. Zwei Stunden Vorlauf reichen. Ich bleibe zunächst in Kiel.«

Das Fenster surrte nach oben. Die Limousine fuhr davon. Marie drehte sich um und sah noch, wie sich der Deckel des Kunststoffsarges über Lothar Kronenburg schloss. Sie nickte den drei KTU-Kollegen zu, stieg ins EMO und fuhr los.

Oft half es ihrem Denken auf die Sprünge, wenn sie eine Situation verließ. Jetzt fuhr sie, allerdings ohne zu denken, parallel zum Kanal in Richtung Kiel, und plötzlich kam der Hunger, er griff nach ihr, als hätte sie seit Tagen nichts mehr gegessen. Er rumorte in der Magengegend, stieg auf durch den Brustkorb und nahm Besitz von Maries Gedanken, war wie die Sucht eines Rauchers. Sie musste jetzt essen.

Sie bremste, hielt auf dem Randstreifen, löste den Gurt und machte zwei Schritte nach hinten. Im Kühlschrank ein Kühlkissen und ein längst abgelaufenes Bier. Der Hunger ging, die Gier kam. Marie fuhr zu schnell. Nicht schon wieder ein Knöllchen, dachte sie und beschleunigte. War ja nichts los. Dann die T-Kreuzung, dort, wo man sich für eine Brücke entscheiden muss, und auf der anderen Straßenseite, das Schicksal meinte es gut mit ihr, die Rettung. Der Gasthof Levensau, mit dem schönen Beinamen »Schweinsgeige« geadelt. Marie ballte die Faust. Hoffentlich kein Ruhetag, ging es ihr durch den Kopf. Der Parkplatz wie leer gefegt.

Sie stieg aus, lief auf den Eingang zu, zog an der Tür und ballte die Faust erneut. Zehn Minuten später saß sie vor einer sehr anständigen Portion Sauerfleisch mit Bratkartoffeln. Und ein alkoholfreies Weizen gönnte sie sich. Schlechtes Gewissen inklusive. Am Abend würde sie laufen gehen. Ganz bestimmt. Nach der Knieverletzung im letzten Jahr hatte sie fünf Kilo zu-, nicht jedoch wieder abgenommen.

Die Wirtin entließ sie mit dem Hinweis auf ein Konzert, Bingo und Comedy auf Platt. Marie dachte über Bingo nach. Mit Ehemann und Schwiegereltern, als Überraschung. Die würden Augen machen.

Marie entschied sich für die alte Levensauer Hochbrücke. Lange würde sie hier nicht mehr herfahren können, der Abriss stand bevor. Auf dem nördlichen Balkon hatte sie oft gestanden und ihre Gedanken geordnet. Warum nicht auch heute? Sie bremste, parkte vor der Brücke, holte Notebook und USB-Stick aus dem Tresor und ging zur Brücke.

Falsch geparkt, Asservate außerhalb der Diensträume, das Disziplinarverfahren war zum Greifen nah. Würde sie eben Hausfrau und Mutter und Liebhaberin. Sie dachte an Ele. Sie waren sich sehr nahegekommen im letzten Sommer, und Marie konnte das prickelnde Gefühl nicht vergessen. Das Weizenbier gluckerte im Bauch. Über vierzig Meter bis zur Wasseroberfläche. Immer diese Kreuz- und Quergedanken.

Sie stellte das Notebook auf die Brüstung, schaltete es ein, gab das Passwort ein und schob den Stick in den USB-Port. Das war verboten. Vieles war verboten. Einen fremden Datenträger in ein dienstlich genutztes Notebook zu schieben war aus guten Gründen verboten. Aber der Datenstick eines Landesparteivorsitzenden und Bundesministers – was sollte da schon schiefgehen? Sicher war der doppelt und dreifach gecheckt und vermutlich auch mit Passwörtern gesichert.

Falsch gedacht. Das Notebook erkannte den Datenträger als Laufwerk F:. Der Explorer zeigte die Ordner an. Kein Passwort. Nichts. Marie konnte es kaum glauben. Kronenburg musste sich des Sticks sehr sicher gewesen sein, oder aber er enthielt keine wichtigen Daten. Sie zählte sieben Ordner und eine ganze Reihe von Fotos und Videos. Es würde Stunden, wenn nicht Tage dauern, das Material zu sichten.

Einen Ordner hatte Kronenburg »Gero die Sau« genannt. Marie klickte, der Ordner öffnete sich, enthielt nur eine Bilddatei. Keine Vorschau. Marie öffnete die Datei. Das Foto zeigte ein von Hand beschriebenes Blatt Papier. Wohl A5, unsauber aus einem Block herausgerissen. Es war datiert und unterschrieben. Unterschrieben von Gero Freiherr von Blohm, dem stellvertretenden Landesparteivorsitzenden, dem schillernden Gast ebensolcher Partys, dem Erben eines schleswig-holsteinischen Technologieunternehmens, das nach Maries Wissen Weltmarktführer war.

Der Inhalt des Papiers war geeignet, mehr als eine politische Karriere zu beenden. Sollte Kronenburg zurückgekommen sein, um nach dem USB-Stick zu suchen, so konnte Marie das gut verstehen. Das Papier erinnerte sie an die Militärdoktrin des Kalten Krieges, an das Gleichgewicht des Schreckens.

Sie zog den Stick aus dem Notebook, schaute sich um, klappte das Notebook zu, verstaute den Stick wieder im Beutel, ging zum EMO, legte Stick und Notebook in den Tresor und rief Mayr vom BKA an, berichtete, verabredete sich mit ihm, informierte ihre neue Chefin Astrid Moeller, wendete und fuhr los.

※※※

Der Vorstand des Sehestedter Bürgerwindparks hatte Einstimmigkeit hergestellt. Hans Truelsen würde als Bürgermeister an offizieller Stelle nachhören. Hatte er gesagt. Welche Stelle das sein könnte, hatte er in der großen Runde nicht verraten. Unterdessen sollte Gesche ihren Sohn Ben ausquetschen.

»Und wer soll das sein, der uns hilft?«, wollte Gesche dann doch wissen, als sie mit dem Bürgermeister und dem Blaublüter allein war.

»Der Stellvertreter«, sagte Hans Truelsen.

»Der Stellvertreter!«, bestätigte Robert von Turnau, »Gero Freiherr von Blohm. Ein alter Freund der Familie. Seid unbesorgt.« Wieder lachte er sein dröhnendes Lachen. Dann stieg er in seine englische Karosse und rauschte davon.

Das Motiv des Freiherrn

Marie war lange genug im Polizeidienst, um zu wissen, dass Menschen nicht nur sprichwörtlich über Leichen gingen, um ihre Gier nach Macht zu befriedigen. In einem politischen System wie dem der Bundesrepublik Deutschland wurde Machtmissbrauch negativ sanktioniert. Das bedeutete aber nicht, dass sich jene, die nach noch mehr Macht strebten, in jedem Fall davon abhalten ließen. Gero Freiherr von Blohm gehörte zu einer Handvoll extrem reicher und einflussreicher Deutscher. Dass ihm das nicht reichte, bewies das Papier auf dem USB-Stick.

Mayr käme direkt zu von Blohms Gutshaus und träfe voraussichtlich nach Marie ein. Kein Grund zur Eile also. Marie schob die CD des Danish String Quartet in den CD-Player und erfreute sich an einem Stück, das noch schöner war als sein Name: »Drømte mig en drøm«.

***

Das Gutshaus lag in Angeln, abseits der Durchfahrtsstraßen, jenseits der Touristenströme. Keine Schlossküche, die Gäste bekochte, kein Hofverkauf, kein gemeinnütziger Weihnachtsmarkt. Statt einer historischen Mauer friedete ein drei Meter hoher Metallzaun das Gutshaus ein. Bewegliche Kameras überwachten das Areal.

Auf einer der Terrassen saßen sich Gero Freiherr von Blohm und Robert von Turnau gegenüber. Die Männer trugen Sonnenbrillen, konnten einander nicht in die Augen schauen, aber der Blick in die Seele des jeweils anderen war unverstellt. Sie waren vom selben Schlag, kannten keine Zweifel, und auf dem Weg zur Macht gingen sie Hand in Hand, solange das nützlich war.

Robert von Turnau nahm einen Schluck vom Bourbon, den Gero so liebte. »Der Landesvorsitz ist dir sicher. Ich habe die Wackelkandidaten gestern auf Kurs gebracht. Die Schwergewichte im Bundeskabinett sind auf unserer Seite. Es fragt sich jetzt nur noch, wie wir den Geist der Kernfusion in die Flasche zurückbekommen.«

Ein Lächeln huschte über das unnatürlich gebräunte Gesicht des hageren Freiherrn. »Desinformation.«

»Fake News«, warf Robert von Turnau ein.

»Bewahre. Das klingt so vulgär, so amerikanisch. So tief werden wir nicht sinken.«

»Du willst die Kernfusion diskreditieren?«

»Ich will Schaden vom deutschen Volk abwenden.« Gero Freiherr von Blohm sprang auf. Seine Bewegungen waren fahrig.

Wieder lachte Robert von Turnau sein dröhnendes Lachen.

»Angriff«, sagte der Hausherr.

Robert von Turnau erhob sich, strich das Sakko glatt und streckte die Hand aus, doch der Freiherr hatte sich bereits abgewendet, verließ mit schnellen Schritten den Freisitz. »Sie werden zittern«, stieß er hervor.

Eine Angestellte stand am Fuß der Treppe, reichte eine schmale Tasche. Robert von Turnau folgte, erreichte das erste Podest und sah gerade noch, wie sein Mitstreiter in einen mattschwarzen Ferrari stieg. Er startete den Motor, beschleunigte und passierte das sich elektrisch öffnende Tor keinen Wimpernschlag zu früh. Die Angestellte verharrte am Fuß der Treppe, verzog keine Miene und erwartete spürbar den Abgang des Gastes.

Turnau kannte abweichende Verhaltensmuster, hatte er doch einige Jahre als Psychiater praktiziert. Wie sich Gero Freiherr von Blohm in letzter Zeit verhielt, irritierte allerdings auch ihn. Er verließ das Anwesen mit dem Gedanken an ein ganzes Bündel von Persönlichkeitsstörungen.

Auf der Allee, die zur öffentlichen Straße jenseits des Hügels führte, kam ihm ein VW-Bus entgegen, der hier, auch ob seines Alters, deplatziert wirkte.

***

Die Allee zeigte ihre ganze Pracht und Länge erst, als Marie die Kuppe erreicht hatte. Gärtnern war das Kunststück gelungen, die Allee und die angrenzenden Ländereien mit Feuchtwiesen und Tümpeln so natürlich wie gepflegt wirken zu lassen. Gepflegt wirkte auch der silberne Jaguar, der ihr entgegenkam. Die verspiegelte Sonnenbrille des Fahrers hätte jedoch eher ins Milieu gepasst. Geld und Stilsicherheit gingen nicht immer Hand in Hand.

Vor dem ungewöhnlich hohen Tor in dezentem Grau gab es einen kleinen Parkplatz mit drei Parkbuchten. Marie wählte die dem Anwesen nächstgelegene und schaute am Zaun entlang, der sich irgendwo zwischen grünen Kostbarkeiten ihrem Blick entzog. Sie holte das Notebook aus dem Tresor und las noch einmal das unmoralische Angebot, das Gero Freiherr von Blohm dem Wirtschaftsminister, seinem Parteifreund und Konkurrenten, gemacht hatte:

> *Lothar, du hast es zu was gebracht. Wenn man bedenkt, wo du herkommst. Sei zufrieden, lehn dich zurück und mach Platz. Für mich. Auf dem nächsten Parteitag schlägst du mich als deinen Nachfolger vor. Anderenfalls werde ich deine Beteiligung an der Austrian Mining öffentlich machen. Deine Kooperation wird nicht zu deinem Schaden sein. Ich habe eine nennenswerte Anzahlung auf dein Offshore-Konto geleistet.*

Marie schloss das Notebook wieder weg. Dass einer wie von Blohm Parteivorsitzender werden wollte, war schwer nachzuvollziehen. War das nicht ein Scheißjob? Gero Freiherr von Blohm hatte doch alles, was man sich nur vorstellen konnte.

Und was verbarg sich hinter der Austrian Mining? Warum war Kronenburgs Beteiligung ein Problem? Was auch immer dahinterstecken mochte – hatte Kronenburg den Spieß umgedreht? Gero Freiherr von Blohm hätte auf jeden Fall einpacken können, wäre Kronenburg mit dem Schreiben an die Öffentlichkeit gegangen. Ein Erpresser wäre in der Partei nicht haltbar gewesen. Die Auswirkungen auf die Blohm AG konnte Marie nicht abschätzen. Aber vielleicht war die erwähnte Beteiligung Kronenburgs so brisant, dass von Blohm sich sicher fühlte.

Das Geräusch eines sich nähernden Autos. Marie schaute in den rechten Rückspiegel. Es war Mayr. Sie stieg aus.

»Zeigen Sie es mir.«

Marie zog die Seitentür des EMO auf und tippte die Zifferkombination in den Tresor.

»Gemütlich haben Sie es.«

»Zweckmäßig.«

Die Tresortür sprang auf, und Marie entnahm das Notebook.

»Dass das verboten ist, wissen Sie schon.«

»Wollen Sie petzen?«

Die Datei öffnete sich, Marie reichte das Notebook nach draußen, Mayr las und gab das Gerät zurück.

»Kommt mir komisch vor. Warum schreibt er so was, macht sich angreifbar? Mündlich, vielleicht. Aber so? Das ist doch an Dummheit kaum zu überbieten. So besoffen kann man nicht sein.«

»Hybris«, sagte Marie. »Gero Freiherr von Blohm ist kein Hehler, der seine Spuren zu verwischen versucht. Er fühlt sich unangreifbar.«

Mayr nickte langsam. »Möglich.«

»Was fragen wir ihn?«

»Hat die Rechtsmedizinerin den Todeszeitpunkt genannt?«

»Hat sie bisher nicht. Ich frage nach.« Marie griff zum Telefon und wählte Eles Nummer.

»Marie, ich nehme dich nicht mit nach Hamburg«, meldete sich Ele.

»Frau Dr. Korthaus, ich stehe hier mit dem Kollegen vom BKA vor einer Befragung, und es wäre hilfreich, den Todeszeitpunkt des Ministers zu kennen.«

»Gestern zwischen achtzehn und zwanzig Uhr.«

»Danke. Weitere Erkenntnisse?«

»Er ist gerade erst hier eingetroffen.«

»Danke und tschüss.«

»Tschüss.«

Marie schaute Mayr an. »Sie sagt, gestern zwischen achtzehn und zwanzig Uhr.«

»Na, dann wollen wir mal. Gesehen hat man uns ja.« Mayr deutete auf die Kameras neben dem Tor und in der Sprechanlage. »Ob die alle Aufnahmen entsprechend der Datenschutz-Grundverordnung behandeln?«

Mayr drückte den Klingelknopf. Im Monitor, der Teil der Klingelanlage war, erschien das Bild eines Mannes Mitte vierzig. Er trug ein dunkelblaues Sakko, ein weißes Hemd, eine rote Krawatte und sah aus wie der Concierge eines guten Hotels. Sein Blick war freundlich und offen. Mayr zeigte seinen Dienstausweis und teilte mit, dass Marie und er Gero Freiherr von Blohm zu sprechen wünschten.

»Das tut mir leid, Herr Mayr. Der Freiherr ist nicht auf Gut Holtby. Aber bitte kommen Sie doch herein und vereinbaren Sie einen Termin.« Das Tor schwang langsam nach außen.

»Von Gut Holtby habe ich noch nie gehört«, bekannte Marie. »Wollen wir laufen?«

»Ja, gegen Laufen habe ich nichts einzuwenden.«

Die beiden Polizisten betraten das Anwesen. Die Zufahrt war asphaltiert. Das war aber auf den ersten Blick das einzige Zugeständnis an profane Bedürfnisse. Der neben der Straße verlaufende Weg für Fußgänger und Radfahrer war kunstvoll angelegt und führte durch einen lichten Laubengang. Nachdem Marie und Mayr ihn betreten hatten, sahen sie das Gutshaus zunächst nicht mehr, weil der Weg eine Kurve beschrieb, dabei einen kleinen Teich umrundete, auf dem Enten und andere Wasservögel schwammen. Hinter dem Teich führte der Weg schnurgerade auf das Haupthaus zu. Marie tippte auf 18. Jahrhundert. Im Hagapark nördlich von Stockholm hatte sie mal ähnliche Gebäude gesehen. Eher ein Schloss als ein Gutshaus, dachte sie.

Mayr zog ein Bein leicht nach. Er hatte Maries Blick bemerkt. »Eine alte Kriegsverletzung«, sagte er.

»Erster Weltkrieg?«, fragte Marie.

»Die Schlacht von Verdun.« Mayr grinste zum ersten Mal, seit er sich am Windrad vorgestellt hatte, und fügte hinzu: »Ich ziehe das zurück. Damit scherzt man nicht.«

Marie fuhr sich mit Daumen und Zeigefinger über die Lippen.

Sie gingen, inzwischen im Gleichschritt, weiter.

»Bin beim Abseilen abgerutscht.«

»Abseilen? MEK?«

»Ja. War eine tolle Zeit. Bin froh, dass ich nicht im Büro sitzen muss. Jetzt, mit dem Bein.«

»Ich könnte die Geschichte eines spektakulären Kreuzbandrisses beisteuern, aber wir sind ja nicht im Wartezimmer.«

Vor ihnen tauchte der Aufgang zum Gutshaus auf, vor dessen Portal der Mann im blauen Anzug wartete. »Guten Tag, Frau Geisler, guten Tag, Herr Mayr, herzlich willkommen auf Gut Holtby. Mein Name ist Römer. Ich darf vorgehen.« Herr Römer drehte sich nicht um. Er wartete auf eine Antwort.

»Bitte«, sagte Mayr.

Die Tür öffnete sich automatisch. Die perfekt ausgeleuchtete Halle strahlte das aus, was Maries Mutter immer »gediegen« genannt hatte. Zurückhaltend präsentierter Reichtum. Kein Prunk. Edle Hölzer, Marmor auf dem Boden. Gedeckte Farben. Herr Römer steuerte auf eine Rezeption zu, hinter der eine Dame mittleren Alters in blauem Outfit aufblickte, sich ebenso freundlich wie Herr Römer als Frau Rosenthal vorstellte und mitteilte, sie habe bereits nach freien Terminen geschaut. Sie schlug den Mittwoch und Donnerstag der kommenden Woche jeweils um acht Uhr vor.

»Zu spät, Frau Rosenthal«, befand Mayr.

Die gab ihrem Bedauern Ausdruck.

»Geben Sie uns einfach seine Handynummer. Wir erledigen das dann«, schlug Marie vor.

»Bedaure, ich kenne keine mobile Telefonnummer des Freiherrn.«

Marie spürte ein Kratzen im Hals, musste husten. Sofort schob Frau Rosenthal eine Glaskaraffe in ihre Nähe, stellte ein Glas dazu.

»Danke, geht schon wieder. Wie kommunizieren Sie denn mit Ihrem Chef?«

»Persönlich oder über ein internes System der Blohm AG.«

»Dann fordern Sie ihn auf«, Marie legte ihre Visitenkarte auf den Tresen, »mich noch heute anzurufen. Vorher sind Sie bitte so freundlich und drucken uns Herrn von Blohms Termine der letzten achtundvierzig Stunden aus.«

Die Dame lächelte. »Gern teile ich dem Freiherrn Ihren Wunsch mit. Seine Termine darf ich Ihnen nicht ausdrucken. Hierzu bedürfte es einer Anordnung durch die Staatsanwaltschaft oder einen Richter. Kann ich Ihnen anderweitig weiterhelfen, Frau Geisler?«

»Sie sagen uns einfach, wo sich Herr von Blohm jetzt aufhält.«

»Bedaure.«

»Danke. Einen schönen Tag noch.« Mayr machte kehrt. Marie schloss sich ihm an.

»Sie finden den Weg?« Eine rhetorische Frage, die Herr Römer in die Stille der Halle stellte. Man nickte einander zu, die Tür öffnete sich, Marie und Mayr traten ins Freie.

»Harte Nuss«, konstatierte Marie. »Ich rufe gleich mal in der Konzernzentrale an.«

Sie verließen das Anwesen und kamen zu ihren Fahrzeugen.

»Wollen wir mal rasch gemeinsam durchs Internet?«, fragte Marie und machte eine einladende Handbewegung Richtung EMO.

»Warum nicht. Hole eben mein Notebook.«

Marie knipste EMOs Alarmanlage aus und setzte sich. Sie schaltete das Notebook ein, Mayr machte es sich auf der Rückbank bequem.

»Duftet nach Kaffee hier.«

»Wollen Sie einen?«

»Nee, danke, nur keine Umstände.«

Vögel zwitscherten, der Lüfter des älteren Notebooks von Mayr surrte, es klapperte, als er die Tastatur bediente. Marie hatte seit wenigen Wochen ein Gerät neuester Generation. Schnell, beinahe geräuschlos. Sie war begeistert. Die perfekte Ergänzung zu ihrem Uralt-Handy, mit dem sie nur telefonierte und SMS schrieb.

»Sie die Partei, ich die AG?«

Mayr nickte.

Marie wählte die Nummer der Konzernzentrale, wünschte Herrn von Blohm zu sprechen. Die Antwort war unmissverständlich.

»Bitte wenden Sie sich an seine persönliche Assistentin Frau Rosenthal.« Kurze Pause. »Ach, ich sehe gerade, dass Sie das bereits getan haben. Dann gehen die Dinge ja nun ihren Gang. Darf ich sonst etwas für Sie tun?«

Marie bedankte sich und beendete das Gespräch.

»Gut abgeschirmt«, sagte Mayr und telefonierte mit von Blohms Wahlkreismitarbeiter. Ein jovialer, freundlicher Mensch, der gleich in tagespolitische Themen einstieg, aber ebenfalls keinen direkten Kontakt zu von Blohm herstellen konnte. Nachfragen, wie er in der Partei angesehen sei, wurden amüsiert abgebügelt.

»Er ist unser stellvertretender Landesvorsitzender. Das ist ein guter Hinweis auf seine Position.«

»Wie ist das Verhältnis zu Lothar Kronenburg?«, wollte Mayr wissen.

»Da fragen Sie die beiden am besten persönlich.«

Mayr beendete das Gespräch. »Sinnlos. Die sind alle verdonnert, möglichst wenige Auskünfte zu erteilen. Er war nicht verheiratet, hatte keine Kinder, keine Partnerin. Hobbys?« Er schaute Marie an.

»Weiß ich nicht. Bin gerade dabei, etwas über die Austrian Mining herauszufinden. Eine Bergwerksgesellschaft im österreichischen Wolfsberg. Die fördern Lithium. Verstehe nicht, was problematisch an einer Beteiligung sein soll. Ich gebe die Recherche über die Blohm AG an eine Kollegin im LKA. Das hier scheint mir die interessantere Fährte.«

Marie schrieb eine Nachricht und bat darum, alle Hinweise auf den möglichen Aufenthaltsort von Gero Freiherr von Blohm an sie weiterzuleiten. »Vielleicht doch einen Kaffee?«, fragte sie Mayr.

In diesem Moment klopfte es am Seitenfenster. Herr Römer schaute freundlich ins Fahrzeuginnere. Marie öffnete die Tür.

»Verzeihen Sie, Frau Geisler. Aber so leid es mir tut, ich muss Sie bitten, die Parkbuchten frei zu machen. Hier wird in wenigen Minuten eine größere Baustelle eingerichtet. Der gesamte Bereich vor dem Tor wird überdacht. Die Fahrzeuge treffen in einigen Minuten hier ein.«

»Alles klar.«

»Dann wünsche ich Ihnen und Herrn Mayr noch einen erfolgreichen Tag. Auf Wiedersehen.« Römer verschwand.

»Höflichkeit macht den Alltag leichter, aber dieses aufgesetzte Gehabe geht mir schwer auf die Nerven«, stellte Marie fest. »Wir machen dann getrennt weiter? Ich fahre ins LKA. Vielleicht haben die ja schon Kronenburgs Smartphone angeguckt, und den USB-Stick muss ich auch abliefern.«

»Ja. Sie berichten –«

Marie lächelte und beugte sich vor. »Herr Kollege Mayr. Ich weiß nicht, welche Erfahrungen Sie so im Lande machen. Sie kommen sicher viel rum. Ich verstehe uns als Team, das den Tod von Lothar Kronenburg aufzuklären versucht. Ich bin kooperativ, und sobald ich etwas von Bedeutung erfahre, gebe ich Bescheid.«

Mayr verschränkte die Arme. »So sollte es sein. Wohl wahr. Aber glauben Sie mir, Kooperation mit dem BKA liegt nicht in den Genen der örtlichen Behörden. Wir werden oft als Konkurrenz, gar als Bedrohung empfunden. Schön, dass es hier anders ist. Und auf den Kaffee komme ich ein andermal gern zurück.«

Mayr stand auf.

»Warum schreiben Sie sich eigentlich nicht ›Meier‹, wie die meisten Meiers?«

»Meine Familie stammt aus Oberstdorf. Da heißt man so.«

»Aber einen Dialekt haben Sie nicht.«

»Mein Vater war bei der Bundeswehr. Ich kam als Kind nach Hannover, bin also mit reinstem Hochdeutsch groß geworden.«

»Verstehe. Noch Kontakte nach Bayern?«

»Ja, schon, warum?«

»Ist doch in der Nähe von Österreich. Wegen Kronenburgs Beteiligung.«

»Wenn es so weit ist, mache ich gern eine Dienstreise.«

Motorengeräusche. Ein Tieflader brachte einen Bagger.

»Überdachen, soso. Sieht eher nach einer größeren Sache aus. Machen wir, dass wir hier wegkommen. Tschüss.« Marie drehte den Fahrersitz nach vorn. Mayr stieg aus.

Gar nicht so übel, der Mayr, dachte Marie, rangierte um den Tieflader herum und fuhr die Allee entlang. Als sie gekommen war, hatten Wolken die Sonne verdeckt. Jetzt zauberte deren Licht ein prachtvolles Bild aus Strahlen, Schattenwurf und Lichtinseln auf die Straße. Marie öffnete das Fenster. Es war doch noch warm geworden.

Dort, wo die Allee auf die Landesstraße stieß, bog Marie in Richtung Eckernförde ab, und bald tauchten die ersten Häuser von Waabs auf. Gleich hinter dem Ortsschild musste Marie bremsen. Ein Fahrzeug der Abfallwirtschaft kam ihr entgegen, und rechts erschien die zuvor durch ein parkendes Auto verdeckte Gestalt einer vornübergebeugten Frau. Hochbetagt, einen Einkaufstrolley hinter sich herziehend, mit PET-Flaschen so beladen, dass ihr die gestapelten Kunststoffflaschen bis zu den Schulterblättern reichten. Die Wasserflasche aus Kristallglas kam Marie in den Sinn. Parallelwelten, die nur wenige Minuten Fahrzeit auseinanderlagen. Sich niemals berührten, wenngleich sie einander bedingten.

Atomminister?

Sie wussten, dass Robert von Turnau keine Skrupel haben würde, die Ziele der Windgenossenschaft durchzusetzen. Denn es waren seine Ziele. Die Rendite hochzuhalten wäre der Garant für all die Annehmlichkeiten, die das Leben in Sehestedt ausmachten. Die Straßen waren sauber, es gab quasi keine Kriminalität, aber Dorffeste, kulturelle Angebote, gepflegte Spielplätze, das Museum. Für die wenigen, denen es wirtschaftlich nicht so gut ging, sprang die Gemeinschaft ein. Fischbrötchen-Charity nannten sie es, wenn sie in die Kasse der Boule Amis griffen und großherzig verteilten, was der Zehnte, den sie von ihren privaten Erlösen abführten, in diese Kasse gespült hatte. Und damit sollte jetzt Schluss sein?

Gesche Triebel und Hans Truelsen saßen oben auf Holgers Terrasse. Der Chef der Gastronomie, die sie treffend »Kanalimbiss« nannten, setzte sich zu den beiden, die das politische Urgestein der Gemeinde waren, die dafür gesorgt hatten, dass sich einer der größten Windparkbetreiber hier bei ihnen angesiedelt hatte. Mit lauteren Mitteln, versteht sich.

»Der Blaublüter macht das schon, hör auf, so rumzurutschen«, ermahnte Gesche.

»Ich habe keinen Zweifel, dass er sich reinhängt. Er kriegt den Hals doch nie voll. Aber können wir sicher sein, dass von Blohm auf unserer Seite ist? Vielleicht ist dem die Windenergie egal.« Hans Truelsen nahm einen Schluck Kakao. Kakao mit Sahne beruhigte ihn, erinnerte ihn an unbeschwerte Tage auf dem Pferdehof seiner Großeltern. Lange her.

»Hans, er wird ihm was anbieten.«

»Weißt du, wer von Blohm ist? Was willst du dem denn anbieten?«

Holger wechselte in einen der Strandkörbe. »Ein Angebot ist immer so gut wie der Wunsch nach dem Angebotenen.«

Gesche starrte Holger an. »Nur weil du mal ein paar Semester BWL studiert hast, musst du hier nicht auf schlau machen, Bursche.«

»So blöd ist das ja nicht«, mischte sich Hans Truelsen ein. »Man muss rausfinden, was ihm wirklich wichtig ist. Geld wird es nicht sein.«

Holger nickte. »Noch einen Kakao, Hans?« Die Antwort vorausahnend stand er auf und schlurfte davon.

»Wird auch nicht jünger«, stellte Gesche fest.

»Steh du mal in aller Herrgottsfrühe auf und fahr zum Großmarkt. Tag für Tag. Da wirkst du dann am Nachmittag auch nicht mehr taufrisch. Was anderes: Wo zum Henker ist eigentlich Lucky, der alte Verbrecher?«

**

Als Marie in Kiel die Bundesstraße verließ, fiel ihr auf, dass sie keine Musik gehört hatte. Etwas war anders bei diesem Fall. Mayr vom BKA war anders.

Sie bog in den Mühlenweg und sah, was noch anders war. Vor dem Gelände des Landeskriminalamtes parkten Übertragungswagen der großen und kleinen Sender. Jemand hatte der Journaille etwas gesteckt. Alle gierten danach, wahrgenommen zu werden, wichtig zu sein, warum nicht auch Polizisten?

Marie hupte. Zwei Männer mit Kameras auf den Schultern machten Platz, richteten ihre Objektive gleich auf das EMO und Marie. Ein ganz mieses Gefühl war das. Körperlich spürbar, wie Gegenwind beim Fahrradfahren. Ob Menschen, die in der Öffentlichkeit standen, sich daran gewöhnten? Die Schranke öffnete sich, Marie grüßte den Pförtner und fuhr auf den Parkplatz. Den Blicken der Reporter entzogen, stieg sie aus und ging mit Notebook und Asservatenbeutel auf den Eingang zu.

Im Großraumbüro der Kriminaltechnik hielt sie nach Elmar Ausschau, konnte ihn aber nicht entdecken. Auf Nachfrage erfuhr sie, dass er noch unterwegs sei. Musste sie bis morgen warten, mindestens bis morgen, ehe sie erfuhr, was auf dem Smartphone des Ministers zu finden war.

Am Fahrstuhl kam ihr Frau Rietmüller mit der obligatorischen Flasche Milch entgegen. Als sie Marie sah, begann sie sofort zu schluchzen. Marie eilte zu ihr und zog sie weg von den Aufzügen zu einer kleinen Sitzgruppe am Rande des Flurs.

»Holm?«, fragte sie, und Frau Rietmüller zitterte sich ihr unter Tränen entgegen, fiel Marie in die Arme, weinte an ihrer Schulter. Frau Rietmüller, die Vorzimmerdame des Dr. Holm, die wie Dr. Holm stets den Eindruck machte, als käme sie gerade vom Friseur, von der Maniküre, vom Schneider. Wie aus dem Ei gepellt. Verlaufen jetzt die Wimperntusche, gerötet die Augen.

Langsam löste sie sich von Marie, öffnete die Milchflasche, trank zwei, drei gierige Schlucke, setzte ab, und ein Milchbart zierte ihre Oberlippe. »Muss ja weitergehen«, sagte sie, zog ein Stofftaschentuch aus ihrem Dior-Blazer, schnäuzte sich wie ein Bauer, wischte sich durchs Gesicht, drückte den Rücken durch, atmete geräuschvoll durch die Nase. Dann schaute sie Marie fest in die Augen. »Lassen Sie ihn nicht im Stich.« Sie legte Marie kurz die Hand auf die Schulter und ging.

Marie schüttelte sich und trat an die Fahrstuhlanlage heran, drückte den Aufwärts-Pfeil, die Tür schob sich zur Seite. Marie machte einen Schritt in den Käfig, dachte an die Befahranlage des Windrades, wählte in alter Gewohnheit die falsche Etage. Sie musste ja nun zur Fallanalyse, hatte dort ein eigenes Büro. Sie drückte auf die Sieben, kam oben an, stieg aus und klopfte nur ein paar Meter vom Fahrstuhl entfernt an die Zimmertür von Astrid Moeller, ihrer neuen Chefin.

Wie anders war die Atmosphäre hier. Moeller hatte die grauen Büromöbel gegen solche aus heller Kiefer ausgetauscht. In der Ecke kein Besprechungstisch, sondern eine Couch mit Couchtisch. Astrid Moeller trug ein weißes, knöchellanges Kleid mit kleinen, aufgestickten Blumen und sah mit ihrem strohblonden Haar aus wie eine Lichterkönigin beim schwedischen Luciafest.

Aber vom äußeren Eindruck sollte man sich nicht täuschen lassen. Beim dienstlichen Judo war Marie vor ein paar Wochen auf sie getroffen und hatte ihr blaues Wunder erlebt. Astrid Moeller war nicht nur für ihr Alter beeindruckend fit.

Sie stand auf, begrüßte Marie und deutete gleich auf die Couch. »Na, Frau Geisler, höhensicher?«

»Alles andere als das«, antwortete Marie.

»Mögen Sie ein Glas Holunderlimonade? Selbst gemacht.«

»Sehr gern.«

Astrid Moeller öffnete den Kühlschrank und brachte eine Karaffe, die an die auf der Rezeptionstheke auf Gut Holtby erinnerte. Astrid Moeller schenkte zwei Gläser ein, setzte sich und schaute Marie offen und interessiert an. »Na, dann erzählen Sie mal.«

Gut, dass Holm das nicht sah. Diese Vertraulichkeit. Marie berichtete, Astrid Moeller machte sich Notizen.

»Ich schlage vor, dass Sie sich vorerst darauf konzentrieren, das Umfeld des Freiherrn von Blohm inklusive der Beteiligung des Ministers Kronenburg an dieser Bergwerksgesellschaft zu erhellen. Haus und Hof von Herrn Kronenburg nicht zu vergessen. Ich würde Sie informieren, sobald die KTU Ergebnisse hat oder andere Informationen auf meinem Schreibtisch landen. Das reicht ja dann auch erst mal.« Astrid Moeller blätterte in ihren Unterlagen. »Vielleicht wissen Sie, dass Kollegin Sonja Horstmann politische Wissenschaften studiert hat. Sie wird sich mit Kronenburgs politischem Umfeld befassen.«

Marie nickte zufrieden. Das war eine klare Vorgabe. Sie trank von der Holunderlimonade, trank noch einen Schluck, leerte das Glas. »Lecker, aber mit reichlich Zucker, oder?«

»In der Tat. Aber die Dosis macht das Gift. Ein Gläschen wird nicht schaden.«

»Wie verhalte ich mich gegenüber der Presse?«

»An die Pressestelle verweisen.«

»Sie haben die Übertragungswagen da draußen gesehen?«

Astrid Moeller nickte.

»Die haben nach mir gerufen, als ich auf sie zufuhr, als ich an ihnen vorbeifuhr.«

»Der deutsche Wirtschaftsminister ist tot. Das betrifft die deutsche Politik, die europäische Politik, Verhandlungen sind im Gange, alle wollen ihren Anteil. Lothar Kronenburg ist auf der Weltbühne gestorben. Das wirbelt nicht nur ein bisschen Staub auf. Das ist Windstärke 10.«

»An die Pressestelle verweisen also?«

»Genau.«

»Gut, dann verlasse ich Sie jetzt.«

Die Frauen reichten einander die Hand. Schräg gegenüber hatte man Marie ein Büro zugewiesen, klein und im behördentypischen Grau. Aber sie saß allein hier, und dafür war sie dankbar. In Großraum- oder Gemeinschaftsbüros verlor sie zu leicht die Konzentration.

Marie setzte sich an ihren Schreibtisch. Während der Computer hochfuhr, schaute sie aus dem Fenster. Beinahe war es der gleiche Blick wie der aus Holms Büro.

Die weitere Recherche zur Austrian Mining brachte rasch Ergebnisse. Eigentümerin war eine australische Firma. Abnehmer des geförderten Lithiums waren Hersteller entsprechender Batterien. Als Marie tiefer in die Materie eintauchte, erfuhr sie, dass Lithium benötigt wurde, um Tritium herzustellen. Und ohne Tritium keine Kernfusion.

Das Max-Planck-Institut für Plasmaphysik betrieb zur Erforschung der Kernfusion in Greifswald die Experimentieranlage Wendelstein 7-X. Die Kernfusion wurde von manchen Wissenschaftlern als Energiequelle der Zukunft, von anderen als Energiequelle der sehr fernen Zukunft dargestellt. Wie Marie es verstand, war sie zumindest theoretisch eine Konkurrenz zu anderen Methoden der Energieerzeugung.

Sie würde herausfinden müssen, warum sich Kronenburg beteiligt hatte und in welchem Umfang. Sie griff zum Telefon, schilderte Astrid Moeller ihr Anliegen und bat um Kontakt zu den österreichischen Ermittlungsbehörden.

»Internationale polizeiliche Zusammenarbeit, da kümmern sich die Kollegen aus dem Dezernat 12. Und mit den Österreichern habe ich bisher nur gute Erfahrungen gemacht. Schicken Sie mir doch kurz eine Notiz mit den zu klärenden Fragen.«
Pragmatisch und kooperativ, die neue Chefin. Marie legte auf. Sie stieg noch einmal in die Thematik Kernfusion ein und war schnell fasziniert. Die Verschmelzung zweier Atomkerne zu einem neuen ließ die Sonne strahlen. Die Kraft dieses hundertfünfzig Millionen Kilometer entfernten Sterns ermöglichte das Leben auf der Erde. Für Marie, die Laie war, klang der Umstand beruhigend, dass es bei einer Kernfusion, anders als bei der Kernspaltung in herkömmlichen Atomkraftwerken, nicht zu einer Kettenreaktion kommen konnte. Dass Kernfusion emissionsfrei ablief, gefiel ihr auch. Am Ende eines Kraftwerklebens blieb, so verstand sie es, nur die Hülle des Plasmagefäßes als strahlender Abfall übrig. Abklingzeit hundert bis fünfhundert Jahre. Damit konnte sie wenig anfangen. War das viel, war das wenig? Sollte im Experimentalreaktor in Südfrankreich alles nach Plan laufen, würde die Kernfusion im Jahr 2100 gut zwanzig Prozent des europäischen Strombedarfs decken können.

Marie legte die Beine auf den Besucherstuhl. In Österreich wurde also Lithium gefördert. Voraussetzung für die Kernfusion. Ganz stark vereinfacht. Und an den Markt ginge man frühestens 2050. Dann wäre Kronenburg achtzig Jahre alt gewesen. Hatte er so langfristig gedacht? Oder war das mit den Beteiligungen komplizierter? War es Kronenburg nicht um Rendite gegangen? Warum machte ihn das Engagement erpressbar? Vielleicht weil es ein starkes Signal gewesen wäre? Womöglich schickte sich das aus politischen Gründen nicht. Immerhin war er der Wirtschaftsminister des ökonomisch stärksten europäischen Landes gewesen. Marie hatte Mühe, das Thema klar zu erfassen.

Dass die Zeit an diesem hellen Sommerabend bereits weit fortgeschritten war, erkannte Marie daran, dass sich ihr Magen wieder meldete. Sie schaute auf die Uhr und griff zum Telefon.

»Andreas, Liebster, es tut mir leid, dass ich mich nicht gemeldet habe.«

»Ach, Wickie, ich habe ein paarmal versucht, dich auf dem Handy zu erreichen. Warum guckst du nicht wenigstens alle paar Stunden mal aufs Display?«

»Ich gelobe Besserung. Karl schon im Bett?«

»Nein, wir zocken FIFA.«

»Will ich ausnahmsweise mal durchgehen lassen. Ich habe tierisch Hunger. Gibt's was?«

Es gab nichts.

»Soll ich uns 'ne Pizza mitbringen? So als Mitternachtssnack?«

»Jo. Ich geb dir noch eben unseren Sohn.«

»Moin, Marie.«

»Du sollst Mama sagen.«

»Ja, ja. Papa ist ein Vollversager. Er hat noch kein Spiel gewonnen. Morgen spielen wir, ja?«

»Ich habe keine Lust auf Computer, ich sitze schon seit Stunden vor dem Ding, aber wir können morgen früh auf den Platz, Runden laufen und ein paar Pässe spielen.«

»Cool.« Es knisterte. Dann war Andreas wieder dran.

»Wickie, meine Liebste. Ich bin kein Vollversager. Ich lasse ihn gewinnen.«

Karl lachte im Hintergrund.

»Quattro Stagioni?«

»*Sì.*«

Marie legte das Handy zur Seite und rieb sich die Nase, wie es Wickie, der Held ihrer Kindheit, getan hatte, wenn er nachdachte. Ob sie Karls Zeiten am Computer begrenzen sollten? Würde aus ihm ein spielsüchtiger Zocker werden?

***

Gero Freiherr von Blohm schaute aufs Meer hinaus. Das Haus seiner Kindheit hatte er vor Jahren an eine seiner Auslandsfirmen verkauft. Er selbst kam nur noch sehr selten hierher, um Björn zu treffen. Mit seinem Namen sollte dieser Ort nicht mehr verbunden sein.

Er versuchte, seinen Atem zu beruhigen. Die Anfrage der Polizei würde er ignorieren. Sollte sich die Rechtsabteilung kümmern. Was hatte er mit diesem Beamtenpack zu tun! Er tippte mit den Fingern der rechten Hand auf seiner Wade herum. Das Bein wippte auf und ab.

Es war Vollmond. Dem Mond hatte er sich schon immer nahe gefühlt. Die fahle, kühle Kraft. Unwiderstehlich.

Um ihn herum herrschte Chaos. Unwichtig. Würde sowieso überplant, wenn hier nur erst das Baltic Resort entstand. Lothar, das dumme Schwein, hatte eine Fluglizenz besessen. Fliegen würde er auch gern selbst. Am Knüppel sitzen. Aber wann sollte er denn den Schein machen? Lothar war nicht mehr. Jetzt würde er bald Landesvorsitzender sein. Dann brächte er die Sesselfurzer mal in Schwung. Es klingelte. Ob das endlich Björn, dieser Idiot, war? Er bezahlte diesen Penner nun wirklich fürstlich.

***

»Nachtmahl«, sagte Andreas.

»Ein schönes Wort, und so treffend.« Marie biss von der Pizza ab, deren Boden knusprig war, so wie sie es mochte. Und die Artischocken, saftig, fruchtig und überhaupt nicht holzig.

»Die ist aber auch gut«, urteilte Andreas schmatzend.

Marie machte: »Mhm. Sollten wir mal aus Schleswig wegziehen, Andreas, dann nehmen wir den Balkon mit. Der ist so perfekt. Mein absoluter Lieblingsort.«

»Ich weiß, aber warum sollten wir wegziehen?«

Marie lehnte sich in den Strandkorb zurück, kaute und schluckte. »Das Leben hält Überraschungen bereit. Überraschungen jeder Art.«

»Dein neuer Fall?«

»Ja, vielleicht. Er ist keine fünfzig geworden.«

»Der Minister?«

»Woher weißt du's? Ach, die Presse. Habe noch gar nichts gesehen.«

Marie stand auf, ging ins Wohnzimmer und schaltete den Fernseher ein. Die »Tagesthemen« waren durch, auf Tagesschau 24 eine Reportage, ein Film im ZDF.

»Komm«, rief Andreas. Er hielt sein Tablet hoch.

Marie schaltete den Fernseher aus. »Ich gewöhne mich nicht daran«, sagte sie. »Alles, zu jeder Zeit an jedem Ort. Diese Verfügbarkeit.«

Andreas hatte sich in den Strandkorb gesetzt. Marie kam dazu. Er legte seinen Arm um sie und startete das erste Video. Das Fernsehteam hatte von der Straße aus gedreht, dort, wo der Schulbus gehalten hatte. Ganz nah hatten sie die Gondel des Windrades herangezoomt. Man sah das Blut, wenn auch verschwommen. Sie sagten, unbestätigten Angaben zufolge sei eine männliche Leiche gefunden worden, bei der es sich um den Bundeswirtschaftsminister handeln solle.

»Das war heute Mittag«, sagte Andreas. »Inzwischen ist klar, dass es Kronenburg ist.« Er rief ein aktuelleres Video auf. Wieder sah man das Windrad, dann wurde umgeschnitten. Menschen an und auf der Fähre in Sehestedt wurden befragt. »Schrecklich«, sagten die Leute. »Wer macht so was?«

»Wie ist der denn da raufgekommen?«, fragte ein älterer Mann und fügte hinzu: »Gestern war der ja auch schon hier, mit Fernsehen und allem.«

Dann Pressekonferenz des Kanzlers, neben ihm die Bundesparteivorsitzende. Betroffenheit, aber schmallippig.

»Und darum genießt die Aufklärung jetzt allerhöchste Priorität«, betonte der Kanzler und ergänzte: »Ich habe absolutes Vertrauen in die Behörden vor Ort, die mit Hochdruck arbeiten.«

»So eine Scheiße«, sagte Marie und legte ein angebissenes Stück der Pizza in den Karton zurück. »Der meint mich.«

Andreas atmete laut, nein, er seufzte und schaltete das Tablet aus. »Mal davon abgesehen, dass selbst ein Ruf wie deiner noch nicht bis zum Kanzler durchgedrungen sein dürfte – was würde es ändern, setzte er auf deine Kompetenz und dein Engagement?«

»Mehr Druck. Meine Chefin hat heute gesagt, der Tod des Ministers, das sei medial so wie Windstärke 10.«

»Und wenn schon. Kann es in deinem Job mehr Druck geben als den Wunsch, einen unnatürlichen Tod aufzuklären?«

»Ja, zumindest fühlt sich das gerade so an.«

»Ich erinnere mich an die Witwe hier aus Schleswig, deren Mann in Kiel erschlagen wurde, deren Tochter mittelbar beteiligt war. Arme Schweine. Hattest du da weniger Druck?«

»Ja, zumindest fühlt sich das gerade so an.«

»Dann solltest du deine Haltung prüfen.«

»Woraufhin?«

»In Bezug auf das Ziel deines Strebens.«

»Nehmen wir mal an, ein Patient mit übler Prognose bittet dich um Heilung, vielleicht auch nur Linderung. Stell dir vor, es ist ein alter Mann. Wie fühlt sich das an?«

»Ehrlich gesagt sind da nicht so viele Emotionen im Spiel. Es ist meine Aufgabe, ihm zu helfen, und ich werde das so gut machen, wie ich kann.«

»Bei gleicher Prognose. Der Patient ist eine junge Frau mit zwei Kindern zwischen drei und fünf.«

»Ich werde ihr so gut helfen, wie ich kann.«

»Und der Druck wäre gleich?«

Andreas schaute den Mond an, der voll und hell über der Schlei stand. »Ja, der Druck wäre gleich. Ich betrachte das vom Ende her, und ich kann mein Bestes nur dann geben, wenn ich professionell agiere, wenn ich erkenne, was das Wesentliche ist.«

Er trank einen Schluck Wein. »Wichtig ist auffem Platz«, sagte er nach einer Pause. »Völlig egal, wer reinruft, wer auf der Tribüne sitzt. Völlig egal, ob das im Bernabéu-Stadion ist oder ob du auf Asche spielst. Du willst gewinnen und rennst, so schnell du kannst, denn um zu gewinnen, musst du den Ball vor der Torauslinie erwischen.«

»Andreas, du erkennst die philosophische Tiefe des Fußballs. Da hätte ich ja nie mit gerechnet.« Marie nahm ihm das Glas aus der Hand, leerte es, lächelte und sagte: »Du hast recht.«

Im Garten raschelte der Familienigel. Marie legte den Kopf auf Andreas' Schulter.

»Nachtwache«, flüsterte Andreas. »Ich werde Nachtwache halten, mein Wickielein.«

Aber das hörte Marie schon nicht mehr. Sie stand auf einem Windrad, breitete die Arme aus und flog mit Ele übers Meer.

Gesche kämpft

Seitdem Lutz nicht mehr Herr seiner Sinne war, begannen die Tage für Gesche Triebel immer gleich. Es war sechs Uhr fünfzehn, als sie ihn weckte, ihn streichelte, beruhigend auf ihn einredete. Sie putzte seine Zähne. Er biss sie. Sie wechselte die Vorlage für Urininkontinenz, so nannte man das, man hätte auch Windel sagen können. Gesche hatte die Windeln anfangs bei einem Versender bestellt, der diskrete Lieferung zusicherte. Inzwischen kaufte sie die Windeln im Drogeriemarkt. Tabus verlieren ihren Schrecken, je alltäglicher sie sind.

Während der gesamten Prozedur tat Lutz so, als sei er durch ein Telefonat abgelenkt. An guten Tagen, also an solchen mit erhöhter geistiger Präsenz, kullerte auch schon mal eine Träne über seine Wange. Aber heute war er garstig, und Gesche machte schnell. Nachdem sie ihn versorgt wusste – in Heimen nannte man den Zustand »satt und sauber« –, setzte sie sich mit dem Telefon in den Garten. Lutz' Zimmer ging nach vorn raus. Hier hinterm Haus konnte er sie nicht hören und unruhig werden. Zwar würde er nicht verstehen, worum es ging, aber sobald ihn etwas aufregte, tat er dumme Dinge. Blumentöpfe umkippen, die Wand bekritzeln, mit Essen werfen.

»Bürgermeister Truelsen«, meldete sich Hans Truelsen. So meldete er sich nur, wenn er sah, dass Gesche anrief. Er wusste, dass seine Vorgängerin das ärgerte.

»Moin. Wir müssen sehen, dass wir Ergebnisse erzielen. Sobald Lutz schläft, komme ich. Hast du Kaffee?«

»Sollen wir nicht erst mal abwarten, was bei dem Treffen rausgekommen ist?«

»Wer wartet, hat das Nachsehen. Hast du Kaffee?«

»Jo.«

»Bis gleich.« Sie legte auf.

Hans Truelsen wohnte auf der anderen Kanalseite, der südlichen. Beinahe direkt am Wald. Schön hatte er es. Ruhiger als bei Gesche an der Straße, die nach Rendsburg führte. Er wohnte allein, sah man mal von den Hühnern ab, die seine Frau ihm gelassen hatte, als sie sich mit dem Schornsteinfeger nach Husum davongemacht hatte.

Gesche klingelte nicht, sondern ging hinten rum. Das war ihre Rache für sein Telefonverhalten. Er hasste es, auf der Terrasse überrascht zu werden, saß mit dem Bauch über der Hose im zu engen Poloshirt da und las die Landeszeitung. Auf dem Tisch lagen die Kieler Nachrichten, das Hamburger Abendblatt und die Bild.

»Kaffee fertig, Herr Bürgermeister?«, tönte Gesche.

Hans Truelsen zuckte zusammen. »Wir sind überall drin«, sagte er. »Da haben wir jahrelang Pressearbeit gemacht und auf unsere touristischen Reize hingewiesen, und jetzt auf einmal sind sie alle am Start. Mein Telefon steht kaum noch still. Interviewanfragen und so.«

»Interessiert mich nicht. Hast du was vom Blaublüter gehört?«

»Nein, ich sag doch, lass uns –«

»Tüdelkram. Gib das Telefon her. Ich ruf den jetzt an.«

Gesche setzte sich in die Hollywoodschaukel und fummelte die Lesebrille auf die Nase. Wenn Robert von Turnau Gesche Triebels Nummer sah, ging er nicht ran. Den Bürgermeister konnte er schlecht wegdrücken.

»Hier ist Gesche. Robert, was hast du erreicht? Wir müssen da jetzt mal bei.«

Hans Truelsen machte Zischgeräusche und zog die Augenbrauen zusammen. Dann rückte er mit dem über den Boden kratzenden Gartenstuhl näher an Gesche heran.

»Wie jetzt, das wird schon? Butter bei die Fische, Robert. Was hat er gesagt, der Stellvertreter?« Gesche drehte sich von Hans weg, bevor sie weitersprach.

»Glaub mal nicht, dass die Basis Gewehr bei Fuß steht, wenn

es von euch vornehmen Herren kein Zeichen gibt. Das ist immer noch eine Genossenschaft, und das ist immer noch eine Demokratie. Sag das dem Stellvertreter. Wenn er nicht spurt, kriegt er die Quittung auf dem nächsten Parteitag. Er vertritt die Interessen der Bürger – unsere Interessen. Sag ihm das, hörst du?«

Gesche schaute auf Hans Truelsen. Der riss eine Tüte Erdnüsse auf, nahm eine, kaute, legte die Landeszeitung zusammen, strich sie glatt und schüttete dann so viele Nüsse in seine linke Hand, dass einige auf den Tisch fielen.

»Robert, wir müssen auch mal an uns denken. An unser Dorf. Sehestedt ist auch deine Heimat. Vergiss das nicht. Wir müssen den sozialen Frieden im Auge haben, den Ausgleich. Und außerdem können wir uns ausgerechnet jetzt sowieso keine Unsicherheit leisten.«

Robert war lauter geworden.

»Das weißt du nicht? Sag nicht, dass du das nicht weißt. Robert, mach mich nicht schwach. Warum da jetzt nichts anbrennen darf, fragst du mich allen Ernstes? Herr von Turnau, wir planen seit einem Jahr. Wir haben uns lange Abende um die Ohren geschlagen, an denen du leider wie so oft nicht teilgenommen hast. Wir haben nagelneue Pavillons angeschafft, und wir haben Anmeldungen aus Rendsburg, Eckernförde, Owschlag, Kiel und zum ersten Mal sogar aus Lübeck. Ja, du hast richtig gehört. Die feinen Herrschaften aus Lübeck geben sich die Ehre. Da lass ich mir doch von diesem Stellvertreter nicht unser schönes Turnier kaputtmachen. Bring den mal auf Kurs. Sonst säuft er ab. Das sag ich dir. Moin.«

Gesche drückte auf den kleinen Knopf am Mobilteil, dass dessen Schale quietschte.

»Mach mir nicht das Telefon kaputt. Gib her das Teil.« Hans grapschte nach dem Telefon, das vor knapp drei Monaten noch weiß gewesen war.

Gesche lehnte sich in die Hollywoodschaukel zurück, fingerte die Tüte Erdnüsse vom Tisch und schob sich Nuss um

Nuss in den Mund, immer einzeln. So lange, bis der Mund voll war.

»Und, was sagt er? Lass dir nicht alles aus der Nase ziehen.«

Gesche schmatzte. »Das sind die mit dieser pikanten Würzmischung, ne? Meine Lieblingserdnüsse. Krieg ich jetzt mal 'ne Tasse Kaffee, Bürgermeister?«

Der Bürgermeister atmete mit gespitzten Lippen aus, nahm eine weitere Tasse vom Korbtablett, schenkte aus der Warmhaltekanne, die auch mal weiß gewesen war, eine Tasse ein, gab zwei Löffel Zucker dazu, rührte um und reichte Gesche das Gewünschte.

Gesche schlürfte. »Du weißt, wie ich meinen Kaffee gern habe. Lutz hat das nie gewusst.« Sie spülte die Erdnussreste im Mund umher, schluckte und lächelte.

»Der Blaublüter weiß jetzt Bescheid. Der weiß genau, dass er ohne das Dorf sehr einsam wäre, und ich wette, dass er jetzt Gas gibt. Und er weiß verdammt genau, dass er seinen Weinimport ohne Boules Amis und ohne unser Bouleturnier in die Tonne treten kann.«

»Vielleicht ist deine Methode tatsächlich die richtige. Gerade jetzt.«

»Da kannst du wetten.«

»Nehmen wir mal an, Gero Freiherr von Blohm schafft es nicht, die Senkung der Einspeisevergütung zu stoppen. Mit wie viel hängst du drin?«

Gesche schnaubte. »Denk mal nach. Ich habe als Kindergärtnerin gearbeitet, bis Ben geboren wurde. Lutz war bis zu seiner Frührente auf der Werft. Was denkst du, wovon wir leben? Ich war zwölf Jahre Bürgermeisterin, ein Ehrenamt, wie du weißt. Als meine Mutter gestorben ist, haben wir die letzte Rate für das Häuschen abbezahlt und den Rest des Erbes in den Windpark gesteckt. Aber der Keller ist feucht. Kostenvoranschlag über sechzehntausend Euro. Wenn wahr wird, was Kronenburg geplant hat, kann ich zum Amt gehen.«

Mit einem Ruck stand Gesche auf, stellte die Tasse auf den

Tisch, legte die Erdnusstüte auf die Landeszeitung und ging. Die Hollywoodschaukel schaukelte.

»Das wird schon«, sagte Hans Truelsen noch. Aber da war Gesche über die Waschbetonplatten bereits um die Stockrosen an der Hausecke herum.

※※※

Karl war sauer. Vielleicht war das schon ein Vorbote der Pubertät. Marie wusste es nicht.

»Immer müsst ihr arbeiten. Nie habt ihr Zeit. Da kann ich auch zu Oma und Opa nach Maasholm ziehen. Oder ich zieh ganz weg. Zu Opa nach Sprockhövel.«

Marie spürte den Impuls, Karl durch die schönen blonden Locken zu wuscheln, beherrschte sich aber. Die Zeit des Kuschelns und Wuschelns war womöglich vorbei.

»Ich werde am Nachmittag zurück sein, Karl, und jetzt können wir ja wie besprochen noch auf den Platz.«

»Am Nachmittag kann ich nicht«, sagte Karl.

»Merle?«, fragte Marie.

»Meine Sache.«

Andreas mischte sich ein. »Wir brauchen einen Plan. Mach doch mal einen Familienbespaßungsfreizeitplan.«

»Plan finde ich gut«, bestätigte Karl.

Marie nickte. »Mach ich euch. Später.« Dann nahm sie ihre Sporttasche und nickte Karl zu. »Komm, jetzt zieh ich dich ab.«

Karl zögerte einen Moment, griff dann aber seinerseits nach der Retrosporttasche, die er sich vom Taschengeld gekauft hatte.

»Tschüss, Papa, du Lusche«, rief er in die Küche.

»Am Nachmittag höre ich Englisch-Vokabeln ab«, gab Andreas zurück.

»Hab ich drauf«, antwortete Karl, verzog allerdings Richtung Marie das Gesicht.

Im EMO gestand er auf dem Weg zum Fußballplatz in Schuby

Defizite. »Möchtest du lieber lernen vor der Arbeit?«, fragte Marie.

»Die Arbeit ist mir egal. 'ne Drei schaff ich locker.«

»Du willst es Papa zeigen.«

Karl nickte. »Ich werde Fußballprofi, und dann studiere ich Medizin und übernehme die Praxis.«

»Okay.«

»Aber vorher zeige ich dir noch meinen neuen Neymar-Trick.«

»Och nö. Dieser Schauspieler.«

»Mir egal. Der kann super Tricks.«

Links tauchte der Wikingturm auf. Sie fuhren an der Promenade der Schlei entlang, passierten die »Wappen von Schleswig«, die an ihrem Platz lag. Das Vertraute der Heimat, das Marie so mochte, und doch beruhigte es sie heute nicht. Sie dachte darüber nach, warum Karl so ehrgeizig war und ob das gut war oder nicht und was sie dafür oder dagegen unternehmen konnte. Was hatte Andreas gestern Abend gesagt? Auf das Wesentliche komme es an. Eine Phrase. Aber es stimmte ja.

»Ich hab dich lieb«, sagte sie und schaute kurz zu Karl hinüber, der seinen linken Fußballschuh neu schnürte. Er erwiderte ihren Blick nicht. War konzentriert.

»Ich dich auch«, antwortete er dann. Es klang selbstverständlich wie immer. Alles war gut.

Auf dem Platz in Schuby trafen sie Michael. Michael war Chef von Famila in Eckernförde, und manchmal tranken sie einen Kaffee zwischen Warenhaus und Parkplatz. Jetzt schoss er die beiden Torhüter warm. Er war als Torwarttrainer eingesprungen, nachdem sich der etatmäßige Trainer verletzt hatte. Sie grüßten einander. Marie und Karl nahmen das andere Tor. In einer knappen Stunde käme die erste Herrenmannschaft zum Training. Dann mussten sie hier weg.

Karl war schon immer ein Bewegungstalent gewesen. Jetzt wurde er athletischer, wie Marie feststellte. Sie spielten Pässe, kämpften aber auch einige Male um den Ball, und Karl stellte den Körper rein, sodass Marie einigermaßen ernsthaft dagegenhalten musste, und seine Torschüsse kamen mit Wums.

»Weißt du, warum ich Fußball auch so klasse finde?«, fragte Karl, als sie auf dem Rückweg waren.

»Weil Merle zu den Spielen kommt?« Kaum war es raus, hätte sich Marie am liebsten die Zunge abgebissen. Aber Karl stieg nicht darauf ein.

»Fußball ist ein Mannschaftssport, und ich habe Freunde im Verein. Aber ich kann auch allein mit dem Ball was machen. Tricks üben und so. Und wenn ich Profi bin, verdiene ich so viel Geld, dass ich die Umkleiden neu machen lasse. Was gibt's zum Mittagessen?«

»Zum Mittagessen? Also zum Mittagessen könnten wir in den Hafen.«

»Cool. Ich nehme einen Wikinger-Burger. Ich bin ja auch irgendwie ein Wikinger, weil ich hier geboren bin, oder?«

Marie wiegte den Kopf hin und her.

»Und außerdem heißt du Wickie.«

»Das ist ein schlagendes Argument. Habe ich erzählt, dass ich nächsten Samstag nach Sprockhövel zu Opa fahre?«

»Wir sagen Sonnabend, nicht Samstag, Marie.«

»Ich kann sagen, was ich will, weil ich nämlich ein Wikingermädchen bin, das Ruhrwasser in den Adern hat. Also, kommst du mit?«

»Klar. Oder habe ich da ein Spiel?«

»Hast du nicht.«

»Nur so, Opa besuchen?«

»Halb, halb. Es ist Omas Geburtstag, und da besuche ich sie doch immer auf dem Friedhof.«

»Okay. Aber auf den Friedhof gehe ich nicht. Da sind ja nur alte Leute, und irgendwie riecht es da auch komisch.«

Marie fuhr am Schleswiger Hafen entlang. Sie passierten die Fischersiedlung Holm, ließen den neuen Stadtteil »Auf der Freiheit« rechts liegen, und dann waren sie zu Hause. Marie hielt auf der Einfahrt des schmucken Einfamilienhauses und staunte.

Andreas stand mit Gasflasche und Brenner vor dem Haus und rückte dem Unkraut zu Leibe.

»Hast du Langeweile? Das bleibt doch sonst immer an mir hängen.«

»Och, jetzt mit dem neuen Fall. Da wollte ich mal nett sein.«

»Dann hast du dir auch einen Burger verdient. Kommst du mit?«

Andreas räumte die Gartenutensilien in den Schuppen neben dem Carport, und gemeinsam schlenderten sie runter zur Schlei. Am Rathaus vorbei, durch den Apothekergang auf den St.-Petri-Dom zu, dessen Turm nun beinahe komplett verhüllt war und auf seine Sanierung wartete. In der Hafenstraße begann Karl zu rennen. »Ich bestell schon mal«, rief er und ließ seine Eltern rasch hinter sich.

»Nicht ausgelastet, unser Sohn«, stellte Andreas fest und nahm Maries Hand. »Wir haben Glück.«

Im Hafen war es trubelig. Das Wetter war schon seit zwei Wochen schön, die Saison hatte früh begonnen. Rund um die Boje tobten Kinder, Segel auf dem Wasser, und vor dem Eingang zur »Burgermeisterin« saß Karl mit Polizeihauptmeister Sachse an einem der Tische. Marie war überrascht.

»Da muss ich mal eben hin. Ein Kollege«, erklärte sie Andreas.

»Hatte ich mir schon gedacht, dass das keine Feuerwehruniform ist.«

»Die Herren kennen sich?«, fragte Marie und reichte Sachse die Hand.

»Klar, Hauptwachtmeister Sachse hat bei uns an der Schule doch die Fahrradprüfung gemacht«, sagte Karl.

»Ach, das wusste ich nicht.«

»Das war, bevor Kollegin Friese zu mir auf die Wache nach Busdorf kam. Moin.«

»Mein Mann Andreas Geisler. Polizeihauptmeister Sachse.« Die Männer reichten einander die Hände.

»Los, setzen. Ich hab bestellt. Wir haben die Sechzehn. Wie unsere Hausnummer.«

Karl hielt den Bestelllöffel hoch, den man abgeben musste, wenn man die Bestellung holte. Marie fragte sich, ob die Katrins, denen der Laden gehörte, darüber nachgedacht hatten. Übers Löffelabgeben.

»Ist das okay, Herr Sachse? Andreas?«

Beide nickten.

»Sie sind dienstlich hier?«, wollte Marie wissen.

Sachse nickte erneut, wollte aber offenbar nicht darüber sprechen. »Ich habe ab Montag Urlaub«, sagte er nur und biss in seinen Burger.

»Und, fahren Sie weg?«

»Nein. Ich habe doch jetzt den Schrebergarten.«

»Schrebergarten?«

»Ja, in Eckernförde. Heißt Costa Noora.« Er lachte. »Verstehen Sie? Wie Cosa Nostra. Ein Traum. Macht aber auch ein bisschen Arbeit. Und außerdem nutze ich nun wieder meinen alten Wohnwagen.«

»Auf Camping hätte ich auch mal wieder Lust«, meldete sich Andreas. »Fahren Sie rum, oder sind Sie Dauercamper?«

»Früher waren wir mit dem Ding unterwegs. Jetzt steht er fest. Lange schon, wenn ich darüber nachdenke.«

»Wo?« Andreas war interessiert.

»Gut Karlsminde.«

»Ach, an der Eckernförder Bucht. Da sind wir ja fast Nachbarn. Meine Praxis ist in Borby.«

»Die Sechzehn, ihr Leckermäulchen«, informierte Katrin über die Lautsprecheranlage. Andreas und Karl standen auf.

»Wie ich im Fernsehen sah, habe ich da jetzt einen Nachbarn weniger.«

»Verstehe ich nicht.«

»Der schöne Lothar.«

»Minister Kronenburg?« Erschreckt schaute sich Marie um. Ihre Nachfrage war ungewollt laut geraten.

»Hm. Der hatte eins dieser Häuschen, gleich neben meinem Wohnwagen.«

Marie brauchte einen Moment. »Sachse. Das mit dem Urlaub sollten Sie überdenken. Kann ich Sie mal besuchen in Karlsminde? So ganz privat, versteht sich.«

»Warum nicht.«

»Waren da außer ihm noch andere Leute, wie oft war er dort, wann zum letzten Mal?«

»Ein Wikinger-, zwei Schleiburger. Heiß und lecker.« Andreas und Karl traten mit Burgern und Getränken an den Tisch.

Beim Essen sprachen Sachse und Andreas über Gegensätze und Gemeinsamkeiten des mobilen und stationären Campings, machten sich über Glamping lustig und schienen sich prächtig zu verstehen. Das hätte Marie nie erwartet. Sachse war total locker. Dann meldete sich sein Funkgerät.

Er stand auf. »Ich muss.«

»Ich klingel durch«, kündigte Marie an. »Wegen Ihres Nachbarn.«

Sachse beschleunigte seinen Schritt Richtung Streifenwagen. Wenig später hörten sie das Martinshorn.

Marie holte ihr Schleibook hervor.

»Du wirst jetzt nicht arbeiten.« Andreas klang beinahe streng.

»Nur eine Notiz. Ich muss dann auch gleich los. Ich sag noch eben Hallo.«

Marie stapelte Teller, Besteck und Gläser. Dann ging sie Richtung Theke. »Sag mal«, sprach sie die blonde Katrin an. »Ist der Polizeihauptmeister öfter hier?«

Katrin war sichtlich überrascht, drehte sich um und hielt Marie einen Becher mit dem Aufdruck »Hauptwachtmeisterin« entgegen. »Er ist Stammkunde der ersten Stunde.«

»Er hat einen eigenen Becher?«

»Hat er. Du, ich hab zu tun. Schönen Tag für euch.«

»Einen eigenen Becher«, murmelte Marie. »So was hätte ich auch gern.«

Auf dem Rückweg berichtete Andreas, welche Folgen die Datenschutz-Grundverordnung für ihn hatte. Eigentlich durften Patienten im Wartezimmer nicht einmal mehr mit ihrem Namen angesprochen werden. Die Website hatte er schlicht gelöscht.

»Ist das nicht ein bisschen übertrieben?«, unterstellte Marie.

Andreas reagierte aggressiv. »Du hast ja keinen Abmahnverein am Hals.«

Marie gestand das zu, wagte aber anzumerken, dass unabsehbare Mehrarbeit zum Risiko einer jeden selbstständigen Tätigkeit gehöre.

»Und darum darf ich eine Regelung, die meines Erachtens ohne jedes Augenmaß eingeführt wurde, nicht kritisieren?«

Andreas war richtig sauer, gab ihr zum Abschied keinen Kuss und verschwand grußlos im Haus.

Vor einigen Wochen hatte Marie an einem Grillabend teilgenommen, bei dem außer ihr und einer Lehrerin nur Selbstständige und Freiberufler gehockt hatten. Die Stimmung war wegen diverser Dokumentationspflichten und dieser DS-GVO geradezu aufgeheizt gewesen. Vielleicht war es wirklich nicht so einfach, den neuen Richtlinien gerecht zu werden.

Sie setzte sich ins EMO, schlug ihr Schleibook auf und blätterte zu ihrer Stichwortliste. Personenschützer und Schlüsselgewalt, las sie dort, Zeugen, EEG, Atomfusion Greifswald, Bergwerksbeteiligung, USB-Stick (der wahre Grund für Anwesenheit?), Smartphone, Privatwohnung, Büro, Gero Freiherr von Blohm, Polo, Todesursache, Campingplatz Gut Karlsminde. Es würde nicht langweilig werden. Gut, dass sie mit Mayr vom BKA einen erfahrenen Kollegen an der Seite hatte. Sie rief Ele an.

»Gutes Timing«, sagte die Rechtsmedizinerin. »Ich bin gleich so weit. Kannst kommen.«

Auf der Fahrt hörte Marie das Danish String Quartet. Die vier Männer spielten die »Wedding Suite« vom Album »Wood Works«. Ein Hochgenuss, fand Marie. Eine Dreiviertelstunde später stand sie neben Ele. Auf deren Tisch lag Lothar Kronenburg.

»Es ist, wie ich auf dem Windrad vermutete. Er wurde von einem stumpfen Gegenstand getroffen. Mit Wucht, nicht unbedingt mit größter Wucht.« Ele zeigte auf die klaffende Wunde, die von der Stirn bis zum Unterkiefer reichte. »Und gestorben ist er tatsächlich am Volumenmangelschock. Muss ich das erklären? Zu sagen, er ist verblutet, ist schon auch okay. Spielt für den Hergang keine Rolle. Sofortige ärztliche Hilfe hätte sein Leben gerettet, das kann ich mit Sicherheit sagen. Es hat schon eine Weile gedauert, bis er tot war.«

Marie notierte, was Ele ausführte, im Schleibook. »Hat er das mitbekommen, sein Sterben?«

»Unwahrscheinlich. Er war vermutlich noch kurz bei Bewusstsein, wurde dann aber ohnmächtig. Und wäre er noch mal zu Bewusstsein gekommen, hätte er wegen des Blutverlustes keinen klaren Gedanken mehr fassen können.«

»Der Täter«, fragte Marie, »hat der gewusst, dass Kronenburg sterben würde?«

»Nein.« Ele zögerte. »Es sei denn, er wäre geblieben, er hätte beobachtet, was mit Kronenburg geschah. Nur ein Schlag.«

»Kann es Notwehr gewesen sein?«

»Keine Spuren an seinen Händen, keine Spuren am Körper, die auf einen Kampf hindeuten.« Ele zog das grüne Tuch von Kronenburgs Körper.

»Man nannte ihn den schönen Lothar«, sagte Marie.

»Gepflegt ist er, kein Härchen. Rasiert vom Kinn bis zu den Knöcheln.«

»Körperschmuck, Tattoos?«, fragte Marie.

»Ja, hätte ich fast vergessen. Sorry.« Ele nahm Kronenburgs linke Hand hoch. »Hier, gut versteckt. Er trug einen breiten Ring, einen Siegelring, am linken Ringfinger. Als ich ihn abzog, sah ich das.«

Marie beugte sich vor. »Schwer zu erkennen.«

»Ja, das Tattoo ist alt und schlecht gemacht. Vielleicht selbst gestochen.«

»›K.8.‹?« Marie kniff die Augen zusammen.

»›H.B.‹«, korrigierte Ele. »Initialen.«

Marie richtete sich auf und verzog den Mund. »Habe heute Morgen im Bad eine Fluse erschlagen. Aber es hätte auch eine Mücke sein können.«

»Solange es kein Elefant war.« Ele kicherte. »Du brauchst eine Brille. Und zum Fußballspielen Kontaktlinsen. Frau Hauptkommissarin auf dem Weg in den Innendienst, den vorgezogenen Ruhestand.«

Marie schlug mit dem Schleibook nach Ele, verfehlte sie aber.

»Man sollte dir die Pistole wegnehmen.«

»In der Ferne sehe ich astrein.« Marie schrieb die Initialen auf die nun schon vierte Seite ihrer Aufzeichnungen. »Wie alt das Tattoo genau ist, kannst du nicht sagen?«

»Nö, ein Dermatologe vielleicht, ein Tätowierer oder Elmar. Ich nicht.«

»Hast du mal eine Lupe für mich?«, bat sie Ele.

Ele griff in ein Regal unter dem Fenster und reichte Marie eine Lupe mit Beleuchtung. Marie betrachtete die Schlagwunde. »Hier oben zum Haaransatz hin ist der Abdruck rund, ein paar Zentimeter weiter unten eine gerade Kante, dann eine unverletzte Hautpartie und schließlich wieder eine gerade Kante und die Wunde auf dem Jochbein.« Sie sprach mehr zu sich selbst als zu Ele, legte die Lupe auf den kalten Edelstahl des Tisches, schlug ihr Schleibook wieder auf und skizzierte die Form mit wenigen Bleistiftstrichen. »Na, wie sieht das aus?«

»Keine Ahnung.«

»Das sieht aus wie ein überdimensionaler Maulschlüssel.«

»Was für 'n Schlüssel?«

»Maulschlüssel.«

»Aha.« Ele schien ahnungslos.

»Kennst du keinen Maulschlüssel?« Mit kräftigen Strichen zeichnete Marie auf einer der hinteren Seiten des Schleibooks einen Maulschlüssel und hielt Ele das Ergebnis hin.

»Ein Schraubenschlüssel.«

»Das ist der Oberbegriff. Es gibt Maul- oder Gabelschlüssel, Ringschlüssel, Steckschlüssel –«

»Danke, lass stecken. Ich habe einen super Automechaniker aufgetan und keine Ambitionen, selbst zu schrauben. Nur weil ich vom Land komme, muss ich ja nicht alles selbst reparieren können.«

»Apropos aufgetan. Was geht da denn mit dem zugegeben sehr gut aussehenden Betriebsführer? Wie heißt der doch gleich?« Marie schlug das Schleibook auf. »Koost, Kai Koost.« Sie zog die beiden Os affig in die Länge.

Ele winkte ab. »Sollte es nicht jugendfrei sein, gebe ich dir Bescheid. Dass manche Frauen nach ein paar Jahren Ehe immer so neidisch werden müssen.«

Maries Handy klingelte. Sie wurde rasch ernst. Nickte. »Mache ich gern. Halbe Stunde. Bis gleich.« Sie beendete das Gespräch und wischte sich Tränen aus den Augenwinkeln.

»Was ist los?« Ele zog die Handschuhe aus und fasste Marie an beiden Schultern. »Marie, was ist los?«

»Das war Holm. Er würde sich freuen, könnte ich ihm ein Baguette von Philines Boulangerie und Himbeermarmelade bringen.«

Marie umarmte Ele. Dann richtete sie sich auf, sagte: »Tschakka«, und ging. Kurz vor dem Ausgang hielt sie inne. »Von mir aus kann Kronenburgs Leichnam zur Bestattung freigegeben werden. Kümmerst du dich? Chefin, Staatsanwaltschaft und so?«

»Klar.« Ele hob den Daumen, Marie öffnete die Milchglastür und lief den langen, halligen Gang entlang.

Dass Kronenburg keine Angehörigen hatte, die die Beerdigung organisierten, um ihn trauerten, tat Marie plötzlich sehr leid. Holm hatte auch niemanden.

Tausend Sünden

Am Flughafen Kiel-Holtenau kannte man Gero Freiherr von Blohm. Oft war er von hier aus nach Berlin geflogen, gelandet, wenn er von Besprechungen aus Stockholm oder von Charity-Veranstaltungen auf Sylt kam. Heute interessierte ihn etwas anderes.

»Herr Lohmann, ich habe Sie im Auge. Ich beobachte Sie schon lange. Sie haben Biss, Sie sind zuverlässig. Jemanden wie Sie könnten wir in der Blohm AG gut gebrauchen.«

Der schmale Mann im grauen Anzug drehte den Kopf ruckartig in von Blohms Richtung.

»Gute Leute sind rar. Ich gebe Ihnen mal eine Telefonnummer. Rufen Sie unsere Personalchefin an, wenn Ihnen danach ist. Schönen Gruß von mir.« Er kritzelte die Nummer auf einen Zettel, der auf einem Stehpult am Eingang zum Hangar lag.

Lohmann konnte die Ziffern kaum lesen, so krakelig war die Schrift des wohl reichsten Industriellen Norddeutschlands. Aber Lohmann beklagte sich nicht. Wer die Personalchefin war, würde er herausfinden.

»So, Herr Lohmann. Dann zeigen Sie mir doch mal den Vogel meines alten Freundes. Nun, wo Lothar tot ist, werde ich mich kümmern.«

Lohmann begleitete Gero Freiherr von Blohm zu Minister Kronenburgs Maschine, einer Cessna 208 Caravan. Lohmann erklärte die Technik, erläuterte das Bordbuch, das er für Kronenburg verwahrte, und sicherte überhaupt jede Unterstützung zu. Das sei er dem verstorbenen Minister schuldig, sagte er.

Gero Freiherr von Blohm erfuhr, dass die Cessna eine Reichweite von tausendsiebenhundert Kilometern hatte, je nach Wind dreihundert Kilometer pro Stunde schnell war und dass Lothar in den letzten zwei Wochen drei Mal nach Österreich geflogen war. Wenn es ihm gelang, bei Austrian Mining als Lothars Nachfolger aufzutreten, könnte er dessen Engagement dort auch beenden. Oder, sofern das lohnender war, ausweiten.

Zurück im Auto rief er den Chef seines Sicherheitsdienstes an und beauftragte ihn, alles über den Geschäftsführer des österreichischen Bergwerkunternehmens herauszufinden. Man musste nur die richtigen Knöpfe drücken. Und darin war Gero Freiherr von Blohm sehr geübt. Er kratzte sich mit fahrigen Bewegungen im Gesicht. Sofort begann die Stelle zu bluten.

***

Vom LKA war es nur ein Katzensprung zur Holtenauer Straße, und Marie bekam sofort einen Parkplatz. Vor Philines Boulangerie saßen Menschen mit Sonnenbrillen. Ein Paar mittleren Alters mit einem kleinen weißen Hund, zwei junge Frauen, vielleicht Studentinnen, die gemeinsam auf ein Smartphone schauten und kicherten, und Eles Kollege Martin, der Rechtsmediziner. Ein alter Haudegen im Vergleich zu Ele und über drei Ecken mit Maries Mann Andreas bekannt.

Er sah Marie sofort, stand auf, zog einen der Korbstühle vom Tisch und sagte: »Als hätte ich es geahnt. Gut, dass ich reserviert habe.«

Marie trat an den Tisch. »Martin, so leid es mir tut. Ich habe eigentlich keine Zeit.«

Martin lächelte nachsichtig. »Marie, auch wenn man es mir nicht ansieht, ich gehe auf die Rente zu, und meine Lebenserfahrung sagt mir, dass das Wörtchen ›eigentlich‹ einen gewissen Spielraum andeutet.«

Philine kam dazu, strahlend. »Du bist unentschlossen«, stellte sie fest. »Ein Café au Lait könnte helfen.«

»Ihr habt gewonnen.« Marie setzte sich.

»Was führt dich ins kulturelle Herz unserer schönen Landeshauptstadt?«

»Du weißt es, Martin.«

»Der, dessen Namen ich hier nicht nennen werde. Der, den man auch den schönen Lothar nannte.«

»Er und die Suche nach jenen, die seinen Zustand zu verantworten haben.«

Martin faltete seine Zeitung zusammen, fasste die Tasse am Henkel, setzte sie wieder ab. »Einige werden durchgeatmet haben und nun wieder Hoffnung schöpfen.«

»Wie bitte?«

»Könnte ja sein, dass bald wieder ein anderer Wind weht. Sorry, blödes Wortspiel.«

»Ich verstehe nicht.«

Martin rückte mit seinem Stuhl näher an Marie heran und senkte die Stimme. »Die Einspeisevergütung. Kronenburg hat, soweit man das von außen beurteilen kann, ganz wesentlich daran mitgewirkt, dass die Einspeisevergütung gesenkt wirkt. Drastisch gesenkt wird. Das hat absehbare Folgen für viele, die ihr Geld angesichts niedriger Zinsen, aus Überzeugung oder warum auch immer, in Bürgerwindparks gesteckt haben.«

»Und sein Tod ändert etwas an dieser Situation?«

»Sein Tod nicht unbedingt, aber womöglich der, der ihm im Amt nachfolgt, oder andere, die dort die Strippen ziehen, wo Kronenburg den Stecker gezogen hat.«

»Nun komm. Naturwissenschaftler und Verschwörungstheorien. Das passt nicht.«

»Frag mal deinen Mann, Marie. Es gibt das Unerklärliche. Im Guten wie im Bösen. Da senken wir Naturwissenschaftler demütig den Kopf.«

»Wer heilt, hat recht.«

»Jetzt verstehen wir uns. Und wer Mehrheiten organisiert und deren Interessen befriedigt, wird gewählt.«

»Ich unterstelle, dass der, der nun bei euch auf dem Tisch liegt, genau daran interessiert war.«

»Mit Sicherheit. Aber das Hemd ist uns gierigen Menschen doch stets näher als die Hose.«

»Du glaubst, er hatte übergeordnete, eigene Motive?«

»Geld stinkt nicht.
Marie schaute sich um. »Kein Phrasenschwein weit und breit.«
Philine stellte den Café au Lait auf den Tisch.
»Philine, bist du so lieb und bringst mir eines eurer köstlichen Baguettes? Ich zahl das dann zusammen.«
»Welches Baguette hättest du denn gern?«
»Weiß ich nicht. Welches nimmt Dr. Holm denn immer?«
Philine nickte.
»Du machst Botengänge für deinen alten Chef?«
»Ja, hat er verdient.«
»Wie geht's ihm denn?«
»Beschissen. Ich möchte jetzt nicht darüber sprechen.«
Das Baguette kam, Marie zahlte und verabschiedete sich. Kiel war irgendwie auch nur ein Dorf. Gut so.

Im EMO startete sie ihr Notebook und erfuhr, dass in Deutschland mit Energie pro Jahr über dreihundert Milliarden Euro umgesetzt wurden, zweieinhalb Milliarden davon durch Windenergie. Sie las über die Gespräche zum Kohleausstieg, las über die Notwendigkeit, Energie konstant liefern zu können, auch wenn die Sonne nicht schien, der Wind nicht wehte. Oft ging es um die Grundlast, die jahrzehntelang Atom- und Kohlekraftwerke geliefert hatten. Die Materie war komplex, der Markt in Bewegung. Wer zum richtigen Zeitpunkt auf das richtige Pferd setzte, würde sehr viel Geld verdienen können. Marie hoffte, dass sie Montag aus Österreich erführe, was es mit Kronenburgs Engagement bei Austrian Mining auf sich hatte.

Als sie den Rechner herunterfuhr, fiel ihr ein, dass Holm Himbeermarmelade bestellt hatte. Sie stieg wieder aus, lief ein Stück die Holtenauer Straße hinunter und kaufte ein Glas dänische Himbeermarmelade.

In Holtenau hatte sie wieder Glück und fand einen Parkplatz beinahe direkt vor Holms Wohnung.

※※※

»Als ehemalige Bürgermeisterin und Vorstand der Windgenossenschaft Rasmus bin ich ja so eine Art Amtsperson. Du musst also keine Geheimnisse vor mir haben. Außerdem bin ich deine Mutter, Ben. Also.« Sie legte Ben eine Hand auf den Oberschenkel.

»Kann ich noch ein Stück Käsekuchen haben?«, fragte Ben.

»Auch zwei, mein Junge, auch zwei. Bei deinem anstrengenden und gefährlichen Beruf.« Gesche beeilte sich, Ben ein weiteres Stück aufzutun. Käsekuchen war Bens Lieblingskuchen.

Ben mampfte. Gesche hatte Mühe, sich zurückzuhalten.

»Die Tür zum Windrad war also nicht aufgebrochen?«

Ben schüttelte den Kopf.

»Dann muss jemand einen Schlüssel gehabt haben. Und Kronenburg war schon tot, als ihr gekommen seid?«

Ben nickte und spülte mit Kakao.

»Eine Kopfwunde, sagst du?« Gesche stöhnte. »Kronenburg und sein Mörder müssen sich doch gekannt haben. Man trifft sich ja nicht zufällig auf einem Windrad. Keine Schusswunde, oder?«

Ben machte eine verneinende Handbewegung und schob sich die nächste Gabel in den Mund.

»Dann ist er wohl erschlagen worden. Muss ja ein Mann sein. Einer mit Kraft. Ich wüsste ja zu gern, wo Lucky ist.«

Ben schaute seine Mutter an. »Lucky? Klaus Kramer? Der ist weg?«

Jetzt nickte Gesche Triebel und wischte ihrem Sohn einen Krümel vom Ärmel der Uniform.

* * *

Kurz vor dem Klingelknopf hielt Marie in ihrer Bewegung inne und ließ den Arm sinken. Was würde sie in der Wohnung ihres ehemaligen Chefs erwarten, in welchem Zustand würde er sie empfangen? Verunsichert trat sie den Rückzug an, überquerte die Straße, schlenderte durch den kleinen Park auf Höhe der

Schleuseninsel. Familien mit kleinen Kindern. Sommergeräusche.

Sie wich einem Dreikäsehoch aus, der mit einem Laufrad auf sie zuhielt, dachte an Karl, der sie vor ein paar Tagen gefragt hatte, ob es richtige Motorräder mit Elektromotoren gebe.

Am Tiessenkai lag ein Traditionssegler aus Amsterdam vertäut. An Bord ein Dutzend junger Leute. Wie ferngesteuert betrat Marie das Schiffercafé, stellte sich an der Theke hinter einem dänisch sprechenden Paar an, bestellte einen Espresso. Kaum vorstellbar, dass Deutschland mal Kaffeeentwicklungsland gewesen war, dass ihre Eltern nur Filterkaffee gekannt hatten, der gerade eine Renaissance erlebte; zu Unrecht, wie Marie fand. Heute gab es vermutlich mehr Baristas mit Bachelor als Maurer mit Meisterbrief.

»Ein Euro neunzig bitte«, sagte die Frau und schaute Marie belustigt an. Vielleicht, weil sie geträumt hatte? Marie legte eine Zwei-Euro-Münze auf die Theke, lächelte und verließ die urgemütliche Kneipe. Draußen setzte sie sich gleich an die Hauswand. Die großen Schirme spendeten hier Schatten. Vorn an der Straße saßen die Gäste trotz Schirm in der Sonne.

Zwei Männer am Nebentisch sprachen über den maroden Katamaran des einen und die marode Ehe des anderen. Übergangslos, als sei es ein und dasselbe Thema. Marie gegenüber saß eine Familie mit erwachsenen Kindern. Hörbar aus Bayern stammend. Der Ton vertraut, ein bisschen ausgelassen. Man versuchte, den Fahrplan der Fördefährlinie zu interpretieren.

»Lisa, das wäre doch was für dich«, frotzelte das jüngste männliche Mitglied der Runde, »Förde-Flirt-Fahrt, vielleicht findest du ja einen Matrosen, der dir auf dem Tegernsee das Segeln beibringt.«

Lisa streckte die Zunge raus.

Das pralle Leben. Und fünf Minuten die Kanalstraße rauf wartete Holm auf sie. Der Wind zog am Sonnenschirm, ließ die Fahnen knattern und die Wanten der Traditionssegler singen. Marie holte die Crema mit dem Finger aus der Espressotasse und leckte sie ab. Sie stand auf, durchquerte die Gaststube, betrat den dunklen, rückwärtigen Raum und stellte ihre Tasse auf ein Tablett. Die Sonne blendete, als sie wieder auf den Tiessenkai hinaus ins Licht trat und bis zur Kante vorging.

Marie schob die Sonnenbrille aus den Haaren auf die Nase und wandte sich nach rechts. Ob sie vielleicht doch noch rasch zur Toilette …? Es half nichts. Holms Sterben war wie das Treiben der Kinder im Park, war wie der Familienausflug, das Gespräch unter Freunden. Sterben war wie Leben. War nicht verhandelbarer Teil menschlicher Existenz. Den Tod hatte Marie schon oft gesehen, die Trauer danach. Das Sterben war neu.

Mit ihrer Mutter hatte sie damals gemeinsam tapeziert. Dann war ihre Mutter einkaufen gegangen. Ein Auto hatte sie auf dem Rückweg überfahren. Sie war sofort tot gewesen. Zwanzig Minuten nachdem sie den Kleister angerührt hatte.

Kaum Verkehr, es war ruhig und schattig vor dem Eckhaus, in dem Holm wohnte. Jetzt drückte Maries Finger den Klingelknopf. Beinahe gleichzeitig hörte sie das Summen des Türöffners. Sie betrat das Treppenhaus, in dem ihr der köstliche Schinkenduft auffiel. Vom Treppenhaus zweigte eine Tür in die stadtbekannte Traditionsschlachterei ab. Holm wohnte ganz oben, erwartete sie an der Tür.

»Moin«, sagte Marie. »Als Vegetarier wird man hier aber nicht glücklich.«

»Der Holsteiner Schinken ist ein Gedicht. Soll ich mal anrufen, die bringen mir den frisch geschnitten rauf. Dünne oder dicke Scheiben?«

»Dicke Scheiben. Nein, eine dicke Scheibe aus der Hand, während Sie das Baguette mit Himbeermarmelade verputzen.«

»Essen hält Leib und Seele zusammen.« Holm griff zum Telefon.

»Nun werden Sie mal nicht trivial auf Ihre alten Tage.«

»Letzten Tage, Frau Geisler, letzten Tage.«

Ein ernsthaftes Gespräch über Holms gesundheitlichen Zustand ergab sich nicht. Das Baguette von Philine duftete mit dem

Holsteiner Schinken um die Wette. Sie saßen auf dem Balkon. Zwischen den Bäumen blickte Marie auf die Schleuseninsel, der blassrote Rumpf eines Tankschiffes schob sich langsam in den Trog der Schleuse.

»Ich möchte, dass Sie mir einen Baum aussuchen, Frau Geisler. Ist das sehr vermessen?«

Marie wusste sofort, was Holm meinte. Er lächelte schmal.

»Sie vermuten richtig. Der Begräbniswald an der Eckernförder Bucht wäre schön.«

Marie betrachtete den Schinken, betrachtete das Foto auf dem Sideboard.

»Meine Frau, 1946 bis 1979.«

Das Foto zeigte eine asiatisch aussehende, zierliche Frau.

»Ich habe ein Praktikum bei der deutschen Botschaft in Tokio gemacht. Wir sind uns im Fahrstuhl begegnet. Aiko war meine Rettung. Glückliche Jahre später habe ich die Totenwache gehalten. So wollen es die japanischen Riten. Sie wurde eingeäschert und in Tokio beigesetzt. Ihr Bruder hat die Bestattungszeremonie geleitet. Ein buddhistischer Mönch hat zuvor Sutren rezitiert. Es war alles sehr würdevoll.«

Holm biss vom Baguette ab. Er war blass. Ein Klecks Himbeermarmelade blieb im linken Mundwinkel hängen und leuchtete blutrot auf der fahlen Haut.

»Ich liebe dieses Baguette.« Holm sog den Duft geräuschvoll durch die Nase ein.

»Ist okay mit dem Begräbniswald«, sagte Marie. »Unter einer Bedingung.«

»Sie sind eine Taschenspielerin.«

»Ich spiele Fußball, das Spiel der Superhirne.«

»Also?«

»Wir fahren zusammen dahin.«

Holm kaute, schluckte, schaute Marie mit wachem Blick in die Augen. Er nickte mehrmals kaum merklich und sagte dann: »Danke.« Nach einer kleinen Pause fügte er hinzu: »Das vergess ich Ihnen nicht«, und lachte.

»Na, hoffentlich leben Sie noch lange. Ich werde Sie daran erinnern.«

Holm stand auf, verschwand in der geräumigen Wohnung. Marie schaute sich um. Mobiliar, Tapeten und Bilder waren eine Liebeserklärung an das Barockzeitalter. Holms Geschmack hätte sie eher in der klaren Formensprache des Bauhaus vermutet. Sie hörte, dass er eine Schublade öffnete. Mit einer abgegriffenen Kladde kam er zurück.

Marie zeigte im Raum umher. »Barock, Sie?«

»Meine Frau. Als wir uns das erste Mal trafen, hörte ich Bach und Händel. Sie zog ihre Schlüsse. Nun lebe ich damit.« Ein kleines Lächeln voller Wehmut. Er atmete tief durch, fasste sich mit Mühe und zeigte dann auf die Kladde. »Die hier werde ich heute in ein Schließfach bringen. Nach meinem Tod sollen Sie das Büchlein haben. Das wird Ihr Erbe sein. Aber heute gibt es schon einen kleinen Vorschuss.«

»Ich steh nicht so auf Gedichte aus der Feder von Dilettanten.«

»Auch dann nicht, wenn es die Zeilen eines Mannes sind, der Sie anbetet?«

»Verraten Sie mir einfach, welchen Schatz diese Kladde tatsächlich birgt.«

Holm stützte sich mit dem rechten Arm auf der Lehne des Korbsessels ab, öffnete das Sakko, das noch vor drei Monaten gepasst hatte, und zog eine Schachtel Zigaretten hervor.

»Sie rauchen?« Marie war tatsächlich überrascht.

»Alles andere hatte ich durch.« Er schnippte eine filterlose Gauloises aus der Packung und schob sie zwischen die Zähne. Das Zigarettenpapier färbte sich dicht an den Lippen wegen der verbliebenen Himbeermarmelade rot. Er beugte sich nun nach links, förderte aus der rechten Hosentasche ein Zippo-Feuerzeug zutage, ließ den Deckel geräuschvoll aufklappen, drehte das Zündrad und hielt die Flamme an die Zigarette, die knisternd erglühte.

Mit dem Rauch, den er ausatmete, sagte Holm: »Das ist das

Buch der tausend Sünden. Es ist meine größte Sünde, dass ich es fand, an mich nahm, las und behielt. Und: Ich würde es immer wieder tun. Bald wird es Ihre Aufgabe sein, dafür zu sorgen, dass es nicht in falsche Hände gerät.«

»Ihre Lebenszeit verstreicht. Was steht drin?«

»Die Sünden der Dealer, die Fehltritte der Richter, die Achillesfersen der Politiker.«

»Wo haben Sie das her?«

»Sag ich nicht.«

»Und der Vorschuss?«

»Minister Lothar Kronenburg war spielsüchtig. Er spielte bevorzugt im Spielcasino Graz.«

Marie zog ihr Schleibook aus der Tasche.

»Alles wissen, nichts notieren«, sagte Holm und drückte die Zigarette aus. »Meine letzte. Ich rauche jetzt nicht mehr.«

Als Marie das Haus verließ, hatten sie und Holm ausgemacht, dass sie telefonisch einen Termin für den Besuch im Begräbniswald vereinbaren würden. Kaum saß sie im EMO, klingelte ihr Handy.

»Kai Koost«, meldete sich der Betriebsführer des Windparkbetreibers. »Ihre Liste ist fertig.«

Marie brauchte einen Moment.

»Die Liste derer, die einen Schlüssel für die Tür zu Windrad vier haben oder Zugriff auf einen Schlüssel.«

Marie dachte nach.

»Frau Geisler?«

»Ja, sind Sie – ich sag mal – in anderthalb Stunden im Büro?«

»Es ist Sonnabend.«

»Ich weiß. Aber Sie arbeiten, ich arbeite.«

»Ja, ich bin hier. Aber gegen siebzehn Uhr muss ich weg.«

»Ich hole mir die Liste dann gleich. Dauert nur eine Minute.«

Beide legten auf. Marie startete das EMO und hörte ein weiteres Stück des Danish String Quartet. Wie schon die anderen

Stücke riss sie auch »Shine You no More« aus dem Alltag. Sie fuhr, da sie nun sowieso schon nördlich des Kanals war, über die B 503 zurück Richtung Schleswig, getragen von der Musik.

Kurz vor Eckernförde passierte sie den Begräbniswald, dachte an Holm und ihre Mutter. In dieser Reihenfolge. Das gefiel ihr nicht. An der Fußgängerampel in Höhe des Baumarkts entdeckte sie Sachse mit einer Schubkarre auf Grün wartend. Er kam vom Windebyer Noor. Marie setzte den Blinker und fuhr auf den Siemsen-Parkplatz. Konnte sie auch gleich neue Farbe für Karls Wand kaufen.

Sachse hatte sie gesehen und erreichte sie, als sie ausstieg. In seiner Schubkarre Wurzeln und Radieschen. Offenbar gerade erst aus der Erde gezogen.

»Mundraub?«, fragte Marie.

»Schrebergarten«, antwortete Sachse. »Habe ich doch erzählt.«

Marie schlug sich an die Stirn. »Hatte ich vergessen. Wohnwagen, Schrebergarten. Was ist los mit Ihnen?«

»Ich erkenne, was mir guttut. Wollen sie eine?« Er hielt ihr eine Wurzel hin.

»Ich mag keine Möhren.«

»Wurzeln, man sagt Wurzeln.«

»Im Ruhrgebiet sagt man Möhre.«

»Aber wir sind hier in Schleswig-Holstein.«

Sie einigten sich auf Karotten.

»Wo wollen Sie eigentlich hin mit Ihrer Ernte?«

»Bringe ich ins Grüne Haus in der St.-Nicolai-Straße. Die stellen das in einer Kiste vor die Tür. Kann sich jeder bedienen.«

»Warum hat die Karre eigentlich bunte Griffe?«, fragte Marie.

»Damit ich die Orientierung behalte. Rot für backbord, grün für steuerbord. Ich bin übrigens die ganze nächste Woche auf dem Campingplatz. Nur für den Fall, dass Sie mal sehen wollen, wie der Minister da gelebt hat.«

»Ich kann noch nicht sagen, wann, aber ich komme.«

Sachse schob Richtung Innenstadt, Marie kaufte Wandfarbe und freute sich auf Karl.

***

Mehr als ein leistungsfähiges Smartphone brauchte Gero Freiherr von Blohm nicht, um sein Unternehmen zu kontrollieren. Leiten musste er es schon eine Weile nicht mehr, konzentrierte sich auf Projekte und die Partei. Intrigen bereiteten ihm nun den Genuss, den er früher empfunden hatte, wenn er aus einem Flugzeug gesprungen war, frischen Trüffel gegessen oder eine Frau geliebt hatte.

Das Panoramafenster des Wohnzimmers gewährte freien Blick auf die Kieler Förde, die Fähren auf dem Weg nach Oslo, die aus Kaliningrad kommenden Containerschiffe. Er legte das Smartphone auf den Tisch, der übersät war mit Verpackungen, Flaschen, Briefen, ungeöffnet und geöffnet, mit Kronkorken, überquellenden Aschenbechern, Müll jeder Art.

Von Blohm stand auf, lehnte die Stirn gegen die kühle Scheibe. Er sah Segler und Surfer, sah Wasser, war gedanklich im Element seiner Kindheit, die er im Segelclub verbracht hatte, dessen Präsident sein Vater gewesen war. Auf dem Wasser hatte sein Vater ihn gefordert, auf den Jollen hatte er mehr Zeit verbracht als an irgendeinem anderen Ort seiner Kindheit und Jugend. Schnell hatte er erste Erfolge bei den 420ern eingefahren, war später auch mit den spektakulärsten aller Jollen, den 49ern, siegreich gewesen. Sehr gute schulische Leistungen hatte sein Vater vorausgesetzt, aber schlechte Segelleistungen waren bestraft worden. Er schlug mit der Stirn gegen die Scheibe. Das Glas geriet in Schwingungen. Noch mal, diesmal fester. Das hatte er schon oft gemacht. So lange, bis die Haut aufgeplatzt war. Heute hatte er keine Kraft.

Er setzte sich auf die breite Fensterbank. Bald würde er das hier platt machen lassen. Das große Porträt seines Vaters, das an der Wand über dem Sofa hing, käme ins Fundament. Er würde es einbetonieren lassen. Der Beton würde jeder Erinnerung die Luft nehmen. Aber die Arbeiten konnten noch nicht beginnen. Vorher musste er sich auf dem Landesparteitag zum Vorsitzenden der Partei wählen lassen, die sein Vater bis aufs Messer bekämpft hatte. Er würde singen, aus voller Kehle singen, so laut, dass man es bis auf den Parkfriedhof hören würde, bis zum Grab seines Vaters, dessen Wunsch es gewesen war, in der Nähe seines Idols Gerhard Stoltenberg begraben zu werden.

Gero Freiherr von Blohm hatte das Grab seit der Beerdigung nie wieder besucht. Er stolperte zum Sofa, schaute seinem Vater in die Augen und spuckte ihm ins Gesicht. Sein Smartphone klingelte. Er machte vier oder fünf schnelle Schritte zurück zum Tisch, stieß eine Flasche Bourbon um und fluchte. Der Whiskey lief über seine rechte Hand. Er griff mit der linken zum Telefon.

»Was?«, krächzte er mit dünner Stimme. Es war die Projektleiterin vom Baltic Resort. Sie teilte mit, dass die Baugenehmigung erteilt worden war. Er beendete das Gespräch, ohne sich von ihr zu verabschieden.

Gero Freiherr von Blohm richtete sich auf, so gut er das in seinem augenblicklichen Zustand konnte, schwankte zur Terrassentür und trat ins Freie. Eine Fläche von beinahe einem Hektar Land würde er bebauen. Vier Untergeschosse würde es geben, und der Pool im vierten Untergeschoss hätte eine direkte Verbindung mit der Ostsee. Er hatte den besten Koch der Welt unter Vertrag, alle Zimmer würden von renommierten Designern gestaltet. Die Crème de la Crème aus Kultur, Wirtschaft und Politik gäbe sich schon bald ein Stelldichein, und alle würden sie tanzen auf dem Bild seines Vaters, sie würden ihn feiern, den neuen Landesvorsitzenden. In der langen Geschichte seiner Partei, der Tradition über alles ging, wäre er der erste Vorsitzende mit blauem Blut in den Adern. Nach Kronenburg, diesem stinkenden Werftarbeiter, diesem Emporkömmling aus dem Proletariat, würde er die Partei in eine neue Zeit führen.

Er setzte sich auf den Rasen und klopfte auf die Brusttasche seines Hemdes. Nichts. Mühsam zog er das Smartphone aus der Hosentasche, kam auf dem Rücken zu liegen und wählte Björns Telefonnummer. Zeit für Nachschub.

※※※

»Ihr wolltet einen Plan. Das ist mein Plan.« Marie wuchtete den Eimer Wandfarbe auf den Küchentisch. Andreas und Karl wandten sich um, verdrehten die Augen und gaben Laute der Unlust von sich.

»Das ist ja nur ein Teil des Planes. Vorher fahren wir nach Sehestedt, gucken uns den höchst interessanten Infopark von Denker & Wulf an. Erneuerbare Energien. Windenergie, Sonnenenergie. Die Zukunft.«

Andreas' und Karls Mienen hellten sich nur unwesentlich auf.

»Und dann, Ladies und Gentlemen, lädt Marie Geisler ein zum Fischbrötchenessen mit der besten Aussicht auf die dicksten Pötte. Marie Geisler, beste Mutter, beste Ehefrau von allen, lädt ein in den Sehestedter Imbiss direkt am Nord-Ostsee-Kanal! Na?«

»Kann Merle mit?«

»Klar kann Merle mit.«

Das EMO blieb im Carport. Andreas hatte die Praxis abbezahlt und sich zur Belohnung einen Renault R4 mit Faltdach gegönnt. In Grau. Oder Beige. Das konnte man wirklich nicht sagen. Andreas nannte die Farbe »Naturel«. Da konnte er sehr leidenschaftlich sein.

Karl klingelte bei Merle. Deren Vater öffnete im Bademantel. Andreas schob das Fenster des R4 auf und rief: »Bist du krank?«

»Neue Sauna.«

»Bei dem Wetter?«

»Andreas, die ist neu. Die müssen wir doch ausprobieren.«

»Es ist Sommer.«

»Aber ich habe den Ofen gestern erst angeschlossen.«

»Du bist verrückt.«

Merles Vater nickte und zuckte mit den Schultern.

»Können wir Merle mitnehmen? Sehestedt und zurück. Zwei Stunden vielleicht oder drei.«

»Sehr, sehr gern! Sie hört Mädchenmusik. Schon den ganzen Tag. Deutschen Pop. Deutsche Singer-Songwriter. Es ist furchtbar, ganz furchtbar!«

Als Merle und Karl auf der Rückbank Platz genommen hatten, teilten sie sich einen Kopfhörer. Nach außen drang kein einziger Ton. Vielleicht war das gut so. Marie legte den Arm in den Fensterrahmen. Die Luft war wie aus Samt.

Die Fahrt ging über Fleckeby, Hummelfeld, Unterhütten, Hütten und Damendorf. Am Wittensee bogen sie Richtung Haby ab. Hier war Marie im letzten Jahr geblitzt worden. Mitten im Nichts. Das ärgerte sie heute noch. Auf der rechten Seite kamen die Windräder in Sicht. Auf Windrad vier hatte sie gestern erst den Leichnam von Lothar Kronenburg angeschaut. Es kam ihr vor, als sei das Wochen her.

Marie zwang sich, nicht hinzusehen. Aber als sie die Zufahrt zu den Windrädern passierten, sah sie, dass auf dem kleinen unbefestigten Platz zwei Übertragungswagen standen, drei oder vier private Pkw, Schaulustige mit Fahrrädern und ein Eiswagen.

»Diese Arschlöcher«, murmelte sie.

»Wie bitte?«, fragte Andreas. Die Windgeräusche hatten Maries Wut davongetragen.

»Nichts, schon gut.«

»Das war hier, oder?«

»Hm.«

Andreas folgte der Straße, und bald erreichten sie das Firmengelände von Denker & Wulf, das links der Straße, mitten im Grünen, direkt am Nord-Ostsee-Kanal lag. Sie parkten vor dem dunkelgrauen Rolltor und stiegen aus. Andreas schaute in den Himmel und ließ das Faltdach geöffnet.

»Und was wollen wir jetzt hier?« Karl klang gelangweilt. Marie glaubte, das sei eine Inszenierung für Merle, die schon zu der Infotafel auf dem Gelände gelaufen war.

»Steht doch hier«, rief sie. »Erneuerbare Energien verstehen. Find ich cool. Meine Mama sagt, wenn wir nicht aufpassen, säuft Schleswig-Holstein eines Tages ab.«

Karl war neben Merle getreten und nickte mit Kennermiene. »Wegen des Klimawandels.«

»Und weil der Meeresspiegel ansteigt.«

»Und das können erneuerbare Energien echt verhindern?«

»Lass uns doch mal durchgehen«, schlug Andreas vor.

Marie griff nach seiner Hand und ließ sich führen. Sie dachte an den atemberaubenden Blick vom Windrad, an Eles Pumps, an das Rendezvous, das sie heute Abend mit diesem Betriebsführer haben würde.

»Haus des Windes«, las Karl. »Komm!«

»Das ist die Nummer sieben. Wir fangen vorn an«, bestimmte Andreas.

»Ich mach mal eben einen Schlenker über die Verwaltung. Rasch was abholen.« Marie ließ Andreas' Hand los.

»Ach, daher weht der Wind. Du missbrauchst uns für deine Arbeit. Und nachher verbuchst du das unter Quality-Time.«

»Ich habe noch niemals ›Quality-Time‹ gesagt und werde das auch niemals tun. Bis gleich. Geht schnell.« Marie drehte sich um und ging die kleine Anhöhe hinauf, auf der das Gebäude des Windparkentwicklers Denker & Wulf lag. Architektonisch ein wirklich großer Wurf, den man sogar von der Rader Hochbrücke erspähen konnte.

Marie erfreute sich an der mutigen Linie. Das Gebäude war mit seiner leicht und dynamisch wirkenden Dachkonstruktion, der hell in der Sonne leuchtenden weißen Fassade, den großen Fensterflächen, die Ein- und Durchblicke erlaubten, beinahe eine Landmarke. Gebäude wie diese sah man sonst eher in den Niederlanden.

Am Empfang fragte Marie nach Kai Koost, der im selben Augenblick den lichten Raum betrat. Federnd, wie Marie es erschien, jung, dynamisch, muskulös. Und um dem Ganzen die Krone aufzusetzen, war sein Blick wach, klug und freundlich. Eine Kombination, der Ele wohl wenig entgegenzusetzen haben würde.

»Frau Geisler, schön, dass Sie es vor meinem Feierabend noch geschafft haben. Hier, wie versprochen, die Liste.« Er reichte ihr einen Ausdruck.

Marie schaute auf die erste Spalte, die mit »Lfd. Nr.« überschrieben war. Zu ihrer Freude waren es lediglich sieben Menschen, die überprüft werden mussten.

»Ich habe mir erlaubt, die Liste nicht alphabetisch, sondern entsprechend der Wahrscheinlichkeit zu ordnen, mit der die jeweilige Person zuletzt am Windrad gewesen sein könnte. In der zweiten Spalte habe ich mit aufsteigenden Ziffern vermerkt, für wie sicher ich den Verwahrort halte, an dem die in der betreffenden Zeile –«

»Stopp!« Marie hob die Hand und nahm Kai Koost die Liste ab. »Sofern Sie sich bei uns bewerben wollen, nicht bei mir.« Marie fasste den Betriebsführer beim Unterarm und führte ihn zum Ausgang, außer Hörweite des Mannes, der hinter der Empfangstheke saß. »Wer ist Ihre Nummer eins und warum?«

Kai Koost wiegte den Kopf.

»Aus dem Bauch heraus.«

»Sozusagen frisch von der Leber?«

»Wie es Ihnen gerade in den Sinn kommt.«

»Keine Ahnung. Tut mir sehr leid. Das ist komplexer, als man so denkt.«

Marie grinste. »Polizeiarbeit, Herr Koost. Das ist Polizeiarbeit. Haben Sie Dank bis hierher.«

Marie reichte ihm die Hand und ging zum Ausgang. Er schloss auf.

»Auf ein Wort.«

»*Entre nous?*«

»*Off the record.* Ihre Freundin. Single?«

Marie blieb mit der Tür in der Hand stehen. »Sie haben ernstere Absichten, junger Mann?«

»Wie die Mutter der Frau Doktor sehen Sie gar nicht aus.«

»Danke.«

»Also, Single?«

»Finden Sie es heraus.« Marie winkte mit der Liste und stolzierte davon. Toller Typ, dachte sie. Leider.

Auf dem Weg hinüber zum Infopark warf sie einen Blick auf die Liste und schmunzelte, als sie sah, dass Kai Koost auch seinen Namen notiert hatte. Und die Adressen der Personen hatte er ebenfalls vermerkt.

Die Stimmen von Merle und Karl hörte sie schon von Weitem und folgte ihnen. In einer Art Arena hatten Andreas und die Kinder Station vier erreicht. Mit unterschiedlich großen Kugeln wurde eindrucksvoll verdeutlicht, welches Potenzial in den verschiedenen Arten regenerativer Energien steckt. Dominant und mehr als mannshoch in der Mitte: die goldgelbe Kugel der Sonne.

Marie dachte spontan an das, was sie über Kernfusion gelesen hatte, über den Versuch der Menschen, jene Prozesse nachzubilden, die auf der Sonne abliefen. Ob das gut war, ob das eine ernst zu nehmende Konkurrenz zu den Energiequellen darstellte, die bereits genutzt wurden? Warum und vor allem wie genau war Lothar Kronenburg involviert? Marie spürte die Last und fragte sich, ob sie für diese Ermittlungen die Richtige war, als Andreas sie von hinten packte und auf den Arm nahm.

»Seht her, Sonne, Wind und Wasser. Schaut auf diese Frau. Die größte Energiequelle der Menschheitsgeschichte, und das Beste: Sie gehört mir.«

Merle und Karl hatten die Arena verlassen. »Los, kommt hier rauf, voll die gute Aussicht«, plärrte Karl.

Andreas setzte Marie ab. Sie schauten einander an, und Marie fühlte eine tiefe Dankbarkeit. Sie nahm sich vor, an dieses Gefühl zu denken, wenn es mal schlecht lief.

Die Aussichtsplattform gewährte einen Blick auf die Fotovoltaikanlage von Denker & Wulf. Ein Display zeigte, wie groß der Gesamtertrag, der aktuelle und der Tagesertrag der Sonnenfänger war, und informierte darüber, dass die hier gewonnene

Energie ausreichte, um das Betriebsgebäude inklusive der Heizung mit Strom zu versorgen.

»Schon toll, dass uns das Universum das alles einfach so schenkt«, sagte Marie. Die Sonne, das Wasser, den Wind.

Andreas runzelte die Stirn. »Na ja, Christian klagt wegen des Windparks. Lärm, Schattenwurf. Man kennt das ja.«

»Ja, man kennt das ja.« Marie war von einer Sekunde auf die andere genervt. »Was denn bitte dann? Sollen wir immer weiter Kohle verstromen oder neue Atomkraftwerke bauen? Die Klimaziele haben die Politiker in die Tonne getreten. Und nun läuft auch die Förderung alter Windkraftanlagen aus. Was glaubst du, was dann passiert? Die Dinger werden abgeschaltet, und der Zubau ist jetzt schon rückläufig. Die wollen das nicht. Die wollen nicht, dass wir sauberen Strom haben. Wir laufen sehenden Auges in die Klimakatastrophe. Eine Schande!«

Andreas grinste. »Ich hatte recht. Die größte Energiequelle der Menschheitsgeschichte bist du. Aber im Ernst. Die produktionstechnischen und juristischen Schwierigkeiten beim Ausbau des Netzes, bei der Entwicklung geeigneter Speicher und so weiter erfasse ich nicht. Aber ich habe den Menschen studiert und sage dir eines: Wir sind das Ergebnis der Evolution, und wir sind da, wo wir sind, weil wir uns gut angepasst haben. Tief in uns ist diese Erkenntnis verankert.«

»Ich habe sicher nicht alles richtig gemacht, und du, mein Freund, eher auch nicht«, mischte sich Marie ein.

»Ich spreche von der Spezies Mensch im Allgemeinen. Was wir angesichts der Klimaveränderung bräuchten, wäre eine Verhaltensänderung. Aber hier liegt der Hase im Pfeffer. Wir ändern unser Verhalten erst dann, wenn die Folgen unmittelbar erfahrbar sind! In der Praxis erlebe ich das ständig. Schmerz ist ein sehr guter Impuls für Verhaltensänderung. Aber solange es nicht wehtut: die reine Ignoranz. Immer weiter so, obwohl man weiß, dass es scheiße ist. Man nennt das kognitive Dissonanz.«

»Scheiße sagt man nicht.« Karl hakte sich bei Andreas ein. »Wir haben Hunger.«

»Seid ihr denn durch? Wisst ihr nun alles über regenerative Energien?«, erkundigte sich Andreas.

»Ich werde Fußballprofi«, sagte Karl und schob Merle Richtung Ausgang.

»So viel zum Thema pädagogisch wertvoller Ökoausflug«, lästerte Andreas.

»Irgendwas bleibt immer hängen. Steter Tropfen. Komm, ich habe auch Hunger.« Nun schob Marie Andreas. »Lasst uns laufen«, schlug sie vor.

Kein Widerspruch.

Neben dem Firmengelände führte ein Wirtschaftsweg hinunter zum Nord-Ostsee-Kanal. Merle und Karl rannten los. »Unten links«, rief Marie ihnen hinterher. Dann war es still. Nur die Schritte waren zu hören, ein Vogel, der sein Revier beanspruchte, ein anderer, der womöglich nicht einverstanden war, antwortete. Schweigend gingen die Geislers nebeneinander. Sie durchquerten ein kleines Waldstück, und dann lag sie vor ihnen, die meistbefahrene künstliche Wasserstraße der Welt. Von Kaiser Wilhelm gebaut, verband sie über eine Strecke von beinahe hundert Kilometern die beiden Meere und teilte Schleswig-Holstein.

»Wie viele Schiffe fahren hier wohl?«, fragte Andreas.

»Pi mal Daumen dreißigtausend pro Jahr.«

»Woher weißt du das?«

»Ich wohne hier.«

»Angeber.«

»Einer muss ja Bescheid wissen.«

Beide sahen die Bugwelle, bevor sie den Frachter entdeckten, der von rechts kam, sich von Westen mit sonorem Brummen näherte, in die Ostsee wollte. »Juliana«, stand in weißen Lettern auf dem schwarzen Rumpf.

»Echt, dreißigtausend? Das sind über achtzig Schiffe jeden Tag«, rechnete Andreas vor.

»Die bei jeder Fahrt mehr als vierhundertfünfzig Kilometer Strecke einsparen. Ein Segen für die Umwelt.«

»Ein Segen für die Portemonnaies der Reeder.«
»Du bist geldfixiert.«
»Wie wir Ärzte so sind. Das kennt man ja.«
»Was sagt man doch gleich über Beamte?«
Es klingelte. Von hinten näherte sich eine Gruppe Fahrradfahrer. Näherte sich schnell. Marie und Andreas wichen auf den unbefestigten Teil des Weges zum Wasser hin aus. Die Radfahrer, es waren mindestens acht, fuhren feixend an ihnen vorbei und erzeugten dabei einen gut spürbaren Luftstrom.
»E-Bikes. Irre, wie schnell man damit ist«, sagte Andreas.
»Stimmt. Wären es E-Bikes, wären sie wirklich schnell, bis zu fünfundvierzig Kilometer pro Stunde, und sie müssten ein Nummernschild haben.«
»Keine E-Bikes also. Was denn dann, Frau Hauptkommissarin?«
»Pedelecs.«
»Mir doch egal. Wäre ich über fünfzig, würde ich mir auch so 'n Ding kaufen.«
»Schön, dass du noch Ziele hast.«
Der Sehestedter Kanalimbiss kam in Sicht. Der Parkplatz am Wasser war mit Wohnmobilen gut belegt. Im Hintergrund tat die Fähre, was eine Fähre tun muss, sie brachte Menschen und deren Fahrzeuge von einer Seite zur anderen. Auf der Anhöhe stand das flache Gebäude, in dem der Imbiss und Räume der Gemeinde untergebracht waren. Auf der großen Terrasse Tische, Stühle, Strandkörbe und reges Treiben hungriger und durstiger Besucher. Marie und Andreas folgten dem in einer sanften Kurve verlaufenden Weg nach oben.
Auf Höhe der Terrasse angekommen, schaute Marie in Richtung des Spielplatzes, der noch ein paar Höhenmeter weiter oben lag. Gleich rechts stand eine Gruppe älterer Herrschaften zusammen. Sie diskutierten lebhaft, hielten Boulekugeln in den Händen und Tücher, um die Kugeln zu reinigen. Die Kinder standen bereits vor dem Schalter und studierten die Speisekarte.

Schnell einigten sich die vier auf Fischbrötchen, zwei Kaffee und ausnahmsweise zwei süße Brausegetränke. Während Marie auf die Bestellung wartete, trollten sich die anderen, um einen Sitzplatz zu ergattern.

In der Auslage fielen Marie die Tücher in den schleswig-holsteinischen Landesfarben auf. Die hatte sie eben auch bei den Boulespielern gesehen. Ein bisschen wirkten die Tücher wie die Fahne des Bundeslandes. In die weiße Fläche war »Boule Amis Sehestedt« gestickt. Marie kaufte eins. Boule hatten sie und Andreas immer wieder mal mit Freunden auf den Bahnen bei den Schleswiger Königswiesen gespielt.

Die Fischbrötchen und Getränke auf einem Tablett balancierend, machte sich Marie auf die Suche nach ihren Begleitern. Einen Strandkorb hatten sie nicht erwischt, wohl aber einen Tisch und zwei Stühle. Die Kinder saßen auf den Stühlen und diskutierten über die Aussicht auf den Kanal. Die Erwachsenen mussten auf dem Mäuerchen sitzen. Ein bisschen schade fand Marie das schon, konnte sich aber mit dem Anblick zweier Männer trösten, die eng aneinandergeschmiegt in einem der Strandkörbe saßen. Der eine mit langem, lockigem Silberhaar und verwegenem Vollbart. Nicht mehr ganz jung, nicht mehr ganz drahtig, aber aus Augen schauend, die neugierig blitzten. Der andere durchaus ein gestandenes Mannsbild, sichtbar jünger, mit praktischem Kurzhaarschnitt. Marie glaubte, in ihm den Chef der Gastronomie wiederzuerkennen.

Sie hielt die rechte Hand samt Fischbrötchen vor den Mund und raunte Andreas zu: »Presspassung. Bin gespannt, ob die beiden Herren da wieder rauskommen.« Dann musste sie losprusten. Krümel landeten auf dem Tisch.

Der Strandkorbchef hatte ihr Missgeschick beobachtet, stand federnd auf, lächelte nachsichtig und sagte: »Da hole ich Ihnen mal rasch was zum Aufwischen, junge Frau.«

Karl und Merle kicherten.

Nachdem alle gesättigt und gesäubert waren, drehten sie noch eine Runde über den schönen Spielplatz.

»Lage, Lage, Lage«, sagte Andreas, »darum geht's. Eigentlich brauchst du hier kaum mehr als einen Sandkasten. Wunderbar.« Marie schaute zu den Boulespielern hinüber, die Trainingswürfe machten. Kein Spiel. Am Rand der Gruppe stand neben einem älteren Herrn ein junger Mann, der Marie bekannt vorkam. Aber sie konnte das Gesicht nicht zuordnen. Vielleicht wegen der Basecap. Personenbeschreibungen waren nicht ohne. Was sich Augenzeugen da bisweilen zusammenreimten. Abenteuerlich.

***

Die Boulekugel wanderte von einer Hand in die andere. Hans Truelsen hatte Gesche Triebels Sohn zur Seite genommen. »Ben«, sagte er eindringlich, »Lothar Kronenburg ist tot. Das ist traurig, aber das ist nun mal so. Da kann man nichts machen. Jetzt müssen wir nach vorn gucken. Im Interesse unserer Gemeinde, im Interesse Sehestedts. Hilft ja nichts.«

Er wischte mit dem Putztuch über die Kugel, dass sie glänzte wie ein geschliffener Diamant. »Deine Mutter, Ben, deine Mutter hat als Bürgermeisterin immer nur an Sehestedt gedacht. Bei allem, was sie tat. Hat sich geradezu aufgeopfert für die Zukunft unseres schönen Dorfes. Wenn du so willst, auch für dich. Für die neue Generation. Deine Mutter ist ein Vorbild. Auch für mich.«

»Onkel Hans, worauf willst du hinaus?« Ben nestelte an den Kabeln seiner In-Ears herum. Leise hörte man Namika aus dem Kopfhörer, die gestand, dass sie kein Französisch spreche.

»Ben, Sehestedt ist ja mehr als nur deine Heimat.«

»Ich muss noch zur Wache«, sagte Ben und zog die Basecap in die Stirn.

»Der Wettbewerb, du weißt schon. Die Juroren sind streng. Aber das kriegen wir schon hin. Was auf gar keinen Fall schiefgehen darf, ist das Bouleturnier. Wir wollen das als Alleinstellungsmerkmal im Kampf um Gäste, im beinharten Kampf um

Gäste. Ich sage nur, Groß Wittensee schläft nicht. Da darf auf unserem guten Ruf nichts lasten, was irgendwie missverstanden werden könnte. In den Medien, du weißt schon, oder beim Pétanque-Verband in Schleswig. Die sind streng.«

»Onkel Hans, ich weiß wirklich nicht, was du willst.«

»Gerüchte, Ben, Gerüchte. Wir, also die Genossenschaft, hätten womöglich Vorteile durch den Tod des Ministers, heißt es. So was.«

»Aber das könnte doch sein, dass ihr Vorteile habt, wenn der neue Minister die Vergütung wieder anhebt. Ist doch cool.«

Hans Truelsen legte den freien Arm um Bens Schultern. Dazu musste er sich beinahe auf die Zehenspitzen stellen. »Gut. Klartext. Der Täter darf kein Sehestedter sein.«

Ben lachte. »Ich soll da was drehen? Wie stellst du dir das vor? Das LKA ermittelt, das BKA ermittelt. Dienststellen, von denen ich noch nie gehört habe.«

Ben schob des Bürgermeisters Arm sanft, aber bestimmt von seiner Schulter. »Wenn einer von euch mal falsch parkt, da kann ich gegebenenfalls ein Auge zudrücken. Das hier«, Ben zeigte in Richtung der Windräder, »ist ein Kapitalverbrechen.«

Auf Schleichtour

Der Sonntag kam, als hätte Marie ihn gerufen. Er begrüßte die Geislers mit Vogelgezwitscher, angenehmen Temperaturen, einer milden Brise von der Schlei und einem sehr ausgiebigen Frühstück auf dem Balkon. Dazu las Marie die geliebte Wochenzeitung. Später gab sie Karl, der sich im Garten an Neymar-Tricks übte, kluge Ratschläge, die er nicht hören wollte.

»Das Wichtigste«, mischte sich Andreas ein, »ist sowieso, dass du dich schreiend auf dem Boden wälzt. Die Kernkompetenz eines jeden Weltklassespielers.«

Dann ließ der Sonntag ein bisschen nach. Marie putzte Fenster und ärgerte sich über die Hinterlassenschaften der Möwen. Fußballfeldgroße Spuren von Exkrementen an der Schiebetür zum Balkon. Aber der Tag kriegte die Kurve noch mal, als Andreas rote Linsen mit Garnelen auftischte. Marie spürte im Verlaufe des Nachmittags bei Wienerbröd und Kaffee, wie sich ihre Nackenmuskulatur entspannte.

Dann rief Mayr vom BKA an. Ob er störe, fragte er.

»Merken Sie selbst, ne?«, antwortete Marie.

Mayr lachte auf und berichtete, die österreichischen Kollegen hätten sich bei ihm gemeldet. Weil ja Sonntag sei, und man habe sie nicht stören wollen. Jedenfalls hätten sie ihm berichtet, dass Kronenburg in den letzten Wochen ständiger Gast auf dem Flughafen in Wolfsberg gewesen sei. Von dort aus, so hatten Mitarbeiter des Flugplatzes ausgesagt, sei er mit seinem Mustang weitergefahren. Wohin, wisse man nicht. Der Mustang war auf eine Frau namens Sina Carstens angemeldet.

»Auf Sina Carstens ist auch der Polo angemeldet, den wir am Tatort gefunden haben.«

»Ich weiß.«

»Sonst noch was?«

»Nö.«

Marie kämpfte mit sich. Sollte sie Mayr erzählen, dass Kronenburg vermutlich ins Grazer Spielcasino gefahren war? Was sollte sie als Quelle für diese Information angeben? Sie schwieg.

»Frau Geisler?«

»Ja, ich habe kurz nachgedacht. Wann können wir denn mit Informationen zur Art der Kronenburg'schen Beteiligung an Austrian Mining rechnen?«

»Morgen, denke ich.«

»Gut. Danke, Herr Kollege. Wünsche Ihnen noch einen schönen Sonntag.«

Von Gewissensbissen gequält legte Marie auf und widmete sich wieder den Hinterlassenschaften der Möwen. Sie hatte Kollegen noch nie Informationen vorenthalten. Ihr wurde klar, dass Holms Erbe zu einer schweren Last werden könnte.

Am Abend saß sie mit Andreas auf dem Sofa. Nachrichten und Polit-Talkshows machten mit Kronenburg auf, widmeten sich der Tat, seinem politischen Wirken, seinem Privatleben, soweit es bekannt war. »Gut, dass der Mann keine Kinder hat«, sagte Andreas. »So im Rampenlicht zu stehen ist wirklich nicht erstrebenswert.«

Die letzten Tage des Ministers wurden nachgezeichnet. »Einen Tag vor seinem Tod«, erklärte eine Reporterin, »hat Minister Kronenburg in einem Windpark in Schleswig-Holstein seine Position zur Windkraft verteidigt. Er betonte, dass eine dauerhaft subventionierte Energie für den Markt ungesund sei und dass Forscher seit Langem und mit achtbaren Erfolgen an Alternativen arbeiteten. An Alternativen, die nicht zuletzt den Streit um die Abstände zwischen Windrädern und Wohnbebauung beenden könnten.« Über dem Text zeigte man Bilder der Anlage in Sehestedt.

»Stopp«, rief Marie plötzlich und sprang auf. »Stopp.« Der Minister oben in der Kanzel, Nahaufnahme. »Der Stick, siehst du das? Der Stick. Auf dem Clip der Bundesadler. Das ist sein Stick. Da hat er ihn noch.«

Andreas schaute Marie ratlos an. Marie griff zum Notebook und suchte die zentrale Telefonnummer des NDR, verwarf den Plan beim Gedanken an bürokratische Abläufe und rief eine Bekannte an, die ihre Brötchen im Kieler Funkhaus verdiente. Sie brauchte den Film, brauchte die Bilder, die eindeutig zeigten, dass Kronenburg den USB-Stick mit den brisanten Informationen am Tag vor seinem Tod in der Brusttasche seines Hemdes aufbewahrt hatte. Er hatte ihn verloren und war darum zum Windrad zurückgekommen. Eine Vermutung nur, aber nachvollziehbar.

Nachdem Marie das Telefonat beendet hatte, ging sie hinaus in den Garten. Sie drehte Runden, dehnte sich, spürte die innere Unruhe in jeder Faser ihres Körpers. Sofern der Grund für Kronenburgs erneuten Abstecher nach Sehestedt tatsächlich der verlorene USB-Stick gewesen war, stellte sich nun die Frage, auf wen er dort getroffen sein könnte. Gut, die Frage stellte sich schon seit Tagen, amüsierte sich Marie über sich selbst, aber der USB-Stick änderte dennoch etwas.

Das Zusammentreffen von Täter und Opfer war vermutlich ein zufälliges gewesen. Ein zufälliges Treffen, in dessen Verlauf der Täter das Opfer auf die Gondel des Windrades eingeladen hatte, um es dort umzubringen? Schwer vorstellbar. Ein zufälliges Treffen, das Kronenburg genutzt hatte, um erneut in das Windrad zu gelangen? Möglich. Er suchte schließlich nach dem USB-Stick. Im weiteren Verlauf war es zwischen Kronenburg und der unbekannten Person zum Streit gekommen. Zu einem Streit, an dessen Ende die Bluttat gestanden hatte. Der Täter hatte den Tatort daraufhin fluchtartig verlassen, weil er in Panik war. Möglich, aber nicht sehr wahrscheinlich.

Marie setzte sich auf die Schaukel und schaukelte die Gedanken weg, spürte die Fliehkräfte, hatte schon immer die kurzen Momente genossen, in denen sie die höchsten Positionen erreichte, die Momente, in denen sie für Bruchteile von Sekunden bewegungslos, beinahe schwerelos war. Den Boden unter den Füßen zu verlieren bedeutete nicht, den Halt zu verlieren, bedeutete vielmehr, erahnen zu dürfen, wie sich Fliegen wohl anfühlte. Einen Tandemsprung hatte sie mal gemacht. Das war ein besonderes Erlebnis gewesen, hatte sie aber eher an Fallen denn an Fliegen erinnert.

Der Schmetterlingsflieder, in voller Blüte, verschwand nach unten, die Birken am Rand des Grundstücks tauchten auf. Ihre weiße, beinahe silberne Rinde glänzte in der Abendsonne, dann nur noch Himmel, hohe Wolken in zartem Rosa, die Sichel des Mondes. Marie atmete tief ein, schloss die Augen und öffnete sie erst wieder, als sie erneut am höchsten Schaukelpunkt angekommen war. Der Himmel, dachte sie, ach was, die Himmel, die unendliche Vielfalt der Himmelsstimmungen. Ein Geschenk des Universums. Und dann wusste sie: Kronenburg und sein Mörder hatten sich gekannt, hatten einander vertraut.

Wie anders war zu erklären, dass sie einvernehmlich in die Gondel hinaufgefahren waren? Dass sie gefahren waren, hatte Elmar als so gut wie sicher dargestellt, weil sie Fingerspuren von Kronenburg in der Befahranlage, nicht aber an der Leiter gefunden hatten. Wie anders war zu erklären, dass es nach dem konfliktfreien Erreichen des Gondeldaches zum tödlichen Schlag gekommen war, dass der Täter Kronenburg zurückgelassen hatte? Wut war im Spiel gewesen, vielleicht Hass, und nach dem Schlag, nachdem sich der Täter abgewendet hatte, durch die Luke in die Gondel abgestiegen war, das Windrad schließlich verlassen hatte, da war er nicht panisch gewesen, sondern gleichgültig. Anderenfalls hätte er versucht, Spuren zu beseitigen.

Die Schaukel pendelte nur noch sanft. Marie würde nicht nur nach Tätern im politischen, im geschäftlichen Umfeld suchen, sie würde sich das Privatleben des Ministers anschauen. Sie beschloss, dass morgen Sina Carstens an die Reihe käme.

In der Öffentlichkeit herrschte der Eindruck vor, Kronenburg habe kein Privatleben gehabt, und tatsächlich hatten keine Angehörigen benachrichtigt werden müssen. Aber es gab das Häuschen, von dem Sachse erzählt hatte, das Häuschen auf dem Campingplatz in Karlsminde, und Kronenburgs Haus in Borby hatte sie sich auch noch nicht angesehen. In Berlin gab es Unstimmigkeiten darüber, wer als Erster ins Haus dürfe. Möglicherweise müssten Dokumente gesichert werden, hatte Mayr läuten gehört. Dass sie Kronenburgs direktes Umfeld noch nicht kannte, war jedenfalls gar nicht gut. Auf der Polizeischule hätte es eins hinter die Löffel gegeben, aber im echten Leben kam bisweilen was dazwischen. Marie hoffte, dass ihre neue Chefin das auch so sehen würde.

**

Montagmorgen. Karl hatte das Haus verlassen, Andreas hatte das Haus verlassen. Nur Marie stand noch am Küchentresen. Sie hatte sich einen zweiten Espresso gemacht. Nun strich sie die Liste mit all den To-dos im Schleibook durch. Ein befreiendes Gefühl. Ja, sie musste sich um Kronenburgs Aktivitäten in Österreich kümmern, um die Menschen, die Zugang zum Windrad hatten, und nicht zuletzt um Sina Carstens. Heute würde sie hoffentlich Kronenburgs Haus in Augenschein nehmen können. Aber zunächst zog es sie auf den Campingplatz. Instinkt, Neugier – die Nase juckte verdächtig, dem würde sie selbstverständlich nachgeben. Zuvor hatte sie noch mit Karls Lehrerin Frau Gundlach zu sprechen. Die hatte heute erst zur zweiten Stunde und Marie zehn Minuten vor Unterrichtsbeginn eingeräumt.

Marie schaute auf die Uhr. Sie würde es noch schaffen, die Schmutzwäsche einzusammeln. Andreas füllte die Wäschebox zuverlässig, aber sie und Karl entledigten sich der T-Shirts und Socken auch vor dem Bett, vor der Dusche und manchmal auch hinter der Tür, die aus dem Keller in den Garten führte. Wegen der anhaftenden Grashalme, der Erde, einen Grund gab es immer. Die Wäscherunde führte Marie jedenfalls stets durch das gesamte Haus. So konnte sie auch das ein oder andere Fenster schließen, das Mann und Sohn übersehen hatten.

Pünktlich erreichte sie das Lehrerzimmer – um genau zu sein, den Gang vor dem Lehrerzimmer, den abgetretenen Quadratmeter Fliesenboden vor der Tür des Lehrerzimmers, auf dem schon Generationen von Übeltätern, die feuchten Hände hinter dem Rücken verschränkt, mit sich gerungen hatten. Klopfen oder nicht klopfen.

Marie hatte in der elften Klasse einmal vor einer Tür wie dieser gewartet. Hinter der Tür hatte die Schulkonferenz getagt, um darüber zu entscheiden, ob ein Schulverweis für sie die pädagogisch angemessene Maßnahme sei. Marie hatte mit zwei anderen Schülern einen Fahrradständer an die Außenwand des Neubaus gelehnt, um die Fenster zum Physikraum erreichen zu können. Dort war die optische Bank aufgebaut gewesen. Am Folgetag stand eine Klausur auf dem Stundenplan. Sie hatten ausgespäht, was auszuspähen war, und die Klausur war ungewöhnlich gut ausgefallen. Der Physiklehrer hatte Nachforschungen angestellt. Auf der Fensterbank hatte er ein Haarband mit Biene-Maja-Motiv gefunden, der Fahrradständer hatte tiefe Abdrücke auf dem Rasen hinterlassen, und dann hatten Fünftklässler gepetzt.

Am Ende hatte es die Konferenz bei einer Ermahnung unter Auflagen belassen. Die drei Elftklässler leiteten im folgenden Halbjahr freiwillig eine Kletter-AG der Unterstufe. Das hatte ihnen so viel Spaß gemacht, dass sie die AG bis zum Abitur weiterführten, und Marie wusste, dass es die AG heute noch gab. Man hatte sich der örtlichen Sektion des Deutschen Alpenvereins angeschlossen und kletterte im Klettergarten Isenberg in Hattingen.

»Moin, zu wem möchten Sie?« Ein kleiner junger Mann mit gegeltem Haar war, von Marie unbemerkt, den Gang entlanggekommen.

»Uuups, ich war wohl in Gedanken. Frau Gundlach. Ich möchte Frau Gundlach sprechen.«

Der kleine Mann nickte, öffnete die Tür zum Lehrerzimmer, trat ein und schloss sie hinter sich. Lehrerzimmer waren verbotene Orte, zu denen nur eine bestimmte Kaste Zutritt hatte. Zumindest fühlte sich das so an.

»Es tut mir leid, Frau Gundlach. Ich hatte ziemlich was um die Ohren, als Sie anriefen.« Marie reichte Karls Lehrerin versöhnlich die Hand.

Frau Gundlach lächelte und zeigte auf ihre Füße, die in Flip-Flops steckten. »Ein roter, ein grüner. So behalte ich die Kontrolle über rechts und links, so erinnere ich mich daran, dass jeder von uns mal mit dem falschen Fuß aufgestanden sein kann.«

»Und im Winter?«, wollte Marie wissen, die sich an Sachses Schubkarre erinnerte.

»Rote und grüne Socken. Je härter das eigene Urteil über die Eigenheiten der anderen, desto härter trifft es einen selbst.«

»Und was trifft einen da so?«

»Ich konnte nie verstehen, dass meine Schwiegermutter nicht mit uns auf der schönen sonnigen Terrasse Kaffee trinken wollte. Mit Ende vierzig erwischten mich dann die Hitzewellen, und sie hatten mich lange, ungewöhnlich lange fest im Griff.«

Marie deutete auf die Fensterbank. »Wollen wir?«

Die Frauen setzten sich auf den kühlen Stein, das große Fenster zum Schulhof im Rücken. »Schön, dass wir neu starten können.«

»Dazu braucht es die Erfahrung, dass sich Neustarts lohnen. Meine Kolleginnen und ich arbeiten daran jeden Tag. Neustarts nach Streit, Neustarts nach unbefriedigenden Leistungen. Bei Ihnen geht das nicht, oder? Mörder ist Mörder.«

»Wow. Das ist ein Thema mit juristischen und ethischen Untiefen. Fällt auch nicht in meinen Aufgabenbereich, darüber zu befinden. Eine Meinung habe ich dazu dennoch: Einen Neustart kann kein Mörder vermeiden. Ob er erwischt wird oder in Freiheit bleibt. Nachdem ein Mensch einen anderen um sein Leben gebracht hat, ist nichts mehr wie vor der Tat.«

»Sie schaffen es, sich einem Mörder unvoreingenommen zu nähern?«

»Ja, zumindest solange ich im Dienst bin. Wenn ich aus der Rolle des Opfers oder der Hinterbliebenen schaue, wenn ich nicht auch aus der Perspektive des Täters auf die Tat schaue, werde ich ihn erst später oder gar nicht überführen.«

»Und zu Hause?«

»Zu Hause ist zu Hause. Aber wir wollten doch über Karl sprechen.«

»Sorry, Sie haben recht. Man trifft nur so selten auf Menschen, die in solchen Grenzbereichen arbeiten. Also, Karl. Ich habe ihm vorgeschlagen, an der Mathe-Olympiade teilzunehmen. Er hat's drauf. Um genauer zu sein, er hätte es drauf. Aber er sperrt sich.«

»Mathe-Olympiade. Hat er nichts von erzählt.«

»Dachte ich mir. Ich habe hier ein bisschen Material. Vielleicht schauen Sie sich das mal an und diskutieren das mit ihm?« Frau Gundlach reichte Marie einen Flyer und ein paar Ausdrucke. »Es gibt drei Runden. Die Schulrunde, die Regionalrunde und die Landesrunde. Ich habe Karl gesagt, das sei mit dem DFB-Pokal zu vergleichen. Er hat geantwortet, er arbeite auf die Champions League hin.«

»Ich kann mir vorstellen, wie das Gespräch ablief.«

»Er hat keine Angst vor Wettbewerb. Er muss einen anderen Grund haben.«

»Ich frag ihn.«

»Prima. Ich habe Ihnen meine E-Mail-Adresse aufgeschrieben. Vielleicht geben Sie mir die Ihre. Kann ja sein, dass wir Verabredungen auf diesem Weg konfliktfreier treffen können.«

Marie zog ihre Visitenkarte aus der Jeanstasche, einen Kuli aus der Jacke, schrieb ihre private Mailadresse auf die Rückseite und nahm den Zettel entgegen, auf dem Frau Gundlach ihre Adresse notiert hatte. Die Frauen reichten einander die Hand.

Auf dem Schulhof sah Marie, dass Karls Lehrerin nur ihren Vornamen über die Adresse geschrieben hatte. Das Interesse an Maries Beruf, jetzt das hier. Sie hatten einen Draht. Aber Marie wollte nicht mit Karls Lehrerin befreundet sein. Vielleicht nach der Grundschulzeit. Oder interpretierte sie das falsch?

Hinter dem EMO stand ein schwarzes Cabrio. Hinter dem Steuer ein Mittfünfziger, der auf seinem Handy tippte. Der Motor lief. Marie zögerte, ging dann aber doch auf das Auto zu. »Moin, sind Sie so nett und stellen den Motor ab?«

Der Mann hob und drehte den Kopf. »Was?«

»Stellen Sie doch den Motor bitte ab.«

»Warum sollte ich?« Der Mann tippte weiter.

Marie dachte an Neustart. »Entschuldigung, können Sie mir vielleicht helfen? Sie sehen aus, als würden Sie sich auskennen.«

Der Mann ließ das Handy sinken, schaute Marie an.

»Ich muss nach Westerrönfeld. Also südlich des Kanals. Wegen der Baustelle im Tunnel: Ist es besser, die A7 zu nehmen?«

»Ach, die Baustelle. Das kriegen die nicht geregelt. Ich bin ja viel unterwegs. Am besten, Sie –«

»Verzeihung, ich verstehe Sie so schlecht.« Marie machte die Geste des Schlüsselumdrehens, und der Mann stellte den Motor ab. Danach erklärte er ausführlich den Weg und wie er die Verkehrsprobleme lösen würde.

Marie bedankte sich und ging zum EMO. Heiligte der Zweck die Mittel? War es in Ordnung, die Leute an der Nase herumzuführen, um sein Ziel zu erreichen, sofern es ein gutes Ziel war? Im Job war das erlaubt, aber privat?

Der Mann startete den Motor, fuhr an und winkte Marie zu. Er lächelte.

Marie stieg ein und zwang sich, an Kronenburg zu denken. »Dienstbeginn«, sagte sie und fädelte sich in den Verkehr ein. Sachse hatte gesagt, er sei die ganze Woche auf dem Campingplatz.

* * *

»Stell dich nicht so an!« Gesche schob Bruno Klein zur Seite. »Das ist gar kein richtiges Schloss, und so ein Gebrauchtwagenplatz, der dient doch dem Verkauf, der muss doch frei zugänglich sein.« Sie griff nach dem Bolzenschneider, den Bruno mitgebracht hatte, öffnete die Griffe, erfasste den Bügel des Bügelschlosses und schloss die Griffe. Das Schloss sprang auf.

»Butterweich, siehste. Das ist doch nun wirklich kein richtiges Schloss, und wir sehen ja auch nur nach dem Rechten, jetzt, wo Lucky das nicht kann.« Gesche reichte den Bolzenschneider nach hinten, Bruno nahm ihn an sich, schaute sich um – niemand zu sehen.

»Welchen Einbrecher soll das denn abhalten? Ist ja lachhaft«, spottete Gesche.

Das Rohr des Bauzaunelementes zog sie mit leichter Hand aus seiner Führung und schob es eine Armlänge nach innen auf den geschotterten Hof, den Lucky von seiner Mutter geerbt hatte. Einst war das der Hof der florierenden Spedition Kramer Sehestedt gewesen. Mit Kleinlastern hatten die Kramers transportiert, was entlang des Nord-Ostsee-Kanals zu transportieren gewesen war. Aber die Paketdienste hatten dem Geschäft den Garaus gemacht.

»So ein roter Flitzer könnte mir schon gefallen«, sagte Gesche und strich über den Kotflügel eines Alfa Spider. »Lutz wollte ja immer nur diese Kombis, weil die so praktisch sind. Und viertausendvierhundertneunzig Euro, da kann man nix sagen.«

Bruno war neben Gesche getreten. »Woher willst du das denn wissen, Gesche? Vielleicht hat der mehr runter, als auf dem Tacho steht, vielleicht hatte der 'nen Unfall.«

»Ach, Bruno, in ein paar Jahren fall ich tot um und bin immer nur Opel-Kombis gefahren.«

Gesche ging weiter. Bruno wusste nicht, wohin mit dem Bolzenschneider.

»Komm, gib wieder her, das Ding.« Gesche stand nun vor Luckys Bude, in der er seinen Geschäften nachging. »Wieder nur so ein lächerliches Baumarktschlösschen«, erkannte sie und setzte das Werkzeug an.

»Langsam wird's.« Sie stellte den Bolzenschneider neben

die beige gestrichene Tür und hielt inne, als sie nach der Klinke griff. »Hast du Handschuhe, Bruno?«

Hatte er.

Im Innern der Holzhütte gab es eine Sitzecke. Abgenutztes Nappaleder aus den frühen Achtzigern, ein Rauchglastisch in der Ecke, ein höhenverstellbarer Couchtisch. Autozeitungen auf dem Tisch und ein Aschenbecher. So roch es auch.

»Ich war noch nie hier drin«, bemerkte Gesche. »Das Geschäftliche haben Lucky und ich immer in der Werkstatt geregelt.«

»Vielleicht besser so.« Bruno war in der Tür stehen geblieben.

Mit wachsamen Blicken umrundete Gesche Luckys Schreibtisch. »Ach nee, der feine Herr Kramer hat sogar einen Tresor. Was da wohl drin ist?«

»Werden wir nicht erfahren. Da reicht ein Bolzenschneider nicht.« Bruno schaute nach hinten Richtung Straße. Ein Trecker fuhr vorüber.

»Die Handschuhe sind mir zu groß. Das nervt vielleicht.« Gesche hatte sich den Aktenordnern zugewandt. »Bingo. Hier steht ›Kontoauszüge‹ drauf.« Sie zog den Ordner aus dem Regal. »Büschen speckig, das Teil.« Dann schlug sie den Ordner auf und begann, Luckys Finanzen zu studieren. Das konnte sie. Als Bürgermeisterin von Sehestedt hatte sie den Haushalt immer zusammengehalten. »Wir geben nur aus, was wir haben« war ihr Motto gewesen, und es hatte funktioniert.

»Oha«, entfuhr es ihr jetzt. »Da hatte er aber einen Gönner, unser Lucky.«

Bruno schürzte die Lippen. Ein Blick nach hinten über den Platz, dann betrat er die Bude und zog die Tür zu.

***

Die Nadel der Tankanzeige reagierte nicht. Da konnte Marie so viel klopfen, wie sie wollte. Ein Blick auf den Kilometerstand bestätigte die Notwendigkeit eines Tankstopps.

Mehr als fünfhundertachtzig Kilometer hatte sie mit einer Tankfüllung noch nie geschafft. EMO war ein Säufer. Lange hatte sich Marie darüber geärgert, dass sie keinen Diesel erwischt hatte. Angesichts drohender Fahrverbote war sie nun aber froh, dass ihr EMO Benzin verbrannte. Und sicher war es auch nachhaltig, das EMO so lange zu fahren, wie es ging. Am besten bis zur Pension. Marie rechnete. Wenn sie mit dreiundsechzig aus dem Dienst scheiden würde, wäre ihr EMO achtunddreißig. Ob sie ihm das zumuten konnte?

Sie nutzte das Gefälle auf der B 76 in Fleckeby, kuppelte aus und ließ den Wagen hinunterrollen. Kurz vor dem Parkplatz von Edeka Paasch musste sie bremsen. Bäcker Sievers querte die Fahrbahn und steuerte auf die Apotheke zu. Er zog das linke Bein nach. Ein Arbeitsunfall vielleicht oder ein Streit. Sievers war ja als aufbrausend bekannt. Marie schmunzelte. Sie hatte sich für den richtigen Beruf entschieden.

Sie tankte und kaufte zwei Mars, die mochte Sachse so gern. Als sie das Ortsausgangsschild passierte, schaute sie nach links auf die Große Breite. Das Wasser der Schlei glitzerte silbern. Nun stieg die Straße leicht an, rechts in der Feuchtwiese, gleich am Mühlenweg, da hatte vor einiger Zeit Ewers in der Grube gelegen, der Mann, den sie hier Bauer Böse genannt hatten. Von einer Freundin wusste Marie, dass man in Fleckeby noch immer über ihn sprach.

Wenn im eigenen Umfeld ein Gewaltverbrechen geschah, hielt sich die Erinnerung oft über Jahrzehnte. Niemand wollte glauben, dass solch schreckliche Dinge in der Nachbarschaft passieren konnten. Marie wusste, dass Verbrechen überall und zu jeder Zeit geschahen. Selbst auf einem Windrad.

Noch war ihr Kronenburgs Persönlichkeit ein Rätsel. In der Öffentlichkeit hatte er stets nach sozialem Ausgleich gesucht, war darauf bedacht gewesen, die Milieus zusammenzuführen. Durch Gier war er nicht aufgefallen. Bestand ein Zusammenhang zwischen seinen Besuchen im Spielcasino Graz und seiner Beteiligung bei Austrian Mining? Stand zu hoffen, dass Sonjas

Recherchen in der Partei und bei Kollegen des Ministers weitere Informationen beitragen würden.

In Hemmelmark bog Marie auf die Waabser Chaussee ab. Wellig war die Landschaft an den Ufern der Eckernförder Bucht. Sie mochte die sanften Hügel, die die Eiszeit zurückgelassen hatte. Der Weizen allerdings wirkte geradezu mickrig. Wohl zu wenig Regen.

Sie reduzierte die Geschwindigkeit, setzte den Blinker rechts und fuhr aus dem Schatten der Allee hinaus auf die schmale Straße ins gleißende Licht. Sie lauschte dem »Valse from Lasse«, den das Danish String Quartet so zart spielte, dass Marie das große Camping-Areal auf Gut Karlsminde in fröhlicher Gelassenheit erreichte.

Sie parkte schräg gegenüber der Rezeption, stieg aus und reckte den Hals. Von Ostsee weit und breit keine Spur. Zwei Mädchen auf Einrädern, ein Rentnerpaar Hand in Hand, links und rechts des Weges Autos mit Frontscheibenabdeckungen jeder Art und Kennzeichen, von denen Marie einige im Allgäu verortete.

Als sie aber die kleine Anhöhe erreichte, verstand sie, warum Groß und Klein sich hier wohlfühlten und mit Zelten, Wohnwagen und Wohnmobilen auch aus dem Süden der Republik anreisten. Strand, so weit das Auge reichte, Wasser, so weit das Auge reichte, und kein Betonklotz verschandelte die wunderbare Aussicht. Eine friedliche Idylle, die Kronenburg sich ausgesucht hatte, und Sachse hatte es ihm gleichgetan.

Marie zog ihr Handy aus der Tasche und wählte Sachses Nummer. »Moin, ich hab was für Sie, Herr Kollege, das würde ich Ihnen gern persönlich überreichen, falls Sie mir verraten, welche Parzelle die Ihre ist.«

»Frau Geisler, hoher Besuch, ich habe gar nicht aufgeräumt. Nun ja. Ich komm mal raus. Es ist der erste Wagen hinter dem Spielplatz, direkt an dem kleinen See. Also, von der Einfahrt aus gesehen.«

Marie drehte sich um, und auf der linken Seite sah sie nun Sachse. Zum ersten Mal in kurzen Hosen. Sie ging auf ihn zu, Sand und kleine Steinchen machten Geräusche unter ihren Sohlen, die Sonne kitzelte auf der Haut, die Sommerfrische hatte eine Heimat.

Marie und Sachse reichten einander die Hand. »Hier«, sagte Marie und hielt ihm die Schokoriegel entgegen.

»Sie haben gut beobachtet, aber ich habe mich für Zucker-Detox entschieden.«

»Wozu bitte?«

»Zucker-Detox. Ich verzichte mal für eine Weile auf Zucker, so gut es geht. Mein Vater hatte Diabetes Typ 2. Das war nicht schön am Ende. Und außerdem habe ich beschlossen, meine Ex zu vergessen.«

»Sie sind auf Freiersfüßen?«

»Noch nicht oder sagen wir, halbherzig. Aber ich wäre bereit. Kaffee?«

Sachses Wohnwagen war, was man ein Projekt nennen könnte. Marie nahm auf einem alten Friseurstuhl Platz, den Sachse an der linken Schmalseite seines Vorzeltes platziert hatte. »Dort präsidiere ich in der Regel. Aber Sie als Ehrengast ...« So hatte er Marie zum Sitzmöbel geleitet, das vor langer Zeit mit hellblauem Skai-Leder bezogen worden war.

»Sie präsidieren. Wer tagt hier denn so?«

»Mal ist es das Bundeskabinett, dem ich den Weg weise, ein anderes Mal habe ich Jogi Löw samt Trainerstab zu Gast.«

»Klingt abwechslungsreich.«

Sachse drehte sich in der Tür zum Wohnwagen um. »Einsam, vor allem ist es einsam.«

Der Kaffee war Instantkaffee. Sachse trank grünen Tee. Er schaute an Marie vorbei. Dann, als sei ihm etwas eingefallen, gab er einen Laut der Überraschung von sich und setzte die Teetasse ab. Er stand auf, verschwand im Wohnwagen. Eine Tür öffnete und schloss sich. Mit einem Teller kam Sachse zurück. Er stellte ihn vor Marie auf den Tisch.

»Gefüllte Windbeutel«, erklärte er. »Die macht Michael vom Strandrestaurant. Sehr lecker. Tomaten mit Mozzarella sind mein Favorit. Die Tomaten sind aus meinem Schrebergarten.«

Marie griff zu und biss ein Stück ab. »Lecker, aber der hier ist mit Frischkäse.« Sie kaute, Sachse schaute wieder an ihr vorbei ins Grüne.

»Geht mich ja nichts an, Herr Kollege. Aber einsam im Sinne von erholsam oder einsam im Sinne von einsam?«

»Das wechselt. Wenn ich Kronenburg im Visier hatte, war es einsam und konzentriert im Sinne von frei von Ablenkung.«

»Und was gab es da so zu sehen?«

Marie erfuhr, dass Kronenburg seit über sechs Jahren das Eckhaus im Waldweg bewohnte, also teilzeitbewohnte. Sachse demonstrierte, dass er vom rückwärtigen Fenster seines Tabbert Comtesse freien Blick auf die Terrasse des Eckhauses hatte, das er in Erinnerung an die Siedlung der DDR-Elite auf den Namen Wandlitz getauft hatte.

»Sie sind ein Spanner, Herr Kollege.«

»Ich bin das wachsame Auge des Gesetzes.«

Marie und Sachse prosteten einander zu.

»Und im Sommer vor vier Jahren tauchte dann plötzlich Margot auf.«

»Margot?«

»Habe ich so genannt, wegen Egon. Also Kronenburg habe ich den Decknamen Egon verpasst. Sie verstehen? Margot heißt tatsächlich Sina und würde wohl zur Miss Camping gewählt, würde man denn wählen.«

»Sina Carstens?«

»Sie kennen die Frau?«

»Dem Namen nach.«

Sachse berichtete, die beiden seien ein Herz und eine Seele gewesen.

»Konnte Kronenburg hier denn unbehelligt leben?«

»Den hat niemand erkannt. Außer mir. Er kam immer mit seinem Angelboot, meist am Abend, und er trug eine dunkle

Brille und so einen Anglerhut mit Tarnmuster und ausgebeulte Jogginghosen. Die Einkäufe vorn im Shop hat Margot erledigt.«

»Gab es Besuch?«

»Nie.«

»Wann war er zuletzt hier?«

»Vorletzten Sonnabend. Er kam meist so gegen achtzehn Uhr dreißig, wenn alle Sportschau guckten.«

»Und Margot?« Marie lachte. »Ich meine, Frau Carstens?«

»Die war länger nicht da. Hat Urlaub, soweit ich weiß, oder eine Dienstreise. Noch Kaffee?«

»Nö. Aber den Tee würde ich probieren. Machen Sie jetzt insgesamt auf gesunde Ernährung?«

Sachse goss einen weiteren Tee auf und berichtete Begeisterung vom Gemüse, das er aus seinem Schrebergarten holte. »Das ging so Schritt für Schritt. Zuerst habe ich kein Fleisch mehr aus Massentierhaltung gekauft, dann habe ich Rind und Schwein von meinem Speiseplan gestrichen. Inzwischen esse ich noch Fisch, den ich selbst angle, aber vielleicht lass ich das auch bald bleiben. Vegetarische Küche schmeckt wirklich gut. Kronenburg war ja ein richtiger Feinschmecker.«

»Und das wissen Sie woher?«

Sachse zeigte auf den Feldstecher, der neben der Tür zum Wohnwagen stand. »Und ich war auch mal auf der Terrasse«, gestand er dann. »Da qualmte was, und es war niemand da. Da bin ich rübergerudert und habe auch mal durchs Fenster geguckt. Nur zur Sicherheit. Und was da so auf dem Küchentresen stand – nur vom Besten, sage ich Ihnen.«

»Und was hat gequalmt?«

»War nur der Regen, der verdampfte, als die Sonne rauskam.«

»Und Sie haben das Ruderboot noch?«

Sachse nickte. »Sollen wir?«

»Wenn es qualmt. Nicht dass was passiert.«

***

Gesche wedelte mit dem Kontoauszug herum. Die Lehne des Chefsessels kippte nach hinten, als sie sich anlehnte. Sie lachte kurz auf. »Als Lutz sein erstes Auto hatte, das mit den Liegesitzen.«

»Da war was?«

»Nix. Ich war schüchtern. Egal. Hier, guck dir die Buchung an.« Sie reichte Bruno den Kontoauszug.

Bruno klopfte auf die Brusttasche des karierten Hemdes, dann auf die Taschen seiner Weste. »Ohne Lesebrille keine Chance.« Er fand die Brille und las. Dabei stieß er mehrmals Luft durch die Nase aus. »Ein 73er Ford Mustang für fünfundachtzigtausend Euro. Dass ich nicht lache! Da hat Lucky die Felgen vergoldet, oder was?«

»Ein Witz, ein absoluter Witz. Aber hast du gesehen, wer die Kohle überwiesen hat? Kronenburg hat die Karre bezahlt. Was, frage ich dich, hat Lucky mit Kronenburg zu schaffen gehabt, und warum, frage ich dich, hat Kronenburg so viel Geld bezahlt? Mach den Computer mal an. Ich will wissen, was eine Karre wie diese im Internet kostet.«

Bruno schaltete den Rechner ein. »Altes Möhrchen. Das dauert.«

»Ich seh mich mal weiter um.« Gesche rollte mit dem Chefsessel zum Aktenschrank unter dem Fenster und blätterte die Papierstapel durch. Dann drehte sie sich um. »Bruno, Mensch, hast du den Computer ohne Handschuhe angefasst? Wisch das bloß weg. Die finden heute den kleinsten Abdruck, hat Ben erzählt.«

Hektisch schaute Bruno vom Schreibtisch zur Sitzgruppe, von der Sitzgruppe zur Werkzeugkiste. Er stand auf, fischte einen Lappen aus der Kiste, ging zurück zum Computer und wischte mit dem Lappen über die Tastatur. »Scheiße, jetzt ist alles voller Öl.«

»Dann wisch das Öl halt wieder weg.«

»Ich habe nichts, um das wegzuwischen.«

»Dann nimm deine Weste.«

»Meine Weste, spinnst du! Mit den Taschen, genau so krieg ich die nie noch mal nach.«

Gesche rollte zum Schreibtisch und öffnete ihre Handtasche. Kopfschüttelnd förderte sie eine Packung Papiertaschentücher zutage und schob sie Bruno Richtung Tastatur. Dann widmete sie sich wieder den Papierstapeln, die keiner Systematik folgten. Sie waren weder inhaltlich noch chronologisch sortiert. Lucky überließ es wohl dem Zufall, welcher Brief auf welchem Haufen landete.

»Scheiße.«

»Bruno, du fluchst zu viel.«

»Aber guck mal. Ich habe nur mit dem Taschentuch über die Tastatur geputzt, und jetzt erscheint plötzlich diese Internetseite.«

»Und das ist neu für dich, oder was? Tu doch nicht so. Ihr Kerle seid doch in Wirklichkeit ständig auf diesen Schmuddelseiten unterwegs.«

»Bin ich nicht.«

»Geht mich ja auch nichts an. Lucky, diese Pfeife, hat seinen Rechner also nicht mal mit einem Passwort gesichert. Unglaublich. So, jetzt such nach dem Mustang.«

»Und wenn uns hier jemand erwischt?«

»Wer sollte uns erwischen? Lucky ist nicht da. Falls Kunden kommen, denken die sich nichts. Ben hat frei. Entspann dich, uns kann überhaupt ...« Sie beendete den Satz nicht, starrte auf mehrere Ausdrucke, die sie mitten in einem der Stapel entdeckt hatte.

»Uns kann überhaupt ...«, echote Bruno.

»Das glaub ich jetzt nicht. Bruno, das glaubst du nicht. Unglaublich. Absolut unglaublich. Das darf überhaupt nicht wahr sein.«

Bruno, der seinen Zeigefinger mit einem Papiertaschentuch umwickelt und gerade das Menü für die Typsuche gefunden hatte, schnaubte unwillig. »Was denn, Gesche? Ich bin schon bei Ford.«

»Baupläne. Oder Lagepläne. Ich weiß nicht, wie man das nennt. Grundrisse, vielleicht. Dieses ganze Zeug von den Windrädern.«

Bruno stellte sich neben Gesche. »Konstruktionszeichnungen. Na und?«

»Na und? Du fragst ernsthaft ›na und‹? Lucky hat sich schlaugemacht. Zum Beispiel, wie man da reinkommt, Bruno. Ungesehen und ohne Spuren zu hinterlassen, und dann hat er den Kronenburg um die Ecke gebracht.«

»Warum sollte er das denn getan haben? Du hast die lebhafte Phantasie einer Zwölfjährigen. Ich kenne Leute, die sammeln Baupläne alter Kriegsschiffe, ohne daran zu denken, die Engländer zu überfallen.«

Bruno widmete sich wieder der Suche nach einem 73er Ford Mustang. Gesche steckte die Baupläne des Windrades in ihre Handtasche. »Nicht dass die in falsche Hände geraten. Kann mir doch keiner erzählen, dass sich Lucky nur so für das Innenleben von Windrädern interessiert hätte. Er kannte Kronenburg, das steht mal fest. Sie hatten eine Geschäftsbeziehung, das steht ja nun auch mal fest. Und jetzt der Missing Link.«

»Der was?«

»Der Missing Link, so nennen die Kriminalisten das. Im Fernsehen.«

»Habe ich noch nie gehört.«

»Jedenfalls hat Lucky Dreck am Stecken.«

»Gesche, so kenne ich dich gar nicht. Du warst doch immer die Mutter der Kompanie – und jetzt plötzlich Bluthund? Kann dir ja gar nicht schnell genug gehen, Lucky baumeln zu sehen.«

»Wer sagt, dass ich ihn hinhängen will?«

»Nicht?«

»Bruno, ich versuche, Schaden von Sehestedt abzuwenden. So, wie ich es immer gemacht habe. Hier geht alles mit rechten Dingen zu, und so wird das auch bleiben, solange ich was zu sagen habe. Was kostet denn nun so ein Mustang?«

»Fünfundzwanzigtausend Euro, wenn er gut in Schuss ist.«
»Siehste. Dreck am Stecken. Sag ich doch.«

***

Das Angelboot war grün. Nicht nur außen. Innen war es auch grün, mehr oder weniger.

»Das habe ich nicht geputzt, weil es ja doch draußen liegt.« Sachse hatte Maries Blick gesehen.

»Ich habe nichts gesagt.«

Sachse ruderte, Marie vermied unnötigen Kontakt mit der Sitzbank, dem Rumpf, dem Boot überhaupt. Sie hielt eine Hand ins Wasser.

»Das sind doch nur Algen. Alles Natur.«

»Aber so glitschig.«

Etwas kratzte am Rumpf.

»Tief ist das hier nicht«, erklärte Sachse, blickte über die Schulter und hielt auf den kleinen Steg zu, der von Kronenburgs Uferstreifen ins Schilf hinausragte. Dann stieß der Bug an den Holzpfosten, und Sachse holte das linke Paddel ein.

»Sollen wir nicht ein bisschen weiter an Land, dann sind wir nicht so auf dem Präsentierteller?«

Sich mit einer Hand an den Stegbohlen entlanghangelnd, zog Sachse das Boot noch zwei Meter weiter ins Schilf. »Sie zuerst.«

Marie stand auf. Das Boot schaukelte. Sie griff nach dem Steg. Auch der war grün und glitschig. Ein weiter Schritt, dann nahm sie von Sachse die Leine entgegen und machte sie fest.

»Hat Kronenburg wohl mal selbst gebaut, diesen Steg.« Sachse hatte auch das rechte Paddel ins Boot geholt. »Mit Knoten kennen Sie sich aber aus.«

»Habe im letzten Jahr einen Segelschein gemacht.«

»Haben Sie ein Boot?«

»Ja, ein Folkeboot. Wollen Sie mal mit? Es liegt in Maasholm. Da wohnen meine Schwiegereltern.«

»Ich bin mit meiner Mareike auf dem IJsselmeer gesegelt. Das war schön.«

Aus dem Schilf flog krächzend ein Reiher auf. Marie prüfte die Umgebung. Auf Kronenburgs Grundstück, einer Rasenfläche, die bis ans Haus heranreichte, war niemand zu sehen. Durch das Schilf sah sie, dass die Fensterläden des Nachbarn zur Linken geschlossen waren. Vom Weg aus konnte sie niemand sehen, und die Wohnwagen am gegenüberliegenden Ufer des Sees schienen unbewohnt.

»Die kommen alle erst am Wochenende wieder.« Sachse ging voran. Zielstrebig näherte er sich der Terrassentür, zog ein Pickingbesteck aus der Balgentasche seiner Hose. Das einfache Schloss öffnete er in Sekundenschnelle. Beide schlüpften ins Haus. Marie hielt Sachse Handschuhe hin.

»Habe selbst welche. Ihre sind mir bestimmt zu klein«, sagte Sachse. »Eingebrochen bin ich auch noch nie.«

»Aber nein. Hausfriedensbruch im Sinne des Paragrafen 123 StGB. Wir wollen ja nichts stehlen.«

Über die gesamte Breite des Hauses erstreckte sich ein Raum, der Wohnen und Kochen vereinte. Die Küche trennte ein Tresen vom Wohn- und Esszimmer. Die Front zum See war komplett verglast. Links, dort, wo sich Küchenzeile und Tresen gegenüberlagen, gab es ein Fenster, das die Arbeitsfläche perfekt mit Licht versorgte. Das hätte Marie auch gern gehabt. In ihrer Küche kam das Licht von rechts hinten, und sie konnte selbst an sonnigen Tagen nicht ohne Kunstlicht kochen.

Der Einrichtungsstil war schlicht, skandinavisch geprägt. Helle Naturfarben von erdigem Braun bis hin zu einem hellen Blau der Küchenfronten. So weit, so unauffällig. Was Marie sofort ins Auge fiel, war sie selbst. Ihr Spiegelbild neben der Tür zum Flur, ihr Spiegelbild über der Couch, die an der rechten Wand stand, ihr Spiegelbild in einer Reihe von Spiegelfliesen, die unterhalb der Oberschränke angebracht worden waren.

Sachse hatte sich auf die Couch gesetzt und schob vorsichtig die Zeitschriften und Briefe auseinander, die auf dem Tisch aus hellem Nadelholz lagen. Marie versuchte festzustellen, was ihrer Nase auffiel. Im Haus roch es nicht nach Leerstand.

Sie betrat den Flur. Auch hier zwei Spiegel, einer links neben der Haustür und einer genau gegenüber, sodass man sich stets ein umfassendes Bild von seinem Äußeren machen konnte. An der Garderobe dezente Freizeitkleidung, Fjällräven, Ralph Lauren, gebrochene Farbtöne. Eine Herrenjacke in Größe 52, eine Damenjacke in Größe 38. Taschen – leer. Ein gut gefülltes Schuhregal, sportliche Schuhe für jede Wetterlage. Auf der Ablage verschiede Schals, Mützen und zwei schwarze Basecaps mit der Aufschrift »Suomi«. Größe M und L. Für Partnerlook waren Kronenburg und Sina Carstens zu jung, fand Marie. Sie öffnete die Tür zum Bad.

»Das zieht einem echt die Schuhe aus!«

Das Bad war mit Ausnahme des Fensters rundum verspiegelt. Selbst die Tür trug von innen Spiegelfliesen. Oberhalb sowie links und rechts neben dem Waschbecken waren auf Regalen fein säuberlich Tuben, Tiegel und Fläschchen gegen jede denkbare Beeinträchtigung der Haut aufgereiht. Samt und sonders Produkte für den Mann. Marie zog am polierten und staubfreien Griff des Schränkchens neben der Dusche und stieß auf ein umfangreiches Sortiment aus Rasierern, hand- und strombetrieben, Enthaarungscremes verschiedener Hersteller. Sie schloss den Schrank. Dass man Kronenburg den »schönen Lothar« genannt hatte, schien gute Gründe zu haben.

Über dem Türrahmen fiel ihr nun ein nahezu quadratisches Kästchen auf, in etwa so groß wie ein Notizzettelblock. An der Seite blinkte eine grüne Leuchtdiode. Vorn ein Drehregler, dessen Skala von »Low« bis »High« reichte. Marie tippte auf eine Art Rauchmelder oder einen Bewegungsmelder. Neben der Diode sah sie einen Aufkleber, aber lesen konnte sie die kleine Schrift nicht.

Sie zog sich einen Stuhl heran, der vor der Badewanne stand, schlüpfte aus den Sneakers und stellte sich auf die Sitzfläche. Noch immer fiel es ihr schwer, zu entziffern, was man auf das

Etikett gedruckt hatte. Eine Lupe wäre hilfreich. Marie stieg vom Stuhl und öffnete den Schrank über dem Waschtisch. Wie vermutet und erhofft, lag dort auch ein Vergrößerungsglas. Kronenburg nahm es genau mit sich.

Jetzt konnte Marie lesen, wer das Gerät hergestellt hatte: World of Smell Ltd. Sie öffnete das Kästchen, das einen Stromanschluss hatte. Sie sah einen Ventilator und darüber auf einem Gitter einen flachen Beutel mit dem Aufdruck »Aroma Pad Sandalwood«. Jetzt verstand sie. Kronenburg beduftete das Badezimmer, so wie es auch manche Einzelhandelsketten taten. Dezent, kaum wahrnehmbar und dennoch wirksam.

Eine Wohnung erlaubte immer wieder einen Grad der Annäherung an Menschen, der neue Rückschlüsse zuließ. Aber bei der Suche nach dem Täter brachte Marie das gerade nicht viel weiter. Sie schob den Deckel wieder in den dafür vorgesehenen Schlitz, stieg vom Stuhl, schlüpfte in die Sneakers und stellte den Stuhl zur Seite. Dann entdeckte sie auf der Ablage neben der Toilette ein Buch mit dem Titel »Plasmaphysik und Fusionsforschung«. Darunter eine Straßenkarte von Österreich. Marie entfaltete die Karte. Nichts, keine Markierungen oder andere Auffälligkeiten. »Zeitverschwendung«, knurrte sie, legte Karte und Buch zurück und ging hinüber ins Schlafzimmer.

Wie zu erwarten, hatten die Bewohner auch hier nicht mit Spiegeln gespart. Marie fragte sich, ob Kronenburg und Sina Carstens gleichermaßen eitel waren, gewesen waren. Ein unauffälliges Bett, hellblaue Bettwäsche, ein Kiefernschrank, zwei Nachttische. Auf dem linken lagen Jetons mit dem Aufdruck »Spielcasino Graz« und ein Foto, das Kronenburg auf dem grünen Hügel in Bayreuth zeigte. Er posierte in Abendgarderobe vor dem Festspielhaus und wirkte wie der sehr junge Roger Moore. Smart, gepflegt, charmant, weltläufig.

Marie kam in den Sinn, wie sich Zeugenaussagen in den letzten Jahren verändert hatten – Personenbeschreibungen waren nicht mehr das, was sie mal waren. Die Menschen betonten andere Aspekte. Äußere Merkmale wie Tattoos und Piercings spielten eine immer größere Rolle. Besondere Frisuren wurden genannt, bevor die Augenfarbe erwähnt wurde. War ein gedrungener Mann 1970 ein Mann, dem die Natur mit hoher Wahrscheinlichkeit diese Gestalt mit auf den Lebensweg gegeben hatte, war ein muskulöser Mittzwanziger heutzutage meist das Ergebnis seiner Bemühungen in der Muckibude. Äußerlich, versteht sich. Und eine fettleibige Frau Ende dreißig sah aus, wie sie aussah, weil bei den großen Lebensmittelkonzernen Zucker die Zutat der Wahl war.

Kronenberg jedenfalls hatte an sich gearbeitet. Denn so wie ein Blatt welkt, widersteht kein Augenlid dauerhaft der Erschöpfung seiner Zellen. Eine Gruppe von Chirurgen aber bot der Natur die Botoxstirn, und so konnte ein rundum gepimpter Mann Ende fünfzig auf den ersten Blick als sportlicher Typ Mitte vierzig durchgehen. Sport, gesunde Ernährung auf der einen Seite. Sitzen, ungesunde Ernährung auf der anderen. Äußere Einflüsse gewannen an Bedeutung. Im Guten wie im Schlechten.

Körperpflege, Mode, Düfte – wohl um dem Bild zu entsprechen, das er selbst von sich hatte, das er in der Öffentlichkeit abgeben wollte, hatte Kronenberg keine Mühen gescheut. Marie blickte erneut und unfreiwillig in einen der Spiegel. Zwanghaft, das beschrieb Kronenburgs Interesse an sich selbst sicher ganz gut. Ein Narziss, wie er im Buche stand. Karrieregeil war er auch gewesen. Marie drehte die Jetons in der Hand. Und geldgeil. Sie legte die Jetons wieder zurück. Bisher hatte sie nur bestätigt gesehen, was sie sowieso schon wusste.

»Ich hab was«, rief Sachse in Maries Missmut hinein. Und tatsächlich bot sein Fund im Stapel der Zeitschriften und Papiere einen neuen Ermittlungsansatz.

***

Gesche stand neben der Michglastür und trommelte mit den Fingernägeln der linken Hand auf das Stehpult im beengten

Schalterraum der Bank. Einst hatte es hier Vordrucke gegeben. Für Überweisungen, Scheckeinreichungen und andere Vorgänge. Inzwischen war das alles digitalisiert, und die vergilbten Plastikhalter enthielten Flyer, die für Geldanlagen warben, die kaum die Inflation ausglichen. In Zeiten des Niedrigzinses gingen Banksparpläne vermutlich nur schleppend. Ebenso schleppend verlief das Gespräch hinter der Milchglastür, das Gesche auch durch nervöses Trommeln nicht beschleunigen konnte.

Nach ihr endlos erscheinenden zwanzig Minuten sah sie endlich schemenhafte Bewegungen jenseits des Glases. Sie hörte Stimmen, es klang nach Verabschiedung, und tatsächlich wurde die Klinke heruntergedrückt, die Tür schwang auf, und Liese Volquardsen trat in den Türrahmen.

»Moin, Gesche, lange nicht gesehen. Wie geht's denn Lutz? Immer noch so verwirrt? Ich hab ja Last mit dem Ischias. Das hatte ich schon, als ich mit Miriam schwanger war. Wie geht es denn Ben? Gefällt es ihm noch bei der Polizei? Apropos Polizei …« Liese Volquardsen trat jetzt näher an Gesche heran. »Der Kronenburg war nicht verheiratet. Norbert sagt, vielleicht war der vom anderen Ufer, wenn du weißt, was ich meine.«

Gesche legte den Arm um Liese Volquardsen. »Lieschen, das kann alles sein. Erzähl das doch mal Bürgermeister Truelsen, der wird sicher dankbar sein.«

»Meinst du?«

»Aber sicher. So ein Tipp aus der Bevölkerung. Das kann schon helfen. Grüß Norbert von mir.« Damit schob Gesche die ehemalige Betreiberin des Landgasthofes zur Tür der Bankfiliale hinaus. Sie drehte sich um und sah dem Filialleiter direkt in die Augen.

»Danke. Danke. Das ist wie eine Erlösung. Kommen Sie doch bitte rein, Frau Triebel.« Er machte eine einladende Geste. »Kaffee vielleicht?«

»Gern.«

»Herr Sebald, sind Sie noch mal so gut? Zwei Kaffee. Milch und Zucker, Frau Triebel?« Gesche winkte ab. »Zweimal schwarz.«

Gesche hatte sich schon gesetzt. Der Stuhl war noch warm. Das konnte sie ja gar nicht leiden. Der Kaffee kam. Der Filialleiter fragte nach Gesches Anliegen.

»Herr Börnsen, Sie und ich, wir haben ein Interesse an Stabilität hier in Sehestedt. Der Bürgermeister auch. Ich weiß, wovon ich spreche. Und Sie und ich wissen, dass man dem Schicksal manchmal ein bisschen auf die Sprünge helfen muss.«

Zehn Minuten später hatte Herr Börnsen deutlich gemacht, dass man Überweisungen nicht nachträglich ungeschehen machen könne.

»Herr Börnsen, eine Überweisung ist ja auch nicht mehr als ein Datensatz, und Sie können mir nicht erzählen, dass Datensätze etwas für die Ewigkeit wären. Da kann man doch was machen.«

Nach weiteren zehn Minuten hatte Herr Börnsen versprochen, er werde sich dem Problem nach Feierabend zuwenden. Vielleicht komme ihm ja eine Idee.

»Für Sehestedt«, betonte Gesche und stand auf. »Übrigens, der Kaffee, wirklich furchtbar. Viel zu sauer. Tschüss.«

Draußen dachte sie, dass man zur Not, also wirklich nur zur Not, überlegen müsse, wie man Lucky loswerden könnte. Eines jedenfalls war klar: Es durfte nicht die Spur eines Verdachtes auf die Genossinnen und Genossen des Bürgerwindparkes fallen.

**

Marie setzte sich neben Sachse auf die Couch. »Lesen Sie selbst«, sagte er, lächelte zufrieden und lehnte sich zurück.

Es war ein handgeschriebener Zettel, abgerissen von einem DIN-A5-Block.

*Liebe Sina,
es könnte dir vorkommen, als hätte ich dir nachspioniert. Das habe ich nicht. Das habe ich noch nie. Dein Liebesleben geht mich auch nichts an, aber ich mag dich, das weißt du. Und ich glaube, du solltest Folgendes wissen: Als ich vorgestern von zu Hause aus zur Arbeit fuhr, sah ich wieder Sternchen. Das kennst du ja, ich bin dann unterzuckert. Darum fuhr ich oben von der Landstraße ab. Ich wollte mir in Karlsminde im Campingplatzshop eine Packung Traubenzucker kaufen. Als ich am Parkplatz vorbeifuhr, sah ich zufällig Jörns Auto, und als ich weiter Richtung Shop fuhr, sah ich Jörn, wie er in den Waldweg hineinging. Noch mal, es geht mich nichts an. Aber ich denke, du solltest vorsichtig sein. Ich weiß nicht, mit wem du dich triffst, aber egal, wer das ist, Jörn würde das sicher nicht gefallen. Am besten, du klärst das, bevor es knallt.
Küsschen, deine Schwägerin Henni*

Marie legte den Zettel auf den Couchtisch. »Wer ist Jörn? Sina Carstens' Mann?«

»Das klingt jedenfalls so.«

»Gut, dann fahre ich da jetzt mal hin. Ich wollte sowieso zu Sina Carstens. Danke, Herr Sachse. Hat sich doch gelohnt, hier einzusteigen. Und auf dem Weg nach Kiel esse ich die Schokoriegel. Nicht dass ich auch noch unterzuckere.«

»Soll ich uns zurückrudern, oder wollen Sie vorn raus?«

»Wir gehen, wie wir kamen. Heimlich.«

Sachse stieg als Erster ins grüne Boot, reichte Marie galant die Hand.

»Wie muss sie denn sein, die Frau, die Ihr Herz entflammt?«, fragte sie.

Sachse verharrte mitten in der Bewegung, atmete dann hörbar aus, setzte sich auf die Bank und sagte: »Wie Mareike, sie muss sein wie Mareike.« Dann griff er nach den Rudern.

Sie verabschiedeten sich vor Sachses Wohnwagen.

»Sie bleiben auf Posten?«
»Eisern.«
»Ich komme vielleicht noch mal. Vielleicht kommt auch die KTU.«
»Solange hier auf dem Platz niemand erfährt, dass ich involviert bin, nur zu. Bei Ihrem nächsten Besuch könnten wir essen gehen.«
Marie schaute sich um. »Hier?«
»Ja, im Strandrestaurant Karlsminde.« Sachse zeigte in Richtung Strand. »Lecker, entspannte Leute, und der Blick ist erste Sahne.«
»Okay, vielleicht mal mit Karl und meinem Mann.« Marie winkte und ging Richtung Parkplatz. Sie fragte sich, ob Sachse Freunde hatte.

Das EMO piepte, als Marie am Türgriff zog. Sie hatte vergessen, die Alarmanlage auszuschalten. Ein älterer Herr, der vor seinem Schwaben-SUV stand, drehte sich um. »Junge Frau, das lohnt sich bei der Klapperkiste nun wirklich nicht mehr.«

»Immerhin konnte ich Ihre Aufmerksamkeit erregen.« Marie klimperte mit den Augen, stieg ein und rief Elmar an.

»Ich will ja nicht drängeln«, begann sie.

»Das wäre das erste Mal«, ging Elmar dazwischen.

»Wann können wir uns eigentlich Kronenburgs Haus von innen ansehen?«

Elmar lachte gequält auf. »Das wüsste ich auch gern. Dieses Rumgezicke der ach so wichtigen Leute aus Berlin, und jetzt gibt es auch noch ein Problem mit der Alarmanlage, die die gesamte Nachbarschaft beschallt. Der Alarm ist außerdem bei den Personenschützern aufgeschaltet und bei der Polizeiinspektion in Eckernförde. Sofern ich das richtig verstanden habe, liegt der Fehler in der Kommunikation zwischen Kronenburgs Handy und der Anlage. Bernd, der sich bei uns damit auskennt, hat Grippe, und der Betrieb, der die Anlage eingebaut hat, ist insolvent.«

»Dann stellt halt den Strom ab.«

»Hilft nichts. Die Anlage läuft dann über einen Akku.«

»Verstehe ich dich richtig? Wir, die Polizei, können da nicht rein, weil das Ding piept? Elmar, das kann nicht dein Ernst sein. Soll jemand die Tür eintreten und den Akku gegen die Wand schmeißen. Also, bitte!«

»Das BKA will, dass wir diskret vorgehen.«

Marie schnaubte.

»Marie?«

»Jo, Elmar, danke, weiß ich Bescheid. Was soll ich sagen? Scheiß drauf! Moin.« Sie unterbrach die Verbindung und legte das Handy mit spitzen Fingern auf den Beifahrersitz. Dann fuhr sie los.

Der Gehörnte

Als Marie in Eckernförde am Südstrand entlangfuhr, hatte sie sich beruhigt. Manchmal war man machtlos. Sie fragte sich, wie oft sie den Blick auf die Bucht vom Auto aus wohl schon genossen hatte. An Wasser und Himmel konnte sie sich nicht sattsehen. Gegen Schönheit war man auch machtlos. Das Danish String Quartet spielte die »Sønderho Bridal Trilogy«. Marie ging das Herz auf, weit auf.

Wen würde Karl finden für sein Leben? Sie spürte, wie sich Rührung in ihr ausbreitete, eine Träne ihren Weg fand. Dankbarkeit schob sich vor die Rührung. Marie öffnete das Fenster, streckte einen Arm in den Wind und brüllte, so laut sie konnte: »Daaaanke!«

Bald schlösse sie ihren Vater in die Arme, und ihrer Mutter brächte sie Blumen, sie brächte das Kleine Tausendgüldenkraut, das ihre Mutter so gemocht hatte, wie sie überhaupt die Vegetation der Küsten geliebt hatte. Kurz vor ihrem Tod hatte sie mal lachend gesagt, man möge sie einst in einer Düne beerdigen. Da hatte sie noch nicht gewusst, dass sie wenig später auf dem nassen Asphalt der Bredenscheider Straße sterben würde.

Das Müllheizkraftwerk Kiel kam in Sicht. Marie ordnete sich rechts ein. Jemand hatte ihr mal erzählt, dass im Kraftwerk stündlich über siebzehn Tonnen Müll verbrannt würden. Siebzehn Tonnen, die mussten ja auch irgendwoher kommen, dachte sie jetzt und schaute auf die Plastikverpackung, in der eben noch ein Schokoriegel gesteckt hatte.

Noch halb auf der Abfahrt hielt sie sich links. Das Viertel rund um den Fernmeldeturm gehörte zu Maries Lieblingsquartieren in Kiel. Es bot, was man zum Leben brauchte, Marie gefiel die lockere Bebauung südlich der Hamburger Chaussee, das große Waldgebiet, der Drachensee, und außerdem war hier auch der THW Kiel zu Hause. Marie mochte alle Ballsportarten. Sie freute sich auf das Training am kommenden Sonntag. Hoffentlich kam ihr nichts Dienstliches dazwischen.

An der Carsharing-Station bog sie ab. Familie Carstens wohnte im Krusenrotter Weg. Der kleine Vorgarten wirkte ein bisschen verwildert. Nicht so gekämmt wie manche Gärten in Maries Nachbarschaft. Okay, das war Geschmackssache, aber Rollrasen musste doch nicht sein. Ein Schaukelpferd, halb eingewachsen, genoss sein Gnadenbrot, auf dem Wasser eines Heringsfasses schwamm ein Spielzeugfrosch. Kaum vorstellbar, dass die Welten von Sina Carstens und Lothar Kronenburg Schnittmengen gehabt hatten.

Marie musste zweimal klingeln. Ein Mädchen im Teenageralter öffnete, die Haare wirr um den Kopf herum, die Wangen gerötet. Ein Junge, etwa gleichaltrig, ging im Hintergrund durch den Flur.

»Moin, ich heiße Marie Geisler und würde gern mit Sina oder Jörn Carstens sprechen.«

»Mein Pa heißt Jepsen, Jörn Jepsen. Aber der ist nicht da. Meine Ma auch nicht. Was gibt's denn?«

»Das bespreche ich dann mit den beiden. Ich bin von der Polizei.« Marie holte ihren Dienstausweis hervor.

»Kai, komm mal ran, die Bullen«, rief das Mädchen nach hinten.

Kai kam, blieb hinter dem Mädchen stehen, legte ihm seine Arme über die Schultern. Mit der linken Hand fuhr er ihr in den Ausschnitt des T-Shirts. »Moin«, sagte er, grinste, schaute auf den Ausweis. »Krass. Ist der echt?«

»Ja, echt. Wann sind deine Eltern denn zurück?«, wandte Marie sich an das Mädchen.

»Keine Ahnung. Ma dreht in Finnland, und mein alter Herr – ich weiß nicht. Der ist vermutlich im Funkhaus oder sonst wo. Eigentlich kommt er heute Abend wieder. Was'n los?«

Marie holte eine Visitenkarte aus der Hosentasche und reichte sie dem Mädchen. »Wenn sie zurück sind, sollen sie mich anrufen, bitte. Tschüss.« Sie wandte sich zum Gehen.

»Boah, krass, LKA, zu meinen Alten kommt nur der Paketbote«, sagte Kai.
»Ist das wegen Kronenburg?«, fragte das Mädchen.
Marie stoppte, ging an Frosch und Schaukelpferd vorüber wieder zurück. »Wieso fragst du?«
»Na, den haben sie doch gemetzelt. Auf dem Windrad.«
»Und?«
»Meine Ma hat ihn interviewt einen Tag vorher, und mein Pa war der Kameramann.«
»Haben deine Eltern davon erzählt?«
»Mein Pa, ja. Meine Ma nicht, die ist ja sofort nach Finnland.«
»Wann?«
»Gleich nach dem Interview. Das musste eine Kollegin schneiden. Sie ist sofort los, wegen der Fähre. Für den ›Ostseereport‹.«
»Was hat dein Vater denn erzählt?«
»Weiß nicht mehr so genau. Dass er den Schnösel vor der Kamera hatte, hat er erzählt.«
»Und nachdem er erfahren hat, dass Minister Kronenburg nicht mehr lebt?«
Das Mädchen fuhr sich durch die wirren Haare. »Lass mal nachdenken. Das war Sonnabend beim Frühstück. Wir haben das im Radio gehört. Ich hab gesagt: ›Krass, ihr habt den doch gerade erst gesehen.‹ Ich glaube, mein Pa hat gar nichts dazu gesagt. Suchen Sie Zeugen, oder was?«
»Genau. Ich danke dir. Also, wenn sie zurück sind ...« Marie machte mit der rechten Hand das Telefonierzeichen.
Das Mädchen nickte.
Zurück im EMO fuhr Marie ihr Notebook hoch und suchte nach Henni Jepsen. Nur zwei Treffer, einer in Eckernförde. Marie rief an, Henni Jepsen nahm ab.
Sie war Jörn Jepsens Schwester. »Jaaa«, sagte sie, nachdem Marie sie auf den Brief angesprochen hatte. »Ist eine komplizierte Beziehung, die die beiden haben. Aber irgendwie auch glücklich. Ich wollte einfach nur, dass Sina nicht alles aufs Spiel setzt.«

Sie schilderte noch einmal ihre Beobachtung, die sich mit dem Brief deckte. Mehr hatte Henni Jepsen auch auf Nachfrage nicht zu berichten. Sie wisse nicht sicher, ob Sina sich mit einem Mann treffe, geschweige denn mit wem. Aber ihren Bruder Jörn solle man darauf besser nicht ansprechen.

***

Die Berge. Gleich neben der Straße ragten sie in den Himmel. Wolken hingen im Tal. Es war eng hier. Sehr eng. Beklemmend geradezu. Gero Freiherr von Blohm hasste die Berge. Und Österreich hasste er sowieso. Allein schon dieser Dialekt. Und diese Attitüde.

»Küss die Hand«, brüllte er und schlug mit der rechten Faust gegen die Scheibe. Der Blick des Chauffeurs im Rückspiegel. »Schau nach vorn, du Gaffer«, knurrte von Blohm. Lothar, das dumme Schwein, hatte es richtig gemacht. Eigenes Flugzeug, eigenes Auto. So kam man nicht in direkten Kontakt mit dem Volk. Wie das schon roch hier. »Hast du Nutten gefahren, oder warum stinkt das hier so?«, fragte er den Chauffeur.

»Wie meinen, Baron Blohm?«

Zumindest den Knigge hatten sie gelesen. Mit der korrekten Anrede Adliger kannten sie sich aus. Von Blohm kratzte sich am linken Unterarm. Er würde wieder auf Koks umsteigen müssen. Crystal tat ihm nicht gut.

Die Limousine passierte das Ortsschild von Wolfsberg, ein schmuckloses Gewerbegebiet, wie man es auch in Neumünster finden könnte, eine Tankstelle, der Chauffeur bog links ab, eine Diskothek, man sagte inzwischen wohl Club, und das Verwaltungsgebäude von Austrian Mining. Die Limousine hielt, der Chauffeur stieg aus, öffnete die Tür.

Von Blohm schlug eine feuchte Wärme entgegen, die er nicht ausstehen konnte. »Hoffentlich ist der Laden klimatisiert«, sagte er und ging auf den Eingang zu. Er hörte, wie hinter ihm die Tür ins Schloss fiel. Lauter als nötig, wie ihm schien.

Er betrat das Gebäude, dessen Betonkorpus das Innere kühl gehalten hatte. Der Architekt war bemüht gewesen, keinen Eindruck zu schinden. Nichts fiel ins Auge, aber es lenkte auch keine Linie, kein Material und keine Farbe ab. Die Dame hinter der Rezeption hieß Braun. Die Geschäftsführerin ließ ihn warten. Über Gebühr lang. Er blutete am linken Unterarm.

»Sie bluten«, sagte die Geschäftsführerin, die nun plötzlich dastand, ihm zunickte und sich gegenüber auf die Tischkante setzte.

Von Blohm begrüßte sie nicht. »Ich möchte, das haben Sie ja gelesen, an die Stelle von Lothar Kronenburg treten. In jeder Hinsicht.«

»Ja, ich habe das gelesen und gestehe, dass ich irritiert bin. Mir liegt keinerlei Verfügung des Herrn Kronenburg vor.«

»Ich bin, also ich war sein Freund. Im Leben, in der Partei. Und, Sie werden sich informiert haben, mein Unternehmen ist nicht ganz ohne Gewicht in der EU.«

»Ich verstehe nicht.«

»Lothars Anteile übernehme ich, seine Aufgaben übernehme ich, seine Stimme ist meine Stimme.«

Die Geschäftsführerin lachte auf. Sie lachte tatsächlich kurz auf. »Seien Sie mir nicht gram, aber Herrn Kronenburgs Interessen werden durch eine Sozietät in Wien vertreten. Sollten Sie keine weiteren Anliegen haben ...« Die Geschäftsführerin erhob sich.

Gero von Blohm stand auf, der Stuhl machte kaum ein Geräusch auf dem Boden. Von Blohm ging auf die Geschäftsführerin zu, trat sehr dicht an sie heran. »Sie überschätzen sich.«

»Sie tropfen den Boden voll.« Sie drehte sich um und ließ ihn stehen.

Von Blohm schaute auf seinen Unterarm. Er blutete, doch von tropfen konnte nicht die Rede sein. »Sie überschätzen sich«, rief er ihr nach. Aber hinter der Geschäftsführerin schloss sich bereits die Tür des Fahrstuhls.

Ein Mann in blauem Anzug trat ein, stellte sich neben die Tür, verschränkte die Arme. Auf dem Ärmel ein silbernes Emblem. »Ah, der Türsteher von nebenan«, bemerkte von Blohm. Er griff in die rechte Hosentasche, machte ein paar Schritte auf den Mann zu, zog einen Hundert-Euro-Schein aus der Tasche und stopfte ihn dem Mann ins Sakko. Der verzog keine Miene.

∗∗∗

Marie sah einen Parkplatz auf dem Wall, direkt gegenüber dem Sartorikai. Sie wendete und stellte das EMO vor der »Tränke« ab. Gleich nebenan warb die »Sex-City« um potente Kunden. Hier, auf ein paar Dutzend Metern, machte Kiel auf St. Pauli. Marie hatte das niedlich gefunden, bis sie einen Fall im Milieu hatte übernehmen müssen. Die Erinnerung an gedemütigte Menschen war noch wach.

Vor dem »Käpt'n Flint« wurde sauber gemacht. Nach der großen Razzia vor ein paar Jahren sah es von außen so aus, als sei im Rotlichtmilieu der Landeshauptstadt alles beim Alten geblieben.

Marie schaute auf das blaue Logo des NDR am Giebel des nächsten Häuserblocks, dachte, ein Kaffee im »Alten Mann« wäre auch mal wieder schön. Sie unterquerte die Fußgängerbrücke, die den Hafen mit der Altstadt verband, stieg zwei Treppenläufe zum Funkhaus empor und stand dem Pförtner gegenüber.

Der Pförtner telefonierte. Sie erfuhr, dass Jörn Jepsen im Haus war. »Treppe rauf, dann links durch die Glastür«, erklärte ihr der Pförtner den Weg ins Kamerazimmer.

Im Funkhaus war Marie noch nie gewesen. Seit sie das Gebäude betreten hatte, spürte sie ein angenehmes Prickeln. Hier also wurden Radio und Fernsehen gemacht. Sie dachte an das »Schleswig-Holstein Magazin« und den »Ostseereport«, den sie so gern sah. Die Menschen um sie herum wirkten aber nicht anders als die auf den Fluren des LKA. Kein Glamour weit und breit.

Mit Kaffeebechern in der Hand standen zwei Frauen und ein Mann im Kamerazimmer am Fenster. Alle drei drehten sich um, als Marie an den Türrahmen klopfte.
»Moin, ich würde gern mit Jörn Jepsen sprechen.«
Der Mann löste sich aus der kleinen Gruppe, kam freundlich lächelnd auf sie zu. »Moin, schon gehört, dass das LKA da ist. Sie kommen sicher wegen unseres Termins mit den Polizeitauchern. Da habe ich noch einige technische Fragen. Echt nett, dass Sie hergekommen sind. Wollen wir nach nebenan? Dann können Sie sich unser Equipment ansehen.« Jörn Jepsen schob sich an Marie vorbei. »Ich geh mal vor.«
Marie folgte ihm in einen Raum zwei Türen weiter. Der Raum war leer. »Herr Jepsen, ich komme nicht wegen der Taucher. Ich leite eine Ermittlung im Zusammenhang mit dem Tod von Lothar Kronenburg.«
Jörn Jepsen drehte sich zu Marie um, gab ein knurrendes Geräusch von sich, kam auf sie zu, ging an ihr vorbei, schloss die Tür und setzte sich an einen der Tische, auf denen Kameras und andere technische Geräte lagen. »Ich bin ganz Ohr. Nehmen Sie doch bitte Platz.«
Marie setzte sich. Er vor Kopf, sie an der Längsseite des Tisches. Er beugte sich vor, rückte nicht von ihr ab. Marie hatte ihren Blick für Mimik und Gestik über die Jahre geschult. Wirklich allgemein verbindliche Aussagen ließen sich aus der Körpersprache der Menschen nicht ableiten, aber einen guten Anhalt boten sie sehr oft. Jepsen fühlte sich nicht in die Enge gedrängt, das war offensichtlich.
»Sie haben letzten Donnerstag einen Termin mit Herrn Kronenburg wahrgenommen.«
»Yep.«
»Gab es etwas Erwähnenswertes im Verlaufe der Dreharbeiten?«
»Nö.«
»Sie kannten Herrn Kronenburg?«
»Nicht persönlich.«

»Haben Sie ihn nach Drehschluss noch mal gesehen?«
»Ja, in den Nachrichten.«
»Wie stehen Sie zu seinem Tod?«
»*Quid pro quo.*«
»Wie bitte?«
»Den Tod. Den hat er vom Leben zurückgekriegt, der Arsch. Er hat den angemessenen Preis gezahlt.«
»Der Arsch?«
»Er hat mir meine Frau weggenommen.«
Marie reagierte nicht, wartete ab. Sie musste nicht lange warten.
»Ja, da gucken Sie. Ein Arsch. Kronenburg war ein Arsch. Wir waren eine glückliche Familie. In den Medien kam er gut rüber. Aber in Wahrheit war er ein Schwein.«
»Woher wussten Sie das?«
»Das spürt man doch, so was. Wenn sie komisch guckt, der Klang ihrer Stimme nicht mehr derselbe ist. Wir waren verliebt. Es gab nichts, das unserem Glück im Weg stand, und dann kam sie plötzlich mit so Klamotten aus der Stadt.«
Marie nickte verständnisvoll.
»Markenjeans. Als hätte sie das nötig gehabt. Die schönste aller Frauen, meine Frau.«
Jörn Jepsens Augen wurden feucht. Er weinte tonlos. »Ich liebe sie, wie ich nie einen Menschen geliebt habe.«
»Trotzdem?«
»Trotzdem.«
»Sie sagen, dass er es verdient hat.«
»Ja. Hat er. Ich habe die Liebeslaube gesehen, die er für sich und Sina eingerichtet hat. Ich habe die beiden da gesehen. Alles planvoll, absichtsvoll. Das war kein Ausrutscher, kein One-Night-Stand, das war ein zweites Leben. Für den Arsch und für Sina.«
»Wo waren Sie Donnerstagabend letzter Woche?«
»Hätten wir keine Kinder, hätte ich ihn erschlagen. Ich hätte gern gesehen, wie er gestorben ist.« Jörn Jepsen wischte sich die

Tränen der Wut, der Empörung und der Trauer weg. »Donnerstag, weiß ich nicht. Donnerstagabend. Ich war laufen, glaube ich.«

»Allein?«

»Ich laufe immer allein. Ja.«

Marie seufzte. »Pause gemacht? Was getrunken?«

»Glaub nicht. Ich weiß es nicht mehr.«

»Haben Sie die Route aufgezeichnet? Auf dem Handy oder sonst?«

»Nein, ich habe Sport auf Lehramt studiert. Auch Trainingslehre. Kein Bock auf isolierte Informationen. Ich höre auf meinen Körper. Ende. Technik habe ich im Job reichlich und genug.« Er zeigte auf die Kameras auf dem Tisch.

»Ich war vorhin bei Ihnen zu Hause, habe mit Ihrer Tochter gesprochen. Nur, dass Sie Bescheid wissen.«

Jörn Jepsen zog sein Handy aus der Gesäßtasche seiner Jeans, wischte, tippte. »Hatte ich auf lautlos. Smilla hat mich informiert.«

Er grinste und drehte das Handy, sodass Marie lesen konnte: »Gerade waren die Bullen da. Wollten dich sprechen. Müssen wir jetzt nach Brasilien abhauen?« Die Nachricht schloss mit einem Zwinker-Smiley und einem Herz.

»So lustig ist die Situation nicht, Herr Jepsen. Sie haben ein Motiv, sie haben kein Alibi. Und wie Sie zu Herrn Kronenburg standen, haben Sie ja auch recht deutlich gemacht.«

»Jo, dann ist das so. Nicht mein Verdienst, dass der Arsch tot ist.«

»Gut möglich, dass wir Sie noch mal bei uns im LKA befragen werden. Ich bespreche das. Ach, wann waren Sie eigentlich dort, an der Liebeslaube?«

»Paar Wochen her. Weiß ich nicht.«

Sie verabschiedeten sich, Marie ging den Gang entlang, der scheidende Umweltminister kam ihr mit drei anderen Männern entgegen. Sie machten Platz. Gut erzogen, dachte Marie, stieg die Treppe runter, nickte dem Pförtner zu und beschloss, den

Kaffee im »Alten Mann« auf der anderen Straßenseite gleich jetzt zu nehmen.

Sie erwischte einen Tisch links neben dem Eingang. Das war einer ihrer Lieblingstische. Die mit Blick ins Schifffahrtsmuseum mochte sie auch gern. Die Bedienung war locker wie immer. Hier, nur ein paar Schritte vom Rotlichtviertel entfernt, ging es familiär zu. So waren Häfen. Nichts, was es hier nicht gab. Touristen, die auf die Kreuzfahrt in der Ostsee warteten, und vor der Tür Junkies, die auf den nächsten Schuss warteten.

Maries Blick fiel auf die Uhr. Kurz vor eins. Kein Wunder, dass ihr Magen knurrte. Karl würde heute bei Merle essen. Familie Carstens/Jepsen hatte ihre Tochter Smilla genannt, und Marie fragte sich, wie viele Menschen wohl sofort an Peter Høegs Roman dachten. Gedankenkarussell, da war es wieder. Eine Assoziation jagte die nächste. Vielleicht sollte sie mit Bogenschießen anfangen. Beim Yoga war sie grandios gescheitert. Sie brauchte einen Feind. Marie trank den Kaffee aus und rief Andreas an.

»Liebster, dein Rezeptionsdrachen wollte mich nicht zu dir durchstellen. Das geht doch nicht.«

»Sicher geht das, Wickie. Zuerst kommt der Patient, dann kommt der nächste Patient, und dann ist noch lange nicht die Polizei dran. Was gibt's?«

»Hunger!«

»Wann, wo?«

»Halbe Stunde im ›FischZeit‹?«

»Ja.« Es knackte, Stimmen, Andreas reichte das Telefon an den Rezeptionsdrachen weiter.

»Sonst noch was, Frau Geisler?«

»Danke, dass Sie mich mit meinem Mann haben sprechen lassen. Sie sind ein guter Mensch.«

»Das ist hier nicht meine Aufgabe.«

Die Frauen lachten.

Marie ging zum Auto und startete Richtung Eckernförde.

Das EMO parkte sie auf der Kieler Straße vor dem Laden von Fahrrad Jacobsen. Dort hatte sich ihr Physiotherapeut Chris unlängst ein Pedelec gekauft. Seitdem erledigte Chris im Umkreis von locker zwanzig Kilometern die meisten Besorgungen mit dem Rad. Marie hatte ihn lange nicht mehr so fröhlich gesehen. Vielleicht sollte sie auch mehr Rad fahren. Aber ohne Motor. Da hätte sie noch zwanzig Jahre Zeit.

Andreas saß bereits an einem der Hochtische direkt am Fenster.

»Wickielein, du siehst so schön aus.« Er küsste sie schmatzend.

»Liebster, du solltest auf deinen Ruf achten.«

»Ich hab schon mal bestellt.«

»Spinnst du?«

Ein Blick hinüber zur Theke zeigte Marie, dass Andreas keineswegs bestellt hatte. Die Chefin grinste und kam zu den beiden an den Tisch. »Die Karte kennt ihr ja.«

»Ja, aber ich kann nicht bestellen, wenn ich nicht alles noch mal genau gelesen habe.«

»Warum so zickig heute, Frau Hauptkommissarin? Du wirst ja jetzt berühmt.«

»Wie ›berühmt‹?«

»Sie haben dich im Fernsehen gezeigt. Am Windrad und vor dem Parkplatz in Kiel, und deinen Namen haben sie unten eingeblendet.«

Marie verzog das Gesicht. »Windstärke 10. Die lassen jetzt nicht mehr locker.«

»Ja, was denkst du denn? Tote gehen immer und dann noch ein Top-Promi aus der Nachbarschaft. Erinnerst du dich an Barschel und das, was wir damals in Zeitschriften, Zeitungen und im Fernsehen gesehen haben? Also, was kann ich bringen? Essen hilft.«

Andreas entschied sich für zwei Fischbrötchen. Bismarck und Makrele. Marie orderte verschiedene Fischsorten und Algen. Beide hatten Hunger, und Andreas hatte zudem ein

Mitteilungsbedürfnis, das ihm ins Gesicht geschrieben stand. Marie schaute ihn an, zog fragend die Augenbrauen nach oben. Andreas' Mundwinkel folgten.

»Es ist so schön, wenn das passiert, was man sich wünscht, aber kaum zu hoffen wagt.«

»Ach?«

»Eine Patientin klagte über Schmerzen in der Brust. Am Morgen hatten sie die Schmerzen geweckt. Sie war bei mir. Vorgestern. Ich habe sie ins Krankenhaus eingewiesen. Diagnostik. Auf den Bildern ein raumgreifendes Etwas direkt unter dem Schulterblatt. Das macht Angst. Ihr, ihrem Mann, den Kindern. Es folgt eine Biopsie. Im Labor ist jemand krank. Es dauert.«

»Andreas, mach mich nicht verrückt! Was jetzt?«

»Nachdem wir vorhin telefoniert hatten, rief der Kollege aus der Klinik an. Kein Krebs. Ich freu mir ein Loch in die Hose.« Andreas strahlte.

»Ich bin froh, dass dich das Schicksal deiner Patienten nicht kaltlässt. Professionelle Distanz, okay, aber ich finde, wir müssen uns davor hüten, kalt und zynisch zu werden. Der Tod holt sich immer mehr als nur sein nächstes Opfer.«

Das Essen kam, und es war köstlich. Schließlich wischte sich Marie den Mund ab. »Kleinen Espresso beim Italiener?«, schlug sie vor.

Andreas schaute auf sein Handy.

»Du bist ein Junkie«, sagte Marie.

»Ich lasse Menschen ungern warten.«

»Du bist ein ganz toller Hecht. Also?«

Er nickte.

Hand in Hand schlenderten sie die Kieler Straße in südliche Richtung.

»Ich hab 'ne Bitte. Holm ist krank. Ich habe davon erzählt. Er benötigt palliativmedizinische Betreuuung. Kennst du jemanden? In Kiel?«

»Ja. Ich lege dir den Kontakt heute Abend auf deinen Schreibtisch. Reicht das?«

»Wer weiß das schon.«

Sie erreichten die Abzweigung zum Exer. Andreas blieb vor dem Schaufenster der »Villa Tausendschön« stehen. »Guck mal, ist das nicht toll?« Er zeigte auf ein Kleid mit blauen Punkten. Marie zog ihn weiter. Er hielt sie fest. »Nee, ohne Quatsch. Guck doch mal.«

Marie guckte. »Wie lange kennen wir uns? Seit wann interessierst du dich für meine Klamotten?«

Andreas spitzte die Lippen. »An dir interessiert mich alles.«

»Raus mit der Sprache.«

Er trat einen halben Schritt zurück und betrachtete sie. »Diese ...«

»... bequeme Cargohose«, ergänzte Marie.

»... hat einen Riss an der linken aufgesetzten Tasche, einen weißen Farbfleck, und knitterig ist sie auch.«

»Du findest, ich sehe schlampig aus.«

Andreas nickte.

»Es gibt Männer, die stehen da drauf. Los jetzt, deine Patienten erwarten ihren Retter.«

Nach dem Espresso chauffierte Marie Andreas zur Praxis. Sie umrundete die Landratsvilla, ließ ihn hinten auf dem Parkplatz aussteigen. Dann klingelte ihr Handy. Hinter ihr ein Auto. Sie verließ den Parkplatz, bog links in die Schleswiger Straße ab und hielt gegenüber dem Friedhof direkt vor der Ausstellungsfläche des Steinmetzes. Der Anrufer bewies Geduld. Es war Mayr vom BKA.

»Die österreichischen Kollegen haben sich gemeldet. Wollen Sie eine Kurzfassung? Ein Bericht kommt noch.«

»Moin, Herr Mayr. Ja sicher.«

»Im Grunde ist es simpel. Die Austrian Mining ist eine GmbH, so wie wir sie in Deutschland auch kennen. Geschäftsführerin ist Carola Kneisle, eine österreichische Staatsbürgerin. Das geht aus dem sogenannten Firmenbuch hervor, in das jede GmbH eingetragen werden muss. Ähnlich unserem Handelsregister. Neben ihr als Gesellschafterin gibt es zwei Australier und einen Deutschen. Der Deutsche ist Lothar Kronenburg. Die österreichischen Kollegen haben mit Frau Kneisle gesprochen, die Kronenburg in höchsten Tönen gelobt hat. Er sei eine Bereicherung für das Unternehmen gewesen. Kompetent bei wirtschaftspolitischen Themen, stets interessiert und engagiert, mit tollen Kontakten weltweit. Die Dame ist Physikerin und hat betont, dass ihr besonders imponiert habe, wie sich Kronenburg in die Thematik der Kernfusion eingearbeitet habe. Er sei unersetzlich.«

»Was leider noch nichts darüber verrät, warum er sich dort engagiert hat. Seit wann eigentlich?«

»Schon seit 2009, also deutlich vor seiner Tätigkeit als Minister.«

»Dürfen Minister das überhaupt? Muss das offengelegt werden? Dem Bundestag gegenüber, den Wählern gegenüber? Findet man das auf ›abgeordnetenwatch.de‹?«

»Kronenburg hat gegen Artikel 66 des Grundgesetzes verstoßen. Minister dürfen neben ihrem Amt kein anderes besoldetes Amt, kein Gewerbe und keinen Beruf ausüben und weder der Leitung noch ohne Zustimmung des Bundestages dem Aufsichtsrat eines auf Erwerb gerichteten Unternehmens angehören. So steht es im Gesetz.«

»Und das hat niemand gemerkt? All die Jahre? Ich kann das gar nicht glauben. Nach allem, was ich weiß, sind die Leute von ›abgeordnetenwatch‹ sehr gut informiert.«

Am anderen Ende der Leistung kicherte Mayr. Es war ein Kichern, das sie dem BKA-Mann wirklich nicht zugetraut hätte.

»Herr Mayr, alles in Ordnung bei Ihnen?«

»Ja, verzeihen Sie mir, Frau Geisler. Ich saß mit Astrid Moeller zusammen. Vom aktuellen Fall kamen wir auf allgemeinen Verwaltungsfrust zu sprechen. In diese Stimmung hinein erhielten wir die Informationen aus Österreich, und der Kollege trug das wirklich so vor wie ich eben. Wir wandten ein, dass das doch aufgefallen sein müsse. Er beharrte auf seiner Version, die wir dann im Zuge eines parallel geführten Telefonates als

Irrtum entlarven konnten. Kronenburg ist natürlich nicht Gesellschafter. Es gibt eine Strohfrau. Ich sagte, ich würde Ihnen die Geschichte so auftischen, wie der Kollege sie serviert hat. Astrid Moeller wettete, dass Sie das nicht schlucken würden. Verzeihung. Albern, unprofessionell.«

»Wie heißt die Strohfrau?«

»Sina Carstens.«

»Scheiße.«

»Wie bitte?«

»Dachte ich schon. Ich habe die Familie ein bisschen kennengelernt. Das hat sie nicht verdient. Noch mal von vorn. Kronenburg engagiert sich inhaltlich, aber Gesellschafterin ist offiziell Sina Carstens?«

»Genau so.«

»Wird Zeit, dass Sina Carstens aus Finnland zurückkommt. Danke. Sonst noch was?«

»Nein, und ich hoffe, Sie nehmen mir das nicht übel.«

»Ich habe was gut bei Ihnen, Herr Mayr.«

Beide legten auf.

Was war das denn? Marie schüttelte sich. Ein Pennälerstreich. Sie überlegte, ob ihre Chefin und Mayr im Büro vielleicht getrunken hatten.

Sina Carstens steckte also knietief in dieser unschönen Angelegenheit.

Marie rief im NDR an. Sina Carstens wäre schon morgen wieder in Kiel. Vorher würde Marie mit der Geschäftsführerin von Austrian Mining telefonieren. Dorthin zu reisen, wie sie das mit Mayr erwogen hatte, machte keinen Sinn. Allerdings musste sie sich mit dem Thema Spielcasino befassen. Vielleicht hatte Kronenburg viel gewonnen oder, was interessanter wäre, viel verloren.

Sie startete den Motor, als ihr Handy erneut klingelte.

»Mayr. Nicht mein Tag. Sagen Sie es nicht dem Innenminister, bitte. Wir haben Erkenntnisse zum Offshore-Konto, das Gero von Blohm in seinem Erpresserschreiben erwähnt. Auch dieses Konto läuft auf den Namen von Sina Carstens. Es gibt eine Einzahlung in Höhe von zweihundertfünfzigtausend Euro, danach immer wieder Barentnahmen in Österreich. Aktueller Kontostand: null Euro.«

Marie stellte den Motor wieder ab. Ein Moment der Wahrheit. »Herr Mayr.«

»Am Apparat.«

»Konnte ich Ihr Vertrauen in der kurzen Zeit unserer Zusammenarbeit gewinnen?«

»Auf einer Skala von eins bis zehn?«

»Auf einer Skala von sieben bis zehn.«

»Sieben.«

»Jedenfalls sind Sie ehrlich. Sie haben Verständnis für Loyalitätskonflikte?«

»Sagen Sie, was Sie sagen wollen.«

»Ich habe seit einigen Tagen eine Information im Zusammenhang mit Kronenburg, die ich noch nicht verifizieren konnte. Die Quelle möchte ich aus sehr guten Gründen nicht nennen.«

»Ich höre.«

»Kronenburg war spielsüchtig und regelmäßiger Gast im Spielcasino Graz.«

»Das könnte die Barentnahmen erklären. Noch was?«

»Ja. Kronenburg besitzt ein Ferienhaus, in das ich mal hineingeschaut habe.«

»Hineingeschaut?«

»Genau. Und ich habe dort Jetons des Spielcasinos gesehen.«

»Ist es an der Zeit, dass die KTU auch einmal hineinschaut in dieses Haus?«

»Nein. Ich möchte mein Gespräch mit Sina Carstens abwarten.«

»Warum?«

»Vertrauensbildende Maßnahme.«

Marie hörte Mayr atmen. Dann sagte er: »Offene Karten ab jetzt?«

»Offene Karten.«

»Tschüss.«

Marie drückte auf die Taste mit dem roten Hörer. Sie mochte den Widerstand, den die Taste bot. Touchscreens waren nicht ihre Sache. Beinahe gleichzeitig klingelte das Handy zum dritten Mal.

»Sie haben es sich anders überlegt, Herr Mayr.«

»Lustig. Marie hat ›Herr Mayr‹ zu mir gesagt.« Karl hatte seinen Spaß und teilte ihn, so wie es sich anhörte.

»Herr Mayr, was kann ich für Sie tun?«, nahm Marie den Ball auf.

»Herr Mayr möchte abgeholt werden. Bei Frau – Merle, wie heißt deine Oma eigentlich?«

»Bockelmann«, hörte Marie Merle antworten.

»Ich bin bei Merles Oma.«

»Und wo wohnt Frau Bockelmann?«

Karl gab das Telefon weiter, und Frau Bockelmann nannte eine Adresse in Taarstedt.

»Gut, weiß ich Bescheid. Bis nachher.« Marie legte das Handy auf den Beifahrersitz, griff zum Zündschlüssel, schaute zum Handy, wartete einen Moment und startete dann den Motor.

Taarstedt, obwohl abseits der größeren Transitstrecken zwischen Schleswig und Kappeln gelegen, war ein Fixpunkt auf Maries Landkarte. Dort kaufte sie bemaltes Porzellan aus fachkundiger Hand, und dort kaufte sie in der Weltbrauerei Angeliter Bier. Zum Bier war sie im Ruhrgebiet gekommen, und trotz einiger Versuche ihres Mannes, sie zum Wein zu bekehren, war Marie dem Gerstensaft treu geblieben. Traditionell gab es für sie nach dem Training und nach dem Spiel eine Flasche, die nun schon seit ein paar Jahren aus Taarstedt kam.

Die direkte Verbindung zwischen Eckernförde und Taarstedt führte über Missunde. Als Marie auf die Schlei zurollte, näherte sich die Fähre, und sofort erkannte Marie als erstes Auto auf der »Missunde II« Eles rotes Cabriolet. Marie setzte zurück und parkte das EMO auf dem Schotterplatz. Dann wartete sie, bis sich Ele näherte, trat auf die Straße und zückte die Kelle, die ein Geschenk ihres Bärenführers gewesen war, des erfahrenen Polizisten, der sie als Küken von der Polizeischule unter seine Fittiche genommen hatte.

Ele lachte, fuhr auf Marie zu und stellte ihren Flitzer neben dem EMO ab. Sie stieg aus, umarmte Marie, küsste sie auf den Mund und sagte: »Wir sehen uns viel zu selten.«

Marie spürte, wie sich in der Mitte ihres Körpers Schmetterlinge versammelten. Sie räusperte sich. »Wo kommst du denn her?«, fragte sie unbeabsichtigt ruppig.

Eles Mimik verriet Unwillen. »Melde gehorsamst, von der Arbeit, Frau Hauptkommissarin. Weibliche Leiche in der Scheune, Todesursache unklar. Ein sehr, sehr freundlicher Ermittler aus Flensburg bat mich ins Heu.«

»Ins Heu. Soso. Wie war's eigentlich in der Skyline Bar?«

»Himmlisch.« Ele schloss die Augen und lächelte. »Der ist nett, der ist ein Guter.« Sie schaute ernst.

»Du bist verknallt.«

Ele wiegte den Oberkörper hin und her. »Er ist jünger als ich.«

Ein Trecker rumpelte hinter den Frauen vorbei.

»Ich muss Karl abholen. Wir treffen uns mal wieder auf der Kiellinie. Dann erzählst du alles!«

Ele nickte, fasste Marie am Arm. »Lass diesen Presserummel nicht so an dich ran.«

»Wieso?«

»Bei uns waren sie auch mit Kameras vor der Tür. Und dich habe ich im Fernsehen gesehen. Kriegst du Druck von oben?«

Marie schüttelte den Kopf.

»Die Fähre, du solltest jetzt los.« Ele schob Marie zum Auto.

Beide stiegen ein, warfen sich Handküsse zu und fuhren los. Marie holperte übers Kopfsteinpflaster, fuhr über die Rampe, stellte den Motor ab, zog die Handbremse an, und während sie nach Kleingeld suchte, dachte sie an Astrid Moeller, die ihr ganz offensichtlich die Presse vom Hals hielt, vermutlich auch die Nachfragen der Oberbosse und überhaupt alles, was ihre Arbeit hätte beeinträchtigen können. Sie würde sich bedanken, sobald sie ihre neue Chefin das nächste Mal sähe.

※※※

Der Verkehr war dicht, der Lärm ohrenbetäubend. Klaus Kramer spähte vorsichtig in den Hinterhof. Das Licht einer Laterne spiegelte sich auf dem feuchten Asphalt. Den ganzen Tag hatte es geregnet. Zu Hause war das Wetter sommerlich, für den Norden ungewöhnlich sommerlich. Hier war es scheußlich. Scheußlich wie alles andere. Die Häuser, die Sprache, die Situation, in die er sich manövriert hatte.

Quietschend öffnete sich ein Tor. Ein Mann in schwarzer Lederjacke trat auf den Hof. Er zog an einer Zigarette, schnippte die Kippe in eine Pfütze. Dann blies er den Rauch in die kalte Luft, und mit dem Rauch rief er: »Lucky, he, Lucky.«

Die Frage danach verstand Lucky nicht. Er sprach kein Russisch. Trotzdem trat er aus dem Schatten und rief: »Hey, Igor, *I am here.*« Lucky machte zwei Schritte, breitete die Arme aus, trat in eine der Pfützen.

Igor kam Lucky entgegen. Die Männer umarmten sich.

In der Halle baumelten Neonröhren von Stahlträgern, über denen sich ein Blechdach spannte. Der Straßenlärm drang nur gedämpft in die Halle, in der es nach Lack und Lösemitteln roch. Überall lagen Ersatzteile herum.

Igor fläzte sich auf eine Couch, die wie eine Rose im Schotterbett zwischen zwei Hebebühnen stand. Lucky setzte sich in einen der beiden Sessel, von denen Troddeln aus Goldbrokat herabbaumelten. Dann begannen die Verhandlungen. Beide Männer schrieben Zahlen auf einen Block. Wessen Englisch schlechter war – kaum zu entscheiden.

Lucky hatte mit Kronenburgs Geld alte Diesel gekauft. In Igor hatte er einen möglichen Abnehmer gefunden. Lucky verstand nicht alles, was Igor sagte, aber er wollte offenbar mehr

Autos. Lucky würde an die Reserve im Versteck müssen, um weitere Autos ankaufen zu können, vielleicht auch an die Kasse, und er würde noch mal hierherkommen müssen. Er gähnte. Die Zeitverschiebung, die Aufregung. Am Ende würde es sich lohnen.

Igor stellte eine Flasche Wodka auf den Tisch.

***

Frau Bockelmann empfing Marie kniend. Hinter einem Staketenzaun zog sie eine Furche in den Boden.
»Ach, Frau Geisler. In echt sehen sie dünner aus.«
»Moin, und wo haben Sie mich in unecht gesehen?«
»Im Fernsehen. Aber macht ja dick, habe ich gehört.«
»Vor allem, wenn man davorsitzt.«
Frau Bockelmann lachte, zeigte auf den Boden vor sich, drehte dann den Oberkörper. »Wer einen Garten hat, kommt erst gar nicht dazu.«
»Was säen Sie?«
»Späte Radieschen.«
Ächzend kam Frau Bockelmann hoch, wischte sich die Hand an der Hose ab und reichte sie über den Zaun. »Ursula Bockelmann. Angenehm.«
»Marie Geisler, nicht minder angenehm.«
»Karl hat Ihre Haare.«
»Stimmt. Wo sind die beiden denn?«
»Keine Ahnung.« Frau Bockelmann steckte zwei Finger in den Mund und pfiff. Dann spuckte sie aus. »Büschen sandig. Haben Sie auch einen Garten?«
»Ja, aber keinen Nutzgarten. Ich denke drüber nach, schaffe das aber eher nicht. Zu viel Erwerbsarbeit.«
»Legen Sie ein Hochbeet an. Ist auch gesünder für den Rücken.« Sie grinste schief.
»Ein Hochbeet. Das ist eine gute Idee. Hätte ich ja auch draufkommen können. Sie kennen sich aus, oder?«

»Habe einstmals Agraringenieurin gelernt. Also, ja.«
»Sie könnten mich beraten?«
»Ja.«
»Sie würden das auch tun?«
»Ja.«
Merle und Karl tauchten auf. Merle küsste ihre Oma. Karl verabschiedete sich mit dem Knuckle-Gruß. Beide verschwanden Richtung EMO.
»Frau Bockelmann, war mir eine Freude, Sie kennengelernt zu haben. Ich darf mich wegen des Hochbeetes melden?«
»Ja.«
Marie lieferte Merle zu Hause ab. Karl war schweigsam, Marie in Gedanken.
»Merles Opa ist tot. Schon lange. Merle hat ihn gar nicht richtig gekannt. So, wie ich Oma nicht richtig gekannt habe. Fährst du zu Omas Geburtstag nach Sprockhövel?«
»Sollte nichts dazwischenkommen, ja. Samstag.«
»Man sagt Sonnabend.«
»Und Schlachter, nicht Metzger, ich weiß. Ich sag das mal so, mal so. Willst du mit?«
»Ja.«
»Sicher?«
»Ja, vielleicht, ich überleg noch mal.«
In Schleswig fuhr Marie langsam in den Carport. Andreas war schon zurück und hatte den R4 so weit in der Mitte abgestellt, dass Marie kaum die Fahrertür öffnen konnte. »Männer und Autos«, lästerte sie.
»Vielleicht mache ich keinen Führerschein, wenn ich achtzehn bin. Vielleicht braucht man das dann nicht mehr, weil wir nur noch selbstfahrende Autos haben«, kommentierte Karl.
»Mit Strom oder Wasserstoff.«
»Du kennst dich aus.«
»Klar.«
Sie gingen nebeneinander zur Haustür.
»Ich habe heute mit Frau Gundlach gesprochen.«

Karl kickte seine Schuhe unters Schuhregal und ging weiter Richtung Küche.
»Interessiert dich gar nicht, worüber wir gesprochen haben?«
»Kann ich mir schon denken. Mathe-Olympiade.«
»Stimmt. Warum hast du keine Lust dazu?«
Karl blieb im Türrahmen stehen, drehte sich um und schaute Marie verständnislos an. »Sören macht da wahrscheinlich mit. Das ist was für Streber. Voll peinlich.«
»Würdest du mitmachen, ginge der Streberanteil zurück?«
Karl zögerte, grinste. »Du meinst, genau um fünfzig Prozent?«
Er stand vor dem Kühlschrank, öffnete ihn und sagte: »Wäre schon cool, könnte ich ausrechnen, wie viel Kälte jetzt verloren geht.«
Marie wechselte in die Vorratskammer. Glücklich betrachtete sie Tomatenmarktuben, Gläschen mit Kapern und Zwieback für alle Fälle. Karl war auf einem guten Weg. Sie schloss die Tür. Sie hatte vergessen, was sie holen wollte.

Nach dem Abendessen, das für Andreas und Karl aus einer großen Schüssel Spitzpaprika mit Feta und gerösteten Walnüssen bestanden hatte, schnürte Marie die Laufschuhe. Sie würde später einen Happen essen.
In den Herbstferien stand einer der wenigen Flüge an, die sich die Geislers alle paar Jahre genehmigten. Es würde zum Mountainbiken nach La Palma gehen, und Marie wollte bis dahin fit sein, fünf Kilo weniger wären gut. Sie verließ das Haus, nahm den schmalen Verbindungsweg runter zum Wäldchen und hielt sich links Richtung Holmer Noor. Sie lief über die Freiheit, dachte an die Graffiti, die sie und Sachse vor einem Jahr beschäftigt hatten. Das Wasser der Schlei glänzte wie angelaufenes Silber.
Am Hotel Strandleben kehrte sie der Schlei den Rücken. Von nun an ging es sacht bergan. Immerhin gut zwanzig Höhenmeter, bis sie die nördliche Spitze des Brautsees umrundete. Ihre

Heimrunde war ziemlich genau fünf Komma vier Kilometer lang und fühlte sich heute nach gut zehn Kilometern an.

Gleichzeitig mit der Begrüßung von Jan Hofer zu den Schreckensmeldungen des Tages betrat sie das Wohnzimmer. Im Hintergrund des Sprechers sah Marie Bilder einer Überschwemmung, den amerikanischen Präsidenten und Lothar Kronenburg. Sie seufzte und ging duschen. Als sie zurückkam, saß Andreas auf der Sesselkante und machte »Pssst«.

Marie setzte sich auf die Couch.

»Vierundsechzigtausend Euro«, erklärte Andreas. Günther Jauch schwadronierte, welch ungeahnte Möglichkeiten der vierte Joker nun hätte bieten können, wäre der Kandidat ein bisschen mutiger gewesen.

»Der ist aus Neumünster.« Andreas war ganz aufgeregt.

»Na und?«

»Ein Schleswig-Holsteiner!«

»Ach so. Und, weißt du die Antwort?«

»D. Oder ganz vielleicht A.«

»Sicher A.«

»Opéra national de Paris, Mailänder Scala, Metropolitan Opera oder Wiener Staatsoper? Ich glaube, Wien.«

»Andreas, gefragt ist nach der Größe, nicht nach der Anzahl der Plätze.«

Jauch gab die Frage für zehntausend Euro an die Zuschauer weiter.

»Ich geh schlafen«, sagte Marie. »Vergiss nicht, welches die richtige Lösung ist.«

Mit »Oh wie so trügerisch sind Weiberherzen, mögen sie klagen, mögen sie scherzen« im Ohr schlief Marie ein.

Auf Details kommt's an

Nur mit Mühe, mit Glück und etlichen Schürfwunden an Armen und Beinen hatte Lucky im Morgengrauen das Hotelzimmer erreicht. Der Wodka hatte ihn umgehauen. In seinem Kopf kämpften Reste klarer Gedanken mit Nebelschwaden vager Erinnerungen an Zahlen, die Igor auf diesen Zettel gekritzelt hatte. Lucky erinnerte sich, dass Igor und er schließlich unterschrieben und ihre Unterschriften mit Blut besiegelt hatten. Dazu hatten sie einander in den Unterarm geschnitten.

Lucky schob den Ärmel seines Sweatshirts hoch. Das Pflaster war von Blut durchtränkt. Würde er die Autos nicht beschaffen, so wäre er tot. Das hatte Igor lachend, aber unmissverständlich beteuert.

Lucky wusste, dass er ohne das Geld von Kronenburg aufgeschmissen wäre, und er fragte sich, ob es überhaupt reichen würde. Dass Kronenburg es hatte zurückhaben wollen, machte ihn immer noch wütend. Geschäft war Geschäft.

Er trat ans Fenster. Der Blick auf die Gipfel der nahen Berge war atemberaubend. Die ersten Sonnenstrahlen ließen die Felsen rotgolden erglühen. Das Land bitterarm, aber die Natur prachtvoll. Lucky öffnete das Fenster, ging hinaus auf den Balkon, atmete tief ein. Dieses Mal würde er Glück haben.

***

Die Tageszeitung lag zerblättert auf dem Küchentisch. Andreas behandelte Zeitungen schlecht. Er ließ ihnen nicht ihre wohlüberlegte Ordnung. Und Marie hasste es, dass er die Politik entnahm, den Sport zur Seite legte und am Ende ein Chaos angerichtet hatte, das ihr einen Orientierungslauf durch Ressorts und Rubriken bescherte.

»Andreaaas!«, rief sie aus der Küche ins Treppenhaus. Dann

lauter: »Aaaandiii!« Andreas mochte es nicht, wenn jemand Andi zu ihm sagte.

»Brüll doch nicht so.« Karl kam in die Küche. »Papa ist schon weg.«

Marie fiel ein, dass er am Vorabend erwähnt hatte, einen Termin vor der Sprechstunde zu haben.

»Karl, mein liebster Sohn. Entschuldige die Lautstärke. Aber guck dir mal die Zeitung an. Das ist doch furchtbar.«

»Eine Herausforderung, würde Frau Gundlach sagen.« Karl stopfte das von Marie geschälte und in praktische Stücke zerteilte Obst in den Mixer. Der Mixer war laut. Marie hasste es, wenn es beim Zeitunglesen laut war. Aber sie sagte nichts, atmete ganz tief in den Bauch, zog die Mundwinkel nach oben. Das sollte ja Wunder wirken.

Karl sagte etwas. Marie konnte nicht verstehen, was er gesagt hatte und nun lauter wiederholte. Marie drehte sich zu ihm um. Endlich verstummte der Mixer. »Ich hab's mir überlegt. Ich mach mit.«

»Mathe-Olympiade?«

»Jo.«

»Warum?«

»Merle hat gesagt, ich wäre doof. Nur weil Sören mitmachen würde. Ich wäre trotzig.«

»Hat sie nicht ganz unrecht. Kluges Mädchen.«

»Weiß ich.« Karl setzte den Mixbecher an.

»Nimm doch ein Glas, bitte.«

»Wozu? Muss man nur spülen. Ist nachhaltiger so.«

»Nachhaltiger wäre, du würdest das Obst essen, wie die Natur es zur Verfügung stellt.«

»Keine Zeit.«

»Geschwätz.«

Karl wischte sich den Mund mit dem Ärmel ab, machte einen schnellen Schritt, kam hinter Marie zu stehen, die nicht rechtzeitig reagierte. Karl wuschelte und rannte in den Flur. »Tschüüüs, Marie, äh, ich meinte, Mama Marie.«

Die Tür fiel zu.

»Sachte!«, rief Marie, aber Karl war natürlich schon außer Hörweite.

Der Kaffee war nur noch lauwarm. Sie trank ihn dennoch, las, was über den Tod von Kronenburg gemutmaßt wurde. Man spekulierte. Neid und Missgunst innerhalb der Partei schienen dem Kommentator wahrscheinlich. Ausgegraben hatte man außerdem eine über sieben Jahre zurückliegende Alkoholfahrt des Ministers, und man ließ durchblicken, dass man im politischen Berlin nicht ins Glas spucken würde.

Marie faltete die Zeitung zusammen. Zeit, nach Eckernförde zu fahren. Es geschahen noch Zeichen und Wunder. Trotz Sommergrippe der halben Mannschaft und zunächst unüberwindlich scheinender Technikprobleme hatte sich für heute endlich die KTU in Kronenburgs Haus angekündigt.

Neben dem Notebook fand Marie einen von Andreas handgeschriebenen Zettel. Was er notiert hatte, konnte sie nur schwer entziffern. Es handelte sich um Namen und Telefonnummer eines Palliativmediziners in Kiel. Darunter hatte Andreas ergänzt: »Der Typ hat Humor. Beim Sterben nicht zu unterschätzen.«

Marie zog ihr privates Schleibook aus der Tasche und klebte den Zettel auf die erste freie Seite, schrieb das aktuelle Datum darüber, blätterte zurück und stellte fest, dass sie seit drei Tagen nichts mehr aufgeschrieben hatte. Unter den Zettel schrieb sie nun noch das Wort »Begräbniswald«, schlug das Schleibook zu und verließ nach dem obligatorischen Kontrollgang das Haus. Zu Maries Überraschung hatten Karl und Andreas alle Fenster geschlossen.

Das Handy klingelte. »Astrid Moeller, moin, Frau Geisler. Ich möchte Sie bitten, ins Büro zu kommen, bevor Sie Lothar Kronenburgs Haus in Augenschein nehmen. Geht das?«

»Sicher.«

»Elmar Brockmann hat mir eben mitgeteilt, dass sich die Kriminaltechniker um gut zwei Stunden verspäten werden. Die haben den Tisch voller Arbeit – und nicht nur den Tisch. Insofern sollte das kein Problem sein.«

»Bin unterwegs. Bis gleich.«

Kaum hatte sie aufgelegt, rief Sachse an. »Ich glaube, dass jemand in Wandlitz war.«

»Margot?«

»Möglich.«

»Danke, IM Sachse. Welche Beobachtung legt Ihren Schluss nahe?«

»Der Rollladen zur Terrasse ist runter.«

»Vielleicht ist noch jemand im Haus.«

»Ich guck mal.«

»Tun Sie nicht. Sie beobachten, und ich komme.«

Marie legte auf, dachte kurz nach und entschied sich dann für den Weg über Brodersby, über die Schleidörfer. Zwar bestand das Risiko, dass die Fähre gerade auf der anderen Seite war, aber sie sparte sich den dichteren Verkehr in Schleswig und acht oder neun Ampeln.

Exakt neununddreißig Minuten später kam sie, eine Staubfahne hinter sich herziehend, vor Sachses Tabbert Comtesse zu stehen. Sie stieg aus und rannte zur Ecke. Sachse erwartete sie. Er löste sich aus dem Sichtschutz einer sehr buschig wachsenden Eibe.

»Erich Mielke hätte seine Freude an uns gehabt«, flüsterte Marie.

»Damit scherzt man nicht.«

»Ich mach auch Witze über besorgte Bürger und den Papst.«

»Sie sind zu jung. Was die Stasi getan hat, ist für viele Menschen noch heute ein unbewältigtes Trauma.«

»Hm. Ich finde, man muss über alles Witze machen können. Ist ein freies Land.«

»Ja, kann man, muss man aber nicht.«

»Sie haben doch damit angefangen. Mit Wandlitz und Margot.«

Sachse kratzte sich im Nacken. »Das stimmt auch wieder.

Aber wenn ich ›Mielke‹ höre, denke ich an die Stasi, und alle Rollläden gehen runter.«

»Apropos Rollladen.« Marie zeigte in Richtung des Ferienhauses. »Wir gucken jetzt mal. Ich gehe vor.«

Marie ging zügig über den Waldweg, bis sie den kleinen Vorgarten erreicht hatte. Sie sah sich nach allen Seiten um, zog ihre Dienstwaffe aus dem Holster unter der Armbeuge, als sich die Haustür öffnete.

»Halt, stehen bleiben, Polizei. Die Arme über den Kopf.«

Die Frau zuckte zusammen, ließ einen Eimer fallen, reckte die Arme in die Luft und sagte: »Ich habe doch nur geputzt.«

Marie steckte die Pistole weg, entschuldigte und erklärte sich.

Ruth Sagenberg putzte seit fünf Jahren für Kronenburg. Man durfte unterstellen, dass sie ihn, Sina Carstens und die Gewohnheiten der beiden kannte. Aber sie sagte nichts. »Nur weil er tot ist, rede ich nicht plötzlich schlecht über ihn. Außerdem lebt Frau Carstens ja wohl noch. Beide sind anständige Menschen, und von mir erfahren Sie kein Sterbenswörtchen. Dabei bleibt's.«

Ruth Sagenberg verschränkte die Arme unter ihrem gewaltigen Busen, und Marie hegte keinerlei Zweifel an ihrer Loyalität. »Mir gefällt Ihre Haltung, Frau Sagenberg. Aber ich muss Sie dennoch bitten, mich zu begleiten. Wollen Sie jemanden informieren?«

»Nö. Ich bin geschieden und niemandem Rechenschaft schuldig. Ihnen übrigens auch nicht.«

Marie beschloss, die Befragung Sonja zu überlassen. Die hatte mit der Recherche des politischen Lebens Kronenburgs und als Aktenführerin zwar reichlich zu tun. Aber Sonja war die Sanftmut in Person und hatte Geduld für drei.

Auf der Fahrt nach Kiel sprachen die Frauen über die Piratentage in Eckernförde, den THW und Bluthochdruck. Im LKA lieferte Marie ihre Zeugin vor Sonjas Büro ab und gab ihr noch eine Bitte mit auf den Weg.

»Frau Sagenberg, ich treffe mich heute mit Sina Carstens. Sie sprechen vorher bitte nicht mit ihr. Kann ich mich darauf verlassen?«

Ruth Sagenberg zögerte einen Moment, nickte dann aber, und so wenig Zweifel Marie an der Loyalität dieser Frau hatte, so wenig zweifelte sie ihre Aufrichtigkeit an. Zwischen Eckernförde und Gettorf hatte sie mindestens vier Mal betont: »Ich hab da meine Prinzipien.« Marie glaubte ihr.

Die Besprechung fand nicht in Astrid Moellers hyggeligem Büro statt, sondern traditionell dort, wo Marie und alle anderen Kolleginnen und Kollegen auch mit Dr. Holm gesessen hatten, am langen Tisch der langen Nächte, wie man den Konferenztisch nannte, an dem sich schon Generationen von Ermittlern mit Fragen rund um Leben und Tod gequält hatten. Anders war, dass die neue Chefin die Stühle gegen Bänke ausgetauscht hatte. Bequem sahen die neuen Sitzgelegenheiten ohne Rückenlehnen nicht aus. Auch gab es keine Sitzpolster. Fragende Blicke quittierte Astrid Moeller mit einem feinen Lächeln.

Marie setzte sich an die Längsseite mit der Fensterfront im Rücken. Zuletzt hatte sie meist neben Dr. Holm gesessen. Aber nun, da sie die Abteilung gewechselt, in der Operativen Fallanalyse eine neue Heimat gefunden hatte, würde sie sich nicht wieder an den Kopf des Tisches setzen.

Vor der Besprechung hatte Marie die Befragung von Ruth Sagenberg an Sonja übertragen. Und so meldete sich Sonja gleich nach der Begrüßung und bat darum, die Besprechung verlassen zu dürfen.

Sie hatte sich schon von der Bank erhoben, als Astrid Moeller den Kopf schüttelte. »Ich möchte heute das ganze Team am Tisch haben. Danke.« Sonja setzte sich wieder. Würde Ruth Sagenberg sich gedulden müssen.

Moellers Runden waren meist kurz und knackig, und so war es auch heute. Mayr vom BKA informierte über Kronenburgs

Aktivitäten in Österreich, soweit man davon wusste. Er wies darauf hin, dass Kronenburg regelmäßiger Gast im Spielcasino Graz gewesen sei, und schloss mit der Nachricht, dass nun endlich die Befragung der Personenschützer möglich sei. Einer war mit einer Delegation der Bundesregierung in Afrika gewesen, der andere war mit Grippe ausgefallen. Überhaupt, die Grippe, die ja auch die halbe Kriminaltechnik lahmgelegt hatte. Die Folgen, so Mayr, seien nicht hinnehmbar. Moeller pflichtete bei, merkte aber an, dies sei nicht das Gremium, das Entscheidungen über Personalzuwachs treffe.

Marie berichtete über die Eindrücke, die sie in Kronenburgs Ferienhaus gewonnen hatte, fasste zusammen, was sie über Jörn Jepsen in Erfahrung gebracht hatte, und kündigte an, sie werde heute aller Voraussicht nach Sina Carstens befragen.

Sonja räusperte sich. »Ich würde gern was zum politischen Umfeld sagen, bevor die KTU dran ist, weil Ruth Sagenberg auf dem Flur sitzt und wartet.«

Astrid Moeller nickte nur kurz.

»Mir war schon immer klar, dass Politik die Kunst der lautlosen Interessenvertretung ist, dass Diplomatie der Politik zuarbeitet, aber das eisige Schweigen, dass ich rund um Kronenburg erlebe, wundert mich doch. Ich habe alle Ebenen befragt. Vom Ortsverein bis zum Bundesgeschäftsführer. Kein schlechtes Wort über Kronenburg. Kein Nachtreten. Auch von der Opposition kein Pieps. Vielleicht ändert sich das mit der Zeit, aber im Augenblick haben sie alle nur Beton angemischt. Ich habe natürlich auch nach von Blohm gefragt, nach dessen Ambitionen. Nichts. Ein vorbildlicher Parteisoldat, sagte einer. Kritische Äußerungen kommen allein aus der Windbranche, aber das weiß ich nur aus den Medien.«

»Von Blohm ist unser Mann?« Astrid Moeller schaute zunächst Sonja an, dann blickte sie in die Runde.

»Der Mann, den wir suchen«, bestätigte Marie. »Allerdings verhält es sich mit der Bereitwilligkeit, über ihn Auskunft zu geben, ähnlich wie bei Kronenburg. Immer freundlich, die Mitarbeiter seiner Firma, aber sagen tut niemand was. Bleiben wir dran.«

Astrid Moeller bat Elmar um den Stand der Dinge, während Sonja immer wieder auf die Uhr schaute. Elmar aktivierte den Beamer und projizierte Fotos, die Kronenburgs Verletzungen am Kopf zeigten.

»In dieser Wunde«, Elmar umrundete die relativ scharfen Begrenzungen der Verletzung mit dem roten Licht eines Laserpointers, »hat die Rechtsmedizin Spuren von Öl gefunden. Wir haben beim Betreiber der Windkraftanlage nachgefragt und einen wichtigen Hinweis bekommen. Ein zertifiziertes Labor der Aral AG hat das Öl daraufhin analysiert. Es handelt sich um Hydrauliköl, und es ist das Öl, das typischerweise in einem Eickhoff-Getriebe eingesetzt wird. Einem Getriebe, das wir auch in unserer Windanlage finden. Es handelt sich um Castrol Optigear Synthetic A320 mit einem Viskositätsindex von hundertfünfzig.«

Ein Kollege gab ein prustendes Geräusch von sich. »Elmar, ich bitte dich, was soll das bringen? Wir wollen uns doch nicht zu Energieanlagenmonteuren ausbilden lassen.«

»Bernd, ich erzähle das doch nicht, weil ich dich gleich abfragen will. Wir wissen jetzt präzise, mit welchem Öl die Tatwaffe in Berührung gekommen ist. Ich muss dir doch nicht sagen, dass es auf Details ankommt.«

»Und das ist der Grund, warum ich Sie heute Morgen hierhergebeten habe«, schaltete sich Astrid Moeller ein. »Dieses Öl ist so spezifisch, dass der Kreis der Verwender klein ist, und auch die Zahl der Orte, an denen es zum Einsatz kommt, ist überschaubar. Damit können wir nicht ausschließen, dass der Täter die Tatwaffe zufällig im Vorbeigehen an sich genommen hat. Wahrscheinlich ist das aber nicht. Die Liste derjenigen, die Zutritt zur Anlage und Zugriff auf Werkzeug haben, hat nochmals an Bedeutung gewonnen. Frau Geisler?«

»Wir haben mit denen gesprochen, die einen Schlüssel haben, also Bernd hat mit den Personen gesprochen, die auf der Liste stehen, und bisher haben sich keine Anhaltspunkte ergeben, die weitere Ermittlungen in diese Richtung erfordern. Nicht berücksichtigt sind bisher die Möglichkeiten für Dritte, auf Werkzeuge zuzugreifen. Denken wir an unverschlossene Autotüren. Eine Technikerin haben wir noch nicht befragt. Aber die war zum Tatzeitpunkt nicht im Dienst. Ich hatte sie für morgen auf dem Plan, fahre aber gleich zu ihr, falls Sina Carstens noch nicht von ihrer Dienstreise zurück ist.«

Astrid Moeller schaute in die Runde. »Gut. Wir haben alle viel zu tun. Am Abend dann noch die interne Feier. Sie wissen schon. Gleich ist Grundsteinlegung für das neue Kriminaltechnische Institut. Sie sind alle herzlich eingeladen. Keine Dienstverpflichtung. Aber ich hörte, dass es Kuchen geben wird.«

»Einen Hinweis noch«, unterbrach Elmar den Aufbruch. »Zum Öl, zum Werkzeug. Der Betriebsführer der Windkraftanlage hat mir mitgeteilt, dass insbesondere bei einem Ölwechsel, gerade bei den Ölfiltern, Schraubenschlüssel mit dem Öl in Kontakt geraten. Insofern ist es sicher hilfreich, diejenigen zu befragen, die solche Wartungsarbeiten durchführen.«

Sonja und Marie standen gleichzeitig auf. Die Bank hob sich um einige Zentimeter. Am linken Ende machte eine Praktikantin »Uups«, fing sich aber. Astrid Moeller will, dass wir aufeinander achten, im Team agieren, dachte Marie. Die Wohlfühlatmosphäre in ihrem Büro, hier die Bänke. Alles kalkuliert. Interessante Varianten der mittelbaren Personalführung. Marie nahm sich vor, auf weitere Zeichen zu achten.

Auf dem Flur rief sie die Redaktion im Landesfunkhaus an. Was sie erfuhr, war ärgerlich. Der Bus hatte irgendwo im Nichts eine Panne, Sina Carstens und Kollegen würden die Fähre von Helsinki nach Travemünde verpassen. Sie würden daher erst morgen starten können. Ankunft in Travemünde somit am Donnerstag um einundzwanzig Uhr dreißig.

Marie überlegte, ob sie mit Sina Carstens telefonieren sollte, entschied sich aber dagegen. Sie brauchte die Frau und ihre Reaktionen im direkten Kontakt. Sie wollte ihr in die Augen sehen. Sie wollte sehen, ob und wie die Geliebte, die Komplizin des Ministers trauerte. Also hätte sie Zeit, die Servicetechnikerin zu befragen.

Im Gang, einige Meter neben den Fahrstühlen, stand, ebenfalls telefonierend, Mayr, der den Arm hob, um Marie zu stoppen. Er beendete das Gespräch und kam auf sie zu.

»Haben Sie eine Lücke im großen Plan? Wir könnten jetzt die beiden Personenschützer befragen. Müssten uns aber sputen.«

Marie lächelte. »Sputen stand nicht in der Stellenbeschreibung. Ich weiß, warum man das verschweigt. Wo sind die Herren denn anzutreffen?«

Mayr war bereits einige Schritte Richtung Fahrstuhl gegangen und hatte den Anforderungsknopf gedrückt. Die Tür öffnete sich, Mayr verschwand, und Marie sputete sich.

In der Kabine eine Kollegin von der Pressestelle des LKA. »Sie haben uns ja vielleicht den Schreibtisch vollgemacht, Frau Geisler. Wir haben Anfragen aus ganz Europa. Man erzählt sich, das sei zuletzt so beim Tod von Barschel gewesen.«

»Das habe ich doch gern getan. Wir haben uns wirklich wochenlang den Kopf zerbrochen, was Ihnen wohl Spaß machen könnte. Immer nur diese Anfragen von Krimiautoren, die keine Ahnung von Polizeiarbeit haben, das füllt Sie doch nicht aus. Aber im Ernst. Danke, dass ich bisher noch auf keiner Pressekonferenz sitzen musste.«

Der Fahrstuhl gab einen Signalton von sich. »Kommt schon noch, da können Sie sicher sein«, drohte die Kollegin und stieg aus.

»Wo treffen wir die Herren?«

Mayr zog sein Handy aus der Sakkotasche. »Ich kenne mich hier ja nicht so aus. Moment. ›Brauer's Aalkate‹. Wissen Sie, wo das ist? Hier in Kiel?«

»Nein, am Nord-Ostsee-Kanal. Kurz vor der Rader Hochbrücke. Ich fahre, einverstanden?«

»Klar. Autofahren kann ich sowieso nicht leiden. Das war

früher ganz anders. Aber die Kombination aus anwachsendem Verkehr und nachlassenden Kräften …«

»Sie wollen Mitleid?«

»Wer das leugnet, lügt. Es geht nur darum, das Mitleid so zu verpacken, dass es dem Bemitleideten die Würde lässt.«

Marie zog Mayr am linken Arm. »Hier entlang. Ich habe hinten geparkt.«

Sie verließen das Gebäude, überquerten den Parkplatz, stiegen ein.

»In der Schule habe ich gelernt, dass Energie erhalten bleibt. Daraus ziehe ich den Schluss, dass die Kraft, die Ihnen fürs Autofahren im dichten Verkehr abhandengekommen ist, nun an anderer Stelle zur Verfügung steht.« Marie nahm eine selten genutzte Ausfahrt. »Vorn stehen schon wieder Kamerateams. Gibt es denn was mitzuteilen?«

»Vielleicht war die Kollegin von der Pressestelle auf dem Weg zu den Journalisten.«

Marie näherte sich dem »Molto Italiano«. »Es gibt ja Reize, die finden den Weg durch die Synapsen schneller als andere. Ich sehe den Italiener, und der Speichelfluss setzt ein, noch bevor wir dran vorbei sind.«

Mayr lehnte sich ein bisschen zu Marie hinüber. »Sie hatten recht, gleich zwei Mal. Die Kraft steht an anderer Stelle zur Verfügung, und, ja, es gibt Reize, die uns überdurchschnittlich schnell erscheinen. Was die Kraft angeht – ich koche seit ein paar Jahren und habe im Gegensatz zu früher keine Bedenken mehr, ohne Rezept zu arbeiten. Ich bin mutiger geworden. In mancherlei Hinsicht.«

»Klingt gut. Und für alte Leute gibt es ja Taxis, Fahrräder, Busse, Mitfahrgelegenheiten bei Kollegen.« Marie machte eine kleine Pause, kontrollierte im linken Außenspiegel den Verkehr und fuhr auf die A 215 Richtung Rendsburg auf. »Mutiger, sagen Sie. Ob das auch fürs Sterben gilt?«

Mayr, der aus dem Seitenfenster geschaut hatte, drehte ruckartig den Kopf. »Also, so weit bin ich noch nicht. Ich freue mich auf die Zeit ohne Arbeit. Wir haben einen kleinen Hof in Brandenburg. Unsere Töchter haben Pferde dort, vielleicht gibt's irgendwann Enkelkinder. Sterben. Ich bitte Sie. Da können wir in fünfundzwanzig Jahren noch mal drüber sprechen. Schritte nur der körperliche Verfall nicht so rasant voran.«

Marie dachte an Holm. Dann wieder an Kronenburg. Dessen Spielsucht verstand sie nicht. Konnte man Sucht überhaupt verstehen?

Wenig Verkehr. Auf der Gegenseite war mehr los. Das EMO schnurrte mit hundertzwanzig über den Asphalt. In Bredenbek verließ Marie die Autobahn. In Bovenau sagte Mayr: »Schon schön hier.« Kurz vor Rade, sich umschauend: »Kommt hier noch was?«

»Kommt«, versicherte Marie. »Warum treffen wir die Herren eigentlich schon wieder hier bei uns im Norden?«

»Die Bundesverkehrsministerin ist da. Kein großer Pressetermin. Eher ein Arbeitstreffen mit dem Landesminister und Vertretern der Logistikbranche. Es geht wohl um die Autobahnbrücke, den Kanal, die A20. Ich kenne mich mit den politischen Minenfeldern hier nicht so gut aus.«

»Können wir mit beiden gleichzeitig sprechen?«

»Das weiß ich nicht. Mit Personenschutz hatte ich nie zu tun. Das macht im BKA ja die Abteilung Sicherungsgruppe. Interessantes Aufgabengebiet, weil es ja deren Job ist, sogenannte sichere Räume herzustellen. Die Kollegen recherchieren die örtlichen Gegebenheiten im Vorfeld, planen Fahrtrouten. Aber, wie gesagt, ich kenne die Vorschriften nicht. Immerhin sind wir angemeldet.«

Die Straße war nun ein wenig abschüssig, der Blick auf den Nord-Ostsee-Kanal frei. An den kleinen Schotterplatz zur Rechten schlossen sich die flachen Gebäude von »Brauer's Aalkate« an. Zwei Streifenwagen, Absperrung, Beamte, die auf das EMO zukamen. Mayr und Marie zeigten ihre Dienstausweise. Ein Parkplatz wurde ihnen zugewiesen.

Ein Kollege in Zivil sprach in ein Sprechfunkgerät. »Augenblick noch, sie kommen gleich.«

»Ist ja wie eine Audienz.« Marie gefiel der distanzierte Umgang mit ihnen nicht. »Wir sind doch Kollegen.«

Mayr winkte ab. »Na und! Schon schön hier.« Er schaute versonnen auf das Wasser.

»Das sagten Sie bereits, und – ja, finde ich auch. Aber hier auf dem Parkplatz rumstehen zu müssen. Das ist doch blöd.« Marie machte dem Beamten in Zivil ein Zeichen und ging Richtung Kanal. Mayr folgte.

Ein Blick nach rechts. Auf der Terrasse vor der Kate standen Grüppchen von Menschen. Nichts, was auf die Anwesenheit von Politprominenz hindeutete. Aber vielleicht hatte Marie auch falsche Vorstellungen. Waren eben auch nur Menschen, was die Inaugenscheinnahme von Wandlitz bewiesen hatte. Sie war gespannt, was Sonja aus Ruth Sagenberg rauskriegen würde. Insbesondere die Beziehung zwischen Kronenburg und Sina Carstens interessierte sie. Offensichtlich war da mehr als nur eine Affäre gewesen.

»Wollen wir auf den Steg?«

Mayr nickte.

Sechs oder vielleicht acht Meter ragte ein Anleger aus verwittertem Holz in das Wasser des Nord-Ostsee-Kanals hinein. Mayr stützte sich auf dem Geländer ab, blickte in Richtung Nordsee, die Sonne im Rücken. »Wie lang und hoch diese Brücke ist, sieht man erst von hier aus. Wie klein die Lastwagen auf der Brücke, wie groß dieses Schiff darunter.«

Marie stellte sich neben ihn. »Vermissen Sie Ihre bayerische Heimat nicht?«

Mayr schnaufte. »Doch, schon. Ich stamme aus dem Allgäu, meine Schwester lebt dort noch mit ihrer Familie. Die Berge, die Seen. Es ist ganz anders als hier und doch so ähnlich, weil man der Natur nahe ist.«

»Werden Sie zurückgehen ins Allgäu?«

»Ein heikles Thema. Meine Frau kommt aus einem Dorf in Brandenburg.«

»Sie haben vorhin den Hof erwähnt.«

»Genau. Sie ist sehr heimatverbunden, meine Frau. Und ich kann mir vorstellen, die Wohnung in Berlin aufzugeben und ganz aufs Dorf zu ziehen. Ist ja nicht weit bis Schwerin. Solange ich ab und zu an den Großen Alpsee komme, an den Gschwender Wasserfall, auf den Berg zum Schauen.«

»Frau Geisler, Herr Mayr?« Zwei Männer, beide Ende dreißig, Anfang vierzig, kamen über die schmale Böschung zum Anleger herunter.

»Nico Kretschmer«, stellte sich der Glatzkopf vor.

»Bernd Hochstetter«, sagte der mit den breiten Schultern. Die Polizisten reichten sich die Hände.

»Bunte Mischung, so viele verschiedene Dienststellen auf dem Holzweg«, merkte Marie an und zeigte auf die Holzbohlen unter ihren Füßen. »Wie viel Zeit haben Sie?«

Kretschmer und Hochstetter sahen sich an. »Zehn Minuten. Maximal.«

Marie holte ihr Schleibook hervor. »Warum waren Sie nicht bei Lothar Kronenburg, letzten Donnerstag?«

»Wir waren bei ihm, bis er uns um sechzehn Uhr vierunddreißig wegschickte.« Kretschmer verschränkte die Arme vor der Brust.

»Ich mache Ihnen keinen Vorwurf, Herr Kretschmer. Ich möchte es nur verstehen. Ist ja nicht mein tägliches Brot.«

»Wir haben ihn nach dem Pressetermin in Sehestedt zurück nach Eckernförde gefahren. Er sagte, er habe erst am Sonntag wieder einen Termin.«

Hochstetter nickte. »Der Minister hat wörtlich gesagt: ›Jungs, ich bin urlaubsreif. Zeit für ein bisschen Couch. Wir sehen uns Sonntag acht Uhr hier.‹«

»Das wissen Sie so genau?«

»Ja, das weiß ich so genau, weil er ansonsten nicht viel mit uns sprach.«

»Seit wann gehörte er zum Kreis der Personen, die Sie schützen?«

»Noch nicht so lange. Seit Ostern.«

»Ist es vorgekommen, dass er Sie weggeschickt hat?«

Die Männer schauten sich an.

»Er hat uns klargemacht, dass er darauf besteht, ein Privatleben zu haben. Wir haben das akzeptiert. Es gab auch keine Erkenntnisse, dass er bedroht wurde.«

»Kam es vor, dass er Sie weggeschickt hat?«

»Immer wieder mal. Wir hatten keinen Anlass zur Sorge.«

»Waren Vorgesetzte informiert?«

Kretschmer atmete tief ein. »Wir haben jetzt echt genug Ärger. Nein, das war eine Sache zwischen dem Minister und uns. Unsere Arbeit beruht auch auf Vertrauen.«

»Was hat er üblicherweise gemacht, nachdem Sie ihn allein gelassen hatten? Hatte er Gewohnheiten?«

Kretschmer war offenbar der Wortführer. »Ja«, antwortete er. »Er hat ein Ferienhaus auf dem Campingplatz Gut Karlsminde. Schon lange. Wir haben das mal geprüft. Da kannte ihn niemand. Sein Name tauchte nicht auf. Das Haus ist auf den Namen seiner Freundin gemietet.«

»Freundin?«

»Sina Carstens. Sie ist verheiratet. Das muss ja nicht an die große Glocke. Der Minister fuhr nie über Land dahin. Er hat ein Angelboot mit Elektromotor in Borby liegen. Und wenn er da einstieg, dachte sich ja niemand was. Das Boot liegt beinahe direkt unterhalb seines Hauses. Da musste er nur über die Straße. Er hat immer Anglerklamotten angezogen und auch Fische mit zurückgebracht. Kein Mensch wusste, dass der Typ mit diesem Camouflage-Hut der Minister war.«

»Ist er letzten Donnerstag zum Campingplatz gefahren und dort geblieben?«

»Wahrscheinlich ist er hingefahren und wahrscheinlich nicht dort geblieben. Sina Carstens kam ja immer mit dem Auto dorthin. Er war dadurch mobil.«

»Er verwischte also seine Spuren, indem er sich über die Ostsee aus dem Staub machte?« Marie lachte über ihre eigene Formulierung. »Oder sagen wir, abtauchte.«

»Frau Geisler, Sie machen sich keine Vorstellung davon, wie das ist, so in der Öffentlichkeit zu stehen. Man wird erkannt, man wird angesprochen. Die Presse. Immer Kameras und Fotoapparate. Da brauchen die meisten mal eine kleine Flucht.«

»Ich kritisiere das nicht.«

Mayr legte einen Arm um Kretschmers Schulter. »Wir wollen euch doch nicht in die Pfanne hauen. Wir wollen Kronenburgs Mörder. Wisst ihr, was er Donnerstagabend gemacht hat, nachdem ihr weg seid?«

»Nein. Wir gingen beide davon aus, dass er zu Sina Carstens fahren würde.«

»Okay. Ihr habt ihn zuletzt gegen halb fünf vor seinem Haus in Borby gesehen, richtig?«

»Ja.«

Marie schaltete sich wieder ein. »Irgendwelche Vorkommnisse während des Pressetermins, Anrufe danach im Auto?«

Beide Männer sagten beinahe gleichzeitig: »Nichts.«

Kretschmer ergänzte: »Wir haben auf der Rückfahrt kurz über Höhenangst gesprochen. Hatte er nicht, wir auch nicht. Aber der Kameramann war ziemlich wackelig auf den Beinen.«

»Der Kameramann?«

»Ja. Frau Carstens ist doch Redakteurin beim NDR. Sie hat ein Interview gemacht. Oben auf der Gondel. Und der Kameramann hatte Standprobleme. Er musste mehrmals neu ansetzen. Hat sich dann hingehockt und von unten gedreht.«

»Kennen Sie den Kameramann?«

Erneut atmete Kretschmer schwer. »Ja, was denken Sie denn? Die Welt ist klein. Klar kennen wir den. Jörn Jepsen. Er ist Sina Carstens' Ehemann. Ein echt netter Typ. Lassen Sie die mal alle in Ruhe. Die haben nichts damit zu tun.«

»Gut. Herr Mayr, haben Sie noch Fragen?«

»Nein.«

»Dann danke ich Ihnen. Tschüss.«

Händeschütteln. Die Herren in den dunkelgrauen Anzügen gingen über die Terrasse ins Gebäude.

Marie schaute in ihr Schleibook. Viel stand da nicht. »Bringt uns das weiter?«

»Wir können davon ausgehen, dass Kronenburg von Gut Karlsminde aus mit Sina Carstens' Auto zur Windkraftanlage gefahren ist. Sie ist direkt nach Finnland aufgebrochen. Dass die beiden aber keinen Kontakt mehr hatten, finde ich komisch. Auf seinem Handy keine Anrufe unbekannter Personen. Zweimal eine Mitarbeiterin aus seinem Büro in Berlin, ein Studienfreund, der auf der Mailbox eine Nachricht hinterlassen hat und ihn zum Semestertreffen einlud, der Installateur aus Rieseby, sonst nichts.«

»Sina Carstens kommt übermorgen Abend zurück. Ist schon seltsam, dass sie in Finnland bleibt, als wäre nichts geschehen. Sie wird wissen, dass Kronenburg nicht mehr lebt. Okay, ich setze Sie in Kiel ab, oder wollen Sie mit in Kronenburgs Wohnung?«

»Nein, ich versuche, Kronenburgs Tätigkeit für Austrian Mining und seine Besuche im Spielcasino Graz noch ein bisschen aufzuhellen.«

Mayr und Marie drehten sich um. »Ach, schauen Sie mal. Eine Namensvetterin.«

Von Kiel kommend näherte sich ein Containerschiff, und am Bug stand mit weißer Farbe auf blauem Rumpf »Marie II« zu lesen. Marie dachte an ihr Folkeboot, dass Andreas »Wickie-Marie« getauft hatte. Segeln wäre auch mal wieder schön.

Sie gingen zum Auto. In »Brauer's Aalkate« öffnete sich die Tür, und die Minister samt Entourage traten ins Freie. Aber das sahen die beiden nicht mehr.

Windkraft oder Kernfusion?

Die SIM-Karte rutschte bei jedem Hieb mit dem Stößel zur Seite, wehrte sich gegen die Zerstörung. Gero Freiherr von Blohm umfasste den Mörser mit der Linken und ließ den Stößel erneut mit Wucht in das steinerne Behältnis krachen. Endlich trennten sich Chip und Kunststoffeinfassung voneinander. Nach einem guten Dutzend weiterer Stöße erkannte von Blohm, dass es einen reibenden Zusatz brauchte. Er trat auf die Terrasse, stellte den Mörser auf dem runden Tisch aus massiver Eiche ab.

Sein Vater hatte diesen Tisch geliebt, hatte ihn mit Holz aus dem eigenen Wald nahe Flensburg bauen lassen. »Hier haben sie alle gesessen und geschwitzt«, hatte er immer gesagt. Seinen Sohn hatte er bei Regen, Wind und Frost an den Tisch gezwungen, wenn er die Vokabeln in Englisch, Französisch oder Latein nicht wie aus der Pistole geschossen hersagen konnte. Vokabeln abhören gehörte im Haus der von Blohms zu den Ritualen, denen man sich zu beugen hatte. Gero hatte sich dabei Sonnenbrände zugezogen, und einmal hatte er mit einer Lungenentzündung ins Krankenhaus gemusst. »Der Tisch verzeiht nicht«, hatte sein Vater mit hocherhobenem Kopf verkündet. Bald würde der Tisch in Flammen aufgehen.

Gero Freiherr von Blohm ging ein paar Schritte nach vorn und griff in den Sand, der den Übergang zur Poolumrandung bildete. Der Sand war Sand aus aller Welt. Sein Vater hatte ihn von seinen Reisen mitgebracht und stets eigenhändig mit dem bereits vorhandenen vermischt. »Die Welt zu Füßen, die Welt zu Füßen.« Auch an diesen Spruch konnte sich Gero erinnern, als hätte er ihn gestern gehört. Ungeduldig ließ er den Sand in den Mörser rieseln.

Kunststoff und Metall der SIM-Karte gaben nach. Aus dem Haus drang »Ladytron« von Roxy Music mit dem legendären Intro von Brian Eno. Brian Eno war von Blohms musikalischer

Held. Die Musik war so laut, dass man sie auf der vorbeifahrenden Fähre hören konnte. Von Blohm stieß immer wieder zu. Die Handinnenfläche war gerötet, es würden sich bald Blasen bilden. »Ladytron« lief als Schleife. Endlich, nach fünf oder sechs Durchläufen, hatten sich Kunststoff, Sand und Metall zu einem Pulver vereint.

»Niemand kann Gero Freiherr von Blohm stören. Niemand.« Der Schweiß tropfte auf den Eichentisch. Von Blohm holte sein Portemonnaie aus der Hosentasche, entnahm eine Kreditkarte, fingerte in der Hemdtasche nach dem Kokainröhrchen, zog eine Line aus den Resten der SIM-Karte, beugte sich vor, sniffte das Zeug, schüttelte sich, richtete sich auf und brüllte erneut: »An Gero Freiherr von Blohm reicht niemand heran. Niemand!«

***

In Kiel angekommen, erinnerte sich Marie an Ruth Sagenberg. Sicher hatte Sonja mittlerweile mit ihr gesprochen. »Ich komme mit rein«, ließ sie Mayr wissen, der auf der Rückfahrt mit seinem Sohn telefoniert hatte.

»Er hat nun auch das dritte Studium sausen lassen«, hatte Mayr seinen betrübten Gesichtsausdruck erklärt. »Unser Nesthäkchen. Er erwartet, dass meine Frau und ich Position beziehen. Glauben wir jedenfalls. Wir sollen empört sein oder begeistert, sollen ihm etwas raten. Aber wir finden keine Position, was ihn weiter verunsichert. Ihn in eine Richtung zu drängen, damit er in ein paar Jahren sein Leben selbst bestreiten kann, scheint uns ebenso abwegig, wie in Jubelstürme auszubrechen, weil er sich statt des Physikstudiums jetzt dem Klavierspiel zugewandt hat.«

Marie hatte mit den Schultern gezuckt, und Mayr hatte auch nicht darauf spekuliert, dass sie die rettende Idee haben würde. Marie hatte an Karl, die Mathe-Olympiade und seinen Vorsatz, Profifußballer zu werden, gedacht.

Sonja stand mit dem Rücken zur Fassade neben dem Eingang zum LKA. Sie hatte die Augen geschlossen, hielt ihr Gesicht in die Sonne und rauchte. Marie und Mayr nickten einander zu. Mayr strebte der Glastür zu.

»Nicht erschrecken«, sagte Marie und lehnte sich neben Sonja an die wärmende Wand.

»Ah, Marie. Ich hätte dich gleich angerufen. Leider kann ich es kurz machen. Ruth Sagenberg sagt nichts, und das sagt sie auch. Sie sagt ziemlich genau: ›Vielleicht weiß ich was, vielleicht nicht. Wie soll ich das beurteilen können? Was ich in den Haushalten, in denen ich sauber mache, sehe, tratsche ich nicht weiter.‹«

Marie seufzte. »Hatte ich fast erwartet. Aber hätte sie mitbekommen, dass etwas Kriminelles vorgeht, hätte sie uns das mitgeteilt. Also, so schätze ich sie ein. Trotzdem Mist.«

»Ich war wie eine wärmende Decke. Aber sie hat eisern geschwiegen. Gar nicht trotzig, sondern einfach nur ganz klar und loyal in ihrer Haltung. Sie glaubt nicht, dass der Alltagskram, den sie mit Kronenburg und Sina Carstens erlebt hat, zum Mörder führen kann. Punkt. Sie wusste, dass Henni Jepsen Sina Carstens' Schwägerin ist, hat sie aber noch nie gesehen. Ich bot an, sie nach Hause zu fahren, dachte, sie wohnt in Eckernförde, und Astrid Moeller hat mich angewiesen, mit dir und der KTU Kronenburgs Haus anzusehen, aber sie wohnt hier in Kiel und wollte zu Fuß gehen.«

»Wo wohnt sie denn?«

»Drüben in der Nähe des Drachensees, Hamburger Chaussee.«

»Da schau an. Ganz in der Nähe ihrer Kundin Sina Carstens. Vielleicht kennen die sich doch besser, als wir glauben. Wir lassen sie jetzt zunächst mal. Vielleicht wird sie noch wichtig. Wer weiß, was Sina Carstens aussagt. Oder auch nicht.«

Sonja zog an ihrer Zigarette, schaute sie an, dann Marie. »Zwei Züge noch. Ich kann's nicht lassen.«

»Falsch. Du willst es nicht lassen.«

»Sagt mein Mann auch immer. Aber es ist schwerer, als ihr Nichtraucher euch das vorstellt.« Sonja ging zum Eingang, drückte die Kippe im großen Aschenbecher aus und nahm die ersten Stufen.

»So, jetzt riech mal an deinen Händen. Das ist doch eklig.« Sonja hielt inne. »Keine Mission jetzt, Marie. Bitte nicht.«

Auf der Bundesstraße Richtung Eckernförde drosselte ein Trecker mit Anhänger die Geschwindigkeit der Kolonne, an deren siebter Stelle Marie das EMO steuerte, auf etwa fünfzig Kilometer pro Stunde, und Marie kaute auf Sonjas Bitte herum. Hatte sie tatsächlich einen Hang zu missionieren, war sie eine Besserwisserin? Machte das den Menschen besser, der Opfer ihrer Mission war, konnte sie die Welt retten, oder sollte sie die Leute lieber so lassen, wie sie waren? Mochte sie selbst vermeintlich kluge Ratschläge?

Sie bemühte sich, einen neuen Stil für sich zu entwerfen, liberaler zu denken, anderen mehr Spielraum zu lassen. Sie gab sich wirklich Mühe, durchdachte Einzelfälle der letzten Tage und kam im Angesicht der Eckernförder Bucht und ihres anhaltenden Bemühens, Plastikmüll beim Einkauf im Supermarkt zu vermeiden, zu dem Schluss, dass sie einfach meist recht hatte. Man musste die Meere schützen, und sie würde nicht aufhören, die Menschen in ihrer Umgebung anzusprechen, wenn sie völlig überflüssigerweise irgendwelchen Plastik- oder gar Alukram wie Kaffeekapseln verwendeten.

Sie drehte sich zu Sonja um, die auf ihrem Smartphone Videos anschaute. »Sonja, also – ich verstehe dich, es geht mich nichts an, ob du rauchst oder nicht, und ich hab dir einen Rat gegeben, um den du mich nicht gebeten hast. Aber trotzdem ist es doch zu deinem Besten, wenn du das Rauchen aufgibst.«

Sonja prustete los, steckte ihr Smartphone weg und schlug Marie kichernd auf den rechten Oberschenkel. »Dein Ernst? Darüber hast du jetzt die ganze Zeit schweigend gegrübelt? Du bist ja vielleicht ein Schätzchen. Wie alt ist euer Sohn jetzt?«

»Acht.«

»Der arme Kerl.«

Jetzt lachte auch Marie. Nicht auszuschließen, dass Sonja richtiglag.

Am Baumarkt bog Marie rechts Richtung Hafen ab, fuhr langsam an der Siegfried-Werft vorbei. Insbesondere im Sommer querten hier viele Fußgänger und Radfahrer, die über die Holzbrücke von der einen auf die andere Seite des Hafens wollten. Im Park spielten Gruppen von Senioren Boule. Segeln, Boule spielen, Rad fahren, lecker essen – noch zweieinhalb Jahrzehnte bis zur Pension, dachte Marie.

Vom Jungmannufer aus bot sich ein herrlicher Blick über die Bucht bis hinüber nach Altenhof, nach Aschau, bis zum Begräbniswald am Steilufer.

»Hier«, sagte Sonja, und Marie erschrak. Sie lenkte das EMO nach links, rauf nach Borby. Hier war es gediegen. Als Andreas die Praxis ganz in der Nähe am Mühlenberg ins Auge gefasst hatte, hatte Marie gefragt, ob er gedenke, ausschließlich Privatpatienten zu behandeln. Er hatte das nicht lustig gefunden.

Hier, oberhalb des Segelclubs, wohnte es sich ruhig, am Waldrand mit Blick auf die Ostsee, nur ein paar Minuten ins Zentrum der lebendigen Hafenstadt, die durch den zunehmenden Tourismus schon seit Jahren boomte.

»Das werde ich mir nie leisten können«, stellte Sonja fest und zeigte auf eines der Backsteinhäuser. »Da reicht A12 sicher nicht.«

Kronenburgs Haus lag hinter einer hohen Hecke am Ende einer Sackgasse. Der weiße Transporter der KTU stand bereits jenseits des Tores auf der mit verschiedenfarbigen Kopfsteinen gepflasterten Einfahrt. Das EMO passte neben den Transporter direkt vor der Garage, deren Tor ebenfalls keines von der Stange war – das doppelflügelige Holztor mit Stäben im Fischgrätmuster war eine Augenweide.

Das Muster fand sich in der Haustür wieder. Das Podest und die beiden Stufen davor waren mit Natursteinen gearbeitet. Nichts davon wirkte aufdringlich. Die Fassade des Hauses erinnerte Marie in der kunstvollen Setzung der unregelmäßig gebrannten Klinker an das Chilehaus in Hamburg. Das Dach war mit Tonpfannen gedeckt. Dunkle, hohe Sprossenfenster aus Holz. Marie und Sonja betraten den kleinen Windfang. Der Naturstein war auch hier verlegt worden, aber er war poliert, wie auch im sich anschließenden Flur.

Das Haus war nicht groß, aber es wirkte großzügig. Sparsam möbliert. Im Wohnzimmer ein Art-déco-Sekretär, darüber ein Bild, ein Druck, der nach Nolde aussah. Marie ging näher heran. Es war ein Bild von Karl Schmidt-Rottluff. Bis zum Kennerblick hatte sie noch viele Museumsbesuche vor sich.

Zwei bodentiefe Türen führten nach hinten auf einen Freisitz, von dem aus der nahe Wald, aber auch die Eckernförder Bucht zu sehen war. Der schöne Lothar hatte auch beim Wohnen einen Sinn fürs Schöne gehabt.

»Welch eine tote Bude«, sagte Sonja. »Tot wie der Besitzer. Hier liegt ja gar nichts rum. Keine Zeitung, keine Chipstüte. Der hat ja nicht mal einen Fernseher gehabt, der Typ.«

Marie ging zurück in den Flur, warf einen kurzen Blick ins Gäste-WC. Dort tütete ein Kriminaltechniker eine Haarbürste ein. Links neben der Treppe stand eine Tür halb offen. Im Raum dahinter Bücherregale bis unter die Decke und Elmar Brockmann, sich mit den Unterarmen abstützend über einen Tisch gebeugt. Der Tisch nah am Fenster, nah am Licht.

Elmar betrachtete eingehend einen Folianten. Er schaute kurz auf, lächelte selig. »Das ist ganz wunderbar«, sagte er. »Zeichnungen, Illustrationen, ich weiß nicht, wie man das nennt. Tiere aus aller Herren Länder. Das ist unglaublich. Da kann kein Foto mithalten. Fell und Federn, die Augen, Krallen und Hufe. So was habe ich mal im Museum für Naturkunde in Berlin gesehen. Diese Detailtreue, dieser Blick fürs Wesentliche.«

Elmar blätterte die nächste Seite um. Marie ließ ihn und ging an den prall gefüllten und pedantisch sortierten Bücherregalen entlang. Wie in einer Bibliothek waren Buchreihen kategorisiert und mit kleinen Hinweisschildern aus weißem Karton versehen worden. »Amerikanische Literatur des frühen 20. Jahrhunderts«, las Marie und: »Politische Theorien«, aber auch: »Norddeutsche Kriminalromane«. Dort, wo ein mit rötlich braunem Leder bezogener Lesesessel stand, gab es eine Abteilung, die mit »Energie« beschriftet war, und sie schien die mit den meisten Titeln zu sein.

Marie fuhr mit dem Finger an den Buchrücken entlang, überflog die Titel. Nach einer zweiten Durchsicht war klar, dass Kronenburg den Schwerpunkt auf Kernfusion gelegt hatte. Bücher, Promotionen, einzelne zusammengeheftete Reden, Fachzeitschriften. Marie zog wahllos ein Buch vom Bord, schlug es auf und staunte. Auf beinahe allen Seiten fanden sich handschriftliche Anmerkungen, Unterstreichungen, Ausrufe- und Fragezeichen. Marie kannte Kronenburgs Handschrift nicht, aber es lag nahe, dass er es gewesen war, der dieses Buch akribisch durchgearbeitet hatte.

Sie legte es auf den Lesetisch, entnahm dem Regal eine Zeitschrift. Ein Artikel über den Versuchsreaktor in Greifswald, über Wendelstein 7-X, das Max-Planck-Institut. Marie ging in den Flur und rief nach Sonja, die aus dem Keller nach oben kam.

»Haben wir Kronenburgs Terminkalender ausgewertet?«

»Inwiefern?«

»Nach Häufungen geschaut, sich wiederholenden Terminen?«

»Haben wir. Das habe ich dir doch gesagt, und in der Akte steht es auch. Dass er oft in Berlin, oft im Ausland war, hat nicht überrascht. Was wir bisher noch nicht erklären konnten, waren regelmäßige Termine in Greifswald. Was er da gemacht hat, wissen wir nicht.«

»Jetzt schon. Er hat den Versuchsreaktor besucht. Kernfusion. Das passt auch zu Austrian Mining.«

Sonjas Blick war fragend.

»Kernfusion geht nicht ohne bestimmte Zutaten, sag ich jetzt mal. Man benötigt Tritium, das man aus Lithium gewinnt. Austrian Mining fördert Lithium.«

»Soso.«

»Kronenburg war offensichtlich geradezu besessen, ein Freak. Die Bibliothek ist voll mit Büchern und Aufsätzen zum Thema Kernfusion. Wahrscheinlich war er bestens informiert. Bis Kernfusion mal einen nennenswerten Beitrag zur Energieversorgung leisten kann, wird es noch lange dauern. Aber Kronenburg hat wohl daran geglaubt. Und hier in Schleswig-Holstein setzen wir auf Windenergie. Verstehst du?«

Sonja schüttelte den Kopf.

»Ein Zielkonflikt. Da fließt ja öffentliches Geld. Ich habe mal gehört, dass in Deutschland seit den siebziger Jahren über zweihundert Milliarden Euro in die Subvention der Atomenergie geflossen sind. Kronenburg hat, so sieht es jedenfalls aus, voll auf die Kernfusion gesetzt.«

»Kernfusion als Religion?«

»Sozusagen.«

Marie setzte sich auf die steinerne Einfassung des Freisitzes. Sie ließ die Beine baumeln und fragte sich, ob das organisatorische und inhaltliche Korsett eines Ministeramtes Ideale, Ideologien, gar Visionen zuließ. Allenfalls für kurze Zeit, vermutete sie. Dass Gero Freiherr von Blohm so unverblümt gedroht hatte, Kronenburgs Aktivitäten für Austrian Mining auffliegen zu lassen, bestätigte ihre Vermutung.

Sie rief Mayr an. Die beiden berieten sich kurz. Mayr würde dafür sorgen, dass Kollegen im Greifswalder Versuchsreaktor Kronenburgs Besuchen auf den Grund gingen.

Marie schwang die geschlossenen Beine über die Mauer zurück auf die dem Haus zugewandte Seite des Freisitzes und spürte, dass sie es bei der gestrigen Laufeinlage übertrieben hatte. Ein Ziehen in beiden Oberschenkeln. Sie würde wieder dosierter und regelmäßiger trainieren müssen, und sie würde den Konjunktiv aus ihrem Leben verbannen müssen.

Elmar tauchte in der Tür auf und hielt einen Beutel hoch. »Habe ich zwischen den Sitzkissen des Sofas gefunden.«
»Jetons?«
Elmar nickte. »Spielcasino Graz.«
»Danke.«
»Noch nicht alles. Hier. Ein handschriftlicher Vertrag zwischen Kronenburg und Klaus Kramer, einem Gebrauchtwagenhändler aus Sehestedt. Der hat Kronenburg einen Ford Mustang für sage und schreibe fünfundachtzigtausend Euro verkauft. Allerdings inklusive aller Wartungsarbeiten und Ersatzteile für die nächsten zwanzig Jahre. Was die großen Autohersteller können, können die Schrauber vom Land inzwischen auch.« Elmar ging zurück ins Haus.

Kronenburg blieb Marie ein Rätsel. Sein Haus war sein Haus. Eine Unterkunft. Unpersönlich. Glatt. Kein Geburtstagsgruß auf dem Tisch, kein Foto an der Wand, das ihn im Kreise vertrauter Menschen zeigte. Menschliche Nähe entdeckte sie in seiner Beziehung zu Sina Carstens, soweit sie das beurteilen konnte. Eine Beziehung immerhin, wie auch immer die gewesen sein mochte. Marie wettete mit sich selbst, dass Sina Carstens eine Stellvertreterin war. Nur für wen?

Motorenbrummen. Marie wusste, was kam, und richtete ihren Blick gen Himmel. Nur Augenblicke später tauchte in niedriger Höhe eine Transall der Bundeswehr über dem angrenzenden Wald auf, beschrieb eine enge Kurve Richtung Süden und flog langsam und dick wie ein Maikäfer über die Eckernförder Bucht davon. Vorausberechnet, dem Flugplan folgend.

Kronenburgs Persönlichkeit war die eines Getriebenen gewesen. Er hatte keine innere Ruhe gefunden. Ein blinder Fleck, ein Makel, der ihn nicht losließ? Die Spielsucht, der Wunsch nach perfektem Aussehen, die Fixierung auf die Kernfusion. Vielleicht hatte er Spielschulden, und ein Geldeintreiber hatte die Kontrolle verloren. Aber wie sollte der auf das Windrad gekommen sein?

Das mit dem Mustang und dem Schrauber aus Sehestedt

konnte Marie noch nicht einordnen. Die hohe Summe war eben ein Deal, der so oder so ausgehen konnte. Bei so einem alten Auto konnte ja schnell mal was kaputtgehen. Aber diesen Klaus Kramer sollte sie wohl mal aufsuchen.

Marie setzte sich wieder auf die Mauer. Und dieser Freiherr, der mit Geld und Einfluss, der scharf auf Kronenburgs Posten war. Der war seit Tagen nicht aufzufinden. Jörn Jepsen hingegen, der eifersüchtige Ehemann, der seine Frau für sich wollte, hatte äußerst freimütig mit Marie gesprochen. Er hatte Kronenburg zumindest oberflächlich gekannt und gehasst …

»Sie verlassen jetzt sofort das Gelände!« Marie erkannte Sonjas Stimme. »Ich erteile Ihnen hiermit einen Platzverweis. Verlassen Sie das Grundstück. Jetzt sofort.«

Marie stand auf und ging um Kronenburgs Haus herum. Am Tor standen sich Sonja und zwei Kamerateams gegenüber. Marie überlegte einen kurzen Moment, drehte sich dann zur Seite. Sonja und die beiden Kollegen von der Schutzpolizei würden das regeln. Sie wollte nicht noch mal ins Fernsehen und beeilte sich, wieder hinters Haus zu kommen.

Sie schaute ins Schleibook und blieb an der Servicetechnikerin hängen, die einen Schlüssel für die Tür zur Windkraftanlage hatte. Sie wohnte in Rendsburg. Marie schaute auf die Uhr. Sie würde die Technikerin befragen, auf einen Sprung bei der feierlichen Grundsteinlegung in Kiel vorbeischauen und danach Feierabend machen.

Sonja bog um die Hausecke und zog eine Grimasse. »Man glaubt es nicht. Keine Sau wusste, wo Kronenburg wohnt. Das hat der alles erfolgreich unter der Decke gehalten. Und die Typen vom Fernsehen sind uns einfach hinterhergefahren. Und wenn die das wissen, wissen es bald auch andere und fallen hier ein. Die Nachbarn werden sich bedanken.«

Marie legte Sonja einen Arm um die Schulter. »Du hast so eine mütterlich-pragmatische Haltung. Das gefällt mir.«

Sonja schob den Arm beiseite. »Nur weil ich über fünfzig bin, bin ich noch lange nicht der mütterliche Typ. Lass mich bloß damit in Ruhe. Ich suche händeringend nach einem Kerl, der fünf Jahre jünger ist. Da muss ich jung wirken, hörst du! Jung und dynamisch.«

»Deswegen diese komische Jeans«, frotzelte Marie. »Diese hoch geschnittenen Hosen hatte man doch auch in den Achtzigern, oder?«

Sonja streckte Marie die Zunge raus. »Kommst du auch noch hin, Kindchen.«

»Das Kindchen fährt jetzt nach Rendsburg. Du kannst mit der KTU zurück nach Kiel, richtig?«

»Elmar ist ja auch so etwa in meinem Alter.« Sonja versuchte einen Augenaufschlag.

»Der hat seine Kaninchen, lass mal. Aber Kollege Sachse ist auf der Pirsch. Kennst du Sachse?«

»Nö.«

»Ich mach euch mal ein Date. Vielleicht sollte ich so eine Art Polizei-Tinder gründen.« Marie grinste und sah zu, dass sie Land gewann.

Vor dem Tor standen noch immer die beiden Kamerateams. Marie setzte sich hinters Steuer, klappte die Sonnenblende runter, setzte die Pilotenbrille auf und zog sich die Kapuze ihres Hoodies über. Sie startete den Motor, hielt für eine Sekunde inne, drehte den Zündschlüssel wieder zurück. Sie stieg aus und ging hinüber zu den Journalisten, die sofort Kameras und Mikrofone auf sie richteten.

»Moin, Geisler, ich bin die leitende Ermittlerin. Ich spreche mit Ihnen, wenn Sie die Kameras abschalten.«

Die Journalisten schauten einander an. Die beiden Kameramänner nahmen die Kameras von den Schultern. Eine Frau und ein Mann traten vor.

»Mögen Sie sich auch vorstellen?«

Die beiden waren überrascht, kamen Maries Wunsch aber nach.

Es dauerte keine drei Minuten, bis Marie klargemacht hatte, dass es zurzeit keine Erkenntnisse für die Öffentlichkeit gab, dass man keine Leichen aus dem Haus tragen, dass man hier keine guten Bilder bekommen würde.

»Die Kollegen der Pressestelle werden Sie informieren, sobald es was zu sagen gibt.«

»Frau Geisler«, sagte die Frau. »Es ist unser Job, zu recherchieren und die Öffentlichkeit zu informieren. Insbesondere in einem Fall wie diesem, der bundesweit von Interesse ist.«

»Ja, das verstehe ich. Aber Sie werden keine Story kriegen, wenn Sie hier vor der Tür rumstehen. Das ist Zeitverschwendung.«

»Sagen Sie das mal unserem Redaktionsleiter.« Der Mann winkte ab.

»Ich meine es nur gut. Sie werden mit leeren Händen zurückkommen, und die Nachbarn hier, die Sie vermutlich auch schon befragt haben, sind nur genervt. Ich bin auch genervt. Wenn Sie Bilder und Infos wollen, ist das hier definitiv der falsche Ort. Im Zweifel tragen Sie lediglich zur Verunsicherung bei.«

»Zur Verunsicherung? Das kann nicht Ihr Ernst sein. Haben Sie mal einen Blick in die sozialen Medien geworfen? Da brennt der Baum, da tobt der Mob. Wir helfen mit, die Dinge zu differenzieren, und ich wäre Ihnen verbunden, würden Sie zwischen Skandalisierung im Netz und unserer Berichterstattung unterscheiden.«

Marie nickte, ging zurück zum EMO und fuhr langsam los. Soziale Medien, da war sie weitgehend abstinent. Vielleicht sollte sie aus rein beruflichem Interesse mal öfter einen Blick riskieren. Sie grüßte in die kleine Gruppe der Journalisten, die frustriert, aber freundlich zurückgrüßten. Mieser Job, dachte sie. Die wissen noch weniger als ich.

Auf dem Weg hinunter zur B 76 wurde Marie klar, dass sie heute schon einmal ganz in der Nähe von Rendsburg gewesen war. Sie nahm sich vor, ihre Fahrten künftig besser zu planen. An der nächsten Ampel nahm sie sich vor, sich weniger vorzunehmen.

Und die Sache mit dem Konjunktiv. An dessen Vermeidung würde sie auch arbeiten. Insbesondere im Zusammenhang mit Absichtserklärungen. Es gab viel zu tun, aber selbst ein Stein, dachte sie, selbst ein Stein ist ja nie fertig.

Sie fuhr auf die Tankstelle am Windebyer Noor und rief ihren Vater an. »Tach, Papa. Ich wollte nur eben mitteilen, dass ich Samstag komme.«

Ihr Vater fragte nach der Ankunftszeit und wies darauf hin, dass er Samstag auf dem Fußballplatz sei.

»Wenn ich komme, wirst du dich ja wohl mit einer Halbzeit begnügen können. Vielleicht kommt Karl mit.«

»Karl kommt auch?« Ihr Vater klang hocherfreut.

»Ja, und deine Tochter. Also wirklich. Bis Samstag dann. Ich hab zu tun.« Sie legte auf, lächelte sich im Rückspiegel zu und war zufrieden.

In Büdelsdorf war Baustelle. Vier Autos pro Grünphase. Marie klammerte sich an das Gefühl der Zufriedenheit. Jetzt nicht loslassen, sagte sie sich.

Unter der Brücke, schräg gegenüber der Nobiskrug-Werft, musste es sein. Marie unterquerte die Bahnlinie, hielt nach einer Möglichkeit Ausschau, kurz anzuhalten. Sie entschied sich für den Edeka-Parkplatz, fand eine Bucht gleich neben der Einfahrt. Im Schleibook schlug sie die genaue Adresse von Hanne Böglund nach, ging nach hinten, holte das Notebook aus dem Tresor, startete es und gab auf der Seite von Google Maps Straßennamen und Hausnummer ein. Das Notebook schaltete sich aus, kein Akku.

»Kein Problem«, flüsterte Marie, atmete tief durch und stieg aus. Dort, wo man die Einkaufswagen holte und nach dem Einkauf wieder abstellte, sprach sie einen älteren Mann an und fragte nach der Adresse.

»Keine Ahnung.« Der Mann schob den Einkaufswagen in die Box, schenkte Marie noch einen griesgrämigen Blick und ging davon. Eine Gruppe halbwüchsiger Mädchen und Jungen näherte sich. Im Wagen zwei Paletten Energydrinks und Chips.

»Keine Ahnung«, sagte eines der Mädchen. »Haben Sie kein Smartphone?«
»Hab keins.«
»Krass«, sagte das Mädchen. »Die hat kein Smartphone.«
»Krass« sagte einer der Jungen und zog eines aus der Hosentasche. »Hab aber kein Highspeed mehr. Okay. Wohin?«
Ein Mädchen hatte eine Chipstüte aufgerissen und hielt sie jetzt auch Marie hin.
»Danke, nett von dir.«
Keine Minute später wusste Marie, dass es die vierte Straße rechts war. Der Junge zeigte auf sein Smartphone. »eBay-Kleinanzeigen, achtzig Euro.«
»Danke.«
Die Gruppe trollte sich in Richtung Obereider. Wahrscheinlich chillen, dachte Marie und stieg wieder ein. Sie fühlte sich wohl damit, kein Smartphone zu haben.

Als sie an der Ampel rechts abbog, drehten sich zwei der Jungen um und grüßten. Nicht mehr lange, und Karl würde so durch Schleswig ziehen und auf den Königswiesen abhängen. Dann irgendwann der erste Ausflug nach St. Pauli. Marie schüttelte sich, schaute auf die Straßenschilder und lenkte das EMO auf den Parkstreifen.

Roter Backstein, zweieinhalbgeschossige Bauweise, schieferverkleidete Gauben, Balkone zu den kleinen Gärten, gepflegte Hecken und hinter den Häusern die stählerne Konstruktion der Rendsburger Schleife, auf der die Züge eine Runde drehten, um den Höhenunterschied zwischen Bahnhof und Hochbrücke zu überwinden. Marie tippte, dass die Schienen in vierzig oder fünfzig Metern Höhe über den Dächern des Stadtteils verliefen.

Sie mochte diese Nähe von Wohnen und Arbeiten, von Natur und Technik. Was für Rendsburg die Werften, waren für Bochum die Stahlwerke. Dort die Ruhr, hier der Kanal. Und der Menschenschlag hatte auch Ähnlichkeit. Direkt und schnörkellos. Das dachte Marie, als unmittelbar neben ihr der Motor eines Benzinrasenmähers startete. Dass diese Dinger so laut sein mussten. Seit letztem Sommer versuchte sie, Andreas von der Anschaffung eines Mährobotors zu überzeugen. Andreas hatte genickt. »Sobald der hier kaputt ist.« Dann hatte er das Monster gestartet. Marie fürchtete, dass es nie sterben würde.

Sie ging an der dichten Hecke entlang, umrundete den Garten und sah, dass sie bereits das Haus erreicht hatte, in dem Hanne Böglund wohnte. Sie trat an die Haustür heran und drückte den Klingelknopf. Hanne Böglund wohnte in der ersten Etage. Als sie ein zweites Mal drücken wollte, öffnete eine Dame jenseits der siebzig die Haustür. Geblümte Kittelschürze, die weißen Haare zum Dutt gedreht, eine schlecht passende Zahnprothese und ein strahlendes Lächeln. Marie hatte sofort ihre Mutter vor Augen.

»Moin, Sie haben da Krümel«, sagte die Dame und schnippte Marie in Höhe des Schlüsselbeins etwas vom T-Shirt. »Ich glaube, Chips«, sagte die Dame und lächelte.

»Chips, ja, kann sein. Moin. Ich möchte zu Frau Böglund, aber sie hat auf mein Klingeln hin nicht geöffnet.«

»Die Hanne ist ja auch im Urlaub. Da kann sie nicht aufdrücken.«

»Oh, seit wann?«

»Warten Sie mal. Och, ich glaub, die ist letzten Sonnabend gefahren. Oder war das der Freitag? Warum fragen Sie? Wer sind Sie denn, wenn ich fragen darf?«

»Ich heiße Marie Geisler und bin Polizistin. Ich möchte mit Frau Böglund sprechen, weil sie mir vielleicht helfen kann.«

»Wegen dem Minister bestimmt, oder? Das sind ja Hannes Windräder, da, wo man den gefunden hat. Jetzt weiß ich wieder. Freitagmorgen ist sie gefahren. Da war ja auch der Gemüsemann da, der kommt immer freitags. Sie ist schon früh los, mit Sack und Pack. Wie immer.«

»Sack und Pack?«

»Pütt un Pan. Camping. Skandinavien.«

»Wo da?«

»Oder, warten Sie. Bretagne. Kann auch Bretagne sein. Ich

verwechsle das immer.« Die alte Dame kicherte und hielt sich dabei an Maries Schulter fest. »Ist doch wegen dem Minister, oder?«

»Da darf ich nichts zu sagen. Leider. Ist Frau Böglund denn mit dem Auto gefahren?«

»Ja sicher. Die hat ja so einen ollen Campingbus, mit dem die immer fährt. Mit Sack und Pack, sag ich ja immer.«

»Welches Modell?«

»Grün, der ist grün, und hinten hat er einen Anti-Atom-Aufkleber.«

Der Motorlärm des Rasenmähers verstummte.

Die alte Dame blinzelte Marie verschwörerisch an. »Die Hanne wird auch nicht jünger. Gucken Sie mal hier. Ich hab die alle reingelegt, sonst werden die ja nass, wenn es doch mal regnen sollte.« Sie schob die Haustür weiter auf und deutete auf einen Stapel Zeitungen. »Sonst bestellt sie die immer ab. Vergessen. Die Jungen, die werden auch nicht jünger.«

»Sie kennen Ihre Nachbarin gut?«

»Och, sie wohnt ja noch nicht lange hier.«

»Seit wann?«

»Erst seit ein paar Monaten.«

»Aber Sie sagten doch, sie führe immer mit Sack und Pack los.«

»Ja, an Wochenenden oder wenn sie freihat.«

Hinter Marie schlug der Deckel einer Mülltonne.

»Lohnt sich kaum«, sagte ein Mann mit Fangkorb in der rechten Hand. »Bei der Trockenheit wächst der nicht.« Er leerte den Fangkorb in die braune Tonne. Es staubte.

»Nimm die Tonne doch mit nach hinten. Das sage ich dir immer wieder. Jetzt kann ich die Haustür wieder putzen.« Sie wandte sich an Marie. »Mein Mann, das mit der Tonne lernt der nicht mehr.«

»Nicht aufgeben. Haben Sie denn eine Handynummer von Frau Böglund?«

»Ja sicher, ich muss sie ja erreichen können, wenn mal was

ist. Also auch mit meinem Mann. Wir haben ja kein Auto, und wenn wir zum Arzt müssen, dann fährt Hanne uns schon mal. Die hat da auch irgendwie einen guten Draht ins Krankenhaus.«

»Guten Draht?«

»Die grüßt Leute. Habe ich gesehen, als sie mich von der Kniespiegelung abgeholt hat.« Die Dame machte eine Pause. »Aber ohne Ausweis kann ich Ihnen die Nummer nicht sagen.«

Marie zeigte den Ausweis.

»LKA, hab ich letztens gesehen, im Fernsehen. War auch was aussem Norden, hier bei uns. Die Nummer hab ich drinnen. Wollen Sie eben mitkommen? Dann muss ich die Treppe nicht wieder runter. Heute tut das Knie wieder so weh.«

Marie folgte der Dame. Nach vier Stufen war der erste Treppenabsatz erreicht. Auf dem Türschild las Marie: »Gert und Inge Ludscheidt«.

»Wir haben die linke Wohnung. Ist die bessere Wahl gewesen. Da haben wir schön die Abendsonne im Wohnzimmer.« Inge Ludscheidt ging in die Küche und zeigte auf eine Pinnwand. »Alles, was wichtig ist.«

Marie sah Visitenkarten und Flyer. Eine bunte Mischung aus Angeboten medizinischer Randdisziplinen und kulinarischer Angebote, die von Asia bis Pizza Funghi reichten.

»Ach, sag ich doch. Hier. Am besten nicht abnehmen, den Zettel. Hinterher reißt der noch kaputt.«

Marie hatte rasch das Schleibook bei der Hand und übertrug die handgeschriebene Handynummer.

»Danke, Frau Ludscheidt. Sie haben mir sehr geholfen.« Marie wandte sich zum Gehen. »Sagen Sie, Sie haben nicht zufällig einen Schlüssel zu Frau Böglunds Wohnung?«

»Doch, hatte ich, aber sie hat letztens erst ein neues Schloss gekriegt, und den neuen Schlüssel habe ich noch nicht. Haben wir nicht dran gedacht. Aber Blumen hat die Hanne sowieso nicht.«

»Keine Blumen?«

»Nee, die Hanne ist ja eher so wie die Männer. Alles mit Technik. Mit Blumen hat die das nicht.«

»Gut, dann einen schönen Tag noch für Sie.«
»Ja, warten wir mal lieber ab, was mein Mann noch mit dem Rasenmäher anstellt.« Sie lachte.
Marie ging. Herr Ludscheidt war wieder an der Tonne.
»Nur Staub. Das lohnt sich überhaupt nicht.«
»Ihre Frau sagt, dass Hannes Bus grün ist. Welches Modell denn?«
»Ein T4, wie Ihrer da auf der Straße, aber mit Hochdach. Warum wollen Sie das überhaupt wissen? Sind Sie eine Verwandte?«
»Nein, ich bin bei der Polizei. Ihre Frau weiß Bescheid.«
Marie ging und sah aus dem Augenwinkel, dass Herr Ludscheidt zur Terrasse ging. Er rief nach seiner Frau. Da würden sich die beiden was zu erzählen haben. Im EMO angekommen, wählte sie die Handynummer. Freizeichen, dann eine Standardansage. Marie rief im LKA an und gab die Ortung des Handys in Auftrag.

»Skandinavien oder Bretagne«, sagte sie und lachte. Dann rief sie Kai Koost an und erfuhr, dass Hanne Böglund nach Korsika oder Sardinien gefahren war und Ende der kommenden Woche zurück sein würde. Sie sei mit dem Campingbus unterwegs, und erfahrungsgemäß hielt sie sich nicht länger als zwei Nächte an einem Ort auf.

Ein Kollege aus dem LKA, den sie nicht kannte, rief zurück. »Irgendeine technische Störung. Hanne Böglunds Handy hat kein GPS-Modul, und irgendwas ist mit den Funkmasten. Wir bekommen das Ergebnis erst am Abend oder morgen.«

Marie bedankte sich. Wieder juckte ihre Nase. Sie gab einen Reiseruf in Auftrag. Mit Hanne Böglund wollte sie so rasch wie möglich sprechen.

Apropos – wenn sie sich beeilte, würde sie das Kuchenbuffet in Kiel noch mitnehmen können.

※※※

Vor dem Tor zum Parkplatz des LKA hatten sich Medienvertreter eingefunden. Als einer der Kameramänner Maries EMO erkannte, nahm er grinsend die Kamera runter und stupste die Kollegin mit dem Mikrofon in der Hand an.

Marie hielt. »Ist doch wegen des neuen Kriminaltechnischen Instituts, der Auflauf, oder?«

»Im Prinzip ja, aber gegen eine exklusive Information im Fall Kronenburg haben wir auch nichts«, sagte die Reporterin, mit der sie schon in Borby gesprochen hatte.

»Ich kann mich nur wiederholen. Sobald wir was für die Öffentlichkeit haben, wird Sie die Pressestelle das wissen lassen.«

»Irgendwas wird doch immer durchgesteckt.«

»Von mir nicht. Nichtsdestotrotz: schönen Tag noch.«

Marie fuhr auf den Hof und wunderte sich, wie viele schwarze Limousinen samt Fahrern auf die Rückkehr ihrer vermutlich einflussreichen Fahrgäste warteten.

Im Foyer traf sie Sachse. »Ich denke, Sie sind im Urlaub? Und, was haben Sie mit dem KTI zu tun, so als Busdorfer?«

Sachse zog die Augenbrauen nach oben. »Das ist ein bisschen peinlich. Vor dem Spatenstich wird es eine kleine Feierstunde geben, und ich werde zu denen gehören, die einen Dank und vielleicht ja auch eine Armbanduhr kriegen.«

»Dreißig Jahre unfallfrei im Streifenwagen, oder was?«

»Besser, warten Sie's ab.«

Marie ging zur Toilette. Beim Händewaschen betrachtete sie ihr Spiegelbild, schaute an sich herunter. Vielleicht hatte Andreas recht, und sie sollte sich mal neu einkleiden. Sachse hatte sich richtig schick gemacht. Viele Kolleginnen in Uniform. Aber Astrid Moeller hatte klar gesagt, die Teilnahme sei freiwillig.

Im Saal waren Tischgruppen aufgestellt worden. Es gab wie angekündigt Kaffee und Kuchen. Marie konnte sich nicht erinnern, dass sie im Rahmen einer solchen Veranstaltung jemals verköstigt worden war. Sie fand einen Platz am Tisch einiger sehr junger Kollegen mit den schlichten Schulterstücken der Kommissaranwärter. Sie war froh, dass es kein Buffet, sondern gemischte Platten auf den Tischen gab. Die Wahl fiel auf Rhabarberkuchen mit Baiser. Die Früchte waren säuerlich, aber nicht sauer, das Baiser war an seiner Oberfläche knackig, nicht zu süß, der Teig locker. Am Rednerpult der Innenminister. An den Kuchen kam er nicht heran.

[Sachse saß in der ersten Reihe von Tischgruppen vor dem viel zu großen und viel zu fetten Stück Schwarzwälder Kirsch. Er sollte sich eigentlich freuen. Seine Aufdeckung des Elfenbeinschmuggels in Leeuwarden und Rotterdam war an höherer Stelle bemerkt worden. Man wollte Beamte, die auch nach reichlich Dienstjahren überraschende Ergebnisse lieferten. Das war gut für die öffentliche Wahrnehmung und – inzwischen genauso wichtig – gut für die Rekrutierung von Nachwuchs für die Polizeiarbeit. Sachse hatte geliefert, und deshalb saß er nun hier. Eine Feierstunde mit landesweiter Polit- und Polizeiprominenz, Lobreden und gegenseitigem Schulterklopfen.

Nun gab es alkoholfreien Sekt und Kuchen. Negativ betrachtet konnte man sie eine klassische Durchhalteveranstaltung nennen. Positiv gesehen war es die gelegentlich fällige Streicheleinheit in einem Job, der einfach nicht endet. Sachse fragte sich, ob da jemand an entsprechender Stelle mehr gesagt hatte als er selbst. Marie Geisler war eigentlich nicht der Typ dafür. Fakt war aber, dass er den bösen Buben die richtige Quittung ausgestellt hatte. Das wurde nun honoriert. Umso besser.

Aber Sachse war heute nicht wirklich bei der Sache. In seinem Kopf rasten die Gedanken. Drei parallel laufende Fälle, die Grippewelle und dann noch die Torte, die er sich würde runterwürgen müssen. Runterwürgen ... genau ... runterwürgen. Ping! Sachse blickte auf und starrte den stellvertretenden Chef der Behörde an. Ihm entfuhr noch ein »Jetzt kriege ich den Arsch!«, dann stürmte er aus dem Festsaal.

Er fühlte, wie ihm befremdete Blicke folgten.

Der Erste, der die Lage korrekt einordnen konnte, war interessanterweise Oberbürgermeister Jan Stelling. Er stellte für alle Anwesenden deutlich vernehmbar fest: »Der Mann gefällt mir. Genau das braucht Schleswig-Holstein!«

Die meisten Anwesenden hatten keine Ahnung, dass er als Minentaucher der Bundesmarine gedient hatte. Das war zwar drei Jahrzehnte her, aber die erforderlichen Instinkte waren unverändert hellwach. Jan Stelling war sich der Situation voll bewusst.]

Marie sah, dass Sachse, der ganz vorn gesessen hatte, unvermittelt aufsprang und beinahe im Laufschritt den Saal verließ. Vielleicht hatte er vergessen, vor all den Reden zur Toilette zu gehen. Männer waren manchmal so gedankenverloren.

Sie schob den alkoholfreien Sekt zur Seite und goss sich eine Tasse Kaffee ein. Der war aber auch nicht besser. Sie fragte sich, ob der Polizeichor noch etwas zum Besten geben würde, und lehnte sich zurück. Die Kommissaranwärterinnen tratschten.

Sachse hatte inzwischen den Saal der Rechtsmedizin erreicht. Ele Korthaus saß am Schreibtisch und machte eine besänftigende Geste, als er mit hochrotem Kopf in den Raum stürmte.

»Ich hab eine Idee«, platzte er heraus. »Kennen Sie mich noch, Frau Korthaus? Der Fall in Fleckeby. Bauer Böse in der Grube.«

Ele Korthaus nickte. »Wie könnte ich das vergessen? Was führt Sie zu mir, Herr Sachse?«

»Der Fall Simons. Die Autoschiebergeschichte.«

»Damit waren Sie auch befasst?«

»Am Rande. Ich habe Kontakte in die Tuning- und Motorradszene. Von früher. Spielt ja auch keine Rolle. Simons hatte auch ein bürgerliches Leben. Der wollte seine Familie schützen und hat die Kapsel geschluckt.«

»Welche Kapsel?«

»In der Kapsel war eine Micro-SD mit Informationen, die

seinen Bruder belasten würden. Ich hab doch gesehen, wie er die Karte in die Kapsel gesteckt hat. Es kann nicht anders sein. Haben Sie den Mageninhalt noch?«

»Herrn Simons hat es bei dem Unfall ja komplett zerlegt, und das Feuer hat ein Übriges getan. Viel war von dem nicht übrig. Aber ich schau mal nach.«

Nur wenig später wurde Ele Korthaus fündig. Von einer Kapsel war nichts zu sehen. Sie hatte sich aufgelöst, vermutete die Rechtsmedizinerin, aber sie fand Reste der Speicherkarte. Sachses Eingebung lieferte das Beweismittel, nach dem die Kollegen der Mordkommission händeringend gesucht hatten.

Er verpasste die Lobrede auf seine Leistungen. Aber die Schwarzwälder Kirschtorte war ihm erspart geblieben. Man musste demütig sein.

Die Reden waren gehalten, die verdienten Polizisten geehrt, und dann trat der Leiter des Kriminaltechnischen Instituts ans Mikrofon. Was er in Aussicht stellte, welche Feinheiten der Kriminaltechnik bald auch in Kiel zur Verfügung stehen würden, begeisterte Marie. Immer wieder hatten Neuerungen in der Analysetechnik geholfen, auch Straftaten aufzuklären, die viele Jahre zurücklagen.

Als sich der Saal leerte und der Tross der Grundsteinlegung entgegenstrebte, stattete Marie den Kollegen in der ersten Etage einen Besuch ab. Sie fragte nach dem Stand der Dinge in Sachen von Blohm und erfuhr, dass man, was seinen Aufenthaltsort anging, alle denkbaren Quellen erschlossen hatte. Erfolglos. Gero Freiherr von Blohm war ein außergewöhnlich erfolgreicher Unternehmer, seine Firmen florierten. Seine Anwesenheit war dazu offensichtlich nicht vonnöten. Mitarbeiter hatten übereinstimmend gesagt, man wisse nie, wann und wo er auftauche.

Anders verhielt sich das in Parteikreisen. Regelmäßig nahm er an Zusammenkünften auf lokaler und regionaler Ebene teil, aber gesehen hatte ihn auch im Rendsburger Wahlkreisbüro des Bundestagsabgeordneten seit gut zwei Wochen niemand. Damit reihte er sich in die Liste derer ein, die für eine Befragung noch nicht zur Verfügung standen. Sina Carstens in Finnland, Hanne Böglund irgendwo im Mittelmeerraum unterwegs. Einzig Jörn Jepsen hatte sich geäußert. Aber Marie konnte sich nicht vorstellen, dass er Kronenburg ins Jenseits befördert hatte.

»Sonst noch was?«, fragte Sonja, auf deren Schreibtischkante Marie saß.

»Ja, wir haben uns noch nicht um die Leute gekümmert, denen Kronenburg in die Renditesuppe gespuckt hat. Die Sehestedter, die am Bürgerwindpark beteiligt sind, verlieren Geld, käme es zu einer durchgreifenden und anhaltenden Senkung der Einspeisevergütung. Auf ihrer Homepage machen sie jedenfalls Stimmung gegen die Pläne aus dem Wirtschaftsministerium.«

Sonja zeigte auf ihr Portemonnaie, das auf dem Schreibtisch lag. »Geld ist immer ein gutes Motiv. Die Sehestedter sind ortskundig und könnten sich gegenseitig decken. Andererseits besteht auch die Gefahr, dass jemand auspackt. An ein Komplott glaube ich eher nicht.«

»Folgendes Szenario«, fuhr Marie fort. »Kronenburg fährt zum Windrad, um diesen USB-Stick zu suchen. Einer der Genossen ist zufällig vor Ort, es kommt zum Gespräch. Der Genosse hat einen Schlüssel und lässt den Minister rein. Es entwickelt sich ein Streit, in dessen Verlauf der Genosse die Nerven verliert. Die Frage wäre wiederum, woher er den Schlüssel hatte. Auf der Liste, die wir von Kai Koost erhalten haben, stehen nur Funktionsträger. Ich werde mal mit dem Vorstand des Bürgerwindparks sprechen.«

* * *

Es war Dienstagabend. Das Fernsehprogramm bot, was es an einem Dienstag üblicherweise bot. Marie klickte sich durch die Mediathek. Gegen halb neun rief Uwe an, Maries Schwiegervater. Er wünschte seinen Sohn zu sprechen. Marie stupste

Andreas an, der neben ihr eingenickt war. Sie reichte das Telefon weiter.

Uwe sah gerade die allwöchentliche Medizinsendung. Er litt an Arthrose im rechten Knie, und Andreas hatte ihm Physiotherapie verordnet und ein Bewegungsprogramm empfohlen. Uwe war nicht diszipliniert, seine Erfolge waren überschaubar. Nun wollte er wissen, ob das, was die im Fernsehen hinsichtlich einer Ernährungsumstellung behaupteten, Hand und Fuß habe.

»Jetzt sag doch mal«, hörte Marie. Uwe klang ungeduldig.

»Papa, wie oft habe ich dir gesagt, dass Studien Studien sind, dass es Befürworter und Kritiker gibt und dass der Mensch als Individuum nicht immer vorhersehbar reagiert. Probier's halt aus. Da kann man ja nichts falsch machen.«

»Mein Herr Sohn. Festlegen konntest du dich ja noch nie.«

»Doch. Ich habe dir gesagt, dass du die Muskeln trainieren musst. Da lege ich mich fest. Aber du fährst ja lieber Boot.«

»Andreas, hörst du mich? Andreas.« Rita, Maries Schwiegermutter, hatte ihrem Mann den Hörer weggenommen.

»Hör nicht auf Papa. So schlimm ist das gar nicht mit dem Knie. Du musst dir keine Sorgen machen, Junge. Er braucht ja nur was, um mit den anderen alten Männern mithalten zu können. Geht's euch gut? Kommt ihr am Wochenende mal vorbei?«

»Weiß ich noch nicht. Marie fährt wahrscheinlich mit Karl zu ihrem Vater.«

»Dann kannst du doch kommen.«

»Mal sehen.«

»Hier sprechen übrigens alle über den Mord am Minister. Und alle wissen, dass Marie die Ermittlungen leitet. Marie war ja im Fernsehen. Ganz Maasholm ist stolz.«

Andreas verdrehte die Augen. Marie verdrehte die Augen. Dann stieß sie auf eine Reportage, die sie interessierte, und schaltete den Ton am Fernseher wieder ein. Andreas verließ das Wohnzimmer.

In der Reportage ging es um die Zukunft des Tourismus an der deutschen Ostseeküste. Marie riss eine Tüte Erdnüsse auf.

Eine Grafik, die die Entwicklung der Übernachtungszahlen zeigte, ein Statement eines Mitarbeiters von Schleswig-Holstein Tourismus, der das Fehlen von Unterkünften im Fünf-Sterne-Segment beklagte. Schnitt aufs Wasser, ein Segelschiff, in der Ferne erkennt man das Marine-Ehrenmal in Laboe. Ein Mann geht am Wassersaum entlang. Dann sitzt er auf einem Treppenabsatz. Kiel, die Treppe am Falckensteiner Strand, dachte Marie, und – sie erkannte den Mann. Es ist Gero Freiherr von Blohm. Er sitzt dort in einem verwaschenen hellblauen Poloshirt, die welligen blonden Haare umrahmen ein sonnengebräuntes Gesicht. Er wirkt entspannt und souverän, sieht gut aus.

»Auf der Liste der zehn besten deutschen Hotels findet sich kein Hotel in Schleswig-Holstein. Warum nicht? Schauen Sie sich das hier an.« Er macht eine ausholende Bewegung mit dem rechten Arm hinaus auf das Wasser. »Kann es einen schöneren Ort geben? Ich werde hier ein Fünf-Sterne-Hotel mit Superior Service errichten. Wo, wenn nicht hier?«

Die Reporterin fragt: »Wie kamen Sie ausgerechnet auf die Kieler Förde?«

»Ich habe hier seit vielen Jahren während der Kieler Woche glückliche Tage verbracht. Dieses Glück sollte nicht nur wenigen vorbehalten bleiben.«

Eine Landkarte von Schleswig-Holstein wird eingeblendet. »So wie Gero Freiherr von Blohm denken die wenigsten Investoren ...«

Marie drückte auf der Fernbedienung herum. Die Reportage stammte aus dem Jahr 2015.

»Dem gehört da Land, vielleicht ist er hier vor unserer Nase. Warum steht das nicht im Grundbuch? Das wäre Sonja doch aufgefallen. Der Typ ist ein Trickser.«

»Du führst schon wieder Selbstgespräche.« Andreas ließ sich neben ihr aufs Sofa plumpsen.

»Und, hast du sie verarztet?«

»Bei Patienten, die nicht meine Eltern sind, wäre ich besser. Ich bin froh, dass sie mit ihren Wehwehchen zu Monika in

Gelting gehen. Die macht das super. Aber ich habe beschlossen, dass ich Sonnabend wirklich einen Besuch in Maasholm mache. Ich habe eigentlich auch Lust. Ich mähe den Rasen und lasse mich bekochen. Danach fahre ich mit Papa auf die Schlei raus.«

»Ich finde gut, dass deine Eltern immer noch diesen Handmäher haben. Der ist nicht so laut, und gesund ist es auch. Wann kaufen wir eigentlich einen Mähroboter? Könntest du dir zum Geburtstag wünschen.«

»Vergiss es. Ich geh ins Bett.«

»Wir könnten auch Schafe anschaffen.«

Absturz

Gesche Triebel hatte Lutz versorgt. Jetzt stand sie in der Bankfiliale ihres Vertrauens vor Börnsens Schreibtisch. »Sie wollten sich nach Feierabend mit dem Problem befasst haben, Herr Börnsen. Wie sieht's aus?«

Börnsen schob den Bürostuhl ein Stück zurück. »Ich würde wirklich gern helfen. Aber wie gesagt, eine Überweisung kann ich ja nicht einfach so verschwinden lassen.«

Gesche Triebel setzte sich in den Besucherstuhl, der vor langer Zeit mit braunem Cord bezogen worden war. »Klaus Kramer, genannt Lucky, ist ein Bürger Sehestedts. Egal, was Sie von ihm denken. Wer dazugehört, gehört dazu. Das ist die Regel, von der wir keine Ausnahme machen. Und so, wie wir hier alle zur freiheitlich-demokratischen Grundordnung stehen, lassen wir keinen Zweifel daran, dass Lokalpatriotismus mehr ist als die Teilnahme am Bouleturnier. Da steht übrigens die Spende Ihrer Bank noch aus. Was ich sagen will: Wenn Sie sich gegen Sehestedt stellen, stellen Sie sich gegen sich selbst.«

Börnsen schwitzte. Er war erst seit sieben Jahren in Sehestedt. Das war nicht lang. Nicht lang genug für eine Hausmacht. Gesche Triebel würde ihn fertigmachen. Daran hatte er keinen Zweifel.

»Aber die Bankenaufsicht«, versuchte er es. »Wir sind hier ja in Deutschland.«

»Wir sind hier in erster Linie mal in Sehestedt, Herr Börnsen.« Gesche schlug mit der flachen Hand auf Börnsens Schreibtisch. »Löschen Sie Luckys Konto und gut. Das kann so schwer nicht sein. Löschen, einfach löschen. Das passiert in meinem Computer ständig. Lassen Sie es aussehen wie einen Unfall.« Jetzt musste Gesche lachen. »Ich komme wieder.«

Sie stand auf und freute sich auf das Frühstück bei Holger. Bisschen schnacken, ein paar Kugeln werfen und Schiffe gucken. In zwei Stunden würde sie Lutz die Windel wechseln müssen.

Börnsen stand am Fenster und schaute ihr nach.

Schräg gegenüber der Bankfiliale, dort, wo Gesche im Schatten einer Linde zum ersten Mal ihren Lutz geküsst hatte, huschte Lucky über die Straße. Er trug einen Leinenbeutel mit einem vergilbten Werbeaufdruck der Landesgartenschau Norderstedt. Lucky hatte seinen Mietwagen vor dem Landhaus abgestellt, da fiel er nicht so auf. Seine langen Haare waren unter einer Basecap verborgen.

Von oben kam ein VW-Bulli. Lucky beschleunigte seinen Schritt, stieg in den weißen Ford Fiesta mit Hamburger Kennzeichen und legte den Leinenbeutel auf den Beifahrersitz. Er schaute nach links und rechts. Die Hauptstraße war menschenleer. Rasch tippte er eine Adresse in Görlitz ins Handy. In sechs Stunden und fünfundvierzig Minuten könnte er dort sein und die noch fehlenden Fahrzeuge kaufen. Gut, wenn man wusste, wo es Barreserven gab. Er klopfte auf den Leinenbeutel und lächelte, dann fuhr er los.

***

Marie hoffte, dass sie das ein oder andere Mitglied des Vorstandes dort antreffen würde, wo sich die Rentner und Pensionäre besonders gern aufhielten. An den jeweiligen Meldeadressen könnte sie dann immer noch nachforschen. Sie fuhr auf die Fähre zu, bog rechts ab, zog ein Parkticket und ging hinauf zur Terrasse. Der Kanalimbiss war auch an diesem Morgen gut besucht.

Am Schalter fragte sie nach Gesche Triebel und Hans Truelsen. Die Bedienung war nicht überrascht. »Oben an der Boulebahn, wie immer.«

Gesche Triebel polierte gerade ihre Kugel, da war sie wohl pingelig. Sie ging in die Hocke, peilte die Kugel an, die Robert von Turnau dicht neben das Schweinchen, die kleine Holzkugel, platziert hatte, holte aus, spürte offensichtlich, dass der Wurf zu kurz geraten würde, holte weiter aus, schwang den Arm locker nach vorn, öffnete die Finger der nach oben weisenden Hand und entließ die Kugel.

Das metallische Klacken nur einen Augenblick später zauberte ein Lächeln auf ihr Gesicht. »Nicht mit mir, Robert, nicht mit mir.«

Marie, die das Spiel eine Weile beobachtet hatte, ging auf die Gruppe zu.

»Moin, ich muss Sie für einen Moment stören. Sie sind Gesche Triebel, Sie Hans Truelsen, ist das richtig?« Marie trat näher an die kleine Gruppe der Boulespieler heran.

»Wollen Sie mitmachen?«, fragte Hans Truelsen.

»Eigentlich sehr gern, aber ich bin beruflich hier. Marie Geisler, ich bin Mitarbeiterin des Landeskriminalamtes und möchte mit Ihnen über den Tod von Minister Lothar Kronenburg sprechen. Sie gehören doch dem Vorstand des Bürgerwindparks an, oder? Ich habe mir die Fotos auf Ihrer Internetseite angesehen.«

Sie hielt ihren Ausweis in die Runde und wunderte sich nicht zum ersten Mal, dass niemand genauer hinsah. Im Zweifel hätte zur Legitimation wohl auch der Mitgliedsausweis ihres Fußballvereins gereicht.

Gesche Triebel löste sich, reichte Marie die Hand. »Gesche Triebel, ich bin die Sprecherin des Vorstandes. Wie können wir Ihnen helfen? Wir helfen gern. Mein Sohn war letzten Freitag ja auch am Tatort. Er ist sozusagen Ihr Kollege, Polizeistation Gettorf.«

Marie lächelte höflich. »Vielleicht stellen Sie sich auch kurz vor.« Sie deutete auf die anderen Boulespieler, schrieb die Namen auf.

»Was dachten Sie, als Sie vom Tod des Herrn Kronenburg erfuhren?«

Wieder war es Gesche Triebel, die sich zu Wort meldete.

»Furchtbar, eine schlimme Nachricht. Das passt wirklich nicht hierher. Also, Mord und Totschlag. Bei uns passiert ja eigentlich nichts. Eine friedliche Gemeinde. Eine sehr friedliche Gemeinde. Ich war hier Bürgermeisterin und lege die Hand ins Feuer für die Menschen am Kanal.«

Marie blickte auffordernd in die Runde.

»Im Grunde kann ich Frau Triebel nur beipflichten«, meldete sich Hans Truelsen zu Wort. Ich bin ihr Nachfolger im Bürgermeisteramt, und ich bin schockiert. Minister Kronenburg war gewissermaßen einer von uns. Er hat ja unweit von hier in Eckernförde gelebt.«

»Einer von uns, nun ja. Räumlich war er uns nahe, aber politisch, also energiepolitisch, trennten uns ja doch Welten. Er war auf einem seltsamen Trip, wollte der Energiewende den Saft abdrehen, vielleicht um dem Koalitionspartner eins auszuwischen. Wir haben da immer gerätselt.« Robert von Turnau zündete sich eine Zigarette an.

»Sie meinen die Kürzung der Einspeisevergütung?«

»Genau.«

»Das hätte Sie schwer getroffen, nicht wahr?«

»Ach, wie sagt man so schön, Peanuts. Wer legt seine Eier schon alle in einen Korb?« Robert von Turnau lachte, dass es Marie in den Ohren klingelte.

Marie beobachtete, wie Gesche Triebels Gesichtszüge hart wurden.

»Ich kann mir vorstellen, dass die Erträge aus dem Bürgerwindpark für manch einen wichtiger sind als für Sie.« Marie schaute von Robert von Turnau zu Gesche Triebel, die Mühe hatte, sich zu sammeln.

»Falsch ist das nicht, Frau Geisler, aber wir jammern hier ja im Zweifel auf hohem Niveau. Niemand muss hungern, alle haben ein Dach über dem Kopf.«

»Es gibt in der Genossenschaft tatsächlich niemanden, dem die Einbußen wehtäten?«

»Lucky vielleicht«, platzte Bruno Klein heraus.

»Ach was!« Geste Triebel winkte ab.
»Lucky? Hat Lucky auch einen bürgerlichen Namen?«
»Denken Sie sich nichts dabei, Frau Geisler. Die Männer untereinander. Klaus, also Klaus Kramer, ist hier unser Spezialist für alles, was Räder hat. Wir wüssten gar nicht, was wir ohne ihn machen würden. Sehestedt stünde ja gewissermaßen still. Klaus hat sicher gut verdient, als diese SUVs in Mode kamen.«
»Er ist der Autohändler hier? Bin ich vorhin vorbeigefahren.«
Hans Truelsen nickte. »Er spielt hier eigentlich auch mit, aber ist im Urlaub.«
»Seit wann?« Marie konnte kaum glauben, dass nun auch noch dieser Autohändler unterwegs sein sollte. Wer immer für sie interessant schien, war unterwegs.
»Lucky, Gott, wann ist der wohl gefahren? Ich tippe auf vorletztes Wochenende oder vielleicht Mitte der Woche«, machte Gesche Triebel einen Vorschlag.
Marie notierte den Zeitraum in ihr Schleibook. »Wie sicher sind Sie sich?«
»Wie sicher kann man sich da sein?«
»War denn jemand dabei, als Minister Kronenburg Donnerstag das Interview gegeben hat?«
Allgemeines Kopfschütteln.
»Glauben Sie, dass sein Nachfolger in Bezug auf die Einspeisevergütung eine andere Position vertreten könnte?«
»Das wollen wir doch hoffen«, betonte Bruno Klein.
»Und Sie, Frau Triebel?«
»Darüber wird an anderer Stelle befunden. Wir sind ja nur kleine Lichter hier und fegen vor der eigenen Haustür. Man muss es nehmen, wie es kommt. Hilft ja nichts. Wollen Sie nicht doch mal 'ne Kugel werfen?«
Marie wollte. Eine halbe Stunde später warf sie einen Blick auf die Uhr und erschrak. Fürs Boulespielen bezahlte sie das Land sicher nicht. Aber eine klitzekleine Zwischenmahlzeit musste noch sein. Sie bestellte ein Matjesbrötchen, setzte sich damit auf die Mauer, die die Terrasse einfasste. Eine Terrasse, die

man gut geplant hatte, schmiegte sie sich doch an die Wasserseite von Holgers Imbiss, war Aussichtsplattform, Gastraum und Bühne gleichermaßen.

Ein Spatz landete im Beet jenseits der niedrigen Mauer, drehte den Kopf keck hin und her. Er flirtet mit mir, er weiß, dass ich nicht widerstehen kann, dachte Marie, zupfte einen Krümel vom Brötchen und hielt ihn dem Spatz entgegen. Kopfdrehen, Zwitschern, zwei Hüpfer, dann mit wenigen Flügelschlägen hinauf auf das Mäuerchen. Nur wenige Körperlängen trennten ihn vom Leckerbissen. Er zögerte, Marie wagte kaum zu atmen. Dann ein letzter langer Sprung, noch ein winziger Moment des Innehaltens, der Schnabel war schon geöffnet. Er reckte den Kopf, holte sich den Krümel und verschwand halsbrecherische Kurven flatternd im Gestrüpp jenseits des Weges. Marie verputzte das Fischbrötchen, ließ drei, vier Krümel auf der Mauer zurück und stand kauend auf.

Im EMO schaute sie ins Schleibook. Klaus Kramer, das war der Gebrauchtwagenhändler, der Kronenburg den Ford Mustang verkauft hatte. Einer, der vielleicht krumme Geschäfte mit Kronenburg gemacht hatte, einer, dem die Kürzung der Einspeisevergütung wehtat. Sie fuhr zu dessen Platz.

Das Tor stand offen. Auf dem Platz Autos, die wie Neuwagen aussahen. Auf den ersten Blick fast ausschließlich solche mit Dieselmotoren. Bis auf den roten Alfa Spider. Marie schnalzte mit der Zunge.

Die Werkstatt war verschlossen. Marie wandte sich der Holzhütte zu. Die Tür hatte mal ein Vorhängeschloss gesichert. Das fehlte. Sie klopfte und trat ein. Eine wirklich schäbige Bude. Sie griff nach dem Handy. Vergessen. Ein Blick auf den Schreibtisch, in die Regale. Nichts Auffälliges. Sie umrundete den Schreibtisch und sah einen Tresor, wunderte sich aber nicht. Gebrauchtwagenhandel war wohl noch immer ein Bargeschäft.

Zurück im EMO rief sie die Polizeistation in Gettorf an und bat darum, die Tür mit einem Vorhängeschloss zu sichern, den Schlüssel den Kollegen der KTU zu übergeben, die später vorbeikämen. Das mit der KTU regelte Marie mit Elmar auf dem kleinen Dienstweg. Dann leierte sie die Suche nach Klaus Kramer an und erfragte die Meldeadresse. Kramer wohnte in Kiel-Mettenhof. Marie freute sich, dass das auf ihrem Weg zum Falckensteiner Strand lag, und hoffte, dass es sie heute nicht wieder in die entgegengesetzte Richtung verschlagen würde. Dieses Hin und Her nervte.

Sie schob die CD des Danish String Quartet in den CD-Player, legte mit dem ersten Takt von »Five Sheep, Four Goats« den ersten Gang ein und entspannte sich. Welch ein Genuss, mit dieser schönen Musik im Ohr über den Kanal zu fahren.

In Mettenhof fand sie gleich Klaus Kramers Adresse in der Vaasastraße – wohl weil sie im angrenzenden Thor-Heyerdahl-Gymnasium mal über den Polizeiberuf referiert hatte. Im Innenhof des u-förmigen Wohnblocks spielten Kinder, Mütter und Väter saßen auf den Bänken, und Marie dachte zum ersten Mal in ihrem Berufsleben daran, wie es wohl wäre, Hausfrau zu sein. Sie bremste ihren Schritt, blieb am Rande des Sandkastens stehen. »Hast du das gerade wirklich gedacht, Marie?«

Immer diese Selbstgespräche. Ja, sie hatte das gedacht. Vielleicht war das der Druck der Öffentlichkeit, den sie bewusst noch gar nicht wahrgenommen hatte. »Ganz Maasholm ist stolz«, hatte ihre Schwiegermutter gesagt. »Windstärke 10«, hatte ihre Chefin Astrid Moeller das genannt. Aber Hausfrau? Marie wuschelte sich durch die Haare, als das Handy klingelte.

»Ich heiße Ele Korthaus. Guten Tag. Wollte fragen, ob du dich noch an mich erinnerst.«

Marie setzte sich auf ein Spielgerät, einen Frosch, der leicht hin- und herwippte. »Das klingt beleidigt.«

»Jo, bisschen.«

»Ich bin am Anschlag, Ele. Und ich habe das gerade erst gemerkt. Ein richtig beschissener Fall. Mögliche Verdächtige nicht greifbar, überall offene Fragen, und im Fernsehen war ich auch schon. Ich bin gestresst, glaube ich.«

»Dann mach halt eine Pause. Nach allem, was ich von Astrid Moeller höre, wirst du dich ja wohl für einen halben Tag rausziehen können.«

»Ich dachte gerade daran, Hausfrau zu werden.«

Ele prustete los. »Hausfrau? Du? Vielleicht solltest du mit mir nach Hamburg fahren und eskalieren. Über die Stränge schlagen.«

»In der Skyline Bar?«

»Warum nicht. Mir hat das gefallen. Das und danach das.«

»Ele, also wirklich. Wir sind anständige Mädchen. Bleib bloß sauber.«

»Bleib sauber? In welcher Welt lebst du, Marie? Der Anstand erodiert auf breiter Front. Wir haben wieder Nazis im Land, die sich offen bekennen, und ich soll sauber bleiben? Wo sollen wir denn hin mit dem ganzen Scheißfrust, mit all der Wut? Immer schön anständig im Kirchenchor, im Gemeinderat, am Tisch in der Rechtsmedizin, im Auftrag des Guten, im öffentlichen Dienst. Du und ich und Elmar. Meine Nachbarin, die Krankenschwester ist, deren Mann bei der Feuerwehr. Alles anständige Leute, die jeden Tag ihr Bestes geben, und dann schaltest du die Nachrichten ein und könntest verzweifeln. Das bisschen St. Pauli habe ich mir verdammt noch mal verdient.«

Pause. Atemloses Schweigen.

»Ich denk drüber nach, Ele. Hab dich lieb. Ich muss jetzt. Tschüss.«

»Tschüss.«

Marie stand auf, ein Ball rollte in ihre Richtung. Sie nahm ihn hoch, hielt ihn hoch mit beiden Füßen, mit beiden Oberschenkeln, und dann köpfte sie ihn zurück zu den kleinen Jungs, die ungläubig schauten.

Klaus Kramers Wohnung lag im Erdgeschoss. Der Briefkasten quoll über. Sie klingelte, legte ein Ohr an die Wohnungstür. Keine Geräusche im Inneren. Sie drückte noch mal auf die

Klingel, auf der »M. und K. Kramer« stand. Ob Klaus Kramer liiert war?
»Überall nur Sackgassen«, murmelte sie und dachte an Holm.
Eine Viertelstunde später klingelte sie in Holtenau an seiner Tür. Keine Reaktion. Sie rief ihn an.
»Guten Tag, Frau Geisler. So eine Freude. Sie wollen einen Spaziergang im Begräbniswald vereinbaren?«
»Wollte ich nicht. Können wir aber machen. Heute Nachmittag?«
»Abgemacht. Holen Sie mich ab? Ich bin gerade in der Klinik, aber gegen fünfzehn Uhr wieder zurück.«
»Bis dahin.«
Beide legten auf. Ihr Vater würde das »Nägel mit Köpfen« nennen. Marie lächelte und stieg ins EMO. Man musste nur machen, nicht so viel denken.

Gleich hinterm Flughafen fuhr sie von der Bundesstraße ab, kurvte durch Friedrichsort, registrierte im Augenwinkel, wie Hauke über die Straße lief. Er war Buchblogger und führte Eles Lieblingsbuchhandlung. Ele hing ihr schon eine Weile in den Ohren, mal mit zu einer Lesung zu gehen. Marie fand sich zu jung für so was. Ele sagte, sie sei eingefahren. Nun, sie konnte es ja mal versuchen. Aber kein Krimi.

Auf dem Strandparkplatz Palisadenweg stellte sie ihr EMO im Schatten der Bäume ab. Sie würde den Falckensteiner Strand von Süden aus kommend abgehen, bis hinüber zur Treppe, und sie würde nach unbebauten Grundstücken oder Abrisshäusern Ausschau halten. So könnte sie womöglich den Ort finden, an dem Gero Freiherr von Blohm seinen großen Plan umsetzen wollte.

Das Wetter war Kaiserwetter. Einer dieser Tage, an denen es nicht so heiß war wie zuletzt. Eine milde Brise vom Wasser. So könnte es immer sein. Wenn sie sich langsam bewegte, musste sie nicht schwitzen.

Marie war schon ein paar Meter durch den Sand gegangen, als sie Kaffeedurst überkam. Sie machte kehrt, ging rüber zum

»Elefant am Strand«. Kiel war eine wunderbare Stadt. Gerade noch war sie mittendrin gewesen, und hier, in dem kleinen Flachbau in bester Lage mit Panoramablick über die Kieler Förde, nur einen Katzensprung, na gut, einen Panthersprung vom Zentrum der Landeshauptstadt entfernt – eine andere Welt. Marie verzichtete auf Begleitgebäck zu dem leckeren Kaffee, war ein bisschen stolz auf ihre Widerstandskraft und legte die Füße auf den Palettentisch. Einfach mal über die Stränge schlagen. Guckte ja gerade keiner.

Nachdem das Koffein seine Wirkung entfaltet hatte, zumindest war in Marie dieser Eindruck entstanden, schritt sie mit neuem Elan und aufrechter Haltung am Wassersaum entlang, immer genau dort, wo das Wasser die Sandkörner eng aneinandergedrückt hatte, dort, wo der Boden die Balance zwischen sportlicher Härte und komfortabler Nachgiebigkeit hielt, wie ein perfekt gegrilltes Steak medium rare. Besser konnte der Tag kaum werden.

Marie riss ihren Blick los vom Horizont, der verführerisch lockte, wie er das immer tat, und suchte oberhalb der Abbruchkante, oben zwischen den Bäumen auf dem Steilufer, nach Zeichen von Bautätigkeit. Sie fand keine. Ab und an blitzte das T-Shirt eines Läufers zwischen den Bäumen hervor. Im Wald versteckt wusste Marie den Jugendzeltplatz, den sie ab und zu mit der C- und B-Jugend ihres Fußballvereins ansteuerte, dann kam auch schon die Treppe in Sicht, auf der Gero Freiherr von Blohm vor drei Jahren das Interview gegeben hatte. Drei Jahre waren eine lange Zeit – es war denkbar, dass das Hotel bereits stand. Obwohl – davon hätte sie gehört.

Am Fuß der Treppe legte Marie den Kopf in den Nacken, schaute zurück und nach vorn, dorthin, wo man die Boote im Hafen von Schilksee sehen konnte. Dorthin war sie mit ihrem Folkeboot noch nie gesegelt. Meist hatte es sie in die dänische Südsee oder die Flensburger Förde gezogen.

Die Treppe wechselte zweimal die Richtung, bevor Marie das obere Podest erreichte. Sie hielt sich rechts, ging ein Stück auf dem Waldweg entlang, und dann sah sie, was sie schon in der Reportage für einen kurzen Moment gesehen hatte: einen weißen Bungalow aus den siebziger Jahren mit beeindruckender Fensterfront und einem Friesenwall, der in seinen Ausmaßen dem Margarethenwall Konkurrenz machen konnte. So wirkte es jedenfalls.

Dort hatte Gero Freiherr von Blohm gestanden, als Marie gerade weggeschaltet hatte, um nach dem ersten Ausstrahlungstermin der Reportage zu schauen, und genau dort stand nun wieder ein Mann, beschirmte die Augen gegen die Sonne und blickte hinaus aufs Wasser. Er sah hagerer aus als der Mann aus der Reportage.

Marie näherte sich dem Wall von unten. Der Mann stand wohl auf einer Terrasse. Jetzt sah er sie. »Verzeihung«, rief Marie. »Darf ich fragen, ob Sie Gero Freiherr von Blohm sind?«

Die hagere Gestalt durchfuhr ein Schauer, der Kopf zuckte in Maries Richtung. Der Mann trat einen Schritt zurück, sodass Marie nur noch die Haare sehen konnte, die Haare, die nicht blond und gelockt waren, sondern stumpf, strohig und grau. Marie hörte, dass der Mann geräuschvoll einatmete. Seine Nase war verstopft.

»Hier unten«, rief Marie.

So ruckartig, wie der Mann den Kopf bewegt hatte, trat er jetzt wieder vor. Gesicht und Oberkörper wurden sichtbar. Marie dachte an Klaus Kinski, der gesagt haben soll: »Ich verbrenne, so wie ich mein ganzes Leben lang verbrannt bin.« Der Blick des Mannes wechselte zwischen intensiv, starr und in die Ferne schweifend.

»Herr von Blohm?«

Der Mann schaute über Marie hinweg.

»Herr Freiherr.«

»Man sagt Baron. Die korrekte Anrede ist Baron.«

»Ich heiße Marie Geisler und arbeite für das LKA. Wir ermitteln im Fall Kronenburg. Ich komme mal eben rum. So über den Wall, das ist ja ...« Marie wusste nicht zu sagen, wie das war, so über den Wall. Ätzend, aber das war ein Wort, das jetzt nicht passte.

Sie umrundete den Wall. Ein Fußweg führte an der Schmalseite des Gartens entlang, der hier von einem hohen und dichten Knick begrenzt wurde. Zwischen Haus und Knick befand sich ein Tor, samt Kamera oberhalb der Pforte. Marie klopfte. »Baron?«

Schritte, das Schaben eines Riegels, das Kratzen eines Schlosses, in das ein Schlüssel eingeführt und gedreht wurde, ein Drehknauf, lange nicht benutzt, klagte quietschend. Die hölzerne Tür schwang auf.

»Kein Personal, kein Eintritt.« Gero Freiherr von Blohm, einen Schlüssel in der Hand, trat auf den Weg, drehte Marie den Rücken zu, drückte die klemmende Tür ins Schloss. »Gehen wir ein paar Schritte.«

Er ging dicht an Marie vorbei. Er roch. Nach Alkohol und nach Deo. Marie folgte. Der Gang des Freiherrn war schlampig, irgendwie staksig. So also sah einer der einflussreichsten Industriellen Deutschlands von hinten aus. Jetzt schloss sie auf, ging an seiner linken Seite im rechten Winkel direkt auf die Ostsee zu.

»Sie wollten seinen Posten.«

Die Bäume warfen Schatten auf die beiden. Es ging auf den Nachmittag zu. Der Freiherr atmete schwer, bog rechts ab in den Wald, sagte nichts, ging weiter oben auf dem Weg entlang des Steilufers.

»Sie sind ein Jahrgang, Kronenburg und Sie.«

»Ein Jahrgang, zwei Ställe. Er war ein Emporkömmling, ein Streber. Ihm fehlte die Weltläufigkeit für eine große Karriere.«

»Er war Wirtschaftsminister der größten Volkswirtschaft Europas.«

»Er war verdruckst.«

»Jetzt ist er ja weg.«

»Irgendwann sind wir alle weg.«

»Sie haben auch wenig Zeit, oder?«

Gero Freiherr von Blohm blieb abrupt stehen. Marie stoppte einen halben Schritt vor ihm, drehte sich nach rechts zu ihm um. »Haben Sie Kronenburg weggemacht?«
Keine Reaktion.
»Woher wussten Sie eigentlich, dass sich Lothar Kronenburg an der Austrian Mining beteiligt hatte?«
Gero Freiherr von Blohm quetschte ein kurzes Lachen hervor. »Fleißig. Sie sind fleißig, nicht wahr?« Er trat hinter eine Bank, stützte sich mit beiden Händen an der Rückenlehne ab und beugte den Oberkörper vor. »Lothar, dieser dumme Junge. Ich konnte es kaum glauben.« Er prustete los. »Lothar hat Kontoauszüge auf seinem Schreibtisch liegen gelassen.« Ein dünner Faden Blut lief aus seinem linken Nasenloch. Er wischte das Blut mit dem Ärmel ab. »Wir scheitern doch alle an den kleinen Dingen, nicht wahr?«
Jetzt grinste er, sein linkes Auge zuckte, die Hände steckten tief in den Taschen der Hose, die ihm zu weit war. »Ein Gespräch unter vier Augen, Frau Kommissarin. Hätte ich ihn weggemacht, würden Sie es nie herausfinden. Sie sind auch ein Emporkömmling. Ich spüre das.«
Er zog die linke Hand aus der Hosentasche. Zwei Plastikbeutelchen fielen auf den Waldboden. Marie ging rasch um die Bank herum, bückte sich, griff nach ihnen, war schneller als von Blohm. Sie sah und wusste sofort, was er verloren hatte. Der kleine Beutel mit dem roten Schnellverschluss enthielt flache Kristalle, der andere mit dem farblosen Schnellverschluss weißes Pulver.
»Dass Sie das nötig haben. Crystal, ausgerechnet. Sind Sie knapp bei Kasse? Und das hier?« Marie hielt den Beutel mit dem Pulver hoch. »Koks? Sie können sich nicht entscheiden? Und das in Ihrer Position. Ich denke, es könnte so gelaufen sein: Sie haben Kronenburg wegen der Geschichte mit Austrian Mining unter Druck gesetzt. Er hat herausgefunden, dass Sie ein Scheißabhängiger sind, und den Spieß umgedreht. Sie haben die Kontrolle verloren. Kein Wunder bei dem Drogenkonsum. Ich

schlage vor, Sie machen eine Aussage. Das nimmt den Druck. Und dann gibt's Methadon und kalorienreiche Gefängniskost, dass Sie mal wieder was auf die Rippen kriegen.«

Marie sah, dass sich die Muskulatur am Hals des Mannes verkrampfte, sein Gesicht sich ins Maskenhafte veränderte. Dann schlug er, überraschend flink und hart, auf Maries rechte Hand. Die Beutel fielen zu Boden. Marie bückte sich, sah, dass Gero Freiherr von Blohm einen Schritt auf sie zumachte, spürte seine Hände an den Schultern, einen kräftigen Stoß. Sie verlor das Gleichgewicht, machte einen Ausfallschritt nach hinten, stolperte über einen parallel zum Weg liegenden Baumstamm und stürzte rücklings das Steilufer hinunter.

Flucht

»Wo ist eigentlich Mayr, und was macht der gerade?«, fragte Astrid Moeller.
Sonja zuckte mit den Schultern. »Ich glaube, der steckt bis zum Hals in diesem Kernfusionsthema. Lithiumlieferungen von Austrian Mining. Forschungsgelder vom Bund für den Reaktor in Greifswald. Übernachtungen des Wirtschaftsministers beim Leiter der Anlage.«
»Ob uns das zum Täter führt?« Astrid Moeller klang skeptisch, gab sich aber gleich selbst die Antwort. »Ein Motiv wäre ja schon ein Schritt in die richtige Richtung.« Ihr Telefon klingelte, verstummte aber wieder. Sie schickte sich an, Sonjas Büro zu verlassen.
»Augenblick. Neue Informationen zu Klaus Kramer.«
»Lucky?«
»Genau. Er ist nach Bischkek geflogen. Moment. Sonnabend. Und vorgestern ist er wieder zurückgeflogen.«
»Er ist wohin geflogen?«
»Bischkek.«
»Bitte!«
»Die Hauptstadt von Kirgisistan.«
»Lustig.«
»Wirklich wahr.«
»Wo ist Kirgisistan? Und sagen Sie nicht, bei Usbekistan.«
»Ist aber so. Nachbarn sind auch Tadschikistan, Kasachstan und China.«
»China, gut. Jetzt habe ich eine ungefähre Vorstellung.«
Sonja scrollte in der Nachricht weiter nach unten. »Klaus Kramer hat vorgestern um vierzehn Uhr siebenundvierzig in Düsseldorf einen Mietwagen bezahlt. Mit Mastercard. Danach noch eine Abbuchung von einer Tankstelle in Hamburg. Sekunde. Vor anderthalb Stunden.«

»Geben Sie den Kollegen von der Autobahnpolizei Bescheid. Flughäfen nicht vergessen. Vielleicht erwischen wir ihn ja, bevor er wieder nach Zentralasien entfleucht.«

***

Marie lag auf dem Rücken, mit dem Kopf nach unten. Sie sah Geröll, Sand, Baumkronen und einen makellos blauen Himmel. Die Gefühle wechselten einander in rascher Folge ab. Den Schreck hatte die Sorge um das Knie abgelöst. Bloß nicht schon wieder eine Knieverletzung, war es ihr durch den Kopf geschossen. Sie beugte es. Kein Problem. Keine Schmerzen. Jedenfalls nicht im Knie. Erleichterung breitete sich aus. Aber den rechten Ellbogen hatte es erwischt. Marie blutete aus einer Risswunde, soweit sie das beurteilen konnte.

Jetzt meldete sich der Ärger. Etwa in Hüfthöhe lag ihre Sonnenbrille. Beide Gläser waren zerbrochen. Dann, nachdem sie sich einen ersten Eindruck von ihrer Lage verschafft hatte, überschwemmte sie die Wut. Sie hatte sich tatsächlich von diesem Irren überraschen lassen, sich über die Abbruchkante stoßen lassen. Wie eine Anfängerin hatte sie sich gebückt. Der Irre war weg, den Stoff hatte er sicher auch mitgenommen, und sie lag wie ein Käfer am Fuß des Steilufers und blutete T-Shirt und Cargohose voll.

»Soll ich einen Notarzt rufen?«, fragte ein Mann im Rentenalter. Er kniete sich neben Marie in den Sand und nahm ihre Hand. »Sie bluten ziemlich stark.«

»Nein, danke, nein. Ich bin bei der Polizei.«

Marie fragte sich, warum sie das gesagt hatte.

Der Blick des Mannes – eine Mischung aus Skepsis und Sorge. »Vielleicht ein Schock. Soll ich nicht doch lieber …?«

Marie richtete sich auf, drehte sich, sodass die Füße nach unten zeigten. Nun hatte sie den Mann zu ihrer Linken.

»Ich wollte nur sagen: Ich kann gegebenenfalls selbst Hilfe herbeirufen.«

Der Mann zog ein sorgfältig gefaltetes Taschentuch aus der Tasche seiner Weste. »Gisela, kommst du bitte mal? Ich benötige dein Halstuch.«

Gisela stakste zwischen den Steinen hindurch, knotete ihr Halstuch auf und reichte es ihrem Mann. »Sie sind ein bisschen blass«, sagte sie.

Der Mann stand auf, stieg über Maries Beine und kniete sich dann an ihre rechte Seite. Er nahm ihren Arm, presste sein Taschentuch auf die Wunde und umwickelte es mit dem geblümten Halstuch. Er machte einen Knoten. »So, fürs Erste.«

Maries Handy klingelte.

»Geisler.«

»Astrid Moeller. Sie haben in den letzten drei Minuten vier Mal bei mir angerufen.«

Marie schaute auf ihr gutes altes Nokia 6310i. Nicht einen Kratzer hatte es abbekommen, aber innere Verletzungen konnte man nicht ausschließen. Eine Verklemmung der Wahlwiederholung? Marie war ein bisschen übel.

»Mir ist ein bisschen übel, Chefin. Und: Gero Freiherr von Blohm konsumiert Koks und Crystal. Aber jetzt ist er abgehauen.«

Dann wurde Marie ohnmächtig.

***

Gero Freiherr von Blohm hatte auf dem Absatz kehrtgemacht, war über Stock und Stein stolpernd zurückgerannt, so schnell ihn sein ausgemergelter Körper trug. An der Gartenpforte angelangt, stellte er fest, dass er den Schlüssel verloren hatte.

Er umrundete den Bungalow, griff einen der Kieselsteine, aus denen seine Mutter vor sehr langer Zeit Türmchen neben der Haustür aufgeschichtet hatte. »Steinmännchen«, hatte sie stolz erklärt. »Sie weisen den Menschen den Weg. Überall auf der Welt. Seit ewigen Zeiten.« Der Vater hatte gelacht. »Wenn du den Weg von hier bis zur Haustür nicht mehr findest, solltest du zu einem deiner Ärzte gehen.« Dann hatte er sie stehen lassen. Sie hatte stumme Tränen geweint.

Gero Freiherr von Blohm legte den Stein zurück. »Verzeih, Mutter.« Dann griff er nach dem Blumenkübel, bekam ihn kaum bis auf Brusthöhe angehoben, schaffte es aber doch, wankte zur Haustür und stieß den Kübel von sich. Das Glas der Tür riss, zersplitterte aber nicht. Mit dem Ellbogen schlug er nun auf das Sicherheitsglas ein. Die Alarmanlage machte einen Höllenlärm.

Immer wieder hieb er auf das Glas ein, bis er endlich durch einen Spalt nach der Klinke im Innern des Hauses greifen konnte. Er öffnete die Tür, drückte einen Knopf neben der Tür, die zum Untergeschoss führte, entnahm der Schale auf dem Sideboard einen Schlüssel und stieg mit unsicheren Schritten die Treppe nach unten. Auf dem Weg durch den Flur stützte er sich immer wieder links und rechts ab. Dann erreichte er die Garage, stieg in den roten Ferrari, sah, dass sich das Tor nun vollständig geöffnet hatte, und startete den Motor. Das Röhren des Achtzylinders konkurrierte jetzt mit dem Jaulen der Alarmanlage.

Ruckelnd fuhr Gero Freiherr von Blohm die Einfahrt hinaus, bog links auf die Jakobsleiter ab, beschleunigte mit quietschenden Reifen die Graf-Luckner-Straße rauf. Rechts, links, rechts. Strande, Schwedeneck, Schleswig, Flensburg. Nach fünfundvierzig Minuten überquerte er die deutsch-dänische Grenze westlich von Ellund.

***

»Was soll das denn?«, knurrte Marie ungehalten und schob die behandschuhten Finger einer Frau aus ihrem Gesicht. »Natürlich kann ich Sie hören. Wer sind Sie eigentlich?«

»Imke Hassloff, ich bin die Notärztin. Bleiben Sie mal schön hier liegen.« Die Frau drückte Marie auf die Liege.

Marie schaute sich um. Das war das Innere eines Rettungswagens. Der Sturz. Und dann? Der Mann mit dem Halstuch. Danach?

»Mir geht's gut, Frau Hassloff, der Bundespräsident heißt Steinmeier, ich Marie Geisler, sieben mal sechsunddreißig ist – ach, rechnen Sie das doch selbst aus. Ich habe jetzt zu tun. Ein flüchtiger Verdächtiger. Also machen wir jetzt mal das Zeug hier ab.« Marie zog sich die Elektroden des EKGs von der Brust.

»Sie waren ohnmächtig, Frau Geisler. Ich empfehle Ihnen, liegen zu bleiben. Sie sind gestürzt. Vielleicht auf den Kopf. Das können wir gleich im Klinikum rasch überprüfen. Und die Wunde am Arm muss versorgt werden.«

Marie saß jetzt auf der Liege und nahm sich die Elektroden über den Knöcheln vor.

»Nun seien Sie doch vernünftig. Gleich werde ich echt sauer. Nur weil Sie Polizistin sind, müssen Sie sich hier nicht so aufführen.«

Frau Hassloff und der Rettungssanitäter drückten Marie erneut auf die Liege. »Wieder anschnallen«, sagte Frau Hassloff.

Der Rettungssanitäter war stark, und plötzlich wurde Marie wieder ganz schwach.

Die Fahrt war holperig. Daran konnte Marie sich erinnern, als sie neben dem Mann mit dem grünen Kittel das freundliche Gesicht von Astrid Moeller sah.

»Sie sind keine Angehörige«, sagte der Mann im grünen Kittel.

»Ich warte auf dem Gang, Frau Geisler. Ihren Mann habe ich angerufen.« Damit verschwand das Gesicht ihrer Chefin aus Maries Blickfeld.

Rettungswagen, dachte Marie, und Andreas wurde benachrichtigt, dachte sie auch noch. »Also, jetzt mal Klartext«, wandte sie sich an den Mann im grünen Kittel. »Ich habe Kopfschmerzen. Nichts sonst. Was soll dieser Aufriss hier? Sie tun ja so, als läge ich im Sterben.«

»Sie haben eine Gehirnerschütterung, Frau Geisler.«

»Na und, ich spiele Fußball. Was glauben Sie, wie oft ich

schon mit meinem Kopf gegen den Kopf meiner Gegenspielerinnen gekracht bin!«

Der Mann grinste. »Umso wichtiger, dass wir hier eine anständige Diagnostik machen, und die Wunde am Arm müssen wir auch versorgen. Ich betäub das jetzt mal, und dann nähe ich das wieder zu.«

»Weiß ich Bescheid. Danke.«

Marie konzentrierte sich auf Gero Freiherr von Blohm. Er hatte ein glasklares Motiv gehabt, um Kronenburg ins Jenseits zu befördern. Hätte Kronenburg die Drogensucht öffentlich gemacht, wäre es mit von Blohms Ambitionen auf den Parteivorsitz vorbei gewesen. Allerdings war nicht erwiesen, dass Kronenburg von Koks und Crystal Meth gewusst hatte. Spekulieren durfte man dennoch. Die beiden hatten sich am Windrad getroffen. Wären sie gemeinsam auf die Gondel raufgefahren? Sie kannten sich lange und gut. Aber wie waren sie, ohne Einbruchspuren zu hinterlassen, überhaupt reingekommen in Windrad drei? Oder war es Windrad vier?

»Au, das tut weh«, beschwerte sich Marie. »Sie müssen doch einen Moment warten, bis das Zeug wirkt. Lidocain, oder was haben Sie da gespritzt? Ich vertrage Adrenalin nicht gut, und Sie müssen doch auch mal fragen, ob ich Allergien habe. Was ist das eigentlich für ein Laden hier?«

»Sie sind vom Fach?«, fragte der Mann.

»Warum fragen Sie?«

»Adrenalin, Lidocain. Aber Sie können beruhigt sein. Keine Adrenalinbeimischung. Das machen doch nur die Zahnärzte. Und gewirkt hat das Zeug auch. Bin gleich fertig. Und das hier ist das UKSH. Guter Laden, wenn Sie mich fragen. Allein schon wegen der schönen Lage.«

Marie lachte. Der Mann lachte.

»Jetzt mal ohne Quatsch«, sagte sie. »Ich muss hier zügig weg. Ich bin Polizistin.«

»Ich weiß, ich habe die Knarre vorhin Ihrer Chefin ausgehändigt.«

Maries rechter Arm zuckte in Richtung linker Achsel.
»Hey, ich hab die Nadel noch in Ihrem Arm. Junge, Junge. Beim nächsten Mal lege ich Sie in Vollnarkose.«
Die Tür öffnete sich einen Spalt. »Alles okay so weit?«, fragte Astrid Moeller.
»Ja, alles okay. Kommt jetzt gleich auch noch ein Polizeihund hier rein, oder was?«
»Wie heißen Sie eigentlich, Mann in Grün?« Marie versuchte ein charmantes Lächeln.
»Deniz Özdemir, und wehe, Sie sagen, mein Deutsch sei gut. Ich bin in Kiel geboren. Und, nein, wir sind nicht verwandt! So, fertig. Zu Ihrem Kopf: Sie waren bewusstlos, Sie klagten über Kopfschmerzen. Ist Ihnen übel?«
Marie schüttelte den Kopf.
»Apathisch sind Sie auch nicht. Da bin ich ganz sicher. Sie haben eine ordentliche Beule am Hinterkopf. Ich würde Sie eigentlich gern hierbehalten, über Nacht.«
»Mein Mann ist Arzt. Alles entspannt.«
»Nur weil Ihr Mann Arzt ist, kann er die Folgen eines Schädel-Hirn-Traumas nicht abwenden. Alle nehmen das immer auf die leichte Schulter. Das ist nicht clever. Schon mal vom postkommotionellen Syndrom gehört? Eigentlich ist so eine Gehirnerschütterung nach ein paar Tagen vergessen, aber manche Menschen haben jahrelange Nachwirkungen. Kein Spaß. Wir machen noch ein CT.«
Er rollte mit seinem Hocker zum Schreibtisch. Die Tastatur klapperte. »In den nächsten Tagen möglichst Bettruhe, keine hellen Bildschirme, nicht lesen.«
Marie winkte innerlich ab.

Anderthalb Stunden später hatte Dr. Özdemir die Bilder des CTs ausgiebig studiert und zufrieden gebrummt. Marie hatte Astrid Moeller versprochen, auf sich aufzupassen, und ihren Liebsten wieder zurück in die Praxis geschickt. Jetzt saß sie in einem Taxi, das sie nach Holtenau brachte. Holm stieg zu.

Sie saßen nebeneinander im Fond des Taxis. Er schaute aus dem Fenster. Inzwischen fuhren sie schon eine Weile an einem Feld entlang, das vor zwei Kilometern so ausgesehen hatte, wie es jetzt aussah. Monokultur. Sachse war auf dem richtigen Weg, dachte Marie. Eigenes Obst, eigene Kartoffeln. Mit den anderen Laubenpiepern teilen. Vielleicht, dachte Marie, sollten wir das tatsächlich auch mal versuchen. Sie würde das machen mit dem Hochbeet im eigenen Garten. Gleich nachdem sie herausgefunden hatte, wer Lothar Kronenburg auf dem Gewissen hatte.

Holm räusperte sich. »Sie überstrapazieren meine Geduld, Frau Geisler. Wenn ich eines nicht habe, dann Zeit. Was ist passiert?«

»Ich bin gestürzt und auf den Kopf gefallen. Ich sollte heute kein Auto mehr fahren.«

»Das ist alles?«

»Das ist alles. Ich will nicht darüber sprechen.«

Die Eckernförder Bucht kam in Sicht, sie fuhren vorbei am »Grünen Jäger«, dann im milden Licht des Nachmittags das »Treib-Gut«, in dem Marie vor zwei Wochen Freunde aus Sehestedt-Süd zum Essen getroffen hatte. Ihr dröhnte der Schädel.

»Hat jemand eine Kopfschmerztablette?«

Der Fahrer hatte, und er schenkte Marie eine kleine Flasche Wasser. Jetzt bremste er, Holms Oberkörper löste sich kurz von der Rückenlehne, der Abzweig nach rechts, die schmale Straße bergan in den Begräbniswald.

Es wurde dunkler. Marie hörte Holm atmen. Unter den Rädern knirschte der Splitt. Der Taxifahrer stellte den Motor ab. Marie stieg aus, kurz drehten sich die Baumwipfel. Sie stützte sich an der Karosserie ab, umrundete den alten Mercedes. Holm stand neben der Tür, auf einen Stock gestützt.

»Ich warte?«, fragte der Taxifahrer, der das Seitenfenster heruntergelassen hatte.

»Tun wir das nicht alle?«, antwortete Holm.

Marie nickte dem Fahrer zu. Sie ging rechts neben Holm,

reichte ihm ihren Arm, er wechselte den Stock in die linke Hand. So gingen sie nebeneinander, langsam, kaum bemerkte man, was der Wald barg. Das Rauschen der Straße, das Schlurfen der Sohlen auf dem Waldboden. Die Informationstafel ließen sie rechts liegen. Der Weg stieg nur leicht an. Holm war kurzatmig.

Hoch, höher als erwartet, ragten die Bäume in den Himmel. An der Weggabelung eine Bank. Im stillen Einvernehmen setzten sie sich, betrachteten die Stämme und die Plaketten an den Stämmen. Unscheinbare letzte Zeichen kurzer oder langer Lebensgeschichten. Namen, Daten, mehr blieb nicht für die fremden Besucher.

»Man sieht das Wasser nicht.«

»Der Wald ist dicht. Da müssten wir nach vorn zum Steilufer.«

Holm hob abwehrend die Hand. »Ich käme womöglich nicht zurück. Dabei habe ich heute am Abend doch eine Einladung.«

Wieder schwiegen sie.

»Einer ist mir so lieb wie der andere«, sagte Holm schließlich. »Ein schöner Ort, um zu verweilen.«

Marie drehte sich hin zu Holm und rezitierte:

»Werd ich zum Augenblicke sagen:
Verweile doch! Du bist so schön!
Dann magst du mich in Fesseln schlagen,
Dann will ich gern zugrunde gehn!«

»Treffender als mit Faust hätte ich es nicht sagen können, Frau Geisler. Ein Augenblick, nicht nur für die Ewigkeit. Ein Augenblick der Ewigkeit. Ja, ich muss gestehen – eine gewisse Vorfreude kann ich nicht verleugnen. Von der Last zur Lust.«

Holm kicherte, dann hustete er, holte ein Taschentuch hervor, hielt es sich vor den Mund. »Verzeihen Sie, meine Gesellschaftsfähigkeit lässt zu wünschen übrig. Wie war doch gleich der Name des Palliativmediziners? Ich werde ihn heute noch kontaktieren.«

»Haben Sie Familie?«

»Ein dunkles Kapitel.«
Marie ertastete etwas in ihrer linken Hosentasche, zog daran. Eine geöffnete Tüte Fisherman's Friend.
»Auch eine?«
Dr. Holm öffnete die Augen. »Nicht meine Sorte.«
»Welches ist denn Ihre Sorte?«
»Salmiak.«
Marie schob sich eine der durch Körperwärme und Feuchtigkeit weich gewordenen Pastillen in den Mund.
»Haben Sie Freunde?«
»Ein noch dunkleres Kapitel.«
»Das ist alles?«
»Das ist alles. Ich will nicht darüber sprechen.«
Beide lachten.
»Aus uns hätte was werden können«, sagte Marie.
»Aus uns ist ja was geworden. Gibt es hier eine öffentliche Toilette?«
Marie ging in sich, hielt Ausschau, stand auf. »Ich fürchte, nein.«
Holm zog seinen Stock heran, drückte sich hoch. Das Gesicht schmerzverzerrt. Er blickte sich um. »Ich kann ja schlecht an einen der Bäume ...«
»Taxi?«
Holm nickte. Sie gingen zurück.
»Sie nehmen das Taxi, ich rufe meinen Mann.«
Marie hielt Holm an der Schulter, als er einsteigen wollte. »Ist mir egal, ob Ihnen das jetzt passt.« Sie umarmte ihn.
Er sträubte sich nicht, rutschte mehr auf die Rücksitzbank, als dass er einstieg. Das Taxi setzte zurück, fuhr an, knirschte über die kleinen Steinchen, wurde kleiner, wurde eins mit Bäumen und Büschen. Dann konnte Marie es nicht mehr sehen.
Sie rief Andreas an, ging hinunter an die Bucht, schaute auf das Wasser und dachte, dass sie sich für den Rest des Tages mit anderen Themen würde beschäftigen müssen. Ihr war nach bunt, süß, albern.

Es hupte. Der alte R4 rollte auf den Parkplatz des »Treib-Gut«. Als Marie auf das Auto zuging, sah sie, dass Karl auf der Rücksitzbank saß. Sie öffnete die Beifahrertür und ließ sich auf den Sitz plumpsen. Karl streichelte ihr sanft über den Kopf.
»Kein Wuscheln, was ist los mit dir?«
»Papa hat erzählt, dass du im Krankenhaus warst.«
»Ach, mein Karlchen. Nur eine kleine Platzwunde am Arm. Das wird eine schicke Angebernarbe.«
»Und der Kopf?«
Sie drehte sich halb zu Karl um, machte ein ernstes Gesicht.
»Ja, das könnte ein Problem werden. Da ist irgendwas durcheinandergeraten.«
»Tut was weh?« Karl klang besorgt.
»Ein bisschen nur. Aber was total irre ist – ich kann mich nicht mehr an meine guten Vorsätze erinnern. Ich weiß noch, dass da was war. Aber was?«
Fragende Blicke von Karl und Andreas.
»Ist ja vielleicht auch nicht so wichtig. Und vielleicht fällt es mir wieder ein. Später. Aber jetzt, ganz ehrlich, wenn ich nicht bald eine Wundertüte kriege, falle ich um.«
Der R4 wackelte. »Wundertüte, Wundertüte«, tönte es von hinten.
Andreas und Marie fielen ein. Andreas drehte den Zündschlüssel. »Los, anschnallen. Ich werde sehr schnell fahren.«

Die Wundertüte genossen die drei mit den Füßen im Sand. Sie waren am Ostsee Info-Center vorbei an den Wassersaum gegangen. Karl hatte sein Eis als Erster verputzt und ging im flachen Wasser auf und ab. Marie schaute am Strand entlang, der gut besucht war.
»Wir haben schon Glück«, sagte sie. »Die meisten Leute hier sind im Urlaub. Eine Woche, vielleicht zwei, und wir können immer hierhin. Jeden Tag. Ich bin wirklich dankbar.«
»Gut, dass du auf den Kopf gefallen bist«, sagte Andreas.
Marie griff blitzschnell nach seiner Wundertüte und stieß

sie von unten an. Sahne und Erdbeersoße in Andreas' Gesicht waren das Ergebnis.

»Dass du mit deiner Reaktionsgeschwindigkeit nie zum Fußball gekommen bist, ist echt kein Wunder.« Marie wischte Sahne und Soße mit dem Zeigefinger von seiner Nase. »Wie du wieder aussiehst.«

Dann klingelte Maries Handy. Sie stöhnte, sah, dass es Sachse war, und ging ran.

»Margot ist hier, glaube ich jedenfalls. Ich habe sie auf der Terrasse gesehen.«

»Sina Carstens? Das kann nicht sein. Die kommt erst morgen Abend mit der Fähre aus Helsinki in Travemünde an.«

»Vielleicht täusche ich mich. Ich pirsche mich mal an. Ich melde mich.«

Er hatte aufgelegt. Jetzt ein Boot, dachte Marie. Über die Bucht, über das Wasser. Da wäre sie in zehn Minuten drüben in Karlsminde auf dem Campingplatz. Aber sie hatte kein Boot. Autofahren konnte sie auch nicht. Sachse war nicht im Dienst, und mit dem Fall hatte er auch nichts zu tun. Marie klickte sich durch ihre Kontakte und rief dann bei der Kriminalpolizei Eckernförde an. Sie bat um Hilfe. Wenig später hielt ein Zivilfahrzeug an der Hafenspitze.

Andreas stand neben ihr, schnippte mit rechtem Daumen und Mittelfinger. Er war sauer. Richtig sauer.

»Es tut mir leid. Was soll ich machen?«

»Du hast eine Gehirnerschütterung, Marie. Du verhältst dich unvernünftig. Und außerdem – ich bin flexibel, aber ich habe auch einen Job zu erledigen. Ich dachte, ich fahre dich und Karl jetzt eben nach Schleswig und mache dann Hausbesuche.«

»Ich koche heute Abend«, versuchte sie seinen Missmut zu bremsen, stieg ins Auto und wählte Sachses Handynummer. Freizeichen. Aber Sachse nahm den Anruf nicht entgegen.

»Ist es wegen Kronenburg?«, mutmaßte der Kollege von der Eckernförder Kripo richtig.

Sie fuhren bereits auf der Borbyer Seite des Hafenbeckens entlang. Der Verkehr war dicht. Als sie an der Hemmelmarker Schmiede auf die Waabser Chaussee abgebogen waren, gab der Kollege Gas. Marie griff nach der Halteschlaufe, wie es ihre Schwiegermutter oft machte. Sie schloss und öffnete die Augen. Ganz wohl war ihr nicht. Sie erreichten die Abzweigung. Das Bremsen, die Kurve, das Beschleunigen. Marie zeigte auf den Parkplatz vor dem Großsteingrab. »Halt da mal an.«

»Wollen wir nicht runter zum Campingplatz?«

»Halt da mal an.«

Der Kollege fuhr auf den Vorplatz. Es staubte. Marie öffnete die Tür. Schnelle Schritte zu einem der alten Bäume, dann erzwang das vegetative Nervensystem konvulsivische Bewegungen des Magens. Marie spie, dass es eine Krähe krächzend auffliegen ließ. Den Mund wischte sie sich mit dem linken Handrücken ab, spürte, dass sich der Schwindel erneut meldete. Vorsichtig richtete sie sich auf, stützte sich am Baum ab.

»Hier.« Der Kollege war hinter sie getreten und hielt ihr eine bereits geöffnete Flasche Mineralwasser hin. Marie spülte den Mund, ließ Wasser über die Hände laufen. Der Kollege saß bereits wieder im Auto. Sie ging zurück, setzte sich, stellte die Wasserflasche in den Fußraum.

»Danke. Ich hatte vor ein paar Stunden einen kleinen Unfall. Gehirnerschütterung.«

»Sollen wir trotzdem weiter?«

»Ja, sicher.«

Sie fuhren die schmale Straße hinunter.

»Hab schon gehört, dass Sie hinlangen können.«

Marie schaute den Kollegen an. Wieder wurde ihr schwindelig. »Hinlangen?«

»Sie spielen Fußball, oder?«

»Ja.«

»Drei Gelbe Karten letzte Saison.« Der Kripo-Kollege lachte.

»Zwei davon, weil die Schiedsrichterin keine Kritik vertragen konnte. Und das, obwohl ich Spielführerin war.«

»Die Schiedsrichterin ist meine Frau.«
»Ich sag nichts mehr.« Marie fühlte sich besser. Das Geplänkel hatte sie abgelenkt.
»Wie heißen Sie eigentlich?«
»Faber. Karsten Faber. Wo soll ich parken?«
»Am besten gleich hier auf dem Parkplatz. Nicht dass wir sie verscheuchen.«

Beide stiegen aus. Maries erneuter Versuch, Sachse zu erreichen, war fehlgeschlagen.

Sie verließen den Parkplatz, gingen den Waldweg entlang. Vor Kronenburgs Haus stand ein weißer Kombi mit Hamburger Kennzeichen. Auf dem Nummernschildträger der Aufdruck einer Autovermietung. Marie fasste unter ihre Achsel, fasste ins Leere. Ihre Dienstwaffe hatte Astrid Moeller im Krankenhaus an sich genommen. Karsten Faber nickte, zog seine Waffe.

»Linksrum auf die Terrasse«, sagte Marie und folgte Faber, der die Waffe gesenkt hielt, langsam voranging und in die Fenster schaute. Er machte das nicht zum ersten Mal. An der Ecke des Hauses blieb er stehen, spähte auf die Terrasse, zog den Oberkörper wieder zurück.

»Eine Frau Mitte vierzig, ein untersetzter Mann Anfang sechzig. Sie sitzen am Gartentisch.« Er hatte geflüstert.

Marie ahnte, wer dort saß, schob sich am Kripo-Kollegen vorbei und schaute Sachse in die Augen. Die Frau hatte Marie den Rücken zugewandt.

»Moin. Frau Carstens?« Marie machte noch zwei Schritte, stellte sich an den Tisch und sah erst jetzt, dass das Gesicht der Frau verquollen, die Augen gerötet waren. »Ich bin Marie Geisler, LKA. Sind Sie Sina Carstens?«

»Ja.«

»Sie sind nicht mit der Fähre gekommen?«

»Nein.«

Sachse stand auf, holte einen Stuhl vom Stapel, der neben dem Gartenschuppen stand.

»Setzen Sie sich doch vielleicht erst mal, Frau Geisler.« Sein Blick bat um langsamere Gangart.

Marie setzte sich auf den Stuhl. Die Latten der Sitzfläche waren hart, mindestens eine war locker.

»Wir wollten neue kaufen«, sagte Sina Carstens. »Das sind die ersten, haben wir damals bei Ikea in Kiel gekauft.«

»Frau Carstens ist von Helsinki aus nach Hamburg geflogen«, erklärte Sachse Sina Carstens' Anwesenheit. »Sie hat mir bereits erklärt, warum es ihr wichtig war, möglichst schnell herzukommen.« Er lächelte Sina Carstens freundlich an und nickte auffordernd.

Sina Carstens nahm ihre Hände vom Tisch. Darunter hatte sie ein Blatt Papier verborgen. Tränen liefen über ihre Wangen.

Marie streckte die Hand aus, Sina Carstens sah zur Seite. Marie nahm den Zettel hoch, ein zweimal gefaltetes DIN-A5-Blatt. Zwei Handschriften, mit schwarzer und blauer Tinte geschrieben. Marie las den ersten Absatz.

Liebe Sina, nie war unsere Beziehung ein Verhältnis, immer mehr als eine Affäre. Du bist meine Liebe, und versteckt haben wir uns lange genug. Jeder soll wissen, dass wir zusammengehören. Willst du mich heiraten? Lothar

Sina Carstens rückte mit dem Stuhl ein kleines Stück vom Tisch ab. Karsten Faber stand hinter ihr. Marie las den zweiten Absatz. Die Handschrift präzise, besser lesbar als Kronenburgs fahrige Schrift.

Lieber Lothar, ich kann und ich will nicht ohne dich sein. Sobald meine Tochter volljährig ist, gehöre ich dir.
In Liebe, Sina

Marie faltete den Zettel zusammen. »Wegen dieser Zeilen sind Sie mit dem Flugzeug statt der Fähre gekommen?«

Sina Carstens starrte auf die Tischplatte. »Ich habe an nichts anderes gedacht, nachdem ich erfahren hatte, dass Lothar tot ist. Ich habe das kaum ausgehalten beim Dreh. Und dann haben wir auch noch die Fähre verpasst. Ich dachte, ich werde verrückt.«

»Aber warum?«

»Man kennt das doch. Irgendwann hätten Sie unser Haus hier gefunden. Sie haben es ja schon gefunden, und dann hätten Sie auch das hier gefunden.« Sie deutete auf den Zettel.

»Und?«

»Jörn hätte davon erfahren. Er hätte mich verlassen, er hätte unsere Tochter mitgenommen.«

»Aber Ihr Mann wusste von Ihrer Affäre mit Kronenburg, und er hat sie geduldet.«

»Eine Affäre, ja. Er denkt, das sei oberflächlich gewesen. Nichts von Bedeutung. Er hat sich das eingeredet. Wir sind ja ganz frei, eine offene Ehe, ich könne ja auch ein Verhältnis anfangen, hat er immer gesagt. So ein Unsinn. Er ist eifersüchtig, wie man nur eifersüchtig sein kann. Aber er hat immer gesagt: ›Ich bin dein Mann, dein Ehemann. Er ist nur ein Liebhaber.‹ Wenn Jörn rausfindet, dass wir heiraten wollten, fällt er um.«

Marie spürte jede Latte des Gartenstuhls, und es pochte hinter ihrer Stirn. »Herr Sachse, meinen Sie, wir könnten einen Kaffee bei Ihnen kriegen?«

Sina Carstens schob rasch den Stuhl nach hinten. »Nicht nötig.« Sie ging zur Terrassentür. »Sie auch, Herr Sachse?«

»Das wäre nett.« Sachse schaute Sina Carstens nach. »Die ist ja total von der Rolle. Hat Kronenburg offenbar aufrichtig geliebt, will ihren Mann aber nicht verlieren. Was ist das denn für ein Durcheinander? Hü oder hott. Mit solchen Leuten komm ich ja nicht klar.«

Er stand auch auf, steckte die Hände in die Taschen der Jeans. So tief und fest, dass Marie die Knöchel durch den ausgebeulten Stoff sehen konnte.

»Entweder oder. Entweder liebt sie Kronenburg und lebt mit ihm, oder sie liebt ihren Mann, die gemeinsame Tochter, das

gemeinsame Leben.« Sachse ging mit steifen Beinen auf und ab.
»Ja, vielleicht bin ich altmodisch. Aber mir kann doch niemand erzählen, dass dieses Hickhack emotional stabile Persönlichkeiten auf den Weg bringt. Die fliegen doch früher oder später alle aus der Kurve.«

Sachse kam jetzt an den Tisch, zog die Hände aus den Taschen und stützte sich auf. »Und wissen Sie, was das Schlimmste ist: die Tochter, ein Teenager, eine zerbrechliche Seele. Na, herzlichen Glückwunsch.«

Er steckte die Hände wieder in die Taschen und stapfte über den Rasen, der lange nicht gemäht worden war, zum Schilfgürtel.

Marie rieb sich die Schläfe.

»Der Unfall?«, fragte Faber, der sich am Rand der Terrasse auf den schmalen Sims eines gemauerten Grills gehockt hatte.

»Ja, sicher hilft der Kaffee. Welchen Eindruck haben Sie von Frau Carstens?«

»Obwohl es ein Modewort ist, sie wirkt auf mich absolut authentisch. Sitzt zwischen den Stühlen. Das kommt vor. Und der Umstand, dass der Mann ein Spitzenpolitiker war, hat es sicher nicht leichter gemacht. Die haben sich hier ja richtiggehend versteckt.«

Im Innern des Hauses brummte jetzt eine Siebträgermaschine. Marie hatte sie gesehen, als sie das Haus mit Sachse inspiziert hatte. Wenig später tauchte Sina Carstens mit einem Tablett und zwei Tassen Espresso auf. Sie stellte das Tablett auf den Tisch, wischte mit einem feuchten Tuch über die Tischplatte, schob das Tablett, auf dem Zucker und ein Schälchen mit Amarettini standen, zur Seite, wischte erneut, lächelte ein scheues Lächeln, stellte Tassen, Zucker und das Schälchen auf den Tisch und verschwand wieder im Haus.

»Sie versucht, sich in die Normalität zu retten«, sagte Marie. Sie holte das Schleibook aus der Umhängetasche, schlug es auf und schrieb: »Wer konnte von den Heiratsplänen wissen?«

Jetzt hörte sie das Rasseln der Kaffeemühle. Sachse kam zurück, setzte sich an den Tisch und angelte einen Keks aus dem Schälchen. Er griff nach einer der Tassen, führte sie zum Mund, trank einen Schluck, machte »Mhm« und sagte: »Oder war die schon reserviert? Ich war in Gedanken. Entschuldigung.«

»Alles gut«, antworteten Faber und Marie wie aus einem Mund.

»Ich habe gerade überlegt«, sagte Sachse kauend. Er schaute zum Haus. »Ich habe überlegt, ob die Putzfrau vielleicht was wusste, ob die vielleicht Sina Carstens' Mann kennt.«

»Herr Sachse, wenn das so weitergeht, ist die nächste Ehrung im LKA nicht mehr fern. Ruth Sagenberg wohnt übrigens in Jepsens Nähe.«

Sachse winkte ab. »Och, nicht der Rede wert. Ich habe die Ehrung ja sausen lassen, weil ich noch eine andere Idee hatte. Habe ich Ihrer Busenfreundin gesteckt. Und – ich hatte recht. Mit dem Mageninhalt und so.«

»Busenfreundin?«

»Die Rechtsmedizinerin. Ist doch Ihre Busenfreundin, die Frau Korthaus, oder?«

Marie spürte, dass sie rot wurde. Sie hasste es, rot zu werden. Sachse nippte am Espresso. Ein feines Lächeln, wenn sich Marie nicht sehr täuschte.

»Ich habe noch zwei Tassen gemacht.« Sina Carstens balancierte das Tablett erneut zum Gartentisch.

»Danke, der duftet ja großartig.« Marie sog das Kaffeearoma durch die Nase ein.

»Eine Arabica-Sorte. Bio«, sagte Sina Carstens.

»Ich muss noch mal auf Ihren Mann zu sprechen kommen«, fuhr Marie fort. »Sind Sie sicher, dass er von der besonderen Qualität der Beziehung zwischen Herrn Kronenburg und Ihnen nichts wusste oder vielleicht ahnte?«

Sina Carstens verschränkte die Arme. »Auf jeden Fall. Für ihn war das eine Bettgeschichte, die Lothar und ich hatten. Alles andere hätte er nicht ausgehalten. Aber Bettgeschichten waren für ihn nie ein Problem. Für mich auch nicht.« Sie setzte sich. »Lothar hat diesen Kaffee geliebt. Er hat ihn sogar mit auf Reisen genommen.«

»Zuletzt war er oft in Greifswald.«

»Er war ständig in Greifswald. Wendelstein. Er war besessen davon.«

»Wovon?«

»Von Kernfusion. Er hat sich mit nichts anderem so intensiv beschäftigt. Er war sicher, dass die Kernfusion die Energieprobleme der Welt lösen würde. Er war sicher, dass wir das fossile Zeitalter hinter uns lassen könnten. Eher, als alle glauben, hat er oft gesagt. Und er werde das vorantreiben, solange er lebe.« Sina Carstens senkte den Kopf. »Wie soll ich denn ohne Lothar leben?«

Marie trank den Espresso aus. Die Kopfschmerzen wurden schlimmer. »Tut mir leid, dass ich Sie nicht in Ruhe lassen kann, Frau Carstens. Greifswald also wegen der Kernfusion. Und Österreich?«

»Auch wegen der Kernfusion. Da war er ständig bei Austrian Mining. Kennen Sie die Mine? Es geht um Lithium. Lithium ist –«

»Ich weiß Bescheid.«

»Aber das war leider nicht der einzige Grund. Lothar hat gespielt. Also richtig. Um viel Geld. Im Casino. Er war überzeugt, dass er eines Tages gewinnen würde. Er hat immer abgestritten, spielsüchtig zu sein. Aber er war spielsüchtig. Nur damit das klar ist: Er hat niemandem geschadet, außer sich selbst.«

Sina Carstens berichtete weiter aus dem seltsamen Leben des ungleichen Paares. Ein Leben, das zwischen der geradezu langweiligen Normalität des Alltags auf einem Campingplatz, Sina Carstens' Rolle als Strohfrau, der Besessenheit des Toten und ihrem naiven Wunsch nach einer heilen Familie, in der Platz für beide Männer und Sina Carstens' Tochter sein sollte, wilde Kapriolen schlug.

»Sie wissen, wo Ihr Auto ist, Frau Carstens?«, wechselte Marie das Thema.

»Nicht in der Garage?« Sie stand auf, ging ins Haus, Marie folgte. Sina Carstens öffnete ein Körbchen im Flur. »Der Schlüssel ist weg. Keine Ahnung. Lothar hat mich von hier aus ins Funkhaus gefahren, weil wir ja nach Finnland sollten. Er hat mich abgesetzt. Da habe ich ihn zum letzten Mal gesehen und mein Auto auch.«

»Lag Werkzeug auf dem Rücksitz oder im Kofferraum?«

»Werkzeug? Nein, nicht dass ich wüsste.«

»Wann hat er Sie denn abgesetzt?«

»Am Nachmittag. Am späten Nachmittag, gegen sechs. Nach dem Dreh bin ich kurz ins Funkhaus. Den Schnitt hat eine Kollegin gemacht. Ich habe so viele Überstunden. Dann bin ich hierhergefahren. Lothar hat die Personenschützer weggeschickt und ist mit dem Boot gekommen.«

Sie stand auf, ging ein paar Schritte vor. »Sehen Sie, da liegt es ja noch.« Sie zeigte auf ein Anglerboot im Schilf. »Wir haben was gegessen, ich habe geduscht, und dann hat er mich nach Kiel gefahren. Wir haben jede Minute genutzt. So war das immer. Wir waren ja viel unterwegs. Wir beide. Aber nie zusammen. Wir haben nie Urlaub gemacht. Oh Gott, wie soll ich nur weiterleben? Wann ist die Beerdigung? Wer macht das überhaupt? Lothar hatte doch niemanden mehr. Niemand aus der Partei. Hören Sie? Niemand aus der Partei!«

Marie presste mit Daumen und Zeigefinger ihre Nasenwurzel. Der Schmerz hatte sich auf den Weg gemacht. Der Espresso hatte nicht die erhoffte Wirkung erzielt. Der Tag war warm, die Luft hier am Wasser feucht, es war windstill. Irgendwie bleiern. So empfand Marie den Moment jedenfalls. Sie wünschte sich auf ihren Balkon, in ihren Strandkorb.

»Das klingt lapidar, Frau Carstens, aber über die Beerdigung werden andere entscheiden. Sie haben keinen Einfluss, ich auch nicht. Aber dass die Partei Einfluss hat, kann ich mir auch nicht vorstellen.«

Ihr kam Gero Freiherr von Blohm in den Sinn, der auf der Klinge ritt, aber über mehr Macht verfügte, als mancher glaubte.

Er war Arbeitgeber, Steuerzahler, Investor und Strippenzieher. Und jetzt? Jetzt war er weg. Marie verdrängte den Gedanken.

»Frau Carstens, müssen Sie in nächster Zeit beruflich wieder ins Ausland?«

»Nein, ich habe Urlaub, aber Jörn hat Dienst, Smilla hat Schule, und ich muss ja auch überlegen, was ich hiermit mache.« Sie drehte den Oberkörper, zeigte auf Haus und Garten.

»Gut, kann ja sein, dass Sie uns noch helfen können. Was Ihren Polo angeht, der ist in der kriminaltechnischen Untersuchung. Die Kollegen werden sich bei Ihnen melden. Ich gehe davon aus, dass das noch im Laufe der Woche geschehen wird.«

Marie machte eine Pause, überlegte, ob es ein kluger und menschenfreundlicher Schachzug wäre, Misstrauen zu säen. Sie richtete sich innerlich auf. Schließlich musste ein Mord aufgeklärt werden. »Ihr Mann, Frau Carstens, Ihr Mann hat für den Tatzeitpunkt kein Alibi.«

»Ich weiß. Als ich von Lothars Tod erfuhr, habe ich ihn sofort gefragt. Er war laufen, kann sich aber nicht erinnern, wo genau. Aber er hat nichts damit zu tun. Er weiß nichts von dem hier.« Sina Carstens zeigte auf den Heiratsantrag, der noch auf dem Tisch lag. »Hier kommt ja niemand hin.«

»Okay, ich werde wohl dennoch erneut mit ihm sprechen. Den Antrag nehme ich mit.« Marie zog einen Asservatenbeutel aus der Jackentasche und tütete das Dokument der Liebe ein. »Hier kommt ja niemand hin«, hatte Sina Carstens gesagt. Das Vertrauen zu Ruth Sagenberg war offenbar groß, wenn diese nicht als Fremde wahrgenommen wurde.

»Dann belassen wir es für heute dabei.« Marie erhob sich, nahm Sachse zur Seite. »Danke. Wir müssen mal wieder einen Schnack halten. Vielleicht in Ihrem Schrebergarten?«

»Jederzeit.«

»Frau Carstens. Bleiben Sie tapfer. Herr Faber, wollen wir?«

Auf dem Weg ums Haus herum ärgerte sich Marie über ihren Dreiwortsatz. Bleiben Sie tapfer. Etwas in der Art sagten gewiss auch Ärzte nach verheerenden Diagnosen. Aber was sollten sie

auch sagen? Es tut mir leid, das wird schon wieder, wir tun, was wir können …
»Vorsicht.«
Faber zog Marie am Arm zu sich, weg von der Kante der umlaufenden Terrasse, deren Dielen einen halben Meter über dem angrenzenden Rasen endeten. Ohne Geländer. Ein, zwei Schritte noch, und Marie hätte auf der Wiese gelegen. Gut, dass sie nicht Auto fahren musste.
»Danke. Können Sie sich vorstellen, mich noch für eine weitere Stunde zu chauffieren und zu beschützen?«
»Wenn Sie das meinem Dienststellenleiter verklickern.«
Marie wählte im Gehen Astrid Moellers Nummer und wäre beinahe gegen ein geparktes Auto gelaufen.
»Sicher, dass Sie dienstfähig sind?«
»Ich muss ja nur denken und sprechen.«
Astrid Moeller nahm ab. »Frau Geisler, wie ich höre, halten Sie keine Bettruhe. Sie werden Ihre Gründe haben, vermute ich. Dennoch: Sobald getan ist, was unbedingt getan werden muss, machen Sie Pause, ist das klar?«
Marie nuschelte eine halbherzige Bestätigung, berichtete vom Gespräch mit Sina Carstens und schloss: »Da dachte ich, es könnte hilfreich sein, Ruth Sagenberg offensiv mit diesem schriftlichen Heiratsantrag zu konfrontieren. Der lag nach Aussage von Frau Carstens unter einem Deckchen auf ihrem Nachttisch. Nun habe ich aber das EMO nicht hier, möchte auch nicht Auto fahren, aber Kollege Faber aus Eckernförde wäre bereit, mich kurz zu kutschieren. Können Sie da für mich ein bisschen betteln?«
Astrid Moeller knurrte. Marie interpretierte die Geräusche als Zustimmung.
»Herr Faber, wir können. Einmal Kiel, bitte.«
Beim Einsteigen stieß Marie mit dem verletzten Ellbogen an die Karosserie. Nicht ihr Tag heute.
Im Auto entspann sich ein Fachgespräch über den Aufbau des DFB, Korruptionsprävention im Fußball und die Idee,

Amateurfußball ohne das Zutun des Verbandes zu organisieren. Sie hatten Eckernförde noch nicht wieder erreicht, als Astrid Moeller sich meldete.

»Herr Rasmussen war nicht begeistert, hat aber genickt. Übrigens unter der Voraussetzung, dass Sie ihn mal im EMO mitnehmen.«

»Rasmussen? Der Hans Rasmussen ist immer noch in Eckernförde? Ich dachte, den hätte man nach diesem spektakulären Fall mit den Vermissten vom Strand sonst wohin befördert. Okay, danke jedenfalls.«

»Wie geht's Ihnen?«

»Kopfschmerzen, Schwindel ab und an. Die klassischen Symptome einer Gehirnerschütterung. Ich mache morgen frei. Ist das in Ordnung?«

»Ist es. Schonen Sie sich.«

Auf Höhe des Begräbniswaldes hatte Marie plötzlich ein kaltes Gefühl. Holm. Ob ihn jetzt jemand beschützte?

Jepsen im Visier

In Kiel dirigierte Marie den Kollegen Faber von der Pestalozzi-
in die Fröbelstraße. »Berühmte Pädagogen«, merkte Faber an.
»Als ich noch im Wach- und Wechseldienst war, habe ich eine
Liste mit Straßennamen angelegt, und wenn gerade nichts los
war, habe ich über Humboldt, Goethe oder die Geschwister
Scholl gelesen.«

»Sehr lehrreich. Das merke ich mir, wenn ich mal wieder in
einem Stau stehe. Hier links. Sie können direkt vor dem Haus
halten.«

Marie stieg aus.

»Soll ich mitkommen?«

»Nein, lieber nicht. Die Frau ist speziell. Also speziell im
Sinne von außergewöhnlich loyal. Mich kennt sie schon und
spricht vielleicht eher.«

Ruth Sagenberg hatte es sauber. Schon im Vorgarten hatte sie es
sauber. Nicht klinisch, nicht steril, eher so eine Art von baby-
sauber. Man hätte sich auf den Plattenweg legen und wohlfühlen
können. Irgendwie natursauber.

Die Klingel war ein Glöckchen, an dessen Betätigungszug
Marie nur zart zupfte. Das Glöckchen wirkte beinahe verletz-
lich. Ganz anders als Ruth Sagenberg, die die Tür schwungvoll
öffnete, sich mit einem blau karierten Handtuch den Schweiß
von der Stirn wischte und »Komm' Se rein« sagte. Sie machte auf
dem Absatz kehrt und war aus Maries Blickfeld verschwunden,
bevor Marie die Schuhe gründlich abgeputzt hatte.

Im Haus roch es intensiv nach Erdbeeren. Marie folgte Ge-
ruch und Geklapper. In der geräumigen Wirtschaftsküche stand
Ruth Sagenberg, und es sah aus, als wolle sie halb Kiel mit
Marmelade versorgen.

»Sind Sie im zweiten Leben Erdbeerbäuerin?«

»Schön wär's. Dann hätte ich Mitarbeiterinnen. Nein. Es sind die Nachbarn, die Freundinnen. Alle bringen mir ihre Erdbeeren. Ich habe vor ein paar Jahren damit angefangen, und jetzt wächst es mir über den Kopf.«

Sie füllte dampfende, duftende, heiße Marmelade mit einer Schöpfkelle in Gläser, die auf weiß-rot karierten Küchentüchern standen. »Was wollen Sie? Ich habe Ihnen nichts zu sagen.« Sie wischte sich erneut den Schweiß von der Stirn.

Marie durchquerte die Küche. »Ich könnte die Deckel auf die Gläser drehen.«

»Die Polizei, dein Freund und Helfer. So hab ich mir das immer vorgestellt.« Sie lachte. »Aber vorher Hände waschen.«

An der Wand neben dem Spülbecken hingen die Bilder einer Familie. Marie erkannte Ruth Sagenberg. Sie hatte die hellblonden Haare schon früher sehr kurz getragen. Ein kräftiger Mann, der einen Jungen auf einem Kinderfahrrad anschob.

»Ihr Mann?«

Ruth Sagenberg schaute kurz zur Seite. »Ja, meiner.«

»Auch ein Marmeladenfan?«

»Ein toter Marmeladenfan.«

»Oh. Das tut mir leid.«

»Mir auch. Er war Dachdecker. Ist vom First gestürzt. Vor vierzehn Jahren in Gettorf. Eine Woche nachdem unser Junge eingeschult worden war. Er hat Sperenzchen gemacht auf dem Dach. Er hat immer Sperenzchen gemacht.«

»Und seitdem schlagen Sie sich allein durch?«

»Was denn sonst?«

»Und bei Lothar Kronenburg?«

»Ohne ihn und Frau Carstens hätte ich das nicht geschafft. Die hatten immer Verständnis, wenn ich mich mal um meinen Jungen oder meine Eltern kümmern musste. Mein Junge und Smilla waren auf derselben Schule.«

»Smilla?«

»Die Tochter von Sina und Jörn. Ich hab Smilla oft hier gehabt, wenn die beiden gleichzeitig irgendwo drehen mussten.«

»Da gehören Sie ja fast zur Familie.«
»Ja.«
»Sie haben in Karlsminde auch sauber gemacht, wenn Kronenburg und Sina Carstens nicht da waren?«
»Was soll das denn heißen?« Ruth Sagenberg zog den Trichter von einem Glas und kleckerte.
»Sie waren vertraut mit den beiden, wollte ich damit sagen.«
»Ja. Und sie haben mir vertraut. Ich ihnen auch.«
»Und Jörn Jepsen?«
»Ach, Jörn, der ist nicht von dieser Welt. Ein Künstler irgendwie.«
»Er liebt seine Frau?«
»Abgöttisch.«
»Dass er das ausgehalten hat, diese innige Beziehung zwischen Kronenburg und seiner Frau.«
Ruth Sagenberg stellte die Kelle in den Topf und den Trichter ins Spülbecken, ging quer durch die Küche zu einer Tür, hinter der eine kleine Kammer Vorräte und, wie Marie jetzt sah, auch leere Gläser barg.
»Jörn hat das ausgehalten, weil er glaubte, er sei Sinas große Liebe und Kronenburg kein Konkurrent. Was haben Sie denn da am Arm? Das blutet.«
Marie sah nach dem Verband, und tatsächlich zeigte sich ein roter Fleck. »Bin gestürzt. Das musste genäht werden. Tut aber nicht weh.« Sie schraubte den nächsten Deckel auf. »Wir beide wissen, dass Kronenburg viel mehr war als ein Liebhaber. Wie hätte Jörn denn reagiert, wenn die beiden demnächst geheiratet hätten?«
»Ach Quatsch, demnächst. Erst, wenn Smilla volljährig ist. Die hat genug durchgemacht. Als ob sie nicht gemerkt hätte, was da läuft.« Ruth Sagenberg kleckerte wieder. »Das geht Sie ja eigentlich nichts an. Woher wissen Sie das überhaupt?«
»Seit wann wusste Jörn Jepsen das denn?«
Ruth Sagenberg presste die Lippen aufeinander. »Das sind ja feine Methoden. Sie kommen in meine Küche, machen auf

freundlich und legen mir Dinge in den Mund. Ich sag überhaupt gar nichts mehr. Am besten gehen Sie jetzt wieder. Bitte!« Sie ging Richtung Flur.

Ruth Sagenbergs Aufforderung nachzukommen, gebot die Höflichkeit. Außerdem hatte das Gespräch ergeben, was Marie erwartet hatte. Ruth Sagenberg war nicht nur gut informiert; Marie war sich ziemlich sicher, dass sie Jörn Jepsen eingeweiht hatte. Bei aller Loyalität zu ihrem Arbeitgeber Kronenburg würde der Zusammenhalt der Familie, das Fortbestehen der Ehe größeres Gewicht haben. Nicht zuletzt, weil Ruth Sagenberg Smilla schützen wollte.

Ruth Sagenberg stand in der Haustür, die mit Erdbeerspritzern bedeckte Hand am Türgriff. Sie schaute Marie offen an. Ihr Blick war weniger wütend als besorgt. »Sie müssen mich verstehen«, sagte sie.

Marie trat auf den gepflegten Weg zwischen Rabatten und Steinfiguren. Sie nickte und ging. Faber stieg aus und öffnete die Beifahrertür.

»Sie wirken ein bisschen blass, Frau Kollegin. Vielleicht sollten Sie es für heute gut sein lassen. Ich kann Sie gern nach Hause fahren.«

»Das ist nett. Danke. Wir müssen nur noch kurz zum Haus von Sina Carstens und Jörn Jepsen. Das ist gleich hier um die Ecke.«

Vor dem Haus spielten Kinder Fußball. Faber setzte ein Stück zurück und hielt vor einer Garageneinfahrt. Marie suchte im Schleibook nach der Durchwahl im Funkhaus. Sie hatte das doch aufgeschrieben, um das sogenannte Kamerazimmer direkt erreichen zu können. Sie blätterte.

»Kann ich helfen?«

»Nein, ich hab's gleich.«

Faber war nett und hilfsbereit, aber er nervte. Eine Spur zu fürsorglich, fand Marie, aber vielleicht hatte sie auch nur einen schlechten Tag. Endlich stieß sie auf die Nummer.

»Herr Jepsen ist nicht hier«, teilte man ihr mit. »Er ist allein unterwegs. Manchmal drehen wir thematische Bilder auf Halde.«

»Und wonach sucht Herr Jepsen heute?«

»Wasservögel.«

»Wasservögel? Da kann er ja irgendwo zwischen Lister Ellbogen und Lauenburg unterwegs sein.«

»Jo.«

Marie ließ sich die Handynummer geben. Jörn Jepsen ging nicht ran. Wären bloß die Kopfschmerzen nicht gewesen.

Sina Carstens öffnete im Bademantel. Um die Haare hatte sie ein Handtuch gewickelt. Jetzt wirkte sie genervt, als Marie erneut vor ihr stand. »Was?«

»Wollen wir hier vor der Tür reden?«, fragte Marie.

Sina Carstens drehte sich um. Wo sie gestanden hatte, blieb eine kleine Pfütze. Im hinteren Bereich des schmalen Flurs blieb sie stehen. »Also?«

»Ich habe mit Ruth Sagenberg gesprochen.«

»Ach.«

»Dass Sie so eng sind, war mir nicht klar.«

»Und?«

»Schließen Sie aus, dass Ruth Sagenberg von den Hochzeitsplänen wusste?«

»Ich habe jedenfalls nicht mit ihr gesprochen und Lothar sicher auch nicht.«

»Mag sein, sie wusste dennoch Bescheid.«

Sina Carstens atmete schwer, zog den Bademantel enger um den Körper. Sie war ahnungslos gewesen.

»Dann fällt er um, haben Sie gesagt und Ihren Mann gemeint. Schließen Sie aus, dass Ihr Mann von den Hochzeitsplänen gewusst hat?«

Sina Carstens starrte auf den Boden, schwieg.

»Er ist vielleicht nicht umgefallen, sondern aufgestanden.«

»Spekulationen, nichts als Mutmaßungen. Hätte, hätte, Fahrradkette.«

»Wo ist Ihr Mann?«

»Bin ich der Babysitter?«
»Bitte, Frau Carstens. Das ist doch kein Spaß hier. Das ist eine Mordermittlung. Er geht nicht ans Handy.«
Achselzucken. Keine Antwort.
»Wo. Ist. Ihr. Mann?« Marie hatte die Stimme gehoben.
»Ich. Weiß. Es. Nicht! Herrgott noch mal. Lassen Sie mich in Ruhe. Lassen Sie mich gefälligst in Ruhe!«
Sina Carstens schob Marie den Flur entlang. Marie stolperte, versuchte, ihren Ellbogen zu schützen, landete auf einem Bein hüpfend auf dem kleinen Podest. Sina Carstens hämmerte die Tür ins Schloss. Der kleine Blechfrosch, der unter dem Fenstereinsatz gebaumelt hatte, fiel Marie vor die Füße. Sie bückte sich, hob ihn auf und hängte ihn wieder an den Nagel. Sina Carstens' Verzweiflung war greifbar.
Marie ging zum Auto, lehnte sich an die Beifahrertür, telefonierte. Nach Jörn Jepsen wurde ab sofort gesucht. Marie machte eine Notiz mit Uhrzeit ins Schleibook. Die Liste der gesuchten Personen wurde immer länger. Klaus Kramer, der Autohändler, über den Marie sehr wenig wusste, Gero Freiherr von Blohm, dem sie alles zutraute, Hanne Böglund, die Technikerin auf Urlaub, und nun auch noch Jörn Jepsen, von dem sie gedacht hatte, er sei im Schoße seiner Familie stets greifbar. Und Kollege Mayr vom BKA, wo war der eigentlich?
Schon der sechste Tag, und sie hatten nichts Greifbares.

Der Fußball knallte ans Garagentor. Immer wieder. Marie drehte sich um und stützte sich mit beiden Armen auf dem Autodach ab. Der Ellbogen schmerzte, sie nahm die Arme zurück. Auf dem Lack blieb ein Blutfleck. Sie öffnete die Tür und stieg ein.
Das Radio lief, und noch bevor Kollege Faber abschaltete, hörte Marie, wie der Sprecher sagte: »... konnte Astrid Moeller vom LKA der Öffentlichkeit keine neuen Informationen im Fall des ermordeten Bundeswirtschaftsminis–«
»Können Sie mich nach Hause fahren – bitte?«
Faber startete den Motor wortlos.

Als er in Eckernförde auf Höhe der Wehrtechnischen Dienststelle den Blinker links setzte, schreckte Marie zusammen. »Nicht nach Schleswig. Lassen Sie mich oben am Mühlenberg raus. Ist ja auf Ihrem Weg. Ich fahre mit meinem Mann.«

Faber schaute in den rechten Außenspiegel und ordnete sich wieder geradeaus ein. Marie schaute auf das Wasser der Bucht, war bei sich und war es auch nicht. Sie konnte sich an die Fahrt von Kiel hierher nicht erinnern. Ihr Gehirn hatte eine Pause eingelegt. Es war, als hätte sie geschlafen.

»Wir sind da«, sagte Faber. Er hatte in Borby auf dem kleinen Parkplatz hinter der Landratsvilla gehalten.

Ein Nicken, ein mühsam herbeigeführtes Lächeln ohne Beteiligung der Augen, ein heiser gemurmelter Dank. Tür auf, Tür zu. Faber fuhr vom Hof. Er wird glauben, ich sei irre, dachte Marie.

Sie umrundete die Villa, stieg die Stufen zur Praxis hoch, grüßte Frau Wolff, die seit langer Zeit die Stellung hinter dem Rezeptionstresen hielt. Vorbei am Wartezimmer, gegenüber von Behandlungsraum 1 rasch die Tür zur Toilette geöffnet. Kaltes Wasser über die Handgelenke. Das half immer. Oder heißes Wasser unter der Dusche. Wasser war Maries Element. Weich und doch kraftvoll, leise gluckernd, plätschernd, ein tosendes Wesen, wenn es mit Urgewalt auf die steinerne Stirn der Küste traf.

Es klopfte. Klopfte es? Marie stellte das Wasser ab, zog ein Papiertuch aus dem Spender, öffnete die Tür. Andreas.

»Frau Wolff sagte mir, dass du hier bist. Alles in Ordnung?« Er nahm ihren Arm, führte sie über den Gang, an dessen Seiten Menschen auf Stühlen saßen und schauten. Was guckten die so?

Andreas schob sie sanft auf das alte Verlobungssofa seiner Oma, das nach deren Tod den Weg in die Praxis gefunden hatte, reichte ihr ein Glas Wasser, legte ihr die Manschette des Blutdruckmessgerätes an. »Wickielein, du brauchst jetzt mal eine Pause. Wir fahren nach Hause.«

»Und hier?«

»Ich bin entbehrlich. Manchmal jedenfalls.«
»Wo ist eigentlich Karl?«
»In der Teeküche.«
Marie ging Richtung Ausgang, lächelte matt ins Wartezimmer, öffnete die Tür zur Teeküche. Unterm Fenster saß Karl am kleinen Tisch vor Andreas' Tablet und zockte FIFA.
»Komm.« Mehr sagte Marie nicht. Andreas hatte Karl geparkt. Aber was hätte er auch machen sollen?
Auf dem Parkplatz hielt Andreas ihr die Beifahrertür des R4 auf.
»Du kannst ja auch galant.«
»Der Franzose in mir.«
Andreas ließ wie immer seine Hand auf der Revolverschaltung liegen, nachdem er den vierten Gang eingelegt hatte. Marie beruhigte das. Das gleichmäßige Geräusch des Motors. Andreas' schöne Hand, die so sicher auf dem Griff ruhte. Als rechts die große Breite in Sicht kam, begann er zu singen. Er sang »La Mer«. Er sang mit Emphase. Er sang wie Charles Trenet, nicht verführerisch wie Jacques Brel. Marie spürte Rührung und Glück. Sie drehte sich nach Karl um. Der verdrehte die Augen und grinste.
Zu Hause angekommen, ging sie ohne Umwege ins Schlafzimmer, zog die Hose aus und legte sich ins Bett, unter die kühle Decke. Sie schlief ein, bevor Andreas die Fensterläden geschlossen hatte.

Kaum hatte sie mit dem Folkeboot in Maasholm festgemacht, stürmte Gero Freiherr von Blohm auf den Steg. Im Gefolge eine Kamerafrau und ein Mann, der aussah wie Sachse und eine Schubkarre voller Grünkohl schob.
»Warum läuft der Mörder meines Freundes Lothar Kronenburg noch immer frei rum, Frau Geisler?« Gero Freiherr von Blohm hielt Marie ein Mikrofon unter die Nase. Es war blau und zeigte das NDR-Logo.
»Aus, aus«, rief der Mann mit der Schubkarre und zog eine

Maske vom Gesicht. Jetzt sah er aus wie Holm. »Wir sind hier doch nicht beim Privatfernsehen«, sagte der Schubkarrenmann.

Marie wurde von hinten zur Seite geschoben. Es war Ele, die grüne OP-Kleidung und Mundschutz trug. Sie sagte: »Der Nächste bitte«, zückte eine Kanüle und einen Stauschlauch. Sie schob Gero Freiherr von Blohm auf eine der Bänke.

»Jetzt wollen wir doch mal sehen, ob er wirklich blaues Blut hat, der feine Herr Freiherr.« Ele drehte den Stauschlauch wie ein Lasso über dem Kopf und zog mit den Zähnen die Schutzkappe von der Nadel. Ihr Gesichtsausdruck war diabolisch.

Dann war Marie, als hörte sie Andreas' Stimme über das Wasser der Schlei sanft an ihr Ohr dringen. »Zeig mal.« Zärtlich stupste er Maries Arm an.

Sie schlug die Augen auf.

»Seit wir ein Paar sind, kann ich mich an kein Jahr ohne Verletzungen, Stürze, Unfälle jeder Art erinnern. Du ziehst das Unheil förmlich an.«

Marie atmete tief durch. Die Zunge vom Schlaf noch matt. »Darum bist du an meiner Seite.«

Andreas beugte sich vor und küsste sie, wie nur er sie küsste.

»Dafür lohnt sich jeder Sturz«, hauchte sie und machte beinahe im selben Moment: »Au, spinnst du?«

Andreas hatte das Pflaster am Arm mit einem Ruck abgezogen.

»Das sind doch keine Billigpflaster, die man so abreißen muss. Das hat ein hoch qualifizierter, sehr gut aussehender Chirurg gemacht.«

Andreas legte den Kopf schräg.

»Brauchst mich gar nicht so französisch anzugucken.«

»Ach, Wickielein. Ich mach dich wieder gesund.« Er betrachtete die Wunde. »Hat er sauber gemacht, die Naht. Komisch, dass die Wunde noch geblutet hat.«

»Habe mich gestoßen.«

»Ja, dann. Du solltest ja auch Bettruhe halten. Oder, warte, besser ... Süd-Terrasse?«

»Käpt'n, mein Käpt'n!« Marie umarmte ihren Mann. »Ja, nimm mich mit auf die Reise.«

»Und Karl?«

»Der hat morgen fünf Stunden, isst bei Simon, und danach fährt Simons Mutter die beiden zum Training. Wenn wir am frühen Abend wieder in Schleswig sind, wird es sein, als seien wir nie weg gewesen.«

Marie strahlte. Dann verfinsterte sich ihr Blick plötzlich. »Und die Praxis?«

»Ich habe doch morgen den Elektriker. Ganz großes Besteck. Neue Zählertafel. Die Praxis bleibt geschlossen.«

Auszeit

Es war zwanzig vor acht, als Karl am Donnerstag das Haus verließ. Es war siebzehn Minuten vor acht, als Andreas den Motor anließ.

»Süd-Terrasse also«, sagte Marie.

»Kurs West, Ma'am, Kurs West liegt an.«

Der Schleswiger Hafen, die »Burgermeisterin«, der Dom, das schöne Gebäude der Tourismus-Info, die schöne neue Wohnwelt an den Königswiesen.

»Sieht aus wie auf der Freiheit, sieht aus wie an der Hafenspitze in Eckernförde, sieht aus wie überall«, nörgelte Andreas mit Blick auf die weißen Fassaden des neuen Quartiers.

»Du hättest lieber Backsteingotik?«

»Ja.«

»Aber ist das nicht auch eine Art von Uniform? Die Designsprache hat sich geändert.«

»Ja, ja. Ich sage dir, der Mahlstrom schlechten Geschmacks wird uns alle verschlucken. Guck dir doch die Autos an. Was den Fahrern an eigener Dynamik fehlt, machen die Hersteller für ihre Luschenkunden durch aggressive Gestaltung der Fronten wieder wett. Manche sagen, wir lebten in einer Zeit der Individualisierung, der Differenzierung. Ich sehe nur, dass diese Häuser alle gleich aussehen. Gleich cool. Gefällt mir nicht.«

»Ach, da wäre ich nicht draufgekommen. Ist übrigens Grün. Nicht dass dich noch der Vertreter des schlechten Geschmacks weghupen muss.«

Andreas schob den Schaltgriff des R4 nach links vorn. Es gab ein knarzendes Geräusch, er verzog das Gesicht.

»Hoppla«, sagte Marie und grinste.

»So klingt eben das echte Leben. Diese SUV-Piloten wissen ja nicht einmal mehr, was eine Kupplung ist.«

»Du klingst wie ein alter Mann.«

»Wertkonservativ.«
»Wird ja immer schlimmer.«
»Was spricht gegen Bewahren?«
»Nichts, solange man *open-minded* bleibt.«
»*Open-minded*? Jetzt geht's aber los. Wer Anglizismen verwendet, hat es doch genauso nötig wie die Poser in ihren übermotorisierten Testosteronkarren.«
»Ist es wertkonservativ, Vorurteile zu pflegen?«
»Das sind keine Vorurteile, das sind Diagnosen.«
Marie kicherte. »Soll ich dir mal einen Stammtisch mit dem Schulleiter und dem Bankdirektor organisieren? Am besten im ›Aurora‹ in Kappeln. Da hat sich doch auch der Landarzt mit den Seinen getroffen. Übrigens hättest du hier runtergemusst.«
Andreas hatte die Abfahrt auf die B 201 verpasst.
»Och, ich wollte schön obenrum, über Jübek und Viöl, da ist der Verkehr nicht so dicht.«
»Du hast gepennt. Gib's doch zu.«
Andreas stimmte wieder »La Mer« an. Marie schloss die Augen, lehnte sich zurück und dachte an ihre Schulzeit in Bochum. Als sie die Augen öffnete, sah sie Watt links und Watt rechts.
»Pohnshalligkoogstraße«, sagte sie.
Andreas nickte. »Schöner Name.«
»Sag mal, geht es eigentlich auch langsamer?«
»Fahre ich zu schnell?« Andreas schaute auf den Tacho. »Fünfundsiebzig, so ungefähr jedenfalls.« Die Tachonadel des R4 zitterte. »Das ist ja nicht gerade das, was man als Raserei bezeichnen könnte.«
Keine Antwort.
»Wickie?«
»Das meine ich nicht. Eher so allgemein. Ich habe an früher gedacht. Mir scheint, wir können mit uns selbst kaum noch Schritt halten. Ich habe doch in der vorletzten Woche Thomas Mann gelesen. Eine ganz andere Geschwindigkeit. Im Schreiben und Beschreiben. Im Leben der Menschen. Angemessen. Ich finde das angemessen. Wir sollten das Tempo unseren

Möglichkeiten anpassen. Die Evolution lässt sich nicht überlisten.«

»Gleich sind wir da. Die Fähre kriegen wir locker.«
Über Nordstrand nur Schäfchenwolken.

»Süd-Terrasse« war zwischen Marie und Andreas eine Art Codewort und stand für die Süd-Terrasse am Imbiss auf Pellworm, beim Aussichtspunkt Hooger Fähre. Dorthin retteten sie sich, wenn die Wellen über den Köpfen zusammenschlugen.

***

Gero Freiherr von Blohm starrte auf die Speisekarte, ohne dass er verstand, was angeboten wurde. Es war nicht das erste Mal, dass er im »Noma«, im besten Restaurant der Welt, saß. Aber es war das erste Mal, dass er über seine Zukunft verhandelte.

Der Mann mit dem langen weißen Bart war aus New York gekommen. Sein Ziel lag weit im Osten. Gewohnheitsmäßig hatte er seinen Privatjet hier in Kopenhagen zwischenlanden lassen. Eine Gelegenheit, im »Noma« zu essen, ließ er nicht aus. Niemals.

Das Englisch seines Gesprächspartners war besser als sein eigenes, obwohl er es im Rahmen einiger Auslandssemester in England perfektioniert hatte. Der Mann, der Dschingis Khan hätte doubeln können, klang, als sei er in Oxford geboren worden. Tatsächlich hatte er das Licht der Welt in einer Jurte erblickt, war in der Inneren Mongolei aufgewachsen. Sein Blick war lebhaft.

Er berichtete von früheren Besuchen im »Noma«, dessen Speisen dem Jahreslauf folgten. Das Angebot unterschied sich von Saison zu Saison und setzte Schwerpunkte. Jetzt, in der Gemüsesaison, lag das Augenmerk der Köche auf allem, was Felder und Wiesen, Flüsse und das Meer im Sommer hergaben.

Gero Freiherr von Blohm hatte Schwierigkeiten, den Ausführungen über Nährwerte von Algen und Wiesenkräutern zu folgen, von deren Existenz er noch nie gehört hatte. Es juckte an der Stirn. Er unterdrückte den Impuls zu kratzen. Die Haut wäre gleich gerissen und hätte geblutet. Stattdessen kratzte er am linken Knie. Es half nichts. Er kniff in die Haut. Keine Erleichterung. Er griff mehr Haut, presste so fest, wie er konnte.

Über die Details, hatte sein Gegenüber vorgeschlagen, könnten die Anwälte befinden. Er werde heute gleich nach dem Essen sein Angebot formulieren. Dann müsse er zum Flughafen. Wenn Gero Freiherr von Blohm recht überlegte, war das Vorgehen kein Vorschlag gewesen. Der Mann mit dem Bart hatte entschieden, dass sie es so machen würden.

Das Dessert ließ der Mann aus, stand auf, sagte, er warte an der Hafenkante. Gero Freiherr von Blohm sah, wie er sich an ein Straßenschild lehnte, aufs Wasser schaute. Der Wind fuhr in den Bart, ließ ihn tanzen. Er zündete einen Joint an.

Gero Freiherr von Blohm zahlte. Die Rechnung belief sich auf siebentausendzweihundert Dänische Kronen für Gemüse und Wein. Er gab siebentausendfünfhundert. Gut tausend Euro. Die Genossen im Ortsverein würden das nicht verstehen.

Die Genossen. Gero Freiherr von Blohm dachte an Lothar Kronenburg, stand auf und verließ das »Noma«, dessen Einrichtung so aussah, wie Bier neuerdings hieß – *crafted*.

※※※

»Zwei Alster.« Andreas reckte zur Verdeutlichung zwei Finger nach oben. Die Kellnerin hatte sich schon weggedreht.

Sie bestellten immer zwei Alster, wenn sie hier auf der Süd-Terrasse saßen, Pommes aßen, später auf die Nordsee schauten, satt und dem Rauschen des Alltags entrückt. Schützend der Deich im Rücken, weit der Himmel, von Freiheit flüsternd. Niemand kannte ihr Geheimnis, das Pellworm hieß. Mit dem Rad übern Deich, auf Bänken hocken, Schafe zählen. Schweigen. Niemand guckt. Niemand da.

»Wunderbar!« Marie lehnte sich zurück, leckte die leicht

bittere Biersüße von den Lippen. »Zur Not«, sagte sie, »zur Not könnten wir fliehen.«

※※※

Ihr Blick war streng. Für Ben Triebel gab es kein Entrinnen. Wenn die Mutter des Polizisten schaute, wie sie jetzt schaute, war es ihr ernst.

»Es geht nicht um irgendwas, Ben, es geht um Sehestedt, es geht um uns. Niemand, ich betone, niemand hat Lucky gesehen. Niemand hat ihn gesehen, seit Kronenburg an unserem Windrad hing. Und ich frage dich: Wozu bist du bei der Polizei, wenn du mir nicht einmal sagen kannst, wo sich dieser Taugenichts aufhält?« Gesche Triebel beugte sich über den Küchentisch und tippte ihrem Sohn mit dem rechten Zeigefinger ans Uniformhemd.

»Au, das gibt blaue Flecken.«

»Stell dich nicht so an. Also?«

»Ich weiß nicht, wo Lucky ist. Außerdem – wie kommst du dazu zu behaupten, Klaus Kramer sei ein Taugenichts? Er ist Sehestedter Bürger, er ist Nachbar und Gewerbesteuerzahler. Er hat sich meines Wissens überhaupt nichts zuschulden kommen lassen.«

Ben Triebel stand auf, umkurvte seine Mutter und zog die Glaskanne von der Warmhalteplatte der Kaffeemaschine. »Die könnte auch mal wieder gespült werden«, sagte er, goss sich den Becher halb voll, kippte Kaffeesahne aus dem Tetra Pak in die tiefschwarze Brühe, nippte und verzog das Gesicht. »Weniger wäre mehr, und kauf doch mal anständigen Kaffee.«

Gesche Triebel atmete lautstark aus. »Jetzt reicht's mir aber, Ben. Wir haben dich Abitur machen lassen, zur Polizeischule geschickt. Uns krummgelegt. Und kaum ist der feine Herr Beamter auf Lebenszeit, riskiert er hier 'ne dicke Lippe. Unsere Generation hat noch Blümchenkaffee getrunken, Kaffee mehrfach aufgegossen. Wir haben uns das kleine bisschen Wohlstand vom Munde abgespart. Ich war noch nicht in Amerika, mein lieber Sohn, ich nicht. Und ihr? Ihr sitzt schicki-schicki bei Café Schmidt in Hamburg und schiebt euch ein Kapitänsfrühstück rein, ohne dass ihr überhaupt einen Opti unfallfrei über die Alster segeln könntet.« Sie schüttelte den Kopf. »Bio-Kaffee, handgeröstet in der Speicherstadt. Über Nachhaltigkeit dumm schwätzen und klatschen, wenn die Quote für Dorsch in der Ostsee gesenkt wird. Dass die Fischer Familien zu ernähren haben, das interessiert die Hipster ja nicht. Randale bei G20, und zu Hause steht der SUV im Carport.« Sie trank vom bitteren Kaffee, schüttelte wieder den Kopf und sagte: »Mann, Mann, Mann.«

Ben Triebel leerte den Kaffeebecher in die Spüle, stellte sich hinter seine Mutter und legte ihr die Hände auf die Schultern. »Was ist eigentlich für Papa und dich rausgesprungen, so unterm Strich? Nicht in Euro. Prozentual. Welche Rendite habt ihr mit eurem Anteil am Bürgerwindpark erzielt? Sechs Prozent, sieben Prozent?«

Er legte eine Pause ein, massierte den Nacken seiner Mutter. »Noch mehr? Mama, jede und jeder versucht doch, rauszuholen, was rauszuholen ist. Sagen wir, die meisten versuchen das. Bei Lohnverhandlungen, beim Verkauf eines Autos oder eben bei der Geldanlage. Und dann investieren wir das, was wir verdient haben. In ein Häuschen oder in Schickimicki-Kaffee. Muss doch jeder selbst entscheiden, oder?« Er reckte sich, machte einen kleinen Schritt zum Fenster und öffnete es. »Wobei, das mit dem Verdienen ist auch so ein Thema. Wenn der Handwerker fünfundvierzig Euro in Rechnung stellt, nachdem er eine Stunde an deiner Dusche gearbeitet hat, wenn ich etwas über dreitausend Euro brutto auf der Besoldungsmitteilung stehen habe und dafür meinen Kopf im Schichtdienst bei Razzien und Fußballrandale hinhalte, dann haben wir das doch wirklich verdient. Wenn eure Windräder sich drehen, ohne dass ihr auch nur einen Finger krümmt, wenn dank der Einspeisevergütung das Geld im Beutel klimpert, dann ist eure

Leistung – bei allem Respekt – einigermaßen überschaubar. Und wenn ihr dann auch noch einen aus euren Reihen decken wollt, damit eure Westen rein bleiben, dann ist das richtig mies. Mir kannst du nichts erzählen. Du willst wissen, wo Lucky ist, damit du ihn briefen kannst, ihn aus dem Feuer nehmen kannst, bevor auch nur der Schatten eines Verdachts auf euch fallen könnte. Da geht es nicht um Gerechtigkeit. Vermutlich würdet ihr ihn schützen, auch wenn er der Täter wäre. Was im Übrigen nicht auszuschließen ist. Gekannt haben sich die beiden ja.«

Gesche Triebel fuhr herum. »Woher weißt du, dass sie sich gekannt haben?«

Ben Triebel grinste. »Haben sie das? Sich gekannt?«

»Ich bin deine Mutter. Du musst hier nicht rumtricksen mit Verhörtechniken.«

»Ich frage noch einmal. Du weißt, dass Kronenburg und Lucky sich gekannt haben?«

Sie stellte den Kaffeebecher ab, stützte den Kopf in die rechte Hand. Seufzen. Mehr Seufzen. »Ach, Ben, wir haben uns das doch alles so gut aufgebaut. Als Bürgermeisterin habe ich versucht, die Gemeinde zusammenzuhalten. Zum Besten für alle, die hier gut und gern leben.«

»Gut und gern leben? War das nicht mal ein Wahlslogan?«

»Hier wohnen anständige Menschen, Ben. Deine Mutter inbegriffen.«

»Und was ist mit Papa?«

»Ach, der. Der würde auch wollen, dass sich nichts ändert. Lucky hat Kronenburg ein Auto verkauft. Für viel Geld, viel zu viel Geld. Außerdem hat er Baupläne eines Windrades im Büro.«

»Das weißt du woher?«

»Ich habe es gesehen. Mehr sage ich dazu nicht.«

Ben zog seiner Mutter weitere Details aus der Nase. Dann schaute er sie ernst an. »Mama, ein Mensch wurde umgebracht. Halt dich da raus. Halt dich bitte da raus. Wir sind hier nicht im Heimatfilm. Ich werde das, was du mir gesagt hast, als anonymisierte Information ans LKA weiterleiten. Und du machst den Haushalt, kümmerst dich um Papa und gehst Boule spielen, bis das hier alles vorbei ist. Versprich mir das.«

Gesche Triebel sagte: »Ja.« Es klang kleinlaut. Unter der Tischplatte hatte sie ihre Finger gekreuzt.

Nachdem ihr Sohn gegangen war, setzte sie sich hinters Haus. Auf dem Tisch löchrige Gartenhandschuhe, abgewetzt, mit Resten von Erde, Brombeerdornen, die durch das Leder gedrungen waren.

»Was bleibt?«, murmelte sie. »Das.« Sie schaute auf das müde Häuflein Handschuhe. »Zeichen von Mühe. Mehr bleibt nicht.«

***

»Ich könnte Kuchen vertragen«, sagte Marie. »Oder Eis. Oder Eis und Kuchen.«

Andreas blinzelte in die Sonne. Er saß ihr mit hinter dem Nacken verschränkten Armen gegenüber. »Was macht denn dein Kopf? Schmerzen, Schwindel?«

»Tut ein bisschen weh. Nicht schlimm. Wir radeln ganz gemütlich weiter. Wie immer. Und bis wir in Tammensiel sind, hast du auch Hunger, und dann hauen wir uns den Bauch voll.«

Marie stand auf, musste sich kurz am Tisch abstützen. Andreas hatte die Augen wieder geschlossen.

»Sie waren schon öfter hier«, bemerkte die Chefin hinter der Theke. Sie nahm den Zwanzig-Euro-Schein entgegen, gab das Wechselgeld raus und legte den Kopf ein bisschen zur Seite. »Aber ich kenne Ihr Gesicht auch von woanders. Ganz komisch. Denke ich schon die ganze Zeit drüber nach, aber ich komm nicht drauf.«

Die Münzen purzelten in Maries Portemonnaie. »Mögen Sie Fußball?«

»Ja sicher. Werder Bremen.«

»Daher. Ich bin die erfolgreichste Stürmerin des VfB Schuby

seit über drei Jahren.« Marie grinste schief, hob die Hand zum Abschied.

»Welche Liga ist das denn?«

»Frauen-Verbandsliga Nord.«

»Nee, nee. Ich hab Sie woanders gesehen. Ich komm noch drauf.«

»Na dann. Bis zum nächsten Mal.«

Als Marie wieder auf der Süd-Terrasse des flachen Gebäudes ankam, packte Andreas gerade die Packtasche. »Gut, dass du zahlen konntest. Ich habe meine Brieftasche zu Hause liegen gelassen.«

»Heute denke ich mal für dich mit, Liebster.«

Sie gingen zu den Rädern, die sie an den Zaun gelehnt hatten. Andreas klickte die Packtasche ein, sie stiegen auf und wollten gerade los, als die Dame vom Imbiss, ganz aus dem Häuschen, ums Häuschen herumgelaufen kam.

»Jetzt weiß ich es wieder! Sie waren im Fernsehen. Wegen dem Minister. Daher.« Sie stützte die Hände in die Hüften. »Jetzt bin ich erleichtert. Hab mir das Hirn zermartert, und bestimmt hätte ich heute Abend nicht schlafen können. Aber jetzt ist ja gut.« Sie strahlte vor lauter Erleichterung übers ganze Gesicht. »Tschüss denn.« Umdrehen, wegschlurfen.

Marie wusste nicht, ob sie der Auftritt amüsierte oder bedrückte.

Andreas schob sein Rad neben das ihre, küsste sie. »Ich habe eine Berühmtheit zur Frau. Komm. Eis essen ist immer gut.«

Bald kam der Turm von St. Salvator in Sicht. Die Ruine aus Backsteinen, vom Einsturz gezeichnet, aber noch immer fast dreißig Meter hoch, war einst ein wichtiges Seezeichen gewesen. Heute nisteten Vögel im Gemäuer. Marie mochte die Kirche und den Friedhof. Zum Schutz vor den Naturgewalten auf einem flachen, von Menschenhand errichteten Hügel gelegen.

Sie näherten sich der Warft. Andreas fuhr vornweg, bremste, ließ das Rad ausrollen. Er schwang das rechte Bein über den Sattel, stieg ab und schaute nun nach Marie. »Oder?«

Sie kannten einander so gut. Marie nickte, stoppte. »Wie immer«, antwortete sie.

Hand in Hand überquerten sie die kleine Brücke, gingen an den Gräbern entlang. Marie öffnete die schwere Tür zur Kirche. Sofort umfing sie die besondere Stille, die nur alte Kirchen schenken konnten. Sie atmete tief durch, setzte sich in eine der weiß gestrichenen Bänke. Durch die hohen Fenster fiel helles Sonnenlicht auf die Holzbänke, auf die kunstvoll geschnitzten Wangen des Gestühls. Das Licht ließ das Gold des Leuchters im Mittelgang erstrahlen.

Ein Gefühl ruhiger Zuversicht machte sich in Marie breit. Seit über achthundert Jahren fanden Menschen hier innere Einkehr. Hatten mit dem Schicksal gehadert, sich für die Rückkehr der Seeleute bedankt, den Bund der Ehe geschlossen, Tote beweint. Ein unsichtbares Band. Ein Band zwischen den Zeiten, zwischen den Generationen hielt die Menschen zusammen. Marie konnte das spüren, war dem nahe, wonach alle suchten, dem Sinn des Lebens.

Andreas war hinter die Bank getreten. »Ich habe zwei Postkarten genommen. Für deinen Vater, meine Eltern.«

»Wie immer«, sagte Marie. Sie hörte Andreas' Schritte, die sich entfernten, hörte, wie er den Türgriff hinunterdrückte, die Tür öffnete und schloss. Kurz drang der Schrei einer Möwe an ihr Ohr. Dann war es wieder still. Einen Moment noch, dachte sie, nur einen Moment. Dann bin ich wieder bereit.

Am Café Cornilsen in Tammensiel war auf der Terrasse nur noch ein Tisch frei. Einheimische und Tagesgäste wussten zu schätzen, was Cornilsen servierte. Marie und Andreas schlossen die Fahrräder zusammen, tauschten einen Blick.

»Teilen?«

Andreas nickte und eilte dem freien Tisch entgegen, während Marie ins Innere des Insel-Cafés ging. Den Tisch auf diese Art zu ergattern war ihr unangenehm, aber … Eine Rechtfertigung fiel ihr nicht ein. Beim Betrachten der süßen Leckereien schloss sie jedoch Frieden mit der Einsicht, dass das Böse auch in ihr wohnte. Irgendwo musste es ja hin.

Noch während Marie den Blick schweifen ließ, traten aus einem rückwärtigen Raum drei Frauen und ein Mann ein. Der Kleidung nach Mitarbeiter des Cafés. Sie stellten sich gegenüber der Theke auf, räusperten sich und sangen ein Geburtstagsständchen für Maike, wie Marie dem Text entnahm. Nach »Happy Birthday« ließen die Kollegen »Wie schön, dass du geboren bist« folgen. Maike, hinter Torten und Kuchen, lächelte gerührt und trat von einem Bein auf das andere.

Einige Kunden fielen ins Ständchen ein, und auch Marie konnte nicht widerstehen, Teil des Chores zu werden. Nachdem sie bestellt hatte, schenkte sie Maike zum Geburtstag drei Minuten Pause. »Ich übernehme das Rausbringen«, sagte sie, und Maike schien sich zu freuen.

So balancierte Marie den Eisbecher mit Heidelbeeren sowie das Stück Himbeerkäsesahne zum Tisch, holte den Becher Tote Tante und das Kännchen Kaffee samt Tasse. Andreas hatte den langstieligen Löffel bereits in der Hand. Marie setzte sich dicht neben ihn. Den Stuhl hatte Andreas herangerückt. Marie nahm den zweiten Löffel zur Hand, sie stießen mit den Löffeln an, als seien es Gläser.

In lang geübten Abläufen aßen sie das Eis gemeinsam, wobei Marie mehr Heidelbeeren und Andreas mehr Sahne abbekam. Das war gewollt. Den flüssigen Rest schlürfte Marie mit dem Strohhalm, während Andreas sich bereits über die Sahne der Toten Tante hermachte. Die Choreografie strebte ihrem Höhepunkt entgegen, als Marie den Kaffee aus dem Kännchen in die Tasse goss, Andreas eine Ecke der Himbeerkäsesahne mit der Kuchengabel abstach und den lockeren Boden vorsichtig in den schwarzen Kaffee tunkte, ohne dass sich der Teig vollständig mit dem Kaffee vollsaugen konnte. Auch in kulinarischer Hinsicht waren die beiden ein gut eingespieltes Team.

»Ist das lecker«, befand Andreas und klopfte sich auf den

Bauch. »Keine Ahnung, wie ich das Würstchen auf der Fähre noch reinkriegen soll.«

»Mit Senf.« Marie kicherte.

»Wie immer also.«

Die Pellworm-Therapie wirkte. Marie griff nach Andreas' Hand.

Auf dem Rückweg bog er in Viöl links ab.

»Ein Umweg«, konstatierte Marie. »Auch wie immer. Du kennst dich einfach nicht aus.«

»Ein kleiner Umweg für eine große Sache.«

»Du sprichst in Rätseln.«

»Ich hatte gestern einen Patienten, der seinen Wegzug nach Langstedt ankündigte. Ich schaute wohl etwas ratlos. Er erklärte, das sei nicht das Ende der Welt, aber man könne es von da aus sehen. ›Aha‹, sagte ich, ›und wo ist es, das Ende der Welt?‹ – ›In Süderhackstedt‹, hat er gesagt. Das gucken wir uns jetzt mal an. Die paar Kilometer.«

***

Die Fahrt mit Andreas, das Radeln, die Völlerei, das Innehalten, die Liebe. Marie erwachte am nächsten Morgen so frisch wie schon seit Wochen nicht mehr.

Gestern nach ihrer Rückkehr hatte Andreas mit Karl über die Schönheit der Mathematik philosophiert, nein, Andreas hatte sie illustriert. Er hatte Papier gefaltet und Karl demonstriert, wie clever man die Hülle eines Airbags zusammenlegen muss, damit er auf kleinstem Raum Platz findet, sich aber zur vollen Größe entfaltet, sobald er gebraucht wird. Man konnte sich das auch als Gitternetz vorstellen. Daran, dass sich hinter der Faltung Mathematik verbirgt, dass man das Verhalten des gefalteten Materials mathematisch vorhersagen kann, hatte Marie bis dahin nicht gedacht. Sie hatte die neue Erkenntnis aber sogleich auf ihre Arbeit übertragen.

Von oben betrachtet sah man beim gefalteten Airbag nur eine

Fläche. Aus der Distanz betrachtet sah man in Sina Carstens und Jörn Jepsen nur ein Paar. Ein Paar mit gegenseitigen Bedürfnissen, die sich beschreiben ließen. Schaute man aber nach Freunden und Verwandten, so ergab sich eine unüberschaubar große Zahl von Beziehungen und wechselseitigen Wünschen, Bedürfnissen, Verpflichtungen und Motiven, die einander bedingten oder ausschlossen. Bei diesem Gedanken wurde Marie seltsam flau im Magen.

Jeder Mensch befand sich in einem dichten Beziehungsgeflecht und war auf kurzem Weg, vielleicht über den Freund der Schwägerin, womöglich mit einem Menschen verbunden, der Dinge tat, die man sich lieber nicht vorstellen wollte. Kronenburgs Beziehungsgeflecht hatte Marie noch nicht ausreichend durchdrungen, um das Motiv des Täters sehen zu können. Nach wie vor war sie wegen des Tatortes und des Tathergangs der Überzeugung, dass zum Zeitpunkt der Tat extrem starke Emotionen im Spiel gewesen waren. Jörn Jepsen hatte kein Alibi. Marie musste ihn als möglichen Täter in Betracht ziehen.

Was Gero Freiherr von Blohm anging, machten dessen Intellekt und vor allem dessen Möglichkeiten eine Täterschaft unwahrscheinlich, aber unter Drogen wäre sicher auch er fähig gewesen, Kronenburg auf dem Windrad niederzuschlagen und zurückzulassen.

»Nun mach mal«, rief Andreas. »Ich muss los. Oder willst du zum Falckensteiner Strand laufen?«

»Wir müssen noch in der Praxis vorbei. Deine Kollegin muss mich gesundschreiben.«

»Warum?«

»Ich will Dienst tun, und ich will meine Waffe zurück.«

»Sabine kann dich nicht gesundschreiben. Du hast eine Gehirnerschütterung.«

»Du kannst mich auch nicht gesundschreiben. Du heißt so, wie ich heiße.«

»Marie, du solltest dich ausruhen.«

»Andreas, das geht nicht. Spuren werden kälter.«

»Gut, lass uns fahren.« Andreas öffnete die Haustür.

In der Praxis angekommen, zog er Marie ins Behandlungszimmer. »Ich unterschreibe unleserlich. Ich kann Sabine da nicht mit reinziehen. Stell dir vor, dir passiert was. Das kann ich auf keinen Fall machen. Guck mal hier auf meinen Finger.«

Andreas stellte einige Fragen, führte einfache neurologische Tests durch, ließ sie auf einem Bein stehen, nickte irgendwann und gab Marie, wonach sie verlangt hatte. »Gehirnerschütterungen werden von Laien und Medizinern unterschätzt. Ich erwarte, dass du es langsam angehen lässt und sehr gut auf dich aufpasst!«

Er wirkte so ernst, dass sich Marie eine alberne Replik verkniff.

Dann kam eine Patientin mit Herzrhythmusstörungen in die Praxis. Andreas war gefordert, Marie bestellte ein Taxi.

In Schilksee angekommen, zeigte das Taxameter fünfundfünfzig Euro fünfzig. Marie gab sechzig Euro. So viel Geld hatte sie noch nie für eine Taxifahrt bezahlt. In den nächsten Tagen würde sie ein bisschen auf ihre Ausgaben achten.

Das EMO stand, wo Marie es abgestellt hatte. Hinterm Scheibenwischer klemmte ein Flyer. Marie nahm ihn ab. Er warb für das Midsummer-Bulli-Festival auf Fehmarn. Auf dem Titel ein T1 mit Klappscheiben und eine strahlend lächelnde blonde Frau mit Blumenkranz im Haar. Konnte man zu alt sein für ein Leben als Hippie?, fragte sich Marie. Sie lehnte sich an die Fahrertür und rief in der Praxis an. Sofort wurde sie zu Andreas durchgestellt. Das war selten.

»Ist was passiert, alles okay?« Er klang so besorgt, dass Marie sich beeilte, ihn zu beruhigen.

Sie schlug vor, im nächsten Sommer mit dem Bus nach Schweden zu fahren.

»Wenn du mich in Ruhe angeln lässt, bin ich dabei.«

Marie spitzte die Lippen und quietschte einen Kuss ins Telefon. Hoffentlich hatte Karl auch Lust.

Vor dem Tor zum Parkplatz des LKA waren keine Kamerateams. Vielleicht erlosch das Interesse langsam. In den Nachrichten hatte Marie gehört, dass man in Kronenburgs Partei überlegte, den Bundesvorsitz in andere Hände zu legen. Die Reporter konnten ja auch nicht überall sein.

Marie brachte die Formalitäten hinter sich, reichte ihre Gesundschreibung über den Tresen, unterschrieb Formulare und erntete bei zwei Sachbearbeitern nach oben gezogene Augenbrauen. Als sie das Geschäftszimmer verließ, hörte sie Satzfragmente, die nach »auf den Kopf gefallen« klangen.

Sie ging am Vorzimmer von Astrid Moeller vorbei, die zu einer Konferenz nach Hamburg gefahren war, wie Marie wusste. Sie öffnete die Tür ihres Büros, schloss sie hinter sich, ging vor zum Fenster, schaute runter auf die Stadt. Geräusche blieben ausgesperrt. Wie über den Dingen fühlte sich das an. Kleine Menschen, kleine Autos und Schäfchenwolken, die langsam hinaus auf die Ostsee zogen.

Marie legte ihre Tasche und das Holster auf dem Schreibtisch ab, holte das Schleibook hervor und las, was sie heute vor einer Woche notiert hatte, schaute sich an, wie sie Lothar Kronenburg gezeichnet hatte, erstellte ein Säulendiagramm, in das sie die Namen der Beteiligten eintrug. An die Y-Achse schrieb sie: »Schwere des Verdachts«, dann strichelte sie langsam Säulen hinter jeden Namen, wechselte dabei von einem zum anderen, legte den Stift aus der Hand. Unter der höchsten Säule stand der Name des Freiherrn, unter der kürzesten Säule der von Jörn Jepsen.

»Wäre es doch nur so einfach.« Sie nahm einen Radiergummi zur Hand und kürzte die Säule des Freiherrn, füllte Jepsens Säule auf, sodass am Ende alle Säulen gleich hoch waren. Sie dachte über ihre Theorie nach, dass im Verlaufe der Tat starke Emotionen im Spiel gewesen sein musste, tippte mit dem Bleistift Punkte um Jepsens Namen, schrieb schließlich »N.N.« ganz außen neben »Die Sehestedter«.

Sie stand auf, ging zum Whiteboard hinüber und begann Kreise zu malen, Schnittmengen zu bilden. Am Rand standen bereits alle Namen derer, die irgendwie mit dem Fall zu tun hatten. Besonders große Überschneidungen im Bereich Beruf und Privat gab es bei Jörn Jepsen. Marie rief beim NDR an und erfuhr, dass Jepsen freihatte. Sie würde zu ihm nach Hause fahren.

Es klopfte. Elmar Brockmann betrat das Büro.

»Hab ich doch richtig gesehen, dass EMO auf dem Parkplatz steht. Wie geht's dir?«

Marie berichtete, kam aber rasch auf den Fall. Nebeneinander standen sie am Fenster.

»Das hört sich alles kompliziert an«, sagte Elmar. »Der Komplex Kernfusion, Kronenburgs Ausflüge nach Österreich, seine Affäre mit der Fernsehfrau.«

»Keine Affäre, Elmar. Liebe.«

»Was auch immer. Die Kernfrage bleibt, wie Kronenburg überhaupt da reingekommen ist, in dieses Windrad.«

»Du meinst, Schlüsselfrage.«

Elmar lachte. »Dass er reinwollte, ist für mich klar. Wegen der Einbruchswerkzeuge in Sina Carstens' Auto, die aber jungfräulich sind, kein Kratzer. Er wurde von jemandem reingelassen. Und wenn wir rausfinden, wer ihn reingelassen hat, sind wir einen wesentlichen Schritt weiter.«

Marie nickte. »Elmar, du wirst noch Karriere machen.«

»Hab ich schon. Gestern wurde ich zum Schriftführer im Kaninchenzuchtverein gewählt.«

Maries Telefon klingelte. Ein durchgestellter Anruf.

Der männliche Anrufer fasste sich kurz, beschrieb präzise, als habe er aufgeschrieben, was er mitzuteilen hatte. Es vergingen drei Minuten, es vergingen fünf Minuten.

»Und warum informieren Sie die Polizei erst jetzt?«, fragte Marie.

»Meine Frau war krank, hatte eine OP. Nach der Entlassung habe ich mich um sie gekümmert. Es ging ihr schlecht. Ich habe überhaupt kein Fernsehen geguckt. Von der Sache habe ich erst vorhin in der Wochenendzeitung gelesen.« Der Anrufer klang jetzt schuldbewusst. Telefonate mit der Polizei waren nicht jedermanns Sache.

»Schon gut, nennen Sie mir bitte noch einmal Ihren Namen, Ihre Adresse und Telefonnummer.«

Marie notierte, was zu notieren war, bedankte sich und legte auf. Elmar schaute sie erwartungsvoll an.

»Den hast du doch bestellt«, sagte Marie. »Wenn wir wissen, wer ihn reingelassen hat, sind wir weiter. Deine Worte vor ein paar Minuten. Unglaublich. Also: Der Mann ist Jäger. Er hat Lothar Kronenburg am Windrad gesehen. Von seinem Hochsitz aus, durch sein Präzisionsfernglas, wie er betonte. Ich kürze mal ab. Herr Kohler hat gesehen, wie der Minister mit dem Polo kam. Er hat gesehen, wie er ausstieg und zum Windrad ging, und er hat ihn sofort erkannt. Er hat bis zu seiner Pensionierung vor einem Jahr im schleswig-holsteinischen Wirtschaftsministerium gearbeitet.«

»Bleibt es langweilig?«

»Bleibt es nicht. Kronenburg war nicht allein am Windrad.«

»Ach.«

»Der Ablauf: Er stieg aus, ging zum Kofferraum, hielt inne, schaute zum Windrad, schlug den Kofferraum zu und ging dann ohne zu zögern auf die Treppe und den Eingang zu. Ich vermute, er hat die Person am Windrad sofort erkannt.«

»Konnte der Zeuge eine Personenbeschreibung liefern?«

»Nein, die Person war durch die Tür verdeckt. Aber er hat ein zweites Auto gesehen, oder sagen wir, er hat Teile des Autos gesehen. Ziemlich sicher ein weißes oder silbernes und absolut sicher, dass das Kennzeichen mit RD beginnt. Das Auto stand hinter Büschen. Der Blickwinkel von oben war ungünstig und verhinderte, dass Herr Kohler mehr sehen konnte. Kronenburg wurde eingelassen. Die Tür schloss sich. Was dann geschah, konnte Herr Kohler leider auch nicht beobachten.«

»Der Blickwinkel.«

»Witzbold. Er hat sich auch nichts weiter dabei gedacht, weil er von dem vorangegangenen Pressetermin gehört hatte.«

»Dann suchen wir jetzt ein hell lackiertes Auto aus dem Kreis Rendsburg-Eckernförde. Willst du meine Meinung?«

»Nein, aber so schlecht sind unsere Chancen nicht. Ganz im Gegenteil. Wir prüfen, wer von der Liste der Menschen mit Windrad-Schlüssel ein solches Auto fährt. Das geht ruckzuck.« Marie griff wieder zum Telefon und beauftragte die Recherche.

»Was wolltest du eigentlich von mir?«

»Moin sagen. Ich bin ein Kollege, und ich habe gehört, dass du einen Unfall hattest.«

Marie legte Elmar die Hand auf die Schulter. »Entschuldige, ich vergaß, dass hier Menschen arbeiten. Für einen Kaffee habe ich jetzt aber keine Zeit. Ich werde versuchen, noch mal mit Jörn Jepsen zu sprechen. Der ist vielleicht zu Hause.«

Am Fahrstuhlschacht bog Elmar links ab. Er wedelte mit Papieren. »Ich reiche jetzt einen Urlaubsantrag ein. Im Oktober fliege ich mit meiner Mutter nach La Palma.«

Mit deiner Mutter?, wollte Marie noch fragen, aber Elmar war schon durch die Glastür gegangen.

Ohne weitere Kollegen zu treffen, erreichte Marie das EMO. Sie nahm eine kalte Flasche Rhabarberlimonade aus dem Kühlschrank, trank, stellte die Flasche zurück. Ihr Handy klingelte.

»Mensch, Mayr! Wo sind Sie denn?«

»Schauen Sie mal nach links.«

Marie drehte den Kopf. Zwischen den Stäben des Sicherheitszaunes entdeckte sie Mayrs unauffällige Limousine.

»Haben Sie Zeit für einen Kaffee?«, wollte Mayr wissen.

»Ja, in der Kantine?«

»Lieber nicht.«

»Okay, ich komme raus, folgen Sie mir.«

Marie startete, verließ das Gelände, überquerte die Eckernförder Straße und parkte im Grasweg vor dem Loppokaffee. Mayr hielt hinter ihr. Beide stiegen aus, reichten einander die Hand. Mayr trug eine Basecap. Männer über fünfundzwanzig sollten keine Basecaps tragen, fand Marie. Schon gar keine mit Werbung für einen spanischen Badeort.

»Verletzt?« Mayr zeigte auf Maries Arm.

»Ja, habe mich angestellt wie ein Amateur. Von Blohm hat mich das Steilufer in Schilksee hinuntergestoßen.«

»Nur der Arm?«

»Gehirnerschütterung.«

»Damit sollte man nicht spaßen. Ich hatte mal –«

»Schon gut. Mein Mann ist Arzt und hat mich aufgeklärt.« Marie deutete auf den kleinen Innenhof des Cafés.

Sie setzten sich an einen der runden Tische. Mayr rückte noch ein Stück herum, näher an Marie heran. »Die Sonne«, erklärte er. »Je älter ich werde, desto empfindlicher werden meine Augen.«

Sie bestellten. Marie wusste um den selbst gerösteten, tollen Kaffee, den sie hier bekam, und orderte Espresso, Mayr schloss sich an.

»Dann schießen Sie mal los, Herr Kollege. Warum so konspirativ?«

»Ich habe mich krankgemeldet.«

Marie schaute Mayr fragend an. »Krank wirken Sie auf mich nicht.«

»Bin ich auch nicht. Es könnte peinlicher kaum sein.« Er rang nach Luft. Marie konnte hören und sehen, wie unangenehm ihm die Situation war.

»So, eure Espressi.« Der Duft erreichte Maries Nase, noch bevor die Tassen auf dem Tisch standen.

Marie gönnte sich einen halben Teelöffel Zucker, rührte um, führte die Tasse zum Mund, sog den Duft ein, trank einen Schluck. »Köstlich. Wenn der Begriff Genussmittel je treffend war, dann doch wohl als Bezeichnung für dieses Getränk.« Sie leckte die Crema von den Lippen.

Mayr trank, sein Gesichtsausdruck verkrampft. Er stellte die Tasse ab, spielte mit dem Löffel, wand sich.

»Die Sache ist die. Ich habe eine Frau kennengelernt. Ich

habe mich verguckt. Liebe auf den ersten Blick.« Er sprach nicht weiter, schaute auf seine Hände.

»Sie sind verheiratet.«

»Ja, ja, sicher, es geht um meine Frau.« Er schob die Espressotasse hin und her. »Das ist aber auch unangenehm. Sie als Kollegin und Frau. Ich mach's kurz. Zwischen meiner Frau und mir läuft es nicht so.«

»Herr Mayr, ganz ehrlich: Ich weiß nicht, ob ich mehr wissen möchte.«

»Ich glaube, es sind die Haare.«

Mayr nahm die Basecap ab. Teile seiner Kopfhaut waren verpflastert, andere gerötet. Dort, wo vor einigen Tagen noch Geheimratsecken gewesen waren, standen nun einzelne tiefschwarze Haare vom Kopf ab.«

»Mein Gott, was ist passiert?«

»Ich war bei New Hair Transplant in Hamburg. Ich dachte, ich nutze die Zeit hier oben und überrasche meine Frau.«

»Überraschen? Ja, das wird gelingen.«

»Ich musste hier in Kiel zu einem Hautarzt. Es juckt, und es tut weh, und ich kann doch so nicht in den Dienst.« Mayr stand auf. »Ich verschwinde mal eben.« Er zeigte auf das Innere des Cafés.

Marie fluchte leise vor sich hin. »So ein elend beschissener Scheißfall. Bundesweite Öffentlichkeit, und nichts klappt. Nichts. Ich lasse mich schubsen wie ein Mädchen, und der Zampano vom BKA lässt sich die Haare machen. Ich werd irre.« Ihr Handy klingelte. »Und immerzu klingelt das Scheißhandy. Ja?«

»Eine Spur von Klaus Kramer«, sagte Sonja. »Er ist gestern Abend geblitzt worden. Auf der A 4 in der Nähe von Görlitz kurz vor der polnischen Grenze.«

»Und?«

»Ich wollte dir das nur mitteilen. Die polnischen Kollegen sind informiert.«

»Toll. Danke.« Marie legte auf. Sie steckte das Handy weg,

schob den Stuhl zurück und ging ins Café. Sie zahlte. »Sag mal, warum heißt euer Laden eigentlich Loppokaffee, was bedeutet das eigentlich?«

Kira hinter dem Tresen lachte. »Keine Ahnung. Zufall. Kam uns irgendwie so in den Sinn.«

Marie steckte das Wechselgeld ein und ging wieder auf den Hof. Wo Mayr nur blieb! Nach einer kleinen Ewigkeit tauchte er endlich wieder auf.

»Ich habe zu tun, Herr Kollege. Ist noch was?«

»Ich versuche, das wieder in Ordnung zu bringen. Das Dienstliche, und ich wäre Ihnen verbunden, würden Sie nicht darüber sprechen.«

»Herr Mayr, wir haben hier gemeinsam einen Fall zu lösen, und bei allem Respekt: Machen Sie einfach Ihren Job. Erfinden Sie einen Sonnenbrand und gut. Vielleicht tauschen sie diese Basecap gegen eine von Holstein Kiel. Tschüss.«

Marie ging zum EMO, trank den Rest der Rhabarberlimonade. Jetzt war Jörn Jepsen dran, der in der Liga der Verrückten nur knapp hinter Mayr lag.

Als Marie den Zündschlüssel ins Schloss steckte, klingelte ihr Handy.

Astrid Moeller klang ungewohnt kühl. »Frau Geisler. Sie haben einen extrem guten Ruf zu verlieren, den Sie sich in ungewöhnlich kurzer Zeit erworben haben. Nun erfahre ich, dass Sie wieder Dienst tun, als wäre nichts gewesen. Gegen meinen ausdrücklichen Rat. Ich kann nicht einschätzen, ob Sie wirklich dienstfähig sind, bin jedoch skeptisch. Ich wiederhole mich und empfehle Ihnen, sich auszukurieren. Wenn Sie jetzt Fehler machen, schaden Sie nicht nur sich selbst. Ich muss zurück in die Sitzung. Tschüss.«

Marie wendete, fuhr zurück zum Loppokaffee, kaufte ein Stück Käsekuchen und aß es ganz langsam, ganz bewusst, Gabel für Gabel. Dann hatte sie eine Entscheidung getroffen. Sie würde schauen, ob Jörn Jepsen zu Hause war, und ihn gegebenenfalls befragen, dann führe sie nach Hause, morgen zu ihrem

Vater, und Montag würde sie den Fall lösen, weil ihr die richtige Idee gekommen wäre.

Sie sprach auf Astrid Moellers Mobilbox, teilte mit, dass sie jetzt noch kurz das Gespräch mit Jepsen suchen und dann zwei Tage pausieren werde.

Ein weiterer Anruf im LKA ergab, dass keine der Personen mit Schlüsselgewalt für das Windrad ein helles Auto fuhr. Sie wies die Kollegin an, in Sehestedt nachzuforschen, ob jemandem zum fraglichen Zeitpunkt ein helles Auto aufgefallen war. Von der Straße aus musste es gut zu sehen gewesen sein.

Die Kollegin war nicht begeistert, wünschte Marie aber trotzdem ein schönes Wochenende und ergänzte: »Es geht mich ja nichts an, aber mit Gehirnerschütterungen ist nicht zu spaßen.«

Marie verzog das Gesicht und bedankte sich für die Fürsorge. Sie konnte es nicht mehr hören.

Hinüber zum Haus der Familie Carstens-Jepsen war es nur ein Katzensprung. Marie entschied sich für den Westring, geriet dann in stockenden Verkehr. Der Ikea-Parkplatz platzte aus allen Nähten. Marie fragte sich, wo all die Billys geblieben waren. Sie hatte mal gelesen, dass Billy in einem schwedischen Dorf hergestellt wird. Fast fünf Millionen Regale pro Jahr. Die Ampel sprang auf Grün.

»Marie, du schweifst ab. Immer schweifst du ab. Und diese Selbstgespräche. Das muss doch mal aufhören.« Sie rückte vier Autos vor, stellte Musik an. Die dänischen Streicher hatten es ihr angetan. Das Danish String Quartet flutete Marie mit Nielsens Streichquartett Nr. 3. Ein sperriges Stück Musik, das ihre ganze Aufmerksamkeit forderte. Sie bog rechts ab, der Verkehr wurde flüssiger. Sie erreichte ihr Ziel in wenigen Minuten und schaltete den CD-Player nur widerwillig aus, als sie vor dem Haus mit dem Blechfrosch an der Tür parkte.

Jörn Jepsen öffnete, kaum dass sie geklingelt hatte.

»Was ist denn das?«, fragte Marie und zeigte auf das seltsame Gestell, mit dem er ihr entgegentrat.

»Ein Adapter«
»Adapter? So ein Riesending, wofür?«
»Für die Kamera.«
»Tut mir leid, ich verstehe kein Wort.«
»Ich hatte mit zwanzig einen Autounfall. Die Freiheitsgrade beider Schultergelenke sind seitdem stark eingeschränkt. Ich kann die Ellbogen nicht sehr weit nach oben bewegen. Darum brauche ich diesen Adapter, damit ich die Kamera halten und bedienen kann. Habe ich selbst gebaut damals. Also, das ist nicht der erste, ich habe den Adapter natürlich immer weiter verbessert. Das ist so komfortabel, dass ihn Kollegen manchmal leihen.«

Marie rieb sich die Nase. Sie stellte sich neben Jörn Jepsen und streckte den rechten Arm nach unten. »Machen Sie das mal nach, bitte.«

Jörn Jepsen drehte den Körper leicht nach links, wie Marie es tat, hielt den rechten Arm gestreckt nach unten. Marie hielt den ihren gebeugt vor den Körper und führte dann die Bewegung eines Rückhandschlages aus.

Jörn Jepsen lachte. »Tennisprofi werde ich nicht mehr. Ich komme ziemlich exakt bis hierher.«

Marie stellte sich vor ihn, schaute auf seine Hand, stellte sich eine Schlagwaffe vor. Der Winkel, den Jörn Jepsen schaffte, hätte vielleicht gereicht, um einem kleinen Zwölfjährigen einen Hammer an den Kopf zu schlagen. Kronenburg hätte er auf Brusthöhe erwischt. Bestenfalls. Und Kronenburg hatte beim Schlag gestanden. Linker Ellbogen und Hinterkopf wiesen Abschürfungen und Hämatome auf, die durch einen Sturz entstanden waren. Mit großer Wahrscheinlichkeit nach dem Schlag. So hatte es ihr Ele jedenfalls erklärt. Kronenburg voller Wut umzuhauen hätte zu Jepsen gepasst, aber es fehlte offensichtlich an der körperlichen Voraussetzung, und einen Schlüssel für die Tür hatte er auch nicht.

»Sie haben mich immer noch als möglichen Täter auf dem Schirm? Ich war es nicht. Ich war laufen, als Kronenburg starb.

Irgendwann findet sich vielleicht ein Zeuge, der mich ...« Jörn Jepsen unterbrach den Satz, schloss die Augen.

»Alles okay?«

Er schüttelte unwillig den Kopf und knurrte: »Am Drachensee, ich glaube, ich bin am Drachensee entlanggelaufen, und eine Oma hat eine Packung Kekse aus der Tasche verloren. Habe ich aufgehoben und ihr gegeben. Oder war das vor zwei Wochen?«

»Sollten Sie die Oma auf Ihrer nächsten Runde treffen, fragen Sie sie einfach. Erfahrungsgemäß trifft man im Stadtteil immer wieder auf dieselben Leute. Ich lasse Sie für heute mal in Ruhe.«

»Ach, Sie machen ja auch nur Ihre Arbeit.«

Die beiden nickten einander zu. Marie ging, hörte, wie der Blechfrosch leise an die Haustür schlug.

Papas Tipp

Marie störte die Verkleidung des Kirchturms. Bis ihr der Turm von St. Petri den Weg in neuer Schönheit weisen würde, gingen wohl noch zwei Jahre ins Land. Landmarken wie der Schleswiger Dom, die blauen Krane in Kiel oder die Hochbrücke über den Kanal gaben Marie Orientierung und Sicherheit. Ihr Anblick war je nach Tageszeit und Wetterlage vorhersehbar. Wo gab's das schon noch?
Sie zog die Sonnenbrille aus der viel zu kleinen Tasche der Jeansjacke, als sie aus dem Schatten des Wikingturms hinausfuhr und auf das gleißende Wasser der Schlei schaute. Etwas knisterte in der Tasche. Ein Stück Papier, sie musste mit den Fingern der rechten Hand nachfassen, gleichzeitig verlangte das EMO nach dem vierten Gang. Marie entschied sich fürs Schalten, war aber neugierig.
Kurz vor dem Kreisverkehr in Busdorf hatte sie den Zettel endlich erwischt.
»Gute Fahrt, wir haben dich lieb«, las sie. Andreas und Karl hatten lauter kleine Wikingerhelme auf das Papier gezeichnet. »Was brauche ich Kirchtürme?«, murmelte Marie und vergrub den Zettel wieder in der Tasche.
Mann und Sohn hatten sich entschieden, den Sonnabend mit Rumlungern zu verbringen. Karl war schnupfig, nörgelig und kam nicht aus dem Bett. »Hier, für Opa«, hatte er gesagt und ihr ein Sitzkissen von Holstein Kiel mit auf den Weg gegeben.
Nachdem Andreas Marie noch einmal mit Medizinerblick angeschaut und mit Medizinerstimme befragt hatte, war ihr die Autofahrt zu ihrem Vater ins Ruhrgebiet erlaubt worden. Tatsächlich hatte sie keine Kopfschmerzen mehr.
Marie lächelte die Baustellen auf der A 7 weg, verzichtete auf Musik, freute sich, schon nach anderthalb Stunden den Bur-

chardkai zu passieren und die Köhlbrandbrücke zu grüßen. Sie liebte es, über die Köhlbrandbrücke zu fahren. Der Blick auf Hamburg, ihre liebste Großstadt, war unvergleichlich. Heute zockelte sie auf der Autobahn vorbei.

Rund um Bremen war es zähflüssig, im Rasthof Dammer Berge kaufte sie eine Tafel Schokolade. Die Schokolade ließ sie im Mund, vermischt mit dem noch leidlich heißen Kaffee, den Andreas ihr gemacht hatte, langsam schmelzen. In Münster wechselte sie die Autobahn. Ab hier war alles alte Heimat.

Sie überquerte die Emscher, die mit beeindruckendem Aufwand auf über hundert Kilometern renaturiert wurde. Aus der Kloake des Reviers wurde nach und nach wieder ein Fluss, der diesen Namen verdiente. Das Ruhrgebiet, ein Ballungsraum im ewigen Umbau. Bald gäbe es ein Klassentreffen, und Marie würde eine ganze Woche bleiben.

Die Autobahn verließ sie in Witten-Heven. Rechts lag der Kemnader See, an dessen Ufer das Freizeitzentrum. Dort hatte sie ganze Vormittage in der Sauna vertrödelt.

Ihr Vater stand vor der Haustür, als sie das EMO halb auf dem Bürgersteig schräg gegenüber parkte. Er hatte ihr den Rücken zugewandt, war in ein Gespräch vertieft. Die etwa gleichaltrige Frau legte ihm immer wieder die Hand auf den Arm. Marie blieb sitzen.

Die beiden lachten. Was Marie sah und was sie hörte, fühlte sich wie ein Eiswürfel auf offener Hand an. Sollte dort auf der anderen Straßenseite nicht ihre Mutter stehen? Jetzt schaute die Frau zur Seite, sah das EMO, kniff die Augen zusammen, um das Nummernschild entziffern zu können. Ihr Vater bemerkte das, drehte sich um, strahlte, sagte etwas zu der Frau, eine kurze Umarmung, dann stieg die Frau in ein rotes Cabrio. Das gleiche Modell, das auch Ele fuhr.

»Wer war das?«, fragte Marie, noch bevor sie ihren Vater begrüßt hatte.

»Marion«, antwortete ihr Vater. »Sie ist meine Augenoptikerin und wohnt seit einem halben Jahr gleich nebenan. Habe ich dir nicht von ihr erzählt? Sie ist jetzt auch in der Doppelkopf-Runde.«

Das Eiswürfelgefühl kehrte zurück. »Aha. Dann seid ihr jetzt zu sechst.«

»Zu fünft. Marion ist geschieden.«

Eine Pause, nicht länger als der Flügelschlag einer erwachsenen Möwe, entstand. Genug Zeit für schlechte Gedanken.

»Komm, lass dich küssen!« Ihr Vater umarmte sie und hob sie ein Stück in die Luft. Es war ein bisschen wie früher, ein bisschen wie Fliegen. Sie gingen rein, aßen selbst gebackenen Stuten wie immer, erzählten beinahe atemlos.

»Es wird bald dunkel«, sagte ihr Vater nach Stuten, Kaffee, Geschichten und Berichten. Marie nickte, ihr Vater ging zur Garderobe, zog Schuhe an. Marie schaute zur Seite, betrachtete kurz das Foto, auf dem ihre Mutter so verschmitzt lächelte, erwiderte das Lächeln und stand auf.

Auf dem Friedhof sangen sie ein Ständchen zum Geburtstag. Marie stellte das Kleine Tausendgüldenkraut aufs Grab. Sie lachten, und sie weinten. Sie waren sich nah, wie sie es immer gewesen waren.

Als sie wieder in den Bus stiegen, fiel Marie das Sitzkissen ein. Ihr Vater freute sich. »Sobald ich bei euch im Norden bin, werde ich mit Karl mal wieder zu den ›Störchen‹ gehen.«

Der Mond stand beinahe voll über dem Waldsaum, den sie vom Balkon aus sehen konnten. Sie löffelten Mitternachtssuppe, die ihr Vater gekocht hatte. Marie salzte nach, streckte ihren Arm zum Teller ihres Vaters aus. Der aber schob die Hand mit dem Salzstreuer beiseite. »Mein Essen wird nicht nachgewürzt – Ilsebill!«

Sie kicherten. Dann, ganz plötzlich, wurde Marie ernst, legte den Löffel beiseite. »Ist da was, zwischen dir und dieser Marion?«

»Ach, mein Kind. Niemand kann den Platz deiner Mutter einnehmen. Früher nicht, nicht heute und auch nicht, wenn ich mal alt bin.«

»Entschuldige.« Marie spürte, dass ihre Augen feucht wurden.
»Schon gut. Aber damit eines klar ist: Meine Bettgeschichten gehen dich gar nichts an.«

Der Mond ging, der Tag kam. Marie hatte geschlafen wie ein Murmeltier. Beim Frühstück schilderte sie ihrem Vater den Fall, an dem sie arbeitete. Ihr Vater wusste, was die Medien berichtet hatten.
»Jedenfalls bin ich einigermaßen frustriert. Es will nicht weitergehen«, schloss sie.
»Willst du den Tipp eines ›Tatort‹-Profis?«
»Immer.«
»Mit deiner Vermutung, im Moment der Tat könnten starke Gefühle im Spiel gewesen sein, liegst du meiner Meinung nach goldrichtig. Aber nach allem, was du erzählt hast – du musst weiter zurück in die Vergangenheit. Seine Familie, alte Freunde, Weggefährten, Jugendlieben. Ein blinder Fleck, wenn ich das sagen darf.«

Durfte er. Marie zog sich mit einer Tasse Kaffee auf den Balkon zurück, holte ihr Schleibook hervor. Jetzt arbeitete sie doch wieder. Immer die gleiche alte Leier.

Dass Kronenburgs Eltern nicht mehr lebten, er weder verheiratet noch Vater war, hatte Marie als Erkenntnis genügt. Sie hatte nicht weiter nach Spuren in Kronenburgs Vergangenheit gesucht. Gero Freiherr von Blohm war ein alter Weggefährte, aber nicht greifbar.

Marie notierte: »Frauen vor Sina Carstens«. Sie griff zum Handy und wählte die Telefonnummer der letzten Liebe des Toten. Die Tochter ging ran, holte ihre Mutter.

Marie fragte ohne Umschweife: »Kennen Sie Frauen, mit denen Herr Kronenburg vor Ihnen zusammen war?«

Sie erwartete eine schroffe Reaktion, aber Sina Carstens schien ernsthaft nachzudenken. Dann lachte sie kurz auf. »Ich habe vor einiger Zeit ein Foto gefunden, das Lothar mit einer

hawaiianischen Inselschönheit in eindeutiger Pose zeigt. Da war er noch nicht Minister. Und von einer Jugendfreundin hat er mir mal erzählt. Aber da war er nicht ganz nüchtern.«
»Erinnern Sie den Namen der Freundin?«
»Nein, tut mir leid.«
»Unter welchen Umständen sich die beiden kennenlernten, wann das ungefähr gewesen sein kann und wo?«
»Ich glaube, sie waren beide bei den Jusos, oder war das eine kirchliche Jugendgruppe? Ich kann mich nicht erinnern.«
»Danke, Frau Carstens, und einen schönen Sonntag noch.«
Maries nächster Anruf galt ihrer Kollegin Sonja im LKA. Sie bat sie, Mitgliederlisten und Fotos aus Kronenburgs Juso-Vergangenheit zu beschaffen.

Beim Abschied kündigte Maries Vater seinen nächsten Besuch an. »Ich werde mit Uwe mal nach einer Wohnung oder einem kleinen Häuschen Ausschau halten«, eröffnete er Marie, die kaum glauben konnte, was sie hörte.

»Ein Häuschen. Mit Uwe. Und das erzählst du mir so en passant? Ein Häuschen für die Ferien, oder gedenkst du umzuziehen?«

Maries Vater lächelte verlegen. »Ich habe mit Uwe gesprochen. Wie man so spricht. Auch über die Zukunft.«

»Ja sicher, mein Herr Schwiegervater und du, ihr seid ja wie Pech und Schwefel. Und was haben sie so geplant für die Zukunft, die Herrschaften?«

»Marie, mach doch keine Staatsaffäre daraus. Wir werden älter. Ich wäre gern in eurer Nähe, wenn's mal eng wird. Nicht weil ich gepflegt werden wollte, sondern weil ich euch das Fahren ersparen möchte.«

»Hört, hört. Edle Motive. Mann, Papa. Ist mir doch egal, warum du in meine Nähe willst. Hauptsache, du kommst. Aber dass du das mit Uwe besprichst, bevor ich davon erfahre. Echt. Ich dachte, wir wären ein Team.«

»Ja, aber ich bin der Spielführer.«

Marie griff nach ihrem Vater, versuchte, seine Rippen zu

erreichen. Er war unglaublich kitzelig, aber er war auch noch erstaunlich reaktionsschnell und konnte sich Maries Attacke entziehen.

Marie setzte nach und umarmte ihn. »Bis du gebrechlich wirst, bin ich längst in Rente.«

Sie kabbelten. Beide kamen außer Puste.

»Marie, im Ernst. Das hat ja keine Eile. Aber Uwe und ich werden uns mal in Angeln und Schwansen umsehen. Das macht ja auch Spaß.«

»Und dein Verein?«

»Ich habe einen Co-Trainer, der das nicht nur kann, sondern der auch dran ist. Wir haben eine interne Absprache, dass er mein Nachfolger wird.«

»Gemauschel also.«

»Planungssicherheit.«

Ihr Vater brachte sie zum Auto, küsste sie, ging zügig zur Haustür, schloss sie von innen. Marie wusste, dass er ihr durch einen Spalt nachschaute.

**

»Heute ist unser letztes Training vor dem Turnier am kommenden Sonnabend. Ich habe gehört, dass Boule Breiholz neuerdings einen Franzosen im Team hat, der sehr, sehr gut sein soll. Boule Amis Sehestedt hat was zu verlieren, wir haben was zu verlieren. Das letzte Turnier haben wir auf die leichte Schulter genommen, und wir wissen alle, dass wir nur mit Glück gewonnen haben. Das muss uns eine Lehre sein.«

Gesche Triebel sprach laut und stakkatoartig. Ihren Appell unterstrich der ausgestreckte Zeigefinger, mit dem sie Bruno Klein und insbesondere Robert von Turnau vor dem Gesicht herumfuchtelte. Sie war gut in Fahrt, als Hans Truelsen die Bouleanlage oberhalb des Kanals betrat. Sein Gesichtsausdruck wirkte besorgt.

»Setzt euch«, sagte Hans Truelsen. Neben die Bänke im

hinteren Bereich der Boulebahn hatten sie wie immer beim Training einen Campingtisch und Klappstühle gestellt.

»Bürgermeister, was ist denn so wichtig?«, wollte Bruno wissen.

Hans Truelsen seufzte und legte den Brief aus dem Wirtschaftsministerium auf den Tisch. Es ging um die Einspeisevergütung. Keine guten Nachrichten. »Damit sind wir am Ende«, sagte er.

»Unsinn!« Gesche Triebel stellte ihr Weinglas ab, dass der gute Rote aus Robert von Turnaus Beständen auf den Tisch schwappte. »Dieser neue Kreisvorsitzende, dieser junge Mann aus Gettorf mit den rötlichen Haaren. Wie heißt der noch mal?«

»Sven Berends.«

»Genau. Ich würde sagen, der ist auf dem Sprung. Du weißt, dass bald Parteitag ist. Wer sagt, dass Berends es nicht in die erste Reihe schaffen kann? Mit unserer Hilfe.«

Hans Truelsens Gesichtsausdruck spiegelte seine Ahnungslosigkeit wie das Wasser auf dem Kanal die Flaute. Keine Regung.

»Hans, die Schwiegereltern vom Roten. Ich kann den Namen nicht behalten. Die Schwiegereltern haben jedenfalls vor dreißig Jahren die Finger im Spiel gehabt. Da hat Barschel den ersten Windpark im Kaiser-Wilhelm-Koog eröffnet. Und die Schwiegereltern von diesem Roten haben sich eine goldene Nase verdient. Da sollte der Rote doch ein gesteigertes Interesse haben, dass das Erbe seiner Frau nicht von diesen Atomfuzzis in den Sand der Geest getreten wird. Wir laden den mal ein, Hans. Also, du lädst den mal ein.«

Gesche angelte nach der Flasche und füllte ihr Glas. »Auf die Zukunft. *Longue vie à* Sehestedt. Es lebe der Windgott, es lebe Rasmus!«

Alle erhoben die Gläser. »*Longue vie à* Sehestedt!«

»Jetzt, wo wir Kronenburg vom Hals haben, werden wir uns doch wohl nicht den Schneid abkaufen lassen.« Gesche griff nach dem Schweinchen und warf es auf die Bahn. »Los jetzt, Freunde. Wir sind am Drücker.«

***

Andreas hatte große Augen gemacht, als Marie ihm von den Plänen ihres Vaters berichtet hatte.

»Die können ja in Maasholm eine Alten-WG gründen«, hatte sein Vorschlag gelautet, und er hatte es durchaus ernst gemeint. »Die Werkstatt im Garten kann man ausbauen, die Doppelgarage dazu. Das sind locker sechzig Quadratmeter. In der Werkstatt ist Wasser und Strom. Das reicht doch für deinen Vater.«

Marie hatte klargemacht, dass sie sich da raushalten würden. Andreas' Antwort hatte sich auf ein kurzes »Höhö« beschränkt.

»Kein Wort zu Karl«, hatte sie Andreas dann noch vergattert. »Das soll mein Vater ihm selbst erzählen.«

Nachdem der Wecker sie aus einem Traum gerissen hatte, in dem Jogi Löw höchst angestrengt mit Ele flirtete, waren die Kopfschmerzen zurück. Marie machte einige Sonnengrüße, verzichtete auf Kaffee, aß einen Pfirsich und einen Apfel, trank grünen Tee.

Karl kam dazu. »Oh, gesundes Frühstück? Haben wir früher immer mit Frau Gundlach gemacht. Ich komme heute später. Treffe mich noch wegen der Mathe-Olympiade. Tschüss.« Er ging.

»Wollen wir nicht wuscheln?«

»Heute nicht, Marie. Äh, Mama Marie.«

Marie hörte, dass Karl sein Longboard nahm. Das war verboten. Eigentlich.

Sie verließ das Haus als Letzte.

In Kiel versperrte ein Verkehrsschild den Weg. Durchfahrt verboten. Eigentlich. Marie ignorierte das Schild und nahm sich vor, bei Gelegenheit über ihr privates und berufliches Verhältnis zu Regeln nachzudenken. Was sie sich alles vornahm.

Auf dem Parkplatz des LKA kam Marie neben Astrid Moeller zu stehen, die gleichzeitig mit ihr ausstieg. Sie schaute Marie über das Autodach hinweg an, länger als nötig, prüfend. Sie legte die rechte Hand auf den Türrahmen, ein kaum sichtbares Zucken der Augenbrauen. Gleichzeitig schlugen die Frauen die Autotüren zu.

»Wieder synchron, wir beide?«, fragte Astrid Moeller.

»War es denn je anders?«

Im Gleichschritt strebten sie dem Haupteingang zu.

»Was macht der Kopf?«

»Sitzt fest zwischen den Schultern.«

Astrid Moeller ging zum Aufzug.

»Ich schaue noch bei Sonja rein, dann komme ich zu Ihnen rauf«, sagte Marie.

Die Aufzugtür schloss sich.

Sonja hatte in kurzer Zeit eine beeindruckende Menge von Informationen über Kronenburgs Zeit als Jungsozialist gesammelt.

»Das sieht schwer nach Aktenfressen aus«, bedauerte Marie ihre Kollegin, die jetzt vom Schreibtisch aufblickte und grinste.

»Och, ist noch richtig viel Zeug. Aber wenn man Erfahrung hat und einen Riecher, eine richtig gute Polizistin ist, dann wird man auch schon mal auf der ersten Seite fündig.«

Marie stellte sich neben Sonja und linste über deren Schulter. Sonja zog einen Ausdruck von einem der zahlreichen Papierstapel, fuhr mit dem Finger die Zeilen der Tabelle entlang und stoppte etwa auf der Mitte der Seite.

Marie las. »›Mitgliederliste Jusos Kreis Rendsburg-Eckernförde. Laufende Nummer 476, Kramer, Klaus, 28.11.1973.‹ Kramer, unser Kramer? Lucky, der irgendwo im Osten rumgurkt?«

Sonja grinste noch immer und nickte.

»Gab es Hinweise bei der Befragung der Personen mit Schlüsselgewalt?«
»Keine.«
»Und Hanne Böglund, diese Servicetechnikerin?«
»Bisher Fehlanzeige.«
»Vielleicht wirst du ja noch fündig. Bei deinem Riecher. Ich gehe rauf zur Chefin.«

Die Chefin hatte Tee gekocht und bat Marie auf das neue Sofa. Marie berichtete.

»Das ist alles undurchsichtig, und es ist schwierig, schlüssige Zusammenhänge herzustellen. Aber die beiden kannten sich lange, Kronenburg hat Klaus Kramer erheblich zu viel Geld für den Mustang überwiesen. Fragt sich, warum er das getan hat. Erpressung? Was die Tür zum Windrad betrifft – Kramer ist einer der Genossen des Bürgerwindparks. Nicht auszuschließen, dass man da an einen Schlüssel kommen kann. Ich möchte sehr gern mit Herrn Kramer sprechen. Können Sie bei den Kollegen im Osten mal ein bisschen Wind machen?«

»Wind? Ja. Vielleicht sogar einen kleinen Sturm.«

»Windstärke 10 für alle«, schlug Marie vor.

Astrid Moeller trank, nahm den Teebecher von den Lippen, atmete ein, als wolle sie etwas sagen, trank einen weiteren Schluck, holte Luft, hielt die Luft an. Auf Marie wirkte es wie eine Zeremonie zur eigenen Besänftigung.

»Frau Geisler, Sie und ich sind angetreten, der Gerechtigkeit zum Sieg zu verhelfen.« Sie stellte den Becher auf den Couchtisch, ein bisschen zu dicht neben die Kerze, rückte ihn ein Stückchen zur Seite, lachte.

»Pathos ist immer meine letzte Rettung. Ich muss mir das abgewöhnen. Noch mal neu. Der Fall Kronenburg ist aus der Nähe betrachtet ein Tötungsdelikt wie jedes andere. Tritt man einen Schritt zurück, wirkt sich das Interesse der Öffentlichkeit, der Parteien, der Bundesregierung und anderer mittelbar oder unmittelbar Beteiligter auf unsere Arbeit aus. Ich habe versucht, Ihnen das vom Hals zu halten, und werde das auch weiterhin versuchen. Aber der Druck, den ich erfahre, ist erheblich. Dem standhalten zu können setzt voraus, dass hier alle Rädchen ineinandergreifen. Ich komme jetzt auf den Punkt. Sie hatten einen Dienstunfall, sie gaben Ihrem Naturell nach und kamen zurück in den Dienst. Auf Ihre ganz eigene Art. Fand ich nicht gut, weil ich nicht einschätzen kann, wie gesund und wie leistungsfähig Sie sind. Ich trage Verantwortung für Sie und für den Fortgang der Ermittlungen. Wären Sie krank zu Hause geblieben, hätte ich wohl Ersatz für Sie bekommen können. Sie verstehen? Ich mach da jetzt den Deckel drauf. Aber beim nächsten Mal muss ich Sie bitten, Ihren Ehrgeiz zurückzustellen.« Astrid Moeller griff nach dem Teebecher. »Ich hätte das jedem gesagt. Bei Ihnen fällt es mir besonders schwer. Aber Sie an meiner Stelle hätten es auch sagen müssen.«

»Frau Moeller, ich versteh das. Sicher haben Sie grundsätzlich recht. Und es stimmt, dass ich schlecht loslassen kann. Aber in diesem Fall steht mein Mann regulierend zwischen meinem Drang und dem medizinischen Risiko. Er ließe mich nicht, hätte er ernste Bedenken.«

Das Lächeln der Frauen war verlegen. Marie spürte, dass sie den guten gemeinsamen Start gefährdet hatte. »Ich finde, dass es gut funktioniert mit uns. Keine derartigen Alleingänge mehr. Versprochen.«

Sie stießen vorsichtig mit den Teebechern an.

»Mich drückt eine weitere Personalie. Kollege Mayr hat sich krankgemeldet. Bis das BKA eine Vertretung schickt, kann es noch ein oder zwei Tage dauern, und die oder der muss sich auch erst mal einarbeiten.«

Es klopfte. Sonja betrat das Büro. Sie kaute auf einem Croissant. Es krümelte. Sonja schien das nicht zu stören. »Moin.« Sie hob die Hand in Richtung von Astrid Moeller. »Wollte nur eben mitteilen, dass die Suche nach einem hellen Auto mit Rendsburger Kennzeichen unter den Personen mit Schlüsselgewalt ergebnislos geblieben ist.«

»Sonja, du krümelst den ganzen Laden voll.« Marie stand auf und reichte Sonja ein Papiertaschentuch. »Was die Suche nach einem entsprechenden Auto betrifft, nimmst du bitte Klaus Kramer auf die Liste. Vielleicht fährt der ja privat ein passendes Auto. Die Karren, die er verkauft, haben für Probefahrten vermutlich rote Kennzeichen.«

Sonja brummte und trat den Rückweg an. Immer noch krümelnd.

Nachdem Sonja das Büro verlassen hatte, trank Marie den letzten Schluck Tee. »Lecker, danke für die Einladung. Ich schlage vor, dass ich in unser beider Interesse den Nachmittag freinehme, aber bereit bin, falls man mich braucht. So eine Art Hintergrunddienst.«

»Einverstanden.«

Auf dem Weg zum Parkplatz stattete Marie der KTU einen Besuch ab und erkundigte sich, ob es inzwischen gelungen sei, das Handy der Servicetechnikerin zu orten, die angeblich irgendwo im Mittelmeerraum unterwegs war.

»Nee, aber das liegt nicht an uns. Das ist der Netzbetreiber.«

»Klar, es sind immer die anderen.« Marie stupste dem Kollegen gegen den Kopf.

»Wirklich wahr. Ich melde mich, sobald das Problem behoben ist. Das kann laut Aussage der Techniker jederzeit sein.«

Im Auto schaute Marie auf ihr Handy. Sie hatte eine Nachricht von Karls Lehrerin Frau Gundlach erhalten: »Möchte nicht wieder stören ;-). Donnerstag findet um vierzehn Uhr die regionale Ausscheidung der Mathe-Olympiade in Rendsburg statt. Wir nehmen mit Karl und einer Schülerin teil. Ich würde die beiden im Privatwagen mitnehmen. Versicherungs- und haftungstechnisch ein Husarenritt. Wären Sie einverstanden? LG, E.G.«

Marie tippte: »OK. Wann werden Sie zurück an der Schule sein?«

Antwort: »K.A. Ich schicke eine Nachricht, sobald ich in RD losfahre.«

Marie bestätigte mit »Yep :)«.

Auf dem Rückweg dachte sie über den Druck nach, den die Abteilung zu spüren bekam. Sie hatte seit Kronenburgs Tod die Berichterstattung weitestgehend ignoriert. Den Haushalt, fiel ihr in diesem Zusammenhang ein, hatte sie auch weitestgehend ignoriert. Kochen, Putzen, Waschen gehörten schließlich auch zum Leben. Bei Leben fiel ihr Tod ein, und bei Tod kam ihr Holm in den Sinn. Auf seine Art hatte er sie zur Sachwalterin seiner Interessen gemacht. Sicher hatte er über seinen Wunsch, im Begräbniswald bestattet zu werden, niemanden sonst informiert. Ob und inwieweit er sich mit dem Thema Hospiz befasst hatte, wusste Marie nicht.

In Eckernförde bog sie gegenüber dem Windebyer Noor rechts ab, hielt auf dem Parkplatz des Baumarktes und wählte Holms Telefonnummer. Nach zwei Freizeichen eine Ansage, die er selbst gesprochen hatte, mit dünner Stimme: »Holm. Ich bin vorübergehend nicht erreichbar. In dringenden Fällen senden Sie bitte einen Brief. Danke.«

Das war dürr, typisch Holm. Einen Brief, der Mann hatte Vorstellungen. Marie holte ihr Notebook aus dem Tresor und suchte nach der Telefonnummer des Schlachters, in dessen Haus Holm wohnte, rief ihn an, stellte sich vor und erkundigte sich nach Holm. Sie habe ihm gestern Morgen Holsteiner Katenschinken gebracht, in dicken Scheiben, so wie er ihn gern mochte, ließ die Gattin des Schlachters Marie wissen.

Fürs Erste beruhigt, beendete sie das Gespräch, wollte den Motor starten, als dicht vor der Seitenscheibe ein schweißüberströmtes Gesicht auftauchte. Gerötete Haut, von Anstrengung gezeichnete Augen. Es war Sachse, der in kurzer Hose und weißem Feinripp-Unterhemd auf dem Parkplatz stand. Neben ihm die Schubkarre mit dem roten und dem grünen Griff.

»Moin, ich hörte, Sie hatten einen Unfall?«

»Die Polizei, ein einziger Tratschverein. Ja, hatte ich. Und ja, ich bin auf den Kopf gefallen. Und nein, es ist nichts zurückgeblieben.«

»Wollen Sie einen Cucumber Frog?«
»Einen was bitte?«
»Cucumber Frog. Fast komplett aus meinem Schrebergarten. Gin, Zitronensaft, Gurken, Rettich und Basilikum.«
»Ich muss noch fahren.«
»Ich auch.« Sachse zeigte auf die Schubkarre.
»Okay.«
Marie stieg aus, und gemeinsam gingen die Ordnungshüter über den Parkplatz. Ein Paar, das man dem Aufzug nach unter einer Brücke hätte nächtigen sehen können. Anderthalb Stunden später hatte Marie zwei der köstlichen und sehr erfrischenden Drinks intus, und sie hatte von Sachse einiges über den guten Boden gelernt, den man fürs Gärtnern unbedingt brauchte.
»Ich kenne da eine erfahrene Gärtnerin, die mich beim Anlegen eines Hochbeetes unterstützen wird«, sagte Marie. »Mit ihr gemeinsam könnten Sie vielleicht Seminare veranstalten.«
»Gibt's doch alles. Bietet der Kleingartenverein auch an.«
»Für Städter. Für die, die Gemüse auf dem Balkon oder der Terrasse ziehen wollen.«
»Ja, vielleicht. Wenn ich mal in Rente bin.«
Sachse gab Marie noch eine Riesen-Zucchini mit auf den Weg. »Mit Tomaten füllen und mit Käse überbacken«, empfahl er.
Auf dem Weg zum Parkplatz fiel Marie auf, dass sie kein Wort über den Fall oder die Arbeit im Allgemeinen gesprochen hatten. Sie pfiff. Es war »La Mer«.
Auf dem Parkplatz angekommen, stand ein Wachmann neben dem EMO. »Sie wissen, dass das hier kein öffentlicher Parkplatz ist, junge Frau?« Wusste Marie, entschuldigte sich und kam mit einer Ermahnung davon. Wie war das mit den Regeln? Legte sie die Regeln in ihrem Sinne aus? Missachtete sie gewohnheitsmäßig solche Regeln, die sie in die Kategorie »nicht so wichtig« einordnete?
Auf Höhe der Carlshöhe pfiff sie wieder. »La Mer«, eine Melodie für die Seele.

Koselfeld, Holm, Götheby-Holm, Fleckeby ... In Güby, gleich hinter dem Restaurant Schlei-Liesel, fiel Marie ein Hinweisschild ins Auge: »Haus zu verkaufen«. Wenn das kein Wink des Schicksals war. Sie bremste und bog rechts ab, folgte an der Kreuzung einem weiteren Schild und stand ganz in der Nähe des Golfplatzes vor einem Haus, auf dessen Südstaaten-Veranda sie ihren Vater im Schaukelstuhl sah. Vor ihrem geistigen Auge. In einer Zukunft, in der er zunächst von Marie betüddelt, dann vom mobilen Pflegedienst betreut und schließlich im Fahrdorfer Pflegeheim ... Aber so weit war es ja noch lange nicht.

Marie stieg aus, schritt den mit einem Friesenwall von der Straße abgetrennten Vorgarten entlang. Nicht zu groß, leidlicher Pflegezustand.

»Sind Sie interessiert?« Eine Frau, etwa in Maries Alter, kam hinter der unvermeidlichen Kirschlorbeerhecke hervor.

»Moin. Nicht direkt. Für meinen Vater vielleicht.«

»Es ist das Haus meiner Eltern«, antwortete die Frau und reichte Marie die Hand. »Meine Mutter ist vor gut vier Wochen gestorben, und wir wohnen in Pinneberg. Wollen Sie mal gucken?« Eine einladende Geste.

Marie zögerte. Sie hatte ja keinen Suchauftrag. »Mein Beileid. Ja. Ach, warum nicht.«

Sie begannen mit dem Garten. Über die Terrasse durch das Wohnzimmer, die Küche. Im Erdgeschoss auch das geräumige Gäste-WC mit Dusche und ein Gästezimmer. »Hier hat meine Mutter zuletzt geschlafen. Ebenerdig. Das war auch für den Pflegedienst praktisch.«

Ein Bad im Obergeschoss, zwei Räume, schon befreit vom Leben der Eltern. Auf dem Rückweg die nutzlos blinkende Leuchtdiode eines Treppenlifts, seiner Aufgabe beraubt, leise knarzend, als Marie sich an ihm vorbeischlängelte. Unten auf dem Schuhschrank die Tageszeitung. Der Titel zeigte ein Windrad, in das Foto integriert ein Porträt von Kronenburg. Die Überschrift lautete: »Flaute bei der Polizei«.

Marie schrieb sich die Telefonnummer der Erbin auf. »Ich würde den Schlüssel bei den Nachbarn lassen. Von Pinneberg hierher, nach der Arbeit, ist nicht so mein Ding. Wäre das okay?«

»Klar.« Marie verabschiedete sich. Auf der Straße drehte sie sich noch mal um. Das Haus würde auch farblich zu ihrem Vater passen. An der Fassade und bei den Holzbalken der Veranda dominierten Blau und Weiß, die Farben seines Vereins.

Zurück in Schleswig bereitete Marie die Zucchini zu, wie Sachse es empfohlen hatte.

Karl kam pünktlich aus der Schule. Er fand das neue Mittagessen »*nice*«. Er setzte sich auf den Balkon in den Strandkorb und blätterte in einem Buch über Mathematik. Marie putzte das Bad und das Gäste-WC. Zweimal kam Karl zu ihr, ohne dass Marie seine Fragen zur Aussagenlogik beantworten konnte.

Es klingelte, Andreas' Oldtimer-Zeitung. Er hatte den Zusteller gebeten, sie nicht mehr in den Briefkasten zu quetschen.

Marie schaltete im Gäste-WC das kleine Radio ein. Bei »Riders on the Storm« sang sie mit. Nach all dem Wischen und Polieren gönnte sie sich einen Kaffee, brachte Karl die Wasserkaraffe raus. Der Kaffee duftete, schmeckte, die Luft war mild. Marie lehnte sich ans Geländer, schaute hinunter auf die Schlei, rüber auf die andere Seite. Vögel in Formation, dem Klang nach Gänse, vor dem Blau des hohen Himmels. Der Nachmittag hatte seine Ordnung, hatte sich selbst geordnet, Marie eine selbstverständliche Ordnung gegeben. Die heilsame Kraft der Normalität.

Sie saß auf dem Sofa, schaute das »Schleswig-Holstein Magazin«, als Andreas zurückkam. Er erkundigte sich nach ihrem Tag.

»Und, war was Besonderes?«

Da fiel ihr die Hausbesichtigung wieder ein. Sie schlug sich mit der flachen Hand vor die Stirn.

»Was vergessen?«

Marie nickte. »Ich rufe meinen Vater an, dann muss ich nicht doppelt erzählen.«

Es dauerte, bis ihr Vater ranging.

»Wo habe ich dich denn hergeholt? – Geschlafen? Am helllichten Tag? Du wirst alt.«

Ihr Vater wechselte das Thema.

»Nein, Papa, den Fall habe ich leider noch nicht gelöst. Aber dein Tipp, mal in der Vergangenheit zu wühlen, hat uns weitergeholfen. Doch darum rufe ich nicht an. Ich habe ein Haus für dich entdeckt.«

Marie beschrieb, wie sie auf das Haus gestoßen war, gab das nette Gespräch mit der Eigentümerin wieder, erwähnte den Treppenlift nicht, lobte die verkehrsgünstige und doch ruhige Lage zwischen Schleswig und Eckernförde, die gute Erreichbarkeit der A 7. Ihr Vater schwieg. Ein höfliches Schweigen, das Marie als solches erkannte und dennoch weiterplapperte, bis ihr Vater eine Atempause nutzte.

»Mein Töchterlein, es rührt mich, dass du mich bei euch haben möchtest. Es hilft auch, wenn mehrere Menschen die Augen offen halten. Aber: Es geht nicht nur darum, in absehbarer Zeit ein neues Dach über dem Kopf zu haben. Mir geht es auch um die Suche, darum, Witterung aufzunehmen, ich freue mich auf das Ansitzen, Lauern. Du und ich, Marie, wir sind Jäger. Wir jagen Gelegenheiten. Wir malen uns aus, wie es wäre, den Lupfer aus dem Halbfeld volley im Winkel zu versenken, und dann warten wir auf den Pass. Das lässt uns das Leben spüren.«

Marie wusste nicht, ob sie weinen oder lachen sollte. Ihr Körper spürte beides. So gut wie ihr Vater hatte bisher noch niemand beschrieben, was in ihr vorging, wenn sie im Strafraum auf und ab lief, nach der Lücke im dichten Verkehr Ausschau hielt oder einen Verdächtigen im Visier hatte. Ihre Mutter hatte früher oft gesagt: »Ich seh's schon kommen«, und hatte damit ein aufziehendes Unheil, meist aber nur ein kleineres Malheur gemeint. Marie sah es auch kommen, erwartete jedoch eher die Gelegenheit, zuschlagen zu können. Und immer war es ein Kribbeln, eine freudige Erwartung.

»Das Leben spüren. Papa, du hast den Nagel auf den Kopf getroffen.«

»Du sollst nicht aufhören, dich umzuschauen, Marie. Aber die Dosis macht das Gift. Ich freue mich über Tipps, doch sehen, riechen und schmecken würde ich gern selbst.«

Maries Blick fiel auf den Kalender. »Ihr habt heute Doppelkopf, oder?«

»Ja. Und Marion kommt auch.«

»Hoffentlich verlierst du. Tschüss.«

»Tschüss, Töchterlein, und – danke.«

Ohne Ausweg

Marie schrieb einen Einkaufszettel. Leerer war der Kühlschrank selten gewesen. Andreas und Karl löffelten Müsli. Andreas las Zeitung, Karl hatte das Mathebuch neben seine Schüssel gelegt. Der Meteorologe im Radio stellte Landregen in Aussicht. Ein schönes Wort, fand Marie und notierte Butter.
»Hier, das ist was für dich.« Andreas las: »Gero Freiherr von Blohm hat einundfünfzig Prozent der Blohm AG an den chinesischen Investor Chin Ho verkauft. Die Aktie machte einen Sprung von sieben Komma vier Punkten und ist der Gewinner des Börsentages.«
»An die Chinesen?«, fragte Marie.
Andreas nickte, schob ihr den Wirtschaftsteil der Zeitung über den Tisch.

Nachdem Mann und Sohn das Haus verlassen hatten, ging Marie in den Garten. Heute würde sie die Rosen beschneiden, die sich am Rankgitter, das ihr Schwiegervater an die Wand neben der Haustür gedübelt hatte, sehr wohlfühlten und ihren Weg unter die Dachrinne fanden. Immer wieder. Gerade hatte sie die Leiter an die Wand gelehnt, als sich ihr Handy meldete.
»Moin«, sagte eine Männerstimme. »Wir haben das Handy von Hanne Böglund. Also den Ort, an dem es sich zuletzt eingewählt hat. Ich hab's doch gesagt. Das kann jederzeit passieren.«
Marie brauchte einen Moment, um mit dem Namen etwas anfangen zu können. Die Servicetechnikerin, die Campingurlaub machte. »Und wo?«
Die Antwort des Kollegen erstaunte Marie.
»Danke. Ich dachte, Hanne Böglund sei südlich der Alpen unterwegs. Okay. Ich fahre hin und schaue mich um.«

Eine halbe Stunde später überquerte Marie die Dauerbaustelle des Rendsburger Kanaltunnels, fuhr im spitzen Winkel auf den Kanal zu, überholte ein Schiff, das vier oder fünf Stockwerke hoch neben ihr Richtung Brunsbüttel unterwegs war, und parkte schließlich direkt vor dem Minigolfplatz. Vier Reihen mit Parkboxen. Marie schritt sie ab.

Nicht viel los an einem Dienstagmorgen. Ein blauer Golf, ein Roller und ein Anhänger. Jenseits der Hecke grenzte ein Friedhof an den Parkplatz. Der Parkplatz gegenüber der schmalen Stichstraße war auf den ersten Blick voll belegt. Marie wusste, dass in den weißen Gebäuden eine medizinische Fortbildungseinrichtung der Diakonie untergebracht war. Andreas hatte dort mal einen Kurs gegeben, und Marie hatte ihn abgeholt, weil der R4 nicht angesprungen war.

War Hanne Böglund zufällig hier gewesen, hatte sie Minigolf gespielt und ihr Handy verloren? Warum hatte sie nicht danach gesucht? Warum spielte man am Tag der Abfahrt in den Süden Minigolf? Marie drehte sich um, schaute hinüber zu den Häusern der Bildungseinrichtung. Vielleicht wollte sie umschulen. Sicher hatten die dort einen Pförtner.

Es frischte auf. Blauer Himmel, als sie losgefahren war, jetzt zogen Wolken aus Westen herein. Eine Böe fuhr in die Bäume, es gab ein krachendes Geräusch, als ein Ast brach und auf den Parkplatz hinter ihr fiel. Marie sah, dass er schlecht sichtbar in einer der Zufahrten lag, ging hin, hob ihn auf und warf ihn auf die angrenzende Rasenfläche. Als sie mit dem Fuß nachschob, sah sie hinter dem grauen Lkw-Anhänger etwas Grünes. Sie machte ein paar Schritte.

Ein grüner VW-Bus. Ungefähr EMOs Baujahr, ausgebaut zum Campingbus. Noch ein paar Schritte. Am Heck ein gelber Anti-Atomkraft-Aufkleber. Das Kennzeichen. Marie holte ihr Schleibook hervor und blätterte. RD TB 1999. Hanne Böglunds Auto. So viel zum Thema Urlaub. Was hatte die Nachbarin gesagt? »Mit Pütt un Pan.« Tatsächlich war der Bus bis obenhin bepackt. Wie es aussah, bis unters Dach.

Möglich, dass Hanne Böglund das Handy unbemerkt verloren hatte. Marie umrundete das Auto, schaute unter das Fahrzeug, fand jedoch nichts. Wo war die Frau, und warum stand das Auto ausgerechnet hier?

Marie umfasste den Türgriff, zog daran, die Tür öffnete sich. Sie beugte sich ins Fahrzeuginnere. Es roch nach Luftmatratze, nach Gummi, nach Camping. Der Zündschlüssel steckte. Etwas knackte. Erschreckt schaute Marie nach hinten. Nichts. Sie beugte sich weiter vor, spürte ihren Herzschlag. Unheimlich war das. Sie zog sich zurück, ging um die Fahrzeugfront herum, zog an der Beifahrertür. Verschlossen. Auch die Seitentür war verschlossen.

Wieder zurück auf der Fahrerseite, entdeckte sie auf dem Armaturenbrett eine weiße, eine ehemals weiße Karte. Marie zog Handschuhe an. Die Karte war eine Spielkarte des Minigolfplatzes. Tim und Mama hatten gegeneinander gespielt. Tim hatte gewonnen. Knapp, mit nur vier Schlägen weniger. Wer war Tim, wer war Mama?

Auf dem Beifahrersitz stand mit dem Sicherheitsgurt befestigt eine Thermoskanne. Marie schraubte sie auf, roch daran. Earl-Grey-Tee. Sie rutschte auf den Beifahrersitz, öffnete das Handschuhfach, das prall gefüllt war. Als Erstes fiel ihr das Buch »Jetzt helfe ich mir selbst – Transporter Caravelle« auf. Sie hatte das gleiche Buch fürs EMO.

Sie zog das Buch aus dem Fach. Ein DIN-A5-großer Flyer fiel auf den Boden. Marie hob ihn auf. Es war der Gemeindebrief der evangelisch-lutherischen Kirchengemeinde St. Marien. Hundertachtzehnte Ausgabe, März/April. Ein abgegriffenes Exemplar, das sich wie von selbst aufschlug. Die rechte Seite, auf die Marie jetzt schaut, war mit »Amtshandlungen/Beerdigungen« überschrieben. Die Seite war mit großen und kleinen Herzen übersät. Allesamt mit Kugelschreiber auf das Papier gemalt. Manche ein bisschen verschmiert. Ausgeklammert war nur eine Zeile. Das Papier glänzte, war blank gerieben.

Marie stockte das Herz. Sie verstand, warum Hanne Böglund das Auto hier abgestellt hatte, gleich neben dem Friedhof. Sie las: »Tim Böglund 26.02.1999–23.02.2018«.

Hanne Böglund hatte einen Sohn gehabt. Er war drei Tage vor seinem neunzehnten Geburtstag gestorben.

Marie stieg aus und entfernte sich ein paar Schritte vom Auto, atmete durch, fummelte ihr Handy aus der Jeans. Die KTU würde kommen müssen. Sie wählte die Nummer, Freizeichen. Atmen, umdrehen.

»Brockmann?«, sagte Elmar.

Marie antwortete nicht. Sie starrte die Front des grünen T4 an. Unterhalb des Grills war das Auto weiß nachlackiert worden. Ein Unfall vielleicht.

»Hallo, wer ist denn da?«

»Elmar, entschuldige. Marie hier. Ich war abgelenkt.«

Marie erklärte die Lage. Elmar kündigte das Kommen eines Teams für etwa elf Uhr dreißig an.

»Ich warte.«

Marie rief sich die Aussage des Jägers in Erinnerung. Er hatte zum Tatzeitpunkt auf dem Parkplatz neben dem Windrad ein helles Auto mit Rendsburger Kennzeichen gesehen. Hatte der Zeuge, der ein Auto vom Hochstand aus gesehen hatte, dieses Auto gesehen? Hatten die Büsche verhindert, dass der Zeuge die grüne Lackierung sehen konnte?

Nach Aussage von Hanne Böglunds Arbeitgeber hätte sie zu diesem Zeitpunkt längst auf dem Weg in den Urlaub sein müssen. Sie war vielleicht zurückgekommen, zu ihrem letzten Einsatzort, hatte womöglich etwas vergessen.

Marie ging wieder zur Beifahrertür, entnahm dem Handschuhfach, was zu entnehmen war. Kein Handy. Weiterzusuchen machte wenig Sinn, so voll, wie das Auto war. Marie rief Elmar erneut an.

»Ich schließe das Auto ab, lege den Schlüssel aufs rechte Hinterrad und gehe hier nebenan auf den Friedhof. Vielleicht hat jemand Hanne Böglund gesehen.«

Sie löste den Autoschlüssel vom Schlüsselring und deponierte ihn. Die beiden anderen Schlüssel steckte sie ein.

Auf dem Friedhof war es ebenso ruhig wie auf dem Parkplatz des Minigolfplatzes. Aber Marie hörte Motorenbrummen. Sie folgte dem Geräusch, sah einen Minibagger. Ein Grab wurde ausgehoben. Sie machte auf sich aufmerksam. Die Frau, die den kleinen Bagger bediente, nahm den Gehörschutz ab. Marie wies sich aus.

»Tim Böglund? Klar, den kannte ich. Der war hier Konfirmand und hat sich damals für alles interessiert, was grünt und blüht. Er hat später ein Praktikum bei mir gemacht. Es ist das Grab gleich hier in der nächsten Reihe, ganz am Rand.« Sie zeigte nach links vorn.

»Kennen Sie auch die Mutter?«

»Vom Sehen. Wir grüßen uns, wenn wir uns treffen.«

»Wann haben Sie Frau Böglund zuletzt gesehen?«

»Letzte Woche. Nein, vorletzte Woche. Ein Freitag. Ich hatte gerade Feierabend gemacht. Ich erinnere mich, weil mein Mann mich abgeholt hat. Da kam Frau Böglund. Ich habe sie gegrüßt, sie hat aber nicht zurückgegrüßt wie sonst. Sture Pute, hat mein Mann gesagt, und ich habe erklärt, dass sie sonst total freundlich ist. Kann ja jeder mal einen schlechten Tag haben. Und sie hat's ja wirklich nicht leicht. Alleinerziehend, und dann stirbt der Junge. Ja, so war das. Ist denn was mit ihr?«

»Nein, ich würde nur gern mit ihr sprechen. Wissen Sie, woran ihr Sohn gestorben ist? Er war ja noch sehr jung.«

»Nicht genau. Er hatte wohl Krebs.«

»Ist Ihnen bei dieser letzten Begegnung mit Frau Böglund etwas aufgefallen?«

»Sie war zu Fuß. Normalerweise kommt sie immer mit ihrem Frosch-Bus. Also ich sage Frosch-Bus, weil der ganz grün ist.« Die Friedhofsgärtnerin machte eine Pause. »Mit dem Bus, obwohl sie doch gleich um die Ecke wohnt.«

Marie bedankte sich, ging zum Grab von Tim Böglund, tastete nach dem Schlüssel in ihrer Tasche. Ein Haustürschlüssel wahrscheinlich. Das Grab war liebevoll gepflegt, gespickt mit Andenken an ein junges Leben. Offenbar kam nicht nur die Mutter zum Grab. Zwei laminierte Fotos zeigten eine Gruppe junger Leute in Schlauchbooten.

Hanne Böglund musste der frühe Tod ihres Sohnes das Herz gebrochen haben. Marie wandte sich ab, ging zurück. Im Gehen wählte sie Astrid Moellers Nummer und informierte sie. Beinahe gleichzeitig mit Marie traf der weiße Transporter der Kriminaltechnik am Parkplatz ein.

»Elmar, das ging aber schnell. Ich gehe zur Wohnung von Hanne Böglund. Kann sein, dass das hier der Schlüssel ist. Ist ganz in der Nähe. Ich laufe und melde mich, falls ich euch dort brauche.«

Marie verließ den Friedhof, ging am Kanal entlang, kam am Eisstübchen vorbei. Kein Appetit. Ein Zug näherte sich von Süden kommend, überquerte ratternd den Kanal. Marie hielt sich links, Richtung Obereider, kam am Fußballplatz vorbei. Hier spielten die Frauen von Borussia 93 Rendsburg, gegen die Marie mal bei einem Testspiel auf dem Platz gestanden hatte.

»Ich habe kein gutes Gefühl. Ich habe gar kein gutes Gefühl. Schon wieder Selbstgespräche. Maul halten, Marie Geisler.«

Von ihrem letzten Besuch wusste sie, dass sie die Gleisschleife hinterm Sportplatz unterqueren konnte. Dann stand sie vor der Haustür. Hier hatte sie mit Hanne Böglunds Nachbarin gesprochen, deren Name ihr entfallen war. Sie schob den Schlüssel ins Schlüsselloch, drehte ihn nach links, ein Klacken, die Tür sprang auf. »Ich habe kein gutes Gefühl.«

Zwanzig Stufen bis hinauf zu Hanne Böglunds Wohnung. Sie klingelte, klopfte. Keine Antwort. Sie zog Handschuhe an, nahm den anderen Schlüssel, und auch der passte. Vorsichtig schob sie die Tür auf. Jemand hatte einen Brief unter der Tür durchgeschoben.

»Frau Böglund, hallo, Frau Böglund. Polizei. Ich komme jetzt rein.« Mitten im Flur Sportschuhe, achtlos ausgezogen.

An der Wand rechts eine Pendeluhr, zu groß für den kleinen Flur. Alt, vielleicht ein Erbstück, so modern, wie die übrige Einrichtung auf den ersten Blick wirkte. Auf dem Schränkchen neben der Tür zur Küche ein Schlüsselbund, ein Handy. Marie griff danach, drückte eine Taste an der Seite, wurde schließlich aufgefordert, den Zugangscode einzugeben. »Mist.« Ohne die Kollegen von der technischen Forensik würde das nichts.

Marie ging den Flur entlang. Es war still in der Wohnung. Warm war es und feucht. Ein bisschen roch es nach Biotonne. Niemand in der Küche, auch im Schlafzimmer und Wohnzimmer kein Mensch. Nur das Ticken der Pendeluhr war zu hören. Marie stand vor der Badezimmertür. Jemand hatte mit einem schwarzen Edding »Bitte drücken« auf das Türblatt gekritzelt.

***

Klaus Kramer erinnerte sich an den Tag, an dem er seinen Spitznamen bekommen hatte. Er war noch zur Berufsschule gegangen. In Büdelsdorf hatte ein Opel Kadett zum Verkauf gestanden. Vorbesitzer war ein Rentnerehepaar gewesen. Der Kadett, scheckheftgepflegt, hatte keine sechsunddreißigtausend Kilometer auf dem Tacho. Klaus Kramer hatte einen Motorschaden vorhergesagt, dem Rentner zweitausendfünfhundert Mark gegeben und das Auto am selben Tag für dreitausendneunhundertfünfzig Mark verkauft. Seitdem hatten ihn die Kumpels Lucky gerufen.

Und jetzt? Jetzt stand er wieder mal auf einem beschissenen Hinterhof. Wieder mal mit einer Tasche voller Scheine. Der Deal war gelaufen, wie die Kirgisen es vorhergesagt hatten. Alle waren zufrieden, und nichts sprach dagegen, dass sich eine stabile Geschäftsbeziehung ohne Drohungen und Messergefuchtel entwickeln würde. Ohne die Kohle von Lothar Kronenburg wäre das nicht möglich gewesen.

Klaus Kramer blies den Rauch der Zigarre in den Himmel über der Stadt, deren Namen er nicht aussprechen konnte.

Dann warf er die Zigarre in den Fluss. Taumelnd schwamm sie dem Schwarzen Meer entgegen. Lucky hatte Heimweh nach Sehestedt. Jetzt schon. Aber er konnte nicht mehr zurück. Nie wieder. Er hatte es vermasselt.

**

Das Türblatt klemmt, Marie stemmt sich mit der Schulter dagegen. Dann gibt die Tür quietschend nach. Der Gestank raubt ihr den Atem.

Sie tritt ein. Das Wasser in der Badewanne ist rot von Blut. Vom Blut der Frau, deren langes dunkles Haar über den Wannenrand hängt. Ihr Kopf, gehalten von einem Nackenkissen. Auf dem rechten Rand der Wanne liegen ein Cutter-Messer und ein breiter Ring. In der Wanne ist wenig Wasser. Es bedeckt nicht mal die ausgestreckten Beine der Frau. Die Frau trägt ein weißes T-Shirt, einen weißen Slip und blaue Sneakersocken. Ihre Augen sind geschlossen. An einem der Wandhaken hängen eine Jeans und eine karierte Bluse. Marie ruckelt ein Portemonnaie aus der feuchten Jeans, zieht den Personalausweis heraus, vergleicht das Foto mit dem Gesicht der Toten, wendet sich ab, verlässt das Badezimmer.

Die Tür bleibt widerspenstig, lässt sich nicht ins Schloss ziehen.

Marie ging in die Küche, öffnete das Fenster, setzte sich auf einen Stuhl, legte das Portemonnaie auf den Tisch und betrachtete den Personalausweis. Hanne Böglund hatte sich im Alter von einundvierzig Jahren das Leben genommen. Auf Fremdverschulden gab es, zumindest im Augenblick, keine Hinweise.

Marie telefonierte. Die üblichen Abläufe wurden in Gang gesetzt. Sie entnahm dem Portemonnaie eine EC-Karte, eine Kreditkarte, einen Führerschein, eine Versicherungskarte, zweihundertfünfundsiebzig Euro Bargeld in Scheinen, einige Münzen. In einem der Fächer steckten zwei Fotos. Eines zeigte einen jungen Mann. Marie drehte das Foto um und las: »T.B, 26.2.16«. Der junge Mann wirkte ausgemergelt.

Das zweite Foto zeigte eine junge Frau und einen jungen Mann, der Tim ähnelte. Das Paar stand am Strand. Marie erkannte die Nixe in Eckernförde, und sie erkannte den Mann. Es war Lothar Kronenburg. Marie drehte auch dieses Foto um. »L.K. 17.8.98«. Zu diesem Zeitpunkt war Hanne Böglund im dritten Monat schwanger gewesen.

Marie stand auf, ging in den Flur, drückte die Klinke der einzigen Tür herunter, die sie bisher noch nicht geöffnet hatte. Tims Zimmer. Auf dem Schreibtisch zwei Aktenordner. Marie setzte sich und las. Briefe einer Krankenkasse, Briefe des Universitätsklinikums, eines Hausarztes hier aus Rendsburg. Tim war an Leukämie erkrankt gewesen. In einer Klarsichthülle steckte die Kopie eines handgeschriebenen Briefes. Adressat war Lothar Kronenburg.

Dein Sohn hat Leukämie. Er braucht Stammzellen. Warum hilfst du ihm nicht? Bitte hilf ihm. Er kann weiterleben. Bitte!
Hanne

PS: Ich habe unseren Sohn allein großgezogen. Ich habe nie einen Pfennig von dir gewollt. Ich habe immer geschwiegen. Aber jetzt geht es um Tims Leben!!!

Ein zweiter Zettel steckte in der Klarsichtfolie. In derselben Handschrift: »Keine Antwort seit:« Darunter eine Strichliste. Marie zählte vierundsiebzig Striche.

»Ich muss hier raus«, presste sie zwischen den Zähnen hervor. Sie stand auf, verließ die Wohnung, setzte sich im kleinen Garten auf eine Bank.

Das Handy. Der Code. Sie nahm Hanne Böglunds Handy, schaltete es ein und tippte »26299«, Tims Geburtsdatum. Falsch. Sie tippte »23218«, Tims Todestag. Richtig. Marie betrachtete die Seite mit den geöffneten Anwendungen. In den Kalender hatte Hanne Böglund ihren Urlaub eingetragen. Sie nutzte offenbar keinen Messenger-Dienst, schrieb und erhielt aber SMS. Die letzte stammte von Lothar Kronenburg. »Wir müssen sprechen.« Hanne Böglund hatte nicht geantwortet.

Eine weitere App war geöffnet. Das Diktiergerät. Marie tippte auf das Icon. Hanne Böglund hatte die Funktion häufig benutzt. Offenbar beruflich. Die Aufzeichnungen unter der Überschrift »Windräder« waren mit Buchstaben-Ziffern-Kombinationen versehen, die wohl für die jeweiligen Windräder standen. Dinge, die Marie nicht verstand. Technikkram. To-do-Listen.

Die Aufzeichnungen waren dem Datum nach sortiert. Die letzten beiden Aufnahmen hatte sie am Todestag von Lothar Kronenburg gemacht. Eine war anderthalb, die zweite unglaubliche siebenundfünfzig Minuten lang.

Es begann mit Knistern und Knacken. Dann sagte eine Frauenstimme: »Donnerstag, achtzehn Uhr dreißig, Austausch der defekten Windmessanlage.« Es knisterte. Schritte waren zu hören. »Der letzte Akt vor dem Urlaub. Dann könnt ihr mich für zwei Wochen alle mal kreuzweise.«

Marie runzelte die Stirn. Die anderen Aufzeichnungen waren sachlich wie ein Polizeiprotokoll gewesen. Sie vermutete, dass Hanne Böglund diese Aufzeichnung versehentlich gemacht hatte. Metallisches Klappern. »Wo ist denn dieser Scheißschraubenschlüssel?«

Motorengeräusche. Ein Auto näherte sich. Eine Tür schlug. »Ich glaub es nicht. Was willst du denn hier?«

Eine Männerstimme: »Ich habe was Wichtiges verloren. Hier oder oben in der Gondel.«

Die Frauenstimme: »Hau ab. Hau bloß ab. Mir egal, ob du was verloren hast –«

Die Männerstimme unterbrach: »Hanne, bitte. Es tut mir leid wegen Tim. Ich hatte Angst. Du weißt, dass ich mich kaum zum Zahnarzt traue. Eine Knochenmarkspende. Ich habe nachgelesen, Hanne. Das ist eine richtige Operation.«

Höhnisches Gelächter. Geraschel. Hanne Böglund hatte das Handy vermutlich in eine andere Tasche gesteckt. Dann brach die Aufnahme ab.

Marie tippte auf die zweite, die lange Aufnahme. Es rauschte heftig, es knisterte.

»Das ist doch nicht dein Ernst. Du willst reinen Tisch für einen Neuanfang mit einer anderen Frau. Du glaubst, ich könnte dein Gewissen erleichtern. Lothar, du hast sie nicht mehr alle. Du bist Tims Vater. Du bist sein Vater, und du hast ihn im Stich gelassen. Zum zweiten Mal im Stich gelassen.«

»Ich habe mich doch entschuldigt. Nun mach mal keinen Aufstand. Er hätte es sowieso nicht überlebt.«

»Du mieses Schwein.«

Klappern und Rauschen. Ein dumpfes Geräusch. Ein Schmerzensschrei. Poltern.

Hysterisch: »Hilfe, Hanne, zieh mich rauf. Hilf mir.«

»Hilf dir selbst, Arschloch. Wer Wind sät, wird Sturm ernten.«

Leiser: »Hilfe, du kannst doch nicht weggehen.«

Schritte, Atmen. Das Surren der Befahrungsanlage, mit der auch Ele und Marie gefahren waren. Schritte, Klappern. Eine Autotür wurde geöffnet, kräftig zugeschlagen. Fahrgeräusche.

Die Frauenstimme: »Alles vorbei, es ist alles vorbei.«

Beinahe eine halbe Stunde nur Fahrgeräusche. Marie spulte vor. Dann wurde der Motor abgestellt. Wieder Schritte, aber solche auf Asphalt. Zunächst. Der Untergrund änderte sich erneut. Die Umgebungsgeräusche wurden leiser. Hanne Böglund blieb stehen, räusperte sich. Sie weinte.

»Tim. Ich hab dich ganz lieb. Ich freue mich auf unser Wiedersehen. Hoffentlich. Tschüss, mein Junge.«

Schritte, Rauschen. Die Aufzeichnung endete.

Verliebt, verloren, verstorben

Am nächsten Morgen saßen sie in Astrid Moellers Büro. Die Stimmung war beinahe gelöst. Erleichterung bei allen Beteiligten. An der Pressekonferenz teilzunehmen lehnte Marie ab. Ihre Gedanken waren bei Hanne Böglund.
Die Besprechung endete. Noch war viel zu tun. Die Kriminaltechniker waren gefordert. In einer Werkzeugkiste, die hinter der Rücksitzbank des grünen T4 stand, hatte Elmar einen 41er Schraubenschlüssel mit Blutspuren gefunden. Fingerabdrücke von Hanne Böglund. Die DNA der Blutspuren musste noch mit der von Lothar Kronenburg verglichen werden.
Marie stand im Fahrstuhl, als ihr Telefon klingelte. Es war Ele, die Hanne Böglund rechtsmedizinisch untersuchte. »Sie hat ein Tattoo am rechten Ringfinger. Ein Tattoo, wie Lothar Kronenburg eines hatte. Initialen auch bei ihr. ›L.K.‹ Was sonst? Sie haben sich mal geliebt. Was hat die Liebe wohl zerstört?«
»Das werden wir nicht erfahren, Ele. Und wenn ich ehrlich bin, ich will es auch nicht erfahren. Von Abgründen habe ich gerade ziemlich die Nase voll.«

Es folgten Tage voller Schreibtischarbeit, die Marie gar nicht so unerträglich fand wie sonst oft. Das Ergebnis der Arbeit war angenehm vorhersehbar. Marie fragte sich, ob sie alt wurde. Es war der dritte Freitag nach Kronenburgs Tod, als sie im Büro saß und den Hörer des Telefons abnahm.
»Mayr hier.«
»Oh, wieder an Bord. Das ist schön. Wo sind Sie?«
»In Berlin. Rechenschaft ablegen und mehr.« Er räusperte sich.
»Ich rufe an, weil uns die dänische Polizei eben darüber informiert hat, dass sie Gero Freiherr von Blohm tot am Fuße des Lyngvig-Leuchtturms gefunden haben.«

»In Hvide Sande?«

»Ja. Ein Unfall. Es gibt Zeugen, die direkt dabeistanden. Er hat sich selbst fotografiert, sich über das Geländer gelehnt, das Gleichgewicht verloren, und dann ist er abgestürzt.«

»Schade. Ich hätte ihn gern befragt.«

»Es kommt noch besser. Also, ich meine, nicht besser. Entschuldigung. Ich meine, aufschlussreicher. Das letzte Foto auf seinem Handy zeigt ihn strahlend mit nach oben gerecktem Daumen. Nordsee, Strand und der Abgrund hinter ihm. Er hat das Foto mit dem Hashtag #OnTopAgain versehen.«

»Im Tod wie im Leben«, sagte Marie.

***

»Was machst du da?«, wollte Andreas wissen.

Marie richtete sich auf und stieß sich den Kopf.

»Pass auf. Der ist doch schon vorgeschädigt.«

Mit der linken Hand rieb sie sich den Hinterkopf. Mit der rechten griff sie nach einem Karton, zog ihn aus dem Regal. Es staubte. Marie machte einen Schritt zurück. Zurück ins Licht.

»Dieser Schuppen«, sie zeigte auf den Verschlag in der hinteren Ecke des Gartens, »dieses Loch gehört aufgeräumt. Und zwar von dir!« Jetzt zeigte sie auf Andreas, der mit einem Becher Kaffee auf dem Balkon stand.

»Was hast du da?«

»Boulekugeln. Es ist doch Sonnabend. Ich habe ganz vergessen, dass heute das Bouleturnier in Sehestedt stattfindet. Ich bin eingeladen.«

Karl tauchte mit Merle auf. »Können wir mit?«

»Karl gewinnt bestimmt. Wie bei der Mathe-Olympiade.«

»Wenn das so ist, bleibt ihr wohl besser hier.«

Marie fuhr allein, spielte im Team mit Ele und Kai Koost. Sie waren gut.

Etwas abseits der Boulebahn öffnete Gesche Triebel den Schrank der Genossenschaft. Die Startgebühren mussten verstaut werden. Gesche öffnete die Kasse. Leer. Nur ein handbekritzelter Zettel: »Sorry, ich zahle irgendwann alles zurück, Lucky«.

Gesche hielt die Luft an. Die Kasse war prall gefüllt gewesen. Gefüllt mit dem Zehnten, den jedes Mitglied der Genossenschaft für die Fischbrötchen-Charity gab. Er hatte nur das Wechselgeld in der Kasse gelassen.

»Welch ein Riesenerfolg, das Turnier. Herzlichen Glückwunsch!« Die Redakteurin der Landeszeitung war neben Gesche getreten. »Können wir uns auf eine Wiederholung im nächsten Jahr freuen?«

Gesche schloss den Deckel der Kasse. »Sicher«, sagte sie. »Es muss ja weitergehen. Irgendwie geht es ja immer weiter.«

Ele, Marie und Kai waren Dritte geworden. Kai holte Getränkenachschub. Jetzt saßen die Frauen an einem der Tische auf der Terrasse und schauten auf den Kanal. Ele spielte an der Kordel ihres Hoodies herum.

»Hör doch mal auf, du machst mich ganz nervös«, forderte Marie ihre Freundin auf.

»Marie, es ist … Also, ich möchte dich fragen: Kannst du dir vorstellen …?« Sie ließ die Kordel los. »Willst du …?« Ele beugte sich vor, schloss ihre Hände über Maries Händen. »Möchtest du unsere Trauzeugin werden?«

Tränen glänzten in Eles Augen. Tränen in den Augen ihrer Freundin. Liebe. Wie sie es sich gewünscht hatten.

**

Ein verlängertes Wochenende in der dänischen Südsee hatte Wunder gewirkt. Marie fühlte sich nach dem Segeltörn entspannt und fröhlich. Glücklich war sie sowieso.

Ihr Lieblingspaketbote schaute von seinem Eingabegerät hoch. »Sie sehen aber gut aus, Frau Geisler.«

»Finger weg! Meine Frau«, rief Andreas aus dem Hintergrund.

Das Päckchen war so groß wie ein Schuhkarton. Der Absender war Dr. Holm. Maries Herz stolperte.

Sie ging mit dem Päckchen auf den Balkon, setzte sich in den Strandkorb und schaute das braune Packpapier an. Der Adressaufkleber war ein wenig vergilbt. Dr. Holm hatte ihn beschriftet. In seiner typisch akkuraten Schrift, die man lesen konnte, als wäre sie gedruckt. So klar konnte er schon seit Monaten nicht mehr schreiben. Marie stellte das Päckchen auf ihre Oberschenkel. Sie zitterte. Im Haus lärmten Andreas und Karl. Das pralle Leben.

Mit unsicherem Griff zog Marie das Taschenmesser aus der Hosentasche, klappte die kleine Klinge aus und legte das Messer auf das Päckchen. Es war verschnürt. Ein verschnürtes Päckchen. Wer verwendete heute noch Kordel? Marie suchte nach einem Knoten, den sie hätte lösen können. Sie lehnte sich zurück, suchte sich eine Wolke heraus, die von rechts, von Westen, an ihr vorbeizog. Sobald die Wolke verschwunden ist, öffne ich das Päckchen, dachte sie.

Die Wolke zog langsam, warf ihren Schatten auf das Wasser der großen Breite, wanderte hinüber nach Schwansen, änderte ihre Form von Ente zu Frosch, entzog sich Maries Blicken ganz langsam. Schließlich blieb nur noch eine Ahnung. Marie setzte die Klinge an, durchtrennte die Kordel, zog einen Streifen Tesafilm ab, streifte das Packpapier ab, faltete den widerspenstigen Karton nach oben auf.

Ein Beutel, so wie sie ihn oft für Asservate verwendete, darin eine blaue Kladde. Marie wusste sofort: das Buch der tausend Sünden. Obenauf ein Briefumschlag. Sonst nichts, außer schützendem Papier, Zeitungspapier.

Marie spürte, dass ihr Mund trocken war, sie griff rechts neben dem Strandkorb nach der Wasserflasche. In kleinen Schlucken trank sie, tropfte auf den Beutel. Es klang hohl, als das Wasser auf die durchsichtige Folie traf. Der Beutel war mit einem Kunststoffclip verschlossen. Marie entfernte ihn und entnahm den Briefumschlag. Darin ein zerknitterter Zettel, abgerissen von einem Block mit Apothekenwerbung.

Sehr geehrte Frau Geisler,
es war mir eine Freude. Ich denke heute an Ihre Antwort auf meine Frage. Unlängst in dieser Imbissstube, Sie wissen schon. Ihre Antwort lautete: Vertrauen. Eine gute Antwort. Ich bin jetzt in guten Händen, und ich vertraue darauf, dass die Kladde auch in guten Händen ist. Es sind ja die Ihren. Sie wissen, wo Sie mich finden.
Hochachtungsvoll
Dr. Holm

Danke

… an die Pressestelle des Landeskriminalamtes Schleswig-Holstein für die fachliche Unterstützung, an Claudia für die kontinuierliche Rückmeldung, an Katja für die »haarige« Idee, an Anke, Rüdiger, Elisabeth und Franz, an Maike, Marlies und Markus, an Katrin und Katrin, an Irina, Philine, Michael, Fritz und Stefan, an Sabine, Wolf, Torsten und Holger vom Kanal, an Janek von Denker & Wulf, an Berit, an Steffi, André, Jennifer und Jesse fürs Gastgeben und das Danish String Quartet für den Soundtrack.

Der in eckigen Klammern abgedruckte Text auf S. 190/191 ist Ergebnis eines Experiments. Ich habe Leserinnen und Leser aufgefordert, im Rahmen einer Veranstaltung Textpassagen einzureichen, von denen eine nach Prüfung gegebenenfalls zum Teil dieses Romans werden könne. Voraussetzung war, dass Marie und Sachse vorkommen. Ich habe mich für den Text von Tilo Klein entschieden.

Arnd Rüskamp, Dagmar Maria Toschka
TOD AUF DER KOHLENINSEL
Broschur, 224 Seiten
ISBN 978-3-7408-0075-8

Kann man so tun, als wäre nichts geschehen, wenn eine Freundin ermordet wird? Der Duisburger Ex-Polizist Theo Bosman und die kellnernde Anwältin Betty Harmes können es nicht. Sie ermitteln auf eigene Faust, um dem Mörder auf die Spur zu kommen: zwischen A 40 und Schimmi-Gasse, zwischen Rhein und Ruhr – und am Ende wird in Amsterdam alles anders als gedacht …

Arnd Rüskamp
KIELHOLEN
Broschur, 272 Seiten
ISBN 978-3-7408-0207-3

Marie hört Streichquartette, und Marie malt. Die Hauptkommissarin des LKA hat einen Sinn für das Schöne. Einerseits. Andererseits schreckt sie auch vor einer Blutgrätsche nicht zurück. Nicht auf dem Fußballplatz und nicht im Job. Aus dem Ruhrgebiet in ihre Heimat zwischen Schlei und Ostsee zurückgekehrt, bekommt sie es mit einem pikanten Fall zu tun: Bauer und Bordellbetreiber Helge Meermann wird tot auf seinem Acker gefunden. Und Marie stößt auf ein Motiv so alt wie die Menschheit …

www.emons-verlag.de

Arnd Rüskamp
AM HAKEN
Broschur, 256 Seiten
ISBN 978-3-7408-0388-9

Schwere Zeiten für LKA-Ermittlerin Marie Geisler: Eine Einbruchserie in leer stehende Villen am Ufer der Kieler Förde hält sie und ihr Team auf Trab. Die Einbrecher sind unkenntlich als Wikinger kostümiert und kommen per Boot. Marie steckt in ihren Ermittlungen fest, zumal sie noch an einem alten Fall knabbert. Doch dann wird bei einem weiteren Einbruch ein Wachmann getötet, und ein Amulett in Form von Thors Hammer liefert ihr endlich eine heiße Spur …

www.emons-verlag.de